LISA KLEYPAS | Un extraño en mis brazos

byblos

Título original: *A Stranger in my Arms*

Traducción: Delia Lavedan

1.ª edición: marzo 2004

© Lisa Kleypas, 1998
© Ediciones B Argentina, S.A., 2004
    Paseo Colón, 221 - Piso 6 - Buenos Aires (Argentina)
    www.edicionesb.com

Diseño de colección: Ignacio Ballesteros

Printed in Spain
ISBN: 950-15-2321-7
Depósito legal: B. 5.579-2004

Impreso por LITOGRAFÍA ROSÉS

LISA KLEYPAS | Un extraño en mis brazos

—Lady Hawksworth, su esposo no está muerto.

Lara miró a James Young sin pestañear. Sabía que no había oído bien... O quizás Young estuviera bebido, aunque hasta aquel momento Lara nunca se había enterado de que fuese aficionado a la bebida. También era posible que se hubiera vuelto un poco chiflado por tener que trabajar al servicio del actual lord Hawksworth y su esposa. Porque, si se les daba tiempo, ambos podían volver loco a cualquiera.

—Sé que es un impacto de proporciones para todos ustedes —siguió diciendo Young con expresión muy seria. Detrás de las gafas, los ojos con que contempló a Lara brillaron de nerviosismo—. En especial para usted, milady.

Si la noticia hubiera provenido de una fuente menos fiable, Lara la habría desechado al instante. Pero James Young era un hombre prudente y honesto que había servido a la familia Hawksworth durante al menos diez años. Su tarea al gestionar los ingresos generados por sus propiedades, tras la muerte de su esposo, había sido excelente, a pesar de que la suma de dinero a supervisar era muy pequeña.

Arthur, lord Hawksworth, y su esposa Janet, contemplaron a Young como si también ellos dudaran de su cordura. Formaban una pareja ideal: ambos eran rubios, altos y esbeltos. Aunque tenían dos hijos, éstos habían sido despachados a Eton, y muy raramente se los veía o mencionaba siquiera. Arthur y Janet parecían preocuparse por una sola cosa: disfrutar de sus recién adquiridas fortuna y condición social tan ostentosamente como fuera posible.

—¡Absurdo! —exclamó Arthur—. ¿Cómo se atreve a presentarse ante mí con semejante tontería? Explíquese de inmediato.

—Muy bien, milord —replicó Young—. Ayer recibí la noticia de la llegada a Londres de una fragata con un insólito pasajero. Parece que tiene un parecido inexplicable con el difunto conde. —Dedicó una mirada respetuosa a Lara antes de proseguir—: Sostiene ser lord Hawksworth.

Arthur, escéptico, soltó un bufido de desdén. Su delgado rostro, marcado por profundas arrugas de cinismo, se encendió. Su larga nariz picuda se contrajo de furia.

—¿Qué clase de indignante engaño es éste? Hawksworth murió hace más de un año. Es imposible que sobreviviera al naufragio del barco que lo traía de Madrás. ¡Por Dios, la nave prácticamente se partió en dos! Todos los que estaban a bordo desaparecieron. ¿Está diciéndome que mi sobrino se las arregló para sobrevivir? Ese hombre debe de estar loco si piensa que alguno de nosotros va a creerle.

Janet apretó los labios.

—Muy pronto se verá que no es más que un impostor —dijo, crispada, mientras alisaba las puntas del oscuro encaje de estilo Vandyke que adornaba el corpiño y la cintura de su vestido, que era de seda verde esmeralda.

Young, indiferente ante la furiosa incredulidad de los Crossland, se acercó a la ventana. Junto a ésta estaba sentada Lara, Larissa, en un sillón de madera dorada, con la mirada clavada en la alfombra que cubría el suelo. Como todo lo que podía verse en Hawksworth Hall, aquella alfombra persa era suntuosa hasta el extremo de rozar el mal gusto, y mostraba un espectacular diseño de flores surrealistas que desbordaban un florero chino. La gastada punta de un zapato negro emergió por debajo del vestido de luto de Larissa cuando, distraída, siguió el borde de una flor escarlata con el pie. Parecía perdida en sus recuerdos, y no advirtió que Young se acercaba hasta quedar junto a ella. Se enderezó bruscamente, como una escolar pescada en una situación reprobable, y alzó la mirada hasta ver la cara de Young.

Incluso cubierta por su vestido de bombasí oscuro, cerrado y modesto como el de una monja, Larissa Crossland exhibía una suave y elegante belleza. De espesa melena oscura, siempre como a punto de soltarse las horquillas, y de sensuales ojos color verde claro, resultaba una mujer original y llamativa. No obstante, su apariencia originaba escasa pasión. Era admirada a menudo, pero nunca perseguida... Nunca cortejada ni deseada. Quizá se debiera a su carácter, taciturno y reservado, el cual mantenía a todo el mundo a distancia.

Para muchos de los que vivían en el pueblo de Market Hill, Lara era una figura casi sagrada. Una mujer con su aspecto y posición podía habérselas apañado para cazar un segundo esposo, pero ella había preferido dedicarse a tareas benéficas. Se mostraba indefectiblemente amable y compasiva, y su generosidad se volcaba tanto sobre el noble como sobre el mendigo. Young nunca había oído a lady Hawksworth pronunciar ni una sola palabra desagradable sobre nadie, ni sobre su esposo, que prácticamente la había abandonado, ni sobre sus parientes, que la trataban con humillante tacañería.

Pero a pesar de su aparente serenidad, había algo

perturbador en sus traslúcidos ojos verdes. Cierta callada turbulencia, que sugería emociones e ideas que jamás se había atrevido a manifestar. Hasta donde Young sabía, Larissa había decidido darse por satisfecha con vivir a través de las vidas de las personas que tenía a su alrededor. La gente solía decir que lo que necesitaba era un hombre, pero nadie parecía capaz de pensar en el caballero adecuado.

Lo cual, indudablemente, había sido una suerte, si al fin resultaba ser verdad que el difunto conde estaba vivo.

—Milady —murmuró Young con tono de disculpa—, no quise perturbarla. Pero pensé que querría ser informada de inmediato sobre cualquier asunto relacionado con el difunto conde.

—¿Existe alguna posibilidad de que pueda ser verdad? —susurró Lara, con el gesto ensombrecido por una mueca de preocupación.

—No lo sé —fue la cuidadosa respuesta de Young—. Como nunca se encontró el cuerpo del conde, supongo que existe la posibilidad de que él...

—¡Desde luego que no es verdad! —exclamó Arthur—. ¿Es que habéis perdido ambos el juicio? —Pasó como una tromba frente a Young y, adoptando una expresión protectora, apoyó la mano sobre el delgado hombro de Lara—. ¡Cómo osa ese canalla hacer pasar a lady Hawksworth por semejante tormento! —protestó con toda la falsa piedad que pudo.

—Estoy bien —lo interrumpió Lara, que se había puesto rígida a su contacto. Una arruga frunció su tersa frente. Se liberó de su mano y fue hacia la ventana, ansiando escapar de aquel recargado salón. Las paredes estaban tapizadas con una brillante seda rosada, y mostraban adornos de pesadas volutas de color dorado. En todos los rincones podían verse jarrones con exóticas pal-

10

meras. Daba la impresión de que cada centímetro disponible estaba ocupado por una colección de lo que Janet llamaba «chucherías»: armatostes con pájaros de cristal y plantas cubiertas por cúpulas transparentes.

—¡Cuidado! —exclamó Janet, con voz aguda, cuando las pesadas faldas de Lara rozaron una pecera colocada sobre un trípode de caoba y lo hicieron bambolearse.

Lara contempló la aburrida pareja de pececillos de colores que nadaban en el cuenco de cristal, y observó luego el rostro estrecho y enjuto de Janet.

—No deberían ponerlos en la ventana —murmuró Lara—. No les gusta mucho la luz.

Janet soltó una carcajada despectiva.

—Tú debes de saberlo muy bien, estoy segura —dijo ácidamente, y Lara supo que mantendría los peces exactamente donde estaban.

Tras un suspiro, Lara desvió la mirada hacia los prados que rodeaban Hawksworth Hall. La tierra que se extendía alrededor de la antigua fortaleza normanda estaba salpicada por bosquecillos de castaños y robles, y surcada por un río ancho y torrentoso. El mismo río proporcionaba tanto la corriente para el molino como un canal de navegación para el cercano pueblo de Market Hill, un puerto próspero y bullicioso.

Una bandada de patos silvestres se posó sobre el lago artificial situado frente a la mansión, obstaculizando el majestuoso avance de una pareja de cisnes. Más allá del lago había un camino que llevaba hasta el pueblo, y un antiguo puente conocido por los lugareños como «el puente de los condenados». La leyenda decía que el mismo diablo lo había puesto allí, con la expresa intención de quedarse con el alma del primer hombre que lo cruzara. Según esa leyenda, el único que se había atrevido a poner el pie sobre el puente era un antepasado de los Crossland, que tras desafiar al diablo se había negado a entregar su alma. El diablo echó entonces una maldición sobre todos sus descendientes: todos tendrían dificultades para engendrar hijos varones que continuaran con el linaje.

Lara casi creía en la historia. Cada generación posterior de Crossland había tenido muy pocos hijos, y la mayoría de los varones había muerto a una edad relativamente temprana. Como Hunter.

Con una triste sonrisa en el rostro, Lara se obligó a retornar al presente y se volvió hacia el señor Young. Éste era un hombrecillo bajo y menudo, de modo que su rostro quedaba prácticamente al nivel del de ella.

—Si ese desconocido es en verdad mi esposo —dijo con serenidad—, ¿por qué no ha regresado antes?

—Según él cuenta —respondió Young—, flotó en el océano durante dos días, siguiendo las huellas del naufragio, y fue recogido por una barca pesquera que se dirigía a Ciudad del Cabo. Resultó herido en el naufragio, y no recordaba quién era. Ni siquiera sabía su nombre. Pocos meses después recuperó la memoria y se embarcó rumbo a Inglaterra.

Arthur volvió a resoplar con desprecio.

—¿No recordaba su propia identidad? Nunca oí nada semejante.

—Aparentemente, es posible —respondió el administrador—. He hablado del asunto con el doctor Slade, el médico de la familia, y me confirmó que se conocen más casos como ése, aunque son raros.

—Qué interesante —dijo Arthur, con tono sarcástico—. No me diga que da usted crédito a toda esta farsa, Young.

—Ninguno de nosotros puede determinar qué es verdad hasta que el desconocido sea entrevistado por quienes conocieron bien a lord Hawksworth.

—Señor Young —intervino Lara, disimulando la inquietud que la turbaba—, usted tuvo trato con mi esposo durante muchos años. Le agradecería mucho que fuera a Londres y conociera a ese hombre. Aunque no se trate del difunto conde, debe de estar en problemas y con necesidad de ayuda. Algo hay que hacer por él.

—Cuán propio de usted, lady Hawksworth —señaló Young—. Me atrevería a decir que la mayoría de las personas ni pensaría en ayudar a un desconocido que trata de embaucarlos. Es usted una mujer realmente bondadosa.

—Sí —afirmó con ironía Arthur—. La viuda de mi sobrino es santa patrona de mendigos, huérfanos y perros vagabundos. No puede resistirse a dar a los demás todo lo que tiene.

Tras el comentario sarcástico de Arthur, Lara sintió que le ardía el rostro.

—Los huérfanos necesitan el dinero mucho más que yo —replicó—. Necesitan gran cantidad de cosas que otra gente puede suministrarles con toda facilidad.

—He asumido la tarea de preservar la fortuna de la familia para las futuras generaciones —murmuró Arthur—. No para derrocharlo en niños sin padres.

—Muy bien —intervino de pronto Young, interrumpiendo la tensa discusión—. Si a todos les parece bien, partiré hacia Londres junto al doctor Slade, quien conocía al difunto conde desde su nacimiento. Veremos si hay algo de cierto en lo que dice ese hombre. —Dirigió a Lara una sonrisa tranquilizadora y añadió—: No se preocupe, milady. Estoy seguro de que todo saldrá bien.

Aliviada tras escapar de la presencia de los Hawksworth, Lara se encaminó hacia la vieja casita del guardabosque, que se encontraba a cierta distancia del castillo, según se seguía la orilla del río, bordeada de sauces. La casita distaba mucho de ser la construcción isabelina original, toda recubierta en madera, que había sido alguna vez utilizada como alojamiento para huéspedes y parientes de visita. Por desgracia, el interior lo había destruido el fuego el año anterior, cuando un visitante descuidado había volcado la lámpara de aceite e incendiado todo el lugar.

Ni Arthur ni Janet vieron motivo alguno para reparar la casita, y decidieron que tal como estaba era suficiente para Lara. Ella podía haberse puesto a merced de la generosidad de otros familiares, o incluso haber aceptado el ofrecimiento de su suegra para convertirse en su compañera de viaje, pero Lara valoraba mucho su intimidad. Era mejor quedarse cerca de los ambientes conocidos y de los amigos, a pesar de las incomodidades de la casita.

Aquella vivienda de piedra era oscura y húmeda, y estaba impregnada de un olor a moho que ninguna limpieza a fondo podía eliminar. Era infrecuente que algún rayo de sol entrara por la única ventana batiente. Lara se había esforzado por hacer el lugar más habitable; había cubierto una de las paredes con una colcha hecha con retazos y colocado muebles que ya no querían en Hawksworth Hall. El sillón que había junto a la chimenea estaba adornado con una manta azul y roja, tejida por una de las niñas mayores del orfanato. Cerca del hogar se veía una salamandra tallada en madera, regalo de un anciano del pueblo que había asegurado que protegería la casita de todo daño.

A gusto con su soledad, Lara encendió una vela de sebo y se quedó allí de pie, junto a la chisporroteante y humeante luz. De improviso, sintió un violento escalofrío por todo el cuerpo.

14

Hunter... Vivo. No podía ser verdad, desde luego, pero la sola idea la llenaba de desasosiego. Fue hasta su angosto lecho, se arrodilló en el suelo y buscó debajo de los flejes chirriantes que sostenían el colchón. De allí sacó un paquete envuelto en tela, lo desató, y dejó a la vista un retrato enmarcado de su difunto esposo.

Arthur y Janet le habían ofrecido el cuadro como una muestra de generosidad, pero Lara sabía que estaban ansiosos por librarse de todo lo que les recordara al hombre que había ostentado el título de conde antes que ellos. Ella tampoco deseaba tener aquel retrato pero lo había aceptado, pues asumía en su interior que Hunter era parte de su pasado. Había cambiado el rumbo de su vida. Quizás algún día, cuando el tiempo hubiera suavizado sus recuerdos, colgaría el retrato a la vista de todos.

Hacía tres años que Hunter se había embarcado para la India, en una misión semidiplomática. Como accionista menor de la Compañía de las Indias Orientales, y poseedor de ciertas influencias políticas, había sido designado asesor de los administradores de la empresa en Asia.

En realidad, Hunter había sido uno de tantos oportunistas ansiosos por sumarse a la multitud de ociosos y libertinos que pululaba por Calcuta. Allí vivían como reyes, disfrutando de orgías y fiestas interminables. Se decía que cada casa contaba con al menos cien sirvientes, que cuidaban cada detalle de la comodidad de sus amos. Además, la India era el paraíso para un jugador, y allí abundaban los juegos exóticos... Algo irresistible para un hombre como Hunter.

Al recordar el entusiasmo de su esposo ante la partida, Lara sonrió con tristeza. Hunter se había mostrado más que ansioso por alejarse de ella. Inglaterra había empezado a cansarlo, al igual que su matrimonio. No cabía duda de que Lara y él no formaban una buena pareja.

Una esposa, le había dicho Hunter una vez, era una molestia necesaria, útil tan sólo para tener hijos. Al ver que Lara no lograba concebir, se había sentido profundamente ofendido. Para un hombre que se jactaba de su fuerza y su virilidad, la ausencia de hijos era algo difícil de tolerar.

La mirada de Lara se posó sobre el lecho, y se le formó un nudo en el estómago al recordar las visitas nocturnas de Hunter, su cuerpo pesado aplastándola, la dolorosa invasión que parecía no terminar nunca. Pareció casi un acto de misericordia cuando él comenzó a alejarse de su cama y a visitar a otras mujeres para satisfacer sus necesidades. Lara no había conocido nunca a nadie con tanta fuerza física y tanta vitalidad. Casi se podía creer que hubiera sobrevivido a aquel violento naufragio del cual nadie había logrado escapar.

Había dominado tanto a todos los que le rodeaban que Lara fue sintiendo cómo se marchitaba su espíritu a la sombra de Hunter a lo largo de los dos años que habían compartido. Cuando él se marchó a la India se sintió agradecida. Abandonada a su propia suerte, Lara pronto se comprometió con el orfanato local, y dedicó su tiempo y su atención a mejorar las vidas de los niños allí alojados. La sensación de ser necesitada era tan gratificante que enseguida encontró otros proyectos en los que involucrarse: visitar a los enfermos y a los ancianos, organizar fiestas de caridad, e incluso actuar de mediadora en muchas disputas. Cuando recibió la noticia de la muerte de Hunter sintió tristeza, pero nunca lo echó de menos.

No, pensó con cierta culpabilidad, no lo quería de regreso.

Durante los tres días siguientes, no supo nada del señor Young ni de los Hawksworth. Lara se esforzó para seguir con sus actividades como de costumbre, pero las noticias se habían esparcido por todo Market Hill, propagadas por los sirvientes de Hawksworth Hall.

Su hermana Rachel, lady Lonsdale, fue la primera que acudió a visitarla. La brillante calesa negra se detuvo en la mitad del sendero que conducía a la entrada, y de ella emergió la delgada figura de Rachel, que avanzó a solas hacia la casita. Rachel era la hermana menor de Lara, pero daba la impresión de ser la mayor, a causa de su gran estatura y una dulce serenidad que le confería cierto aire de madurez.

Alguna vez habían sido proclamadas ambas como las hermanas más atractivas de Lincolnshire, pero Lara sabía que la belleza de Rachel eclipsaba la suya. Rachel poseía perfectas facciones clásicas: grandes ojos, una boca pequeña y fina, nariz ligeramente respingada. Por contraste, el rostro de Lara era redondo en lugar de ovalado, tenía una boca muy grande y su lacio cabello oscuro —que mostraba una brava resistencia a ser ondulado por los bigudíes— se soltaba constantemente de las horquillas.

Lara salió a la puerta para recibir a su hermana, y la hizo pasar con gesto ansioso. Rachel estaba lujosamente ataviada, y llevaba el cabello castaño peinado hacia atrás, lo que dejaba al descubierto su delicado pico de viuda en la frente. Una dulce fragancia de violetas rodeaba su cabello y su piel.

—Querida Larissa —dijo Rachel, al tiempo que recorría con la mirada toda la estancia—, por milésima vez, ¿por qué no vienes a vivir con Terrell y conmigo? Hay una docena de cuartos vacíos, y estarías mucho más cómoda.

—Gracias, Rachel. —Lara abrazó a su hermana—.

Pero no podría vivir bajo el mismo techo que tu esposo. No puedo fingir que tolero a un hombre que no te trata como es debido. Y estoy segura de que lord Lonsdale siente por mí el mismo desagrado.

—No es tan malo...

—Es un marido abominable, por mucho que trates de mostrarlo de otra manera. A lord Lonsdale no le importa un comino nadie más que él mismo, y nunca le importará.

Rachel frunció el entrecejo y se sentó junto a la chimenea.

—A veces pienso que la única persona, hombre o mujer, que realmente le gustó a Terrell fue lord Hawksworth.

—Estaban cortados con el mismo patrón —coincidió Lara—, salvo que a mí, al menos, Hunter nunca me levantó la mano.

—Fue sólo una vez —protestó Rachel—. Nunca debería habértelo dicho.

—No fue necesario que me lo dijeras. El cardenal que tenías en la cara era prueba suficiente.

Ambas quedaron en silencio, recordando el episodio sucedido dos meses atrás, cuando lord Lonsdale había pegado a Rachel durante una discusión. La marca sobre la mejilla y el ojo de Rachel había tardado varias semanas en desaparecer, y la había obligado a ocultarse en su casa hasta que fue posible salir sin despertar sospechas. Ahora Rachel sostenía que lord Lonsdale lamentaba profundamente haber perdido el control. Ella lo había perdonado, y deseaba que Lara hiciera lo mismo.

Pero Lara no podía perdonar a nadie que hiciera daño a su hermana, y sospechaba que el desdichado episodio volvería a ocurrir. Aquello casi la hizo desear que Hunter estuviera de veras vivo. A pesar de sus defectos, él jamás habría aprobado que se golpeara a una mujer. Hunter le hubiera dejado claro a lord Lonsdale que dicho comportamiento era inaceptable. Y Lonsdale le hubiera hecho caso, ya que Hunter era una de las pocas personas a las que realmente respetaba.

—No he venido a hablar de eso, Larissa. —Rachel contempló con cariño y preocupación a su hermana, mientras ésta se sentaba sobre un taburete tapizado—. Me enteré de las noticias sobre lord Hawksworth. Dime... ¿Es cierto que va a volver contigo?

Lara negó con la cabeza.

—No, desde luego que no. Se trata de algún chiflado de Londres que afirma ser mi marido. El señor Young y el doctor Slade han ido a verlo, y estoy segura de que pronto lo tendrán confinado en el manicomio de Bedlam o en la prisión de Newgate, según se trate de un loco o de un criminal.

—¿Entonces no hay ninguna posibilidad de que lord Hawksworth esté vivo? —Al ver la respuesta en el rostro de Lara, Rachel soltó un suspiro—. Lamento decirlo, pero me siento aliviada. Sé que tu matrimonio no fue bueno. Todo lo que quiero es que seas feliz.

—Y yo a ti te deseo lo mismo —dijo Lara con seriedad—. Y te encuentras en circunstancias mucho peores que en las que yo jamás estuve, Rachel. Hunter distaba mucho de ser el esposo ideal, pero él y yo nos llevábamos bastante bien, salvo en... —se interrumpió, súbitamente ruborizada.

No le resultaba fácil hablar de temas íntimos. Rachel y ella habían recibido una educación puritana, de unos padres afectuosos pero distantes. A ellas les quedó la tarea de aprender acerca del acto físico en sus respectivas noches de boda. Para Lara, el descubrimiento había sido desagradable.

Rachel pareció leer su pensamiento, como de costumbre.

—Oh, Lara —murmuró, mientras los colores subían a su rostro—. Me parece que lord Hawksworth no fue tan considerado contigo como debía. —Bajó la voz y añadió—: Realmente, hacer el amor no es algo tan terrible. Hubo ocasiones, con Terrell, en los primeros tiempos de nuestro matrimonio, en los que incluso me pareció más bien agradable. Más adelante, por supuesto, no ha sido lo mismo. Pero todavía recuerdo cómo era al principio.

—¿«Agradable»? —Lara la contempló estupefacta—. Por una vez has conseguido impresionarme. Cómo hiciste para que te gustara algo tan humillante y doloroso, es algo que escapa a mi comprensión... A menos que trates de hacerme una broma de mal gusto.

—¿No hubo momentos en los que lord Hawksworth te besó, te abrazó estrechamente, y te sentiste cobijada y..., bueno, femenina?

Lara, perpleja, permaneció en silencio. No acertaba a comprender cómo hacer el amor —un término que le parecía irónico para un acto tan repulsivo—, podía llegar a no ser doloroso.

—No —respondió, pensativa—. No recuerdo haberme sentido así. Hunter no era muy dado a los besos y los abrazos. Y cuando todo terminó, yo me alegré.

El rostro de Rachel se ensombreció por la compasión.

—¿Alguna vez te dijo que te amaba?

Lara no pudo evitar soltar una áspera carcajada ante la idea.

—¡Por Dios, no! Hunter nunca habría reconocido cosa semejante. —Una triste sonrisa se asomó a sus labios—. Él no me amaba. Era otra mujer con la que debía haberse casado, en lugar de hacerlo conmigo. Creo que lamentaba a menudo su error.

—Jamás me lo contaste —exclamó Rachel—. ¿Quién es?

—Lady Carlysle —musitó Lara, vagamente sorprendida al comprobar que, después de tanto tiempo, el nombre seguía dejándole un amargo sabor en la boca.

—¿Y cómo es? ¿La conociste?

—Sí, la vi algunas veces. Hunter y ella eran discretos, pero era obvio que ambos hallaban gran placer en su mutua compañía. A ella le gustaban las mismas cosas que a él: cabalgar, cazar, los caballos... No me cabe duda de que solía visitarla en privado, incluso después de nuestra boda.

—¿Por qué no se casó lord Hawksworth con ella?

Lara se abrazó las rodillas y bajó el mentón, adoptando forma de ovillo.

—Yo era mucho más joven, mientras que ella era ya mayor para tener hijos. Hunter quería un heredero... Y supongo que creyó que podría moldearme a su gusto. Traté de complacerlo. Desgraciadamente, no fui capaz de darle lo único que parece que quería de mí.

—Un hijo —murmuró Rachel. Lara supo que Rachel pensaba en su propio aborto, ocurrido hacía pocos meses—. Ninguna de las dos ha tenido mucho éxito en eso, ¿verdad?

—Tú, al menos, has demostrado que eres capaz de concebir —replicó Lara, con el rostro encendido—. Con la ayuda de Dios, algún día tendrás un hijo. Yo, por el contrario, he intentado de todo; bebí tónicos, consulté cartas lunares y me sometí a varios esfuerzos ridículos y humillantes. Nada dio resultado. Cuando finalmente Hunter partió para la India, me alegré de que se fuera. Era una bendición dormir sola y no tener que preguntarme, cada noche, si oiría el ruido de sus pasos acercándose a mi puerta. —Lara se estremeció ante los recuerdos que asaltaron su mente—. No me gusta dormir con un hombre. No quiero volver a hacerlo nunca más.

—Pobre Larissa —murmuró Rachel—. Deberías habérmelo contado antes. ¡Siempre te muestras tan ansiosa por resolver los problemas de los demás, pero tan reacia a hablar de los tuyos!

—Si te lo hubiera contado, no habría cambiado nada —dijo Lara, haciendo un esfuerzo por sonreír.

—Si hubiera dependido de mí, habría elegido a alguien más adecuado para ti que lord Hawksworth. Creo que papá y mamá quedaron tan deslumbrados por su posición social y su fortuna que pasaron por alto el hecho de que no congeniarais.

—No fue culpa de ellos —dijo Lara—. La culpa fue mía... No estoy hecha para ser esposa de nadie. No debería haberme casado. Soy mucho más feliz viviendo sola.

—Ninguna de las dos logró formar la clase de pareja que esperaba, ¿no es así? —dijo Rachel con triste ironía—. Terrell y su mal carácter, y el necio de tu marido... No son precisamente príncipes azules.

—Por lo menos, vivimos muy cerca una de la otra —comentó Lara, tratando de disipar el nubarrón de pesadumbre que parecía cernirse sobre ambas—. Eso hace que todo sea más fácil de soportar, al menos para mí.

—Y para mí también —Rachel dejó su asiento y la abrazó con fuerza—. Ruego para que, de ahora en adelante, sólo te ocurran cosas buenas, querida. Ojalá lord Hawksworth descanse en paz... Y que puedas encontrar pronto un hombre que te ame como mereces ser amada.

—No reces por eso —suplicó Lara, con alarma a medias fingida, a medias real—. No quiero ningún hombre. Reza por los niños del orfanato y por la pobre señora

Lumbley, que está quedándose ciega, y por el reumatismo del señor Peachman, y...

—¡Tú y tu lista interminable de desventurados! —exclamó Rachel, sonriendo con afecto—. Muy bien, también rezaré por ellos.

En cuanto Lara llegó al pueblo se encontró acosada por preguntas, ya que todo el mundo quería conocer detalles del regreso de su esposo. No importaba cuán insistentemente ella afirmara que la aparición de lord Hawksworth en Londres era, seguramente, un embuste; los habitantes de Market Hill querían creer otra cosa.

—Vaya, quién tenemos por aquí. La mujer más afortunada de Market Hill —exclamó el quesero apenas Lara entró en su tienda, una de las tantas que se alineaban a lo largo de la calle principal. Dentro, el aire estaba impregnado de un fuerte pero agradable olor a leche, proveniente de las piezas y hormas de queso almacenadas en los estantes de madera.

Lara sonrió sin entusiasmo, apoyó su cesto de mimbre sobre una larga mesa y aguardó a que le entregara la horma de queso que llevaba cada semana al orfanato.

—Soy afortunada por muchas razones, señor Wilkins —respondió—, pero si se refiere al rumor acerca mi difunto esposo...

—Qué maravilla, volver a recuperar su lugar —la interrumpió entusiasmado el quesero, con su rostro jovial de larga nariz, rebosante de buen humor—. Otra vez la señora del castillo. —Introdujo un queso enorme dentro de su cesto. Había sido salado, prensado, envuelto en muselina y sumergido en cera para darle un sabor suave y fresco.

—Gracias —respondió Lara en un tono de voz neutro—, pero, señor Wilkins, debo decirle que estoy segura de que la historia es falsa. Lord Hawksworth no va a regresar.

Las señoritas Wither, una pareja de hermanas solteronas, entraron en la tienda, y emitieron algunas risillas al ver a Lara. Sendos sombreros idénticos, adornados con flores, cubrían sus pequeñas cabezas canosas, que se movieron al unísono en un veloz intercambio de murmullos. Una de ellas se acercó a Lara y apoyó su mano frágil y surcada de venas azules sobre el brazo.

—Querida, las noticias nos llegaron esta misma mañana. Nos alegramos tanto por usted, no sabe cuánto...

—Gracias, pero no son verdad —respondió Lara—. El hombre que sostiene ser mi esposo es, indudablemente, un impostor. Sería un verdadero milagro que el conde hubiera logrado sobrevivir.

—Creo que no debe usted perder las esperanzas, al menos hasta que le digan otra cosa —dijo el señor Wilkins, justo cuando desde la trastienda aparecía su robusta esposa, Glenda. Ésta corrió presurosa a colocar un ramo de margaritas en el cesto de Lara.

—Si hay alguien que merece un milagro, milady —dijo alegremente Glenda—, ésa es usted.

Todos daban por sentado que estaba esperanzada con las noticias, que deseaba el regreso de Hunter. Sonrojada e incómoda, Lara aceptó sus buenos deseos, sintiéndose culpable, y salió enseguida de la tienda.

Emprendió una rápida caminata a lo largo de la sinuosa orilla del río, y pasó frente al pequeño y ordenado camposanto y toda una sucesión de casitas de paredes blancas. Su destino era el orfanato, una finca desvencijada situada al este de la aldea, detrás de una empalizada de pino y roble. El orfanato era un llamativo edificio de piedra arenisca y ladrillos azules, con techo de tejas azules esmaltadas. El método utilizado para fabricar aquellas tejas especiales, resistentes a la escarcha, sólo era conocido por el alfarero de la aldea, que un día se había topado por casualidad con la fórmula, y juró que se la llevaría consigo a la tumba.

Jadeando de cansancio, tras el esfuerzo que suponía caminar tanta distancia con un pesado cesto en el brazo, Lara entró en el edificio. Antaño había sido una lujosa mansión, pero tras la muerte de su último ocupante el lugar había quedado abandonado, hasta arruinarse casi por completo. Con varias donaciones privadas, provenientes de la gente del pueblo, se había reparado la estructura hasta hacerla habitable y poder así albergar a dos docenas de niños. Dádivas posteriores habían provisto los salarios anuales de unos cuantos maestros.

Lara sufría al recordar la fortuna que una vez había tenido a su disposición. ¡Cuánto podría hacer ahora con aquel dinero! Pensaba la cantidad de mejoras que ansiaba hacer en el orfanato. Había llegado incluso a tragarse su orgullo, y se había dirigido a Arthur y a Jane para preguntarles si no estaban dispuestos a hacer una donación para los niños, petición que había sido fríamente rechazada. Los nuevos condes de Hawksworth sostenían la firme convicción de que los huérfanos debían aprender que el mundo era un lugar duro, en el cual debían abrirse camino por sus propios medios.

Tras un suspiro, Lara entró en el edificio y dejó el cesto junto a la puerta de entrada. Le temblaba el brazo por el esfuerzo de cargar tanto peso. Por el rabillo del ojo alcanzó a ver la cabeza de rizos castaños de alguien que se escondía detrás de una cortina. Tenía que ser Charles, un rebelde muchachito de once años que constantemente buscaba la forma de causar problemas.

—Me gustaría que alguien me ayudara a llevar este

cesto a la cocina —dijo Lara en voz alta, y de inmediato apareció Charles.

—¿Lo trajo usted sola todo el camino? —preguntó con tono malhumorado.

Lara miró sonriendo aquel pequeño rostro pecoso, en el que brillaban unos enormes ojos azules.

—No seas huraño, Charles. Ayúdame con el cesto, y mientras vamos a la cocina podrás explicarme por qué no estás en clase esta mañana.

—La señorita Thornton me echó del aula —respondió él, mientras levantaba un extremo del cesto y miraba fijamente el queso que había dentro—. Estaba haciendo mucho ruido, y no le prestaba atención a la maestra.

—¿Y eso por qué, Charles?

—Aprendí la lección de matemáticas antes que nadie. ¿Por qué tenía que quedarme quieto, sin hacer nada, sólo por ser más listo que los demás?

—Entiendo —respondió Lara, pensando con pesar que tal vez tuviera razón. Charles era un niño inteligente, que necesitaba más atención que la que podía ofrecerle la escuela—. Hablaré con la señorita Thornton. Mientras tanto, debes portarte bien.

Llegaron a la cocina, donde la cocinera, la señora Davies, los saludó con una sonrisa. La cara redonda de la señora Davies estaba colorada a causa del calor que hacía en la cocina, en la que hervía una olla llena de sopa. Sus ojillos castaños brillaron con interés.

—Lady Hawksworth, nos ha llegado de la aldea el más sorprendente de los rumores...

—No es verdad —la interrumpió Lara, con expresión sombría—. No se trata más que de un desgraciado desconocido que está convencido —o que trata de convencernos— de que es el difunto conde. Si mi esposo hubiera sobrevivido, habría venido a casa mucho antes.

—Supongo que sí —acordó la señora Davies, aparentemente decepcionada—. Sin embargo, sería una historia muy romántica. Si no le molesta que se lo diga, milady, es usted demasiado joven y bonita para ser viuda.

Lara sacudió la cabeza y le sonrió.

—Estoy más que satisfecha con mi actual situación, señora Davies.

—Yo quiero que siga muerto —dijo Charles, provocando que la señora Davies se sofocara, espantada.

—¡Vaya pequeño diablillo que eres! —exclamó la cocinera.

Lara se acuclilló hasta que el niño y ella estuvieron a la misma altura, y le acarició el alborotado cabello.

—¿Por qué dices eso, Charles?

—Si es el conde, usted no va a venir más. La obligará a quedarse en casa para hacer lo que él le ordene.

—Charles, eso no es verdad —dijo Lara con seriedad—. Pero no hay motivo para hablar de este tema. El conde está muerto... Y las personas no vuelven de la muerte.

El polvo del camino cubrió las faldas de Lara cuando ésta emprendió el regreso hacia la mansión Hawksworth, pasando a través de varias granjas de arrendatarios rodeadas por empalizadas de esteras entretejidas con barro. El sol brillaba sobre el agua que corría, caudalosa, bajo el puente de los condenados. Cuando ya estaba cerca de la casita de piedra, oyó que la llamaban. Al ver a su antigua doncella, Naomi, que venía corriendo desde el castillo, sosteniéndose las faldas recogidas para no tropezar, se detuvo sorprendida.

—Naomi, no debes correr así —la reconvino Lara—. Vas a caerte y podrías lastimarte.

La rolliza criada jadeaba debido al esfuerzo y a la febril excitación que la dominaba.

—Lady Hawksworth —exclamó, tratando de recobrar el aliento—. Oh, milady... El señor Young me envió a decirle... Él está aquí..., en el castillo... Todos están aquí... Debe venir de inmediato.

Lara parpadeó, confundida.

—¿Quién está aquí? ¿El señor Young me ha mandado llamar?

—Sí, lo han traído a él de Londres.

—¿Él? —preguntó Lara, con voz alterada.

—Sí, milady. El conde ha llegado a casa.

2

Las palabras parecieron revolotear y zumbar en torno a Lara, como si fueran mosquitos. «*El conde ha llegado a casa, llegado a casa...*»

—Pero..., no es posible —musitó.

¿Por qué habría el señor Young llevado al desconocido de Londres hasta allí? Se pasó la lengua por los labios resecos. Sentía la boca como de estopa. Cuando habló, la voz que le salió no parecía la suya.

—¿Lo..., lo has visto?

La criada asintió con la cabeza, privada súbitamente del habla.

Lara clavó la mirada en el suelo y, con enorme esfuerzo, logró pronunciar algunas palabras coherentes.

—Tú conoces a mi esposo, Naomi. Dime, ¿el hombre que está en Hawksworth Hall...? —Alzó una mirada implorante hacia la criada, incapaz de terminar la pregunta.

—Así lo creo, milady. No, de hecho estoy segura de ello.

—Pero... El conde está muerto —insistió Lara, casi paralizada—. Se ahogó.

—Déjeme acompañarla al castillo —dijo Naomi, tomándola del brazo—. Tiene mal aspecto, y está muy pálida. No hay que sorprenderse; no todos los días un esposo muerto regresa junto a su mujer.

Lara se soltó dando un salto hacia atrás.

—Por favor, necesito unos minutos a solas. Iré al castillo en cuanto esté lista.

—Claro, milady. Les diré a todos que la esperen. —Tras dirigirle una mirada preocupada, Naomi retrocedió y se alejó, presurosa, por el sendero que llevaba hasta el castillo.

Lara entró en la casita tambaleándose. Fue hasta la jofaina y echó agua tibia dentro del recipiente de loza. Se enjuagó el polvo y el sudor de la cara con movimientos metódicos; su mente era un torbellino de pensamientos. Nunca antes se había encontrado en una situación tan extraña. Siempre había sido una mujer práctica. No creía en milagros y nunca había rezado pidiendo uno. Y mucho menos un milagro así.

Pero aquello no era ningún milagro, se dijo, mientras se soltaba el desarreglado cabello e intentaba volver a recogerlo con las horquillas. Sus manos, temblorosas, se negaron a obedecerla y toquetearon con torpeza horquillas y peines, hasta que al fin éstos cayeron al suelo.

El hombre que la esperaba en Hawksworth Hall no era Hunter. Era un desconocido, y muy astuto, pues había logrado convencer al señor Young y al doctor Slade de que su historia era cierta. Lara sólo debía recobrar su compostura, juzgarlo por sí misma y confirmar ante los demás que, ciertamente, aquel hombre no era su esposo. Así quedaría zanjado el asunto. Aspiró con fuerza varias veces, para darse ánimos, y siguió colocando horquillas, sin orden ni concierto, en su cabello.

Cuando se contempló en el espejo cuadrado del estilo Reina Ana que hacía equilibrios sobre la cómoda de su cuarto, pareció que la atmósfera había cambiado, que el aire se había vuelto más denso y opresivo. Dentro de la casita reinaba tal silencio que podía oír el alocado latido de su corazón. Creyó ver algo en el espejo, un movimiento pausado que la paralizó. Alguien había entrado en la estancia.

Lara se quedó inmóvil, con la piel erizada, en un helado silencio, y vio que en el espejo una nueva imagen se unía a la suya. El bronceado rostro de un hombre... Cabello castaño, corto, veteado por el sol; oscuros ojos pardos; la boca ancha y decidida que tan bien recordaba... Alto; grandes hombros y pecho... Una presencia física y un aplomo que hizo que el cuarto pareciera encogerse a su alrededor.

Lara dejó de respirar. Deseaba echar a correr, gritar, desmayarse, pero parecía haberse convertido en piedra. Él estaba detrás de ella, y su cabeza y sus hombros sobrepasaban en mucho su altura. Su mirada encontró la de ella en el espejo. Los ojos eran del mismo color, pero sin embargo... Nunca la había mirado así, con aquella intensidad, que provocaba ardor en cada centímetro de su piel. Era la mirada ávida del ave de presa.

Lara se estremeció de miedo cuando él alzó suavemente las manos y tocó su cabello. Fue soltando, una a una, las horquillas de su brillante mata de pelo oscuro, y las dejó sobre una cómoda que tenía al lado. Lara lo observaba, temblando ante cada leve tirón de cabello.

—No es verdad —susurró.

—No soy un fantasma, Lara —dijo él con la voz de Hunter, profunda y ligeramente ronca.

Ella logró apartar la mirada del espejo y, tambaleándose, se dio vuelta para quedar cara a cara frente a él.

Estaba mucho más flaco, y su cuerpo se veía enjuto, casi piel y huesos, con los músculos destacándose en su notable prominencia. Tenía la piel bronceada, con un brillante tono cobrizo que resultaba demasiado exótico para un inglés. Se le había aclarado el color del cabello hasta alcanzar una mezcla de tonos marrones y dorados.

—Yo no creí... —Lara oyó su propia voz como si le llegara de muy lejos. Sentía una gran opresión en el pecho, y el corazón ya no podía mantener su alocado ritmo. Aunque trataba de respirar profundamente, parecía no poder aspirar suficiente aire. Una espesa niebla se abatió sobre ella, tapando todo sonido y toda luz, y Lara se hundió velozmente en el oscuro abismo que se abrió de pronto.

Hunter la atrapó cuando caía al suelo. Sintió el cuerpo de Lara liviano y sensual en sus brazos, a los que se adaptó fácilmente. La llevó hasta la estrecha cama, se sentó sobre el colchón y la acomodó en su regazo. La cabeza de Lara cayó hacia atrás, y dejó a la vista su marfilínea garganta, rodeada por la tira negra de tela de su vestido de luto. Él la contempló largo rato, subyugado por la delicadeza de aquel rostro. Había olvidado que la piel de una mujer pudiera ser tan clara y tersa.

La boca de Lara se veía suave y algo triste en su quietud; su semblante, vulnerable como el de un niño. Qué extraño resultaba ver a una viuda tan expuesta. Lara poseía una belleza tierna que le atraía enormemente. Deseaba a aquella pequeña y pulcra criatura, con sus manos delicadas y su boca afligida. Con la fría premeditación que siempre había sido típica de él, decidió que se adueñaría de ella, y de todo lo que con ella viniera.

Lara abrió los ojos y lo contempló con expresión grave. Él respondió a aquella mirada inquisitiva con una inexpresiva, que no mostraba nada de su interior, y le dirigió una sonrisa tranquilizadora.

Ella, no obstante, pareció no advertir aquella sonrisa, y siguió mirándolo sin parpadear. Y entonces una rara dulzura tiñó aquellos dos pozos de un verde traslúcido, una curiosa, compasiva ternura... Como si él fuera un alma perdida que necesitara salvación. Se acercó hasta el cuello de Hunter y tocó el borde de una gruesa cicatriz que desaparecía bajo su cabello.

El roce de los dedos de Lara pareció encender fuego dentro de él. Su respiración se aceleró, y se quedó muy quieto. ¿Cómo rayos era posible que ella lo mirara de aquella manera? Hasta donde ella sabía, él era o bien un desconocido, o bien el marido al que detestaba.

Perplejo y excitado por la compasión reflejada en el rostro de Lara, luchó contra la loca tentación de hundir la cara entre sus pechos. La retiró a toda prisa de su regazo y puso la distancia necesaria entre ambos.

Por primera vez en su vida, sentía miedo de sus propios sentimientos... Él, que siempre se había enorgullecido del dominio férreo que ejercía sobre sí mismo.

—¿Quién es usted? —preguntó ella en voz baja.

—Sabes muy bien quién soy —murmuró él.

Lara negó con la cabeza, claramente aturdida, y apartó la mirada. Se encaminó hacia un armario en el que guardaba algo de vajilla y una pequeña tetera. Refugiándose en el rutinario ritual, buscó con torpeza un paquete de té y retiró del estante un pequeño frasco de porcelana.

—Haré..., haré un poco de té —dijo con tono apagado—. Hablemos. Tal vez pueda ayudarlo.

Pero le temblaban tanto las manos que las tazas y los platos se sacudieron cuando los tomó en sus manos.

Lara había decidido que él era algún pobre tonto desesperado o un vagabundo que necesitaba su ayuda. Una sonrisa irónica curvó los labios del supuesto Hunter, que se acercó a ella y tomó sus frías manos entre las suyas, muy calientes. Sintió, una vez más, la dulce e inesperada impresión de tocarla. Sentía la delicadeza de sus huesos, la suavidad de su piel. Ansiaba demostrarle su gentileza. Algo en ella hacía salir a la superficie los últimos y amargos vestigios de humanidad que le quedaban. Lara hacía que él quisiera ser el hombre gentil y bondadoso que ella necesitaba.

—Soy tu marido —le dijo—. He vuelto a casa. —Ella lo miró, en silencio, con los miembros rígidos y las rodillas temblorosas—. Soy Hunter —insistió en tono suave—. No tengas miedo.

Lara oyó su propia risa incrédula y sofocada cuando contempló de nuevo las facciones del hombre, aquella mezcla tremenda entre lo familiar y lo desconocido. Se parecía demasiado a Hunter para echarlo sin más, pero lo rodeaba un halo de extrañeza que ella no podía aceptar.

—Mi marido está muerto —dijo, envarada.

Los músculos de la mandíbula del hombre se contrajeron.

—Haré que me creas.

Fue rápidamente hasta ella, rodeó su cabeza con ambas manos y acercó su boca a la de él. Haciendo caso omiso de su grito alarmado, la besó como nunca la habían besado. Las manos de Lara agarraron sus musculosas manos, tratando en vano de obligarlo a que la soltara. Pero la boca del hombre, incendiaria, deliciosa, la había dejado estupefacta. Él utilizó los dientes, los labios y la lengua, sumiéndola en una llamarada de sensualidad. Siguió intentando liberarse, inútilmente, hasta que él le soltó la cabeza y la apretó contra la dura superficie de su pecho. Lara se sintió cobijada y segura en su abrazo, poseída del todo... Profundamente deseada. Su nariz se colmó con el olor que de él emanaba, una mezcla de tierra, aire, y un suave deje de madera de sándalo.

Los labios del hombre se deslizaron más abajo, hasta el sensible costado de su cuello. Suspiró profunda y sensualmente sobre su piel. Acercó su cara a la de ella, hasta que Lara sintió el roce de sus pestañas en la mejilla. Nunca había sido abrazada así, tocada y saboreada como si fuera algo tan exótico.

—Oh, por favor —jadeó, mientras se arqueaba al contacto de la lengua del hombre contra su palpitante cuello.

—Di mi nombre —susurró él.

—No...

—Dilo. —Con la mano ahuecada cubrió uno de los senos, y sus largos dedos parecieron moldear el sensible montículo. Lara sintió que el pezón se le endurecía bajo el cálido cobijo de la mano del hombre, buscando más estimulación. Con un rápido movimiento, Lara se retorció hasta liberarse de sus brazos, y retrocedió tambaleándose unos pocos pasos, hasta dejar el espacio necesario entre los dos.

Cubrió su seno con una mano y miró al hombre, atónita. Él se mostraba inexpresivo, pero el sonido entrecortado de su respiración revelaba que estaba tratando de recobrar la compostura, lo mismo que ella.

—¿Cómo se atreve? —exclamó Lara, jadeando.

—Eres mi esposa.

—A Hunter nunca le gustaron los besos.

—He cambiado —respondió él, simple y llanamente.

—¡Usted no es Hunter! —exclamó por encima del hombro, mientras corría hacia la puerta.

—Lara —oyó que decía, pero no le hizo caso—. Lara, mírame.

Algo en su tono de voz la obligó a detenerse. A regañadientes, se quedó quieta en el umbral, observándolo.

El hombre sostenía algo en la mano.

—¿Qué es eso?

—Ven y míralo.

Avanzó cautelosamente hacia él, con desgana, y quedó pasmada al ver el objeto que tenía en la mano. Él apretó con el pulgar la cerradura del costado, y la cajita esmaltada se abrió con un chasquido, dejando al descubierto un retrato en miniatura de Lara.

—Lo he contemplado todos los días, durante meses —murmuró el hombre—. Aunque no te recordaba durante los días posteriores al naufragio, sabía que me pertenecías. —Cerró la cajita y la guardó en el bolsillo de su chaqueta.

Lara, incrédula, alzó su mirada hacia él. Tenía la sensación de estar en medio de un sueño.

—¿Cómo lo obtuvo? —preguntó en un susurro.

—Me lo diste tú —respondió él—. El día en que partí hacia la India. ¿Lo recuerdas?

Sí, lo recordaba. Hunter tuvo tanta prisa por abandonar la casa que se había mostrado impaciente durante las despedidas. Pero Lara se las ingenió para llevarlo aparte, para estar un instante a solas con él y darle el relicario. Era habitual que una esposa o una novia ofreciera un recuerdo a su hombre si éste se marchaba al extranjero, especialmente a un lugar tan peligroso como la India, donde existía la posibilidad de que lo mataran por deudas de juego, o que muriera a manos de rebeldes sedientos de sangre, o bien a causa de alguna peste. Sin embargo, los riesgos no habían hecho más que incitar a Hunter, que se había creído siempre invencible.

Hunter se había mostrado auténticamente conmovido por el obsequio de Lara, lo suficiente como para darle un beso en la frente.

—Encantador —había murmurado—. Gracias, Larissa.

El clima entre ambos se había puesto tenso aquel día con los recuerdos de su desdichado matrimonio de dos años, las mutuas amarguras y decepciones de dos personas que no habían logrado encontrar intereses comunes sobre los cuales apoyar siquiera una amistad. Aun así, Lara se preocupó por él.

—Rezaré por tu seguridad —le había dicho, y él se había echado a reír ante la preocupación reflejada en su rostro.

—No desperdicies tus oraciones conmigo —le había respondido.

El hombre que ahora tenía ante ella pareció leer sus pensamientos.

—Después de todo, debes de haberme dedicado una o dos oraciones —murmuró—. Es lo único que me pudo traer de regreso a casa.

Lara sintió un mareo súbito, y se tambaleó bajo el peso de aquella revelación. Tan sólo su esposo podía saber cuáles habían sido sus palabras de despedida.

—¿Hunter? —preguntó en un susurro.

Él la sostuvo por los codos y la ayudó a mantenerse en pie. Después agachó la cabeza para mirarla con sus ojos oscuros, en los que brillaba una chispa como de burla.

—No irás a desmayarte otra vez, ¿verdad?

Lara se sentía demasiado abrumada para responder. Dejó que él la llevara hasta una silla, donde se desplomó bruscamente. El hombre se puso de cuclillas junto a ella, con lo que ambos rostros quedaron a la misma altura. Le retiró un mechón detrás de la oreja, y sus dedos curtidos rozaron su lóbulo.

—¿Empiezas a creerme?

—Antes dime algo que sólo mi esposo pueda saber.

—¡Santo Dios! Ya he pasado por esto con Young y Slade. —Se quedó callado, contemplando las ropas de viuda que Lara lucía, y ésta se sobresaltó ante la intimidad de aquella mirada—. Tienes un diminuto lunar de color pardo en la cara interna de tu muslo izquierdo —dijo en voz baja—. Y una peca oscura sobre tu seno derecho. Y una cicatriz en el talón, de la vez en que te cortaste con una piedra, un verano, cuando aún eras una niña. —Sonrió ante la expresión confundida que vio en el semblante de la joven—. ¿Quieres que siga? Puedo describir el color de tu...

—Es suficiente —interrumpió entonces Lara, sonrojándose de pronto. Por primera vez se permitió mirarlo detenidamente, y pudo ver la sombra oscura de la barba en su cara afeitada, su barbilla categórica y prominente, los hoyuelos de aquellas mejillas que alguna vez habían sido redondas y mofletudas—. Te ha cambiado la forma de la cara —dijo, tocando tímidamente el borde de su alto pómulo—. Tal vez te habría reconocido si no hubieras adelgazado tanto.

Él la sorprendió apoyando la boca sobre la palma de su mano. Cuando Lara sintió el calor de aquellos labios contra su suave piel, retiró la mano y adoptó una expresión reflexiva.

—Y tu ropa parece diferente —siguió diciendo, mientras miraba los pantalones grises, tensos sobre los muslos, la gastada camisa blanca y la angosta corbata, pasada de moda, que llevaba. Siempre había visto a Hunter ataviado con las ropas más elegantes: chaquetas del paño más refinado, chalecos de brocado bordado, pantalones de cuero o de lana fina. Su arreglo para la cena siempre había sido igualmente espléndido: chaquetas negras bien cortadas, pantalones con raya impecable, deslumbrantes camisas de hilo blanco, cuellos rígidamente almidonados, lazo y zapatos lustrados con champaña.

Ante aquel minucioso escrutinio, Hunter sonrió con cierta ironía.

—Quise cambiarme de ropas en el castillo —dijo—, pero parecen haber cambiado las cosas de lugar.

—Arthur y Janet se deshicieron de todo.

—Incluida mi esposa, parece. —Paseó la mirada por la estancia, y sus ojos castaños se tornaron gélidos—. Mi tío va a pagar por haberte puesto en semejante lugar. Había esperado algo mejor de su parte, aunque sólo Dios sabe por qué.

—Ha resultado bastante cómodo...

—No es adecuado ni para una lavandera, ya no digamos para mi esposa. —La voz de Hunter era seca como un latigazo, y llegó a sobresaltar a Lara. Al ver su involuntaria reacción, Hunter suavizó su expresión y dijo—: No te preocupes. De ahora en adelante, estarás protegida.

—No quiero... —Las palabras salieron de su boca antes de que pudiera impedirlo. Espantada, apretó los labios y clavó los ojos en su regazo, en un desdichado silencio. Era increíble, algo que superaba la pesadilla. Hunter estaba en casa, y se haría cargo de su vida como lo había hecho antes, aplastando su independencia como si se tratara de una flor bajo su bota.

—¿Qué pasa, mi amor? —preguntó él en voz baja.

Lara contempló su rostro grave, sorprendida.

—Nunca me habías llamado así.

Hunter deslizó la mano por la fina curva de su garganta, acariciando con el pulgar la línea de su mandíbula. Pretendió no advertir la manera en que ella se encogió bajo su caricia.

—He tenido mucho tiempo para pensar, Lara. Pasé varios meses convaleciente en Ciudad del Cabo, y después emprendí un viaje condenadamente largo para llegar hasta aquí. Cuanto más te recordaba a ti y a nuestro matrimonio, más me daba cuenta de lo canalla que había sido contigo. Me prometí que, en cuanto regresara, empezaríamos de nuevo.

—No creo que eso sea posible.

—¿Por qué no?

—Han pasado muchas cosas, y yo... —Lara se interrumpió, tragó saliva, y se le llenaron los ojos de lágrimas. Luchó para no derramarlas, mientras la culpa y la desdicha colmaban su interior. ¿Por qué había tenido Hunter que volver? Con un solo golpe del destino había sido sentenciada, una vez más, a una vida que detestaba. Se sentía como una prisionera que había sido liberada sólo para volver a ser puesta tras las rejas, una vez más.

—Entiendo. —Hunter dejó caer la mano. Curiosamente, estaba mirándola como si realmente la entendiera, a pesar de que antes siempre había sido escasamente perceptivo—. Pero nada será igual que antes.

—No puedes evitar ser como eres —dijo Lara, mientras una lágrima se le deslizaba por su mejilla.

Oyó la rápida respiración de Hunter, y sintió sus dedos enjugándole aquella lágrima. Lara dio un salto atrás, pero Hunter se inclinó hacia ella para acortar la distancia entre ambos. Estaba aprisionada en la silla, con la cabeza y el cuello apretados contra el respaldo.

—Lara —susurró él—, jamás te haría daño.

—No te temo —dijo ella, y añadió, con tono desafiante—: Es sólo que no quiero volver a ser tu esposa.

El antiguo Hunter se habría molestado ante aquel signo de rebelión, y la hubiera sojuzgado con unas pocas palabras cortantes. Éste, en cambio, la miró con una serenidad que la puso tremendamente nerviosa.

—Veré si puedo modificar eso. Todo lo que te pido es que me des una oportunidad.

Lara agarró con fuerza los apoyabrazos del sillón.

—Preferiría que lleváramos vidas separadas, tal como lo hacíamos antes de que te fueras a la India.

—No puedo obligarte, cariño. —Su respuesta fue amable, pero Lara intuyó cómo acabaría—. Eres mi esposa. Tengo toda la intención de reasumir mi lugar en tu vida... Y en tu lecho.

Ante aquella afirmación, Lara empalideció.

—¿Por qué no te vas con lady Carlysle? —preguntó desesperada—. Se alegrará mucho con tu regreso. Era ella a quien querías, no a mí.

La expresión de Hunter se volvió cauta.

—Ahora, ella ya no significa nada para mí.

—Os amabais el uno al otro —insistió Lara, deseando que Hunter se apartara de ella.

—Aquello no era amor.

—¡Pues era una imitación muy convincente!

—Querer llevar una mujer a la cama no es lo mismo que amarla.

—Eso ya lo sé —respondió ella, obligándose a mirarlo a los ojos—. Lo dejaste muy claro en muchas ocasiones.

Hunter encajó aquella afirmación sin hacer comentarios. Se puso en pie de un solo movimiento grácil. En cuanto se vio liberada, Lara saltó de su silla y fue hasta el otro extremo de la habitación, poniendo tanta distancia entre ambos como fue posible.

Lara se juró a sí misma, con resolución, que jamás volvería a recibirlo en su lecho.

—Voy a complacerte en todo lo que sea posible, salvo en una cosa: no veo ninguna razón para que volvamos a tener intimidad. No sólo fracasé en mis intentos por darte placer, sino que además soy estéril. Sería mejor para ambos que encontraras a otra mujer que satisficiera tus necesidades.

—No quiero a ninguna otra.

—Entonces tendrás que tomarme por la fuerza —declaró Lara, y acto seguido palideció al verlo acercarse a ella. Era imposible interpretar aquella expresión. ¿Esta-

41

ba enfadado? ¿Sentía desprecio por ella, o estaba simplemente divirtiéndose? Las manos de Hunter se cerraron sobre las de ella, con una presión gentil pero firme. Lara lo miró a la cara y sintió que volvía a invadirla el viejo y sofocante desamparo.

—No —dijo él con suavidad—. No acudiré a tu lecho hasta que estés lista para ello.

—Eso llevará mucho tiempo... No sucederá nunca.

—Tal vez. —Hunter quedó en silencio y la contempló, pensativo—. ¿Ha habido otro hombre durante mi ausencia?

—No —respondió Lara con una risita ahogada, aturdida ante la idea de que Hunter pensara que aquélla era la razón por la que no quería acostarse con él—. ¡Por Dios, no quise tener nada que ver con ningún hombre después de tu partida!

Hunter sonrió con ironía ante aquel comentario tan poco halagüeño.

—Bien. No podría haberte culpado por acercarte a otro hombre... Pero no puedo soportar la idea de otro tocándote. —Se frotó la nuca con gesto cansado, y Lara volvió su atención a la línea descolorida que revelaba una herida recién cicatrizada.

—Tu cabeza... —murmuró.

—El naufragio —explicó él con tono cansado—. Hubo un violento vendaval. Fuimos sacudidos sin cesar hasta que el barco chocó contra un arrecife. Mi cabeza se golpeó contra algo, pero maldito si recuerdo contra qué. Ni siquiera pude recordar mi condenado nombre durante varias semanas después del accidente. —Se mantuvo inmóvil al ver que ella se acercaba.

Lara sintió, contra su voluntad, que la inundaba una oleada de simpatía hacia él. No podía evitarlo... Odiaba la idea de que sufriera.

—Lo siento —dijo.

Hunter sonrió ligeramente.

—Sientes que la herida no fuese mortal, imagino.

Sin hacer caso a su comentario, Lara no pudo resistirse a tocar la profunda cicatriz. Hundió los dedos en la espesa cabellera de Hunter y palpó su cuero cabelludo. La cicatriz era larga. El golpe que la había provocado debía de haber estado a punto de partirle el cráneo. Mientras le tocaba la cabeza, oyó que a Hunter se le agitaba la respiración.

—¿Duele? —preguntó, al tiempo que retiraba la mano.

Él negó con la cabeza y soltó una breve carcajada.

—Mucho me temo que lo que me estás provocando es otra clase de dolor.

Lara lo miró a los ojos, perpleja, y bajó luego la mirada hasta el regazo de Hunter. Vio que su inocente caricia lo había excitado, provocándole una poderosa, inequívoca erección que le abultaba en los pantalones. Se sonrojó llena de furia, humillada, y retrocedió de un salto.

Hunter mantuvo una leve sonrisa.

—Perdón, mi amor. Un año de celibato ha eliminado el poco dominio de mí mismo que tenía. —Le dirigió una mirada que hizo que sintiera nudos de tensión en el estómago, y a continuación le tendió la mano—. Ahora, ven conmigo, Lara. Quiero ir a casa.

3

A Lara le habría gustado cambiarse el vestido por uno limpio, pero no tenía intenciones de desvestirse delante de su marido (pues ya estaba casi segura de que él le había dicho la verdad). Se recogió el cabello lo mejor que pudo, consciente en todo momento de la intensa mirada de Hunter sobre ella. Cuando terminó, éste atravesó la habitación y le ofreció su brazo.

—¿Vamos? —preguntó, alzando una ceja—. Todos esperan, conteniendo el aliento, para ver si vienes conmigo.

—¿Acaso tengo otra opción? —dijo ella.

Él le dirigió una mirada sarcástica.

—No pensaba arrastrarte si ibas a patear y a chillar.

Lara no aceptó el brazo que le ofrecía, pues pensó que si lo aceptaba y salía con él estaría comprometiéndose a un tipo de comportamiento en el que no habría camino de retorno.

Abandonando su cortés actitud, Hunter le tomó la mano y entrelazó sus dedos con los suyos.

—Ven —dijo, y comenzaron a caminar en dirección a Hawksworth Hall.

—Al conde y a la condesa les tomará algún tiempo trasladar sus cosas —comentó Lara.

—Ellos no son ni conde ni condesa —respondió él brevemente—. Tú y yo sí lo somos. Y para esta noche ya los tendré fuera de Hawksworth Hall.

—¿Esta noche? —Lara estaba atónita—. Pero no puedes echarlos tan pronto.

—¿Que no puedo? —Su expresión se endureció, y de pronto se pareció mucho más al hombre con el que se había casado, cinco años atrás—. No voy a permitir que Arthur y Janet deshonren mi casa ni una noche más. Nos quedaremos en los cuartos privados de la familia.

—¿Y Arthur y su esposa ocuparán la habitación de huéspedes?

—No —respondió él, con tono inflexible—. Que se queden en la casita, o que busquen alojamiento en otra parte.

Lara soltó un quejido de horror ante la idea.

—Eso es ir demasiado lejos. Debemos ofrecerles los cuartos de huéspedes del castillo.

—Si la vieja casucha del guardabosque ha sido adecuada para ti, maldita sea si no es lo bastante buena para ellos.

—De todas formas, no lograrás echarlos tan fácilmente —dijo Lara—. Harán cuanto esté a su alcance para presentarte como un impostor.

—Los sacaré de aquí —dijo él, implacable, y la obligó a volverse para mirarlo cara a cara—. Dime algo antes de que lleguemos al castillo; ¿todavía te quedan dudas?

—Algunas —reconoció Lara, subyugada por aquella intensa mirada oscura.

—¿Tienes intención de exponerlas ante los demás? —El rostro de Hunter no mostraba la más mínima expresión.

Lara vaciló.

—No —susurró al fin.

—¿Por qué no?

—Porque yo... —Se mordió el labio, buscando la forma de explicarle la íntima convicción de que, de alguna manera, sería un error dudar de él frente a los demás.

Lo más sensato parecía ser esperar, y ver qué pasaba. Si finalmente no era el hombre que sostenía ser, tarde o temprano cometería algún error—. Porque si no eres mi esposo —dijo—, pronto lo descubriré.

Él sonrió, pero esta vez lo hizo sin ninguna calidez.

—Ciertamente —afirmó, conciso, y recorrieron el resto del camino en silencio.

—Estoy impresionado con lo que han hecho de este sitio —declaró Hunter con brusquedad cuando entraron en Hawksworth Hall. Los antiguos tapices flamencos, y las mesillas sobre las que había jarrones de porcelana francesa habían sido reemplazados por estatuas desnudas de mármol y tapices de seda en chillones tonos melocotón y púrpura. La chimenea medieval, que era lo suficientemente grande como para albergar una docena de hombres en su interior, había sido despojada de su repisa flamenca original. En su lugar podía verse un recargado espejo, con querubines dorados en el marco.

Hunter hizo un alto para contemplar, con una mueca de desagrado, el efecto que causaba todo aquello.

—No cualquiera puede tomar una casa elegante y decorarla como un burdel en tan poco tiempo.

—No sabría decirte —dijo Lara—. No estoy tan familiarizada con los burdeles como tú.

Hunter sonrió ante la sarcástica respuesta.

—Si no recuerdo mal, estabas más que contenta de que pasara mis noches en un burdel en vez de en tu lecho.

Incómoda, Lara volvió su atención al vulgar decorado.

—Por desgracia, ya nada de esto puede ser cambiado.

—¿Por qué no?

—Sería un despilfarro.

—Podemos afrontar ese gasto.

—Será mejor que, antes de hacer conjeturas, revises los libros de la propiedad —aconsejó Lara en voz baja—. Sospecho que nuestras cuentas han sido diezmadas durante tu ausencia. Tu tío tiene gustos extravagantes.

Hunter asintió con gesto sombrío, y la tomó del codo mientras entraban en el vestíbulo. Lo rodeaba un aire de serena autoridad, y parecía totalmente a sus anchas en sus dominios. Sin duda a un impostor se le habría escapado alguna señal de inseguridad, pero él no mostró ninguna.

Lara nunca había imaginado que volvieran a estar juntos en aquella casa. Había clausurado los recuerdos de su vida junto a él. Pero Hunter había regresado inesperadamente, y la había dejado aturdida. Le resultaba imposible creer que él estaba, efectivamente, allí, incluso con aquella mano enorme sobre su brazo y aquel sabor, que perduraba en sus labios.

En la zona que rodeaba la doble escalinata había al menos cincuenta sirvientes: criadas, ayudantes de mayordomo, lacayos, personal de cocina, peones y hombres para cualquier tipo de trabajo. Los sirvientes los saludaron con exclamaciones de alegría, pues advertían que la presencia de Lara junto a lord Hawksworth era una confirmación concluyente de la identidad de éste. No cabía duda de que estaban entusiasmados ante la perspectiva de sacarse de encima a Arthur y a Janet, que eran amos exigentes e imposibles de complacer.

El ama de llaves, una mujer de mediana edad, dio un paso al frente, con una sonrisa en el rostro.

—Lord Hawksworth —dijo, con la mirada resplandeciente de emoción—. Sospecho que todos necesitamos mirarlo hasta dos y tres veces para asegurarnos que usted es, realmente, usted. Me resulta imposible dar crédito a mis propios ojos. Bienvenido a casa, señor.

Los otros sirvientes se apresuraron a hacerse eco de aquellos sentimientos, y Hunter les sonrió.

—Gracias, señora Gorst. Después de haber estado tanto tiempo en el extranjero, dudo que quiera volver a dejar Inglaterra. —Miró a los reunidos con expresión inquisitiva—. ¿Dónde está el señor Townley? —preguntó, mencionando a un mayordomo que había estado al servicio de los Hawksworth durante más de una docena de años.

—Me temo que se ha ido a trabajar a otra casa, señor —fue la cautelosa respuesta del ama de llaves—. No quería permanecer al servicio del actual conde. —Hunter frunció el entrecejo y permaneció en silencio, y la señora Gorst añadió—: Espero que no culpe demasiado a Townley, milord. Estaba verdaderamente perturbado por su muerte... O sea...

—No culpo a Townley —le aseguró Hunter, y a continuación condujo a Lara a los salones de recepción de la familia—. Ven, cariño. Ya es hora que ponga mi casa en orden.

—¡Allí está! —exclamó una voz cuando entraron en el salón de recepciones de la planta alta, y entonces se oyó un coro de gritos excitados. Allí estaban Arthur y Janet, así como el señor Young y el doctor Slade, y algunos parientes de la familia Crossland que habían ido a ver al recién llegado con sus propios ojos.

Arthur se adelantó antes que los demás, mirando a Hunter con desprecio.

—Parece que ha conseguido poner a Lara de su lado. —Volvió su atención hacia ella, con gesto desdeñoso, y dijo—: Un mal movimiento, querida mía. Me sorprende que seas tan fácil de convencer y que aceptes ayudar a este canalla con su farsa. Has revelado una debilidad de carácter que no había sospechado que tuvieras... Hasta ahora.

Lara le devolvió la mirada sin pestañear.

—La farsa no es mía, milord.

—Le aseguro, lord Arthur —intervino el señor Young para calmar los ánimos—, que, en mi opinión, este hombre es realmente Hunter Cameron Crossland, lord Hawksworth.

—No cabe duda de que le paga por su apoyo —murmuró Arthur—. Bien, tengo la intención de llevar el asunto ante la justicia. No permitiré que aparezca un impostor y se autoproclame conde de Hawksworth. Para empezar, apenas tiene un leve parecido con Hawksworth, que debía de superarlo en más de quince kilos.

El hombre que estaba junto a Lara no pudo evitar una sonrisa.

—No es un delito que un hombre pierda peso, Arthur.

Arthur le dirigió una mirada burlona.

—Debe de haberle resultado muy conveniente haber «recordado» súbitamente que era el heredero de una cuantiosa fortuna.

El señor Young volvió a interceder con actitud serena:

—Todas las evidencias confirman la identidad de este hombre, lord Arthur. Hemos puesto a prueba su memoria, y la encontramos exacta. También hemos identificado marcas particulares en su cuerpo, incluso la cicatriz en su hombro, producida tras un accidente de caza durante su niñez. Hemos examinado muestras de su letra, que se parece mucho a la de lord Hawksworth. Su aspecto, aunque cambiado, guarda una enorme similitud con el del último conde, y eso, unido al hecho de que todos los que lo han visto hasta ahora lo han reconocido, demuestra que se trata de lord Hawksworth.

—Yo no lo reconozco —afirmó Arthur acaloradamente—. Ni tampoco mi esposa.

—Pero, bueno, tiene usted mucho que perder si él es realmente el conde —señaló el doctor Slade, mientras una sonrisa cínica aparecía en su curtido semblante—. Además, su propia esposa lo acepta, y una mujer tan honorable como la condesa jamás aceptaría a un desconocido como su marido.

—A menos que se proponga sacar ventaja de eso —dijo Janet con desprecio, señalando a Lara con su dedo huesudo—. Ella se acostaría con el primer hombre disponible, si eso implicara recuperar la fortuna de los Hawksworth.

Ante semejante ultraje, Lara soltó una exclamación ahogada.

—No me merezco una acusación así...

—Una viuda joven y bella, que se muere por la atención de un hombre —siguió diciendo Janet con voz chillona—. Has engañado a muchos con toda tu cháchara noble sobre el orfanato, pero yo sé cómo eres en realidad...

—Es suficiente —interrumpió Hunter. Había en sus ojos una mirada asesina que intimidó a todos. Miró a Arthur con una expresión tal de venganza que lo hizo empezar a sudar ostensiblemente—. Fuera de mi vista —dijo Hunter—. Vuestras pertenencias os serán enviadas, a menos que oséis volver a poner los pies en esta casa. En ese caso, serán incineradas. Ahora, marchaos... Y consideraos afortunados de que no os haga pagar como debería por todo lo que le habéis hecho a mi esposa.

—¡Si no hemos tenido más que generosidad con Lara! —exclamó Janet—. ¿Qué mentiras ha estado diciendo?

—Fuera. —Hunter dio un paso hacia Janet, extendiendo las manos hacia ella como si quisiera estrangularla.

Janet corrió hacia la puerta, con los ojos dilatados por el terror.

—¡Tiene los modales de un animal! —profirió, entre suspiros de furia—. No crea usted que su sucia treta va a engañar a nadie... ¡No más conde de Hawksworth que cualquiera de los chuchos de la perrera! —Arthur la alcanzó en la puerta y ambos se marcharon, al tiempo que varios murmullos excitados surgían entre la concurrencia.

Hunter agachó la cabeza y acercó su boca al oído de Lara.

—Nunca tuve intenciones de dejarte a merced de ellos. Perdóname.

Lara volvió la cabeza hacia él, pasmada. Hunter jamás se había disculpado ante ella por nada... Nunca había sido capaz.

—Hay momentos en los que casi coincido con Janet —susurró—. No te pareces en absoluto al hombre con el que me casé.

—¿Preferirías que volviera a ser el hombre que era? —preguntó él, en voz bien baja para que los demás no lo oyeran.

Lara parpadeó, confundida.

—No lo sé. —Retrocedió al ver que los presentes se aglomeraban en torno a él, lanzando exclamaciones ante el milagro de su regreso.

Los sirvientes se encontraban en un aprieto, afanándose por obedecer a dos amos, mientras embalaban las pertenencias de Arthur y Janet. Hunter no se había retractado de su decisión de que los Crossland abandonaran la propiedad de inmediato, una humillación que Lara sabía bien que jamás perdonarían. Janet iba y venía por Hawksworth Hall sumida en una furia explosiva, gritando órdenes e insultos a todos los que se cruzaban con ella.

51

Lara, sintiéndose algo perdida e incómoda, se paseó por la casa. Algunos de los cuartos menos formales de la planta alta habían sido dejados en su estado original, sereno y de buen gusto, con las ventanas cubiertas por claras cortinas de seda y de terciopelo y el mobiliario francés sencillo y fino.

—¿Haciendo inventario? —preguntó una voz suave desde la puerta del salón de lectura de las damas, y Lara se volvió y se encontró con Janet, allí de pie. Con su delgada figura rígidamente erguida, se le antojó dura y afilada como la hoja de un cuchillo.

Lara sintió algo de pena por Janet, consciente de que la pérdida del título y de la propiedad suponía un golpe devastador. Para una mujer de ambición tan desmedida, el retorno a la vida modesta que hasta entonces había llevado iba a ser difícil de soportar.

—Lo siento, lady Crossland —dijo con sinceridad—. Sé lo injusta que puede parecerle la situación...

—¡Ahórrame tu falsa piedad! Crees que has ganado, ¿verdad? Bien, de una manera u otra, recuperaremos el título. Arthur sigue siendo el presunto heredero, y tenemos dos hijos... Y, como todo el mundo sabe, tú eres estéril. ¿Le has dicho eso al impostor que afirma ser tu esposo?

Lara empalideció.

—¿Es que no tienes vergüenza?

—No más que tú, aparentemente. ¡Qué dispuesta, qué ansiosa te muestras para meterte entre las sábanas con un perfecto desconocido! —Aquel rostro se transformó en una mueca de desdén—. Durante meses has hecho el papel de mártir, con tu cara de ángel y tus modales de gran dama, cuando lo cierto es que no eres más que una gata en celo...

Su perorata fue interrumpida por un gruñido de indignación, y ambas mujeres se quedaron paralizadas por la sorpresa cuando la delgada silueta de un hombre entró en la habitación con el sigilo y la rapidez de una cobra. Hunter agarró a Janet y la sacudió, con expresión implacable y llena de ira.

—Da gracias a que eres una mujer —le advirtió—, si no lo fueras te mataría por lo que acabas de decir.

—¡Suélteme! —gritó Janet.

—Por favor —suplicó Lara, corriendo hacia ellos—. Hunter, no.

Ante el sonido de su nombre en labios de Lara, la espalda de Hunter pareció ponerse rígida.

—No hay motivos para hacer una escena —siguió diciendo Lara, acercándose—. No ha habido nada que lamentar. Suéltala. Hazlo por mí.

Sin previo aviso, Hunter la soltó con un gruñido de disgusto, y Janet huyó corriendo de la habitación.

Lara parpadeó, asustada, cuando su esposo se volvió hacia ella. Parecía que todo el cuerpo de Hunter estaba ávido de sangre. Nunca había visto una expresión tan salvaje en aquel rostro. Ni cuando más enfadado estaba había Hunter perdido el barniz de cortesía que era su marca de nacimiento. Pero en algún momento, entre su partida hacia la India y el actual, se había resquebrajado su fachada civilizada... Y comenzaba a emerger un hombre muy diferente.

—Janet es una bruja vengativa —murmuró.

—Hablaba llevada por la furia y el dolor —argumentó Lara—. Para mí no ha significado nada... —Se interrumpió, soltando una exclamación ahogada, cuando Hunter se acercó a ella en un par de zancadas. Éste apoyó una de sus grandes manos en su cintura, mientras con la otra la tomó de la barbilla y la obligó a echar la cabeza hacia atrás. Entonces paseó una mirada especulativa por todo el rostro de Lara.

Ella se pasó la punta de la lengua por los labios resecos. Sentía una inquietante sensación de placer que surgía de su interior. Su respiración se tornó agitada y clavó los ojos en el ancho pecho que tenía frente a ella, recordando la sensación de solidez que le había provocado el cuerpo de Hunter contra el suyo, la forma excitante en que la había besado.

Las acusaciones de Janet habían hecho mella en ella. Era que Lara se sentía atraída por aquel hombre, y nunca se había sentido así con su esposo. ¿Se debería a que ambos habían cambiado..., o se trataba de la prueba concluyente de que aquel hombre no era Hunter?

Todo estaba sucediendo demasiado deprisa. Necesitaba quedarse a solas para ordenar sus pensamientos.

—No me toques —susurró—. No lo puedo tolerar.

Hunter la soltó, y ella dio un paso hacia atrás. Tenía los ojos de un color sorprendente, de un tono castaño que parecía negro bajo cierta luz. Eran los ojos de Hunter, sin ninguna duda, pero estaban colmados de una intensidad que Lara nunca antes había visto.

—¿Cómo es posible que seas mi esposo? —preguntó, insegura—. ¿Pero cómo es posible que seas otro? No sé qué pensar, ni qué sentir.

Hunter no se enfadó ante aquella mirada vacilante.

—Si tú no me aceptas, ve y díselo a los demás —dijo—. Todo depende de ti. Sin tu apoyo, no tengo ni una maldita posibilidad de convencer a nadie de que soy quien soy.

Lara se pasó la mano sobre la húmeda frente. No deseaba tomar aquella decisión por su cuenta, ni asumir la responsabilidad de un error... Si es que era realmente un error.

—Podríamos esperar a que tu madre regrese de sus viajes —respondió—. Una vez que se entere de lo tuyo, vendrá lo antes posible. Aceptaré lo que ella decida. Una madre, ciertamente, conoce a su propio hijo...

—No. —El rostro de Hunter parecía de granito—. Decídelo tú, ahora. ¿Soy tu esposo, Lara?

—Supongo que el señor Young tiene razón, que la evidencia señala que...

—Al demonio con la evidencia. ¿Soy o no tu esposo?

—No puedo estar totalmente segura —insistió ella, negándose obstinadamente a darle el «sí» o el «no» que él quería—. No llegué a conocerte demasiado. No tuvimos intimidad en ningún aspecto, salvo en el físico, e incluso entonces... —Lara titubeó un instante, con las mejillas ardiendo.

—Aquello siempre fue algo impersonal —reconoció él con franqueza—. No tenía ni la más remota idea de cómo tratar a una esposa en la cama... Debería haberte tratado como a una amante. Debería haberte seducido. La verdad es que fui un tonto egoísta.

Lara bajó los ojos.

—Yo no era la que tú querías. Te casaste para tener hijos, y como yo no pude dártelos...

—No tiene nada que ver —la interrumpió él—. Mírame, Lara. —Al ver que ella se negaba a hacerlo, él enredó los dedos en su melena, y le soltó el moño mal sujeto que llevaba—. Me importa un comino que puedas concebir o no —le dijo—. Eso ya no me interesa.

—Desde luego que sí...

—He cambiado, Lara. Dame la oportunidad de demostrarte cómo pueden ser las cosas entre nosotros. —Se cernió sobre ambos un silencio que parecía interminable. La mirada de Lara se posó sobre su boca ancha y firme, y se preguntó, dominada por el pánico, si volvería a besarla.

De improviso, Hunter pareció tomar una decisión,

y deslizó la mano por el pecho de ella, con un movimiento tan leve y rápido que Lara no tuvo tiempo de reaccionar. Sintió que le escocían los senos ante el roce fugaz de aquella mano. Hunter bajó la boca hasta su cuello, respirando ardiente y suavemente. Cuando apoyó la lengua contra su piel, Lara soltó un gemido sofocado.

—Tienes la piel de un bebé —susurró él—. Quiero desnudarte aquí mismo..., sentirte desnuda en mis brazos... Amarte como debería haber hecho hace tanto tiempo...

El rostro de Lara pareció incendiarse, y entonces trató de apartarse de él, pero estaba presa en su fuerte abrazo. Hunter ladeó la cabeza y encontró el sensible punto de unión entre el cuello y el hombro. Mordisqueó suavemente la tela de su vestido. Ante la erótica sensación de la caricia, Lara se estremeció, y arqueó todo el cuerpo.

—¡Oh...!

—Los hindúes creen que la vida de una mujer no tiene valor ni sentido sin un esposo —murmuró él mientras le daba una serie de besos en la base de la garganta y la delicada hendidura de debajo de la oreja. Cuando habló de nuevo, en su voz se percibió un tono burlón—: Te considerarían una mujer afortunada por haberme recuperado de la muerte.

—Me las arreglé muy bien sin ti —respondió Lara aferrándose a sus hombros, duros como la piedra, al sentir que le temblaban las rodillas.

Sintió que él sonreía contra su oreja.

—En la India habrías sido quemada viva en mi pira crematoria, para ahorrarte la pena de tener que vivir sin mí. Lo llaman *sati*.

—¡Eso es una barbaridad! —Cerró los ojos cuando las manos de él encontraron, a través de los pliegues de su falda, la tensa curva de sus nalgas—. Por favor, no quiero...

—Deja que te toque. Hace mucho tiempo que no abrazo a una mujer.

—¿Cuánto? —preguntó Lara, sin poder evitarlo.

—Más de un año.

Lara sintió que la mano de él recorría su columna vertebral en una lenta caricia.

—¿Y si una viuda se niega a ser incinerada? —preguntó, sin aliento.

—No tiene alternativa.

—Bueno, lamenté enterarme de tu muerte, pero eso no me indujo al suicidio.

Hunter se echó a reír.

—Probablemente te sentiste muy a gusto cuando te enteraste del naufragio.

—No —negó ella automáticamente, pero, para su espanto, un rubor de culpabilidad se extendió por su rostro.

Hunter se apartó para mirarla a la cara, y una sonrisa irónica se formó en su boca.

—Mentirosa —dijo, antes de rozar sus labios con un beso rápido.

—Yo, realmente, no... —empezó a decir Lara, incómoda, pero él cambió de tema con una rapidez que la confundió.

—Quiero que te hagas hacer algunos vestidos. No me gusta que mi esposa ande con harapos.

Lara bajó la mirada hasta su vestido negro de bombasí, y recogió un pliegue suelto de la falda.

—Pero el gasto... —dijo en voz baja, pensando qué agradable sería tener algunos trajes nuevos. Había llegado a hartarse del negro y el gris.

—El gasto no tiene importancia. Quiero que te deshagas de todos los vestidos de luto que tengas. Quémalos todos, si quieres. —Tocó la tela del cuello de su vestido—. Y manda que te hagan algunos negligés, de paso.

Durante toda su vida, Lara no había usado más que camisones blancos de algodón.

—¡No quiero ningún negligé! —exclamó.

Se alejó de él y se ajustó nerviosamente la ropa, tirando de las mangas, el cinturón, las faldas.

—No voy a usar atuendos destinados a seducir. Lamento si eso te desagrada, pero... Debes comprender que nunca me acercaré a ti por propia voluntad. Sé que es difícil para un hombre estar sin... Y sé que debes tener necesidad de... —Lara sintió que enrojecía hasta que las orejas le ardieron—. Desearía que tú... o sea, espero que... —Reunió toda la dignidad que le quedaba y dijo—: Por favor, no dudes en acudir a otra mujer para satisfacer tus necesidades masculinas. Renuncio a todo derecho sobre ti, tal como hice antes de que te fueras.

Hunter la miró con una extraña expresión, como si se sintiera insultado, divertido y fastidiado al mismo tiempo.

—Esta vez no tendrás tanta suerte, amor mío. Mis necesidades masculinas serán satisfechas por una sola mujer... Y hasta que tú no te entregues a mí, no las aliviaré.

Lara alzó la barbilla, con gesto decidido.

—En este punto no voy a titubear.

—Pues yo tampoco.

El ambiente pareció caldearse ante el desafío. El corazón de Lara emprendió una carrera alocada, y su palpitar resonó por todo su cuerpo. Su compostura se vio alterada cuando Hunter le dedicó una sonrisa llena de una conmovedora burla de sí mismo.

Hasta entonces, Lara nunca se había detenido a considerar el atractivo de Hunter. No le había preocupado lo más mínimo que él fuera o no apuesto; era la pareja que sus padres le habían asignado, y ella había acatado aquella decisión. Más adelante, la infelicidad de su matrimonio había eclipsado cualquier consideración sobre su aspecto. Pero por primera vez advirtió que era realmente apuesto, excepcionalmente apuesto, de hecho, con un encanto sutil que, decididamente, la descolocaba.

—Veremos cuánto aguanta cada uno —dijo él. La expresión de Lara debió de revelar sus pensamientos, ya que Hunter se echó de pronto a reír y le dirigió una mirada provocativa, al tiempo que salía de la habitación.

4

Más tarde, aquella misma noche, Hunter trató de concentrarse en un objetivo —encontrar sus diarios—, pero sus pensamientos insistían en distraerlo de la tarea que se había impuesto. Buscó metódicamente en todos los baúles que habían sido sacados del depósito y dejados en su habitación. Hasta el momento, sólo había descubierto algunos efectos personales, y algunas ropas, que quedaban enormes sobre su delgada figura.

Suspiró con aire decidido y paseó la mirada sobre el recargado brocado dorado y rojo que tapizaba las paredes. Después de los cuartos simples y casi primitivos que había ocupado durante el último año, incluyendo la espartana cabina, escasamente amueblada, del interminable viaje de regreso, la sobrecargada suite era como un ataque a sus sentidos.

Se quitó las ropas y se puso una bata de brocado de seda francés que había descubierto en uno de los baúles. Había sido cortada para un hombre más corpulento, pero plegó las anchas solapas que tenía en el frente y la ató, ajustada, en torno a su cintura. Aunque aún tenía un olor rancio, a causa de haber estado guardada tanto tiempo, la tela era suave y fina, de tonos castaños mezclados con seda color crema y finas rayas doradas.

Volvió su atención al contenido revuelto de los baúles. Frunció el entrecejo, preguntándose dónde demonios estarían sus diarios. Era posible que hubieran sido descubiertos después de su «muerte» y, o bien habían sido destruidos, o bien guardados en otro lugar. Se frotó la mandíbula, pensativo, y notó la barba que le había crecido desde la mañana. Se preguntó si acaso Lara sabría algo acerca de aquellos diarios.

No sabía nada de Lara desde la cena. Había comido poco y se había retirado temprano, huyendo de él como un conejillo asustado. Los sirvientes estaban comportándose de un modo bastante discreto, probablemente siguiendo indicaciones del ama de llaves, la señora Gorst. Lo más probable era que supusieran que se encontraba disfrutando de una largamente esperada bienvenida.

Desgraciadamente, aquélla sería la primera de muchas noches que pasaría en soledad. Nunca forzaría a una mujer remisa, por mucho que la deseara. Iba a requerir de mucho tiempo y paciencia ganarse un sitio en el lecho de Lara. Bien sabía Dios que por ella valía la pena el esfuerzo. Su reacción ante el beso que le había dado aquella tarde había sido garantía suficiente de ello. Se había mostrado decididamente reacia, pero no fría. Por un instante, había respondido con impresionante dulzura y ardor. Recordando aquel momento, la carne de Hunter se crispó, e incluso tuvo una poderosa erección.

Una leve sonrisa torció su boca mientras luchaba por recuperar el dominio de sí mismo. Una cosa quedaba clara: no permanecería casto por demasiado tiempo. En aquel preciso momento, cualquier mujer habría sido adecuada para satisfacer sus necesidades, pero él estaba decidido a vivir como un monje, mientras su exquisitamente hermosa mujer dormía a pocos metros de su habitación.

Colocó la miniatura que contenía la imagen de Lara sobre una mesa semicircular, apoyada contra la pared, y deslizó el dedo por los gastados bordes del estuche de esmalte. Con un toque experto, abrió el estuche, y dejó a la vista el delicado retrato que había adentro. La visión familiar del rostro de Lara lo calmó y lo alivió, como de costumbre.

El artista que lo había pintado no había logrado captar del todo la sensualidad de su boca, la singular dulzura de su expresión, el color de sus ojos, parecido al de la niebla sobre una verde pradera. Ningún pincel ni lienzo podían reflejar cosas semejantes.

Lara era una mujer excepcional, con una inmensa capacidad para preocuparse por los demás. Generosa, y accesible ante las súplicas de los otros, parecía tener un talento especial para aceptar a la gente con todos sus defectos. A cualquiera le habría resultado fácil aprovecharse de ella; necesitaba la protección y el apoyo de un hombre. Necesitaba muchas cosas que él estaba más que dispuesto a ofrecerle.

Sintió una súbita necesidad de volver a verla, para asegurarse de que realmente estaba allí, junto a él, y abandonó su habitación y se dirigió hacia la suite de tres habitaciones contigua a la suya.

—Lara —murmuró, golpeando suavemente la puerta, alerta a cualquier sonido que se oyera desde el interior. Nada, salvo una total quietud. Repitió su nombre y movió el picaporte, y descubrió que el cerrojo había sido echado.

Entendió la necesidad de Lara de poner alguna clase de barrera entre ambos, pero una especie de primitivo ultraje masculino se encendió de pronto en su interior. Ella era suya, y a él no debía negársele el acceso.

—Abre la puerta —dijo, mientras volvía a probar el picaporte para hacer un ruido de advertencia—. Ahora, Lara.

Entonces sí llegó la respuesta, pronunciada en un tono de voz más agudo que lo normal.

—No... no quiero verte esta noche.

—Déjame entrar.

—Me lo prometiste —dijo ella en tono tenso—. ¡Dijiste que no me tomarías por la fuerza!

Hunter empujó la puerta con el hombro y logró abrirla de un golpe, ya que la pequeña cerradura de bronce era más ornamental que útil.

—No habrá más puertas cerradas entre los dos —advirtió, cortante.

Lara se hallaba de pie junto a la cama, con sus delgados brazos cruzados. Por su rígida postura, era evidente que estaba echando mano de toda su capacidad de autodominio para no salir corriendo. Parecía un ángel, con el cuerpo envuelto en varias capas de muselina blanca y el cabello recogido en una brillante cola oscura que le caía por encima del hombro. Al recordar la firme redondez de sus pechos y sus caderas bajo sus manos, y la dulzura de su boca contra la de él, Hunter sintió que un calor abrasador comenzaba a subirle por la entrepierna. Ni siquiera podía recordar cuándo había deseado tanto a una mujer, cuándo había suspirado por sentirla, olerla y saborearla con cada fibra de su ser.

—Por favor, déjame —suplicó ella, vacilante.

—No voy a violarte, Lara —dijo él con brutal franqueza—. Si ésa fuera mi intención, ya estaría encima de ti.

La crudeza de sus palabras hizo que Lara diera un respingo.

—¿Entonces, por qué estás aquí?

—Pensé que tal vez podrías decirme dónde está el resto de mis cosas.

Lara pensó por unos instantes.

—Arthur vendió y destruyó muchas de tus pertenencias cuando se mudó a esta casa —respondió—. Yo no estaba en posición de cuestionarlo.

Hunter hizo un gesto de desagrado, maldiciendo en silencio a Arthur. Sólo esperaba que el canalla no hubiera encontrado los diarios, ni descubierto los secretos que contenían... Ojalá se hubiera deshecho de ellos.

—Les pedí a los sirvientes que llevaran cualquier cosa que encontraran a tu cuarto —murmuró Lara—. ¿Qué estás buscando?

Hunter se encogió de hombros y permaneció callado. Existía la posibilidad de que los diarios estuvieran escondidos en algún rincón de la casa. Si era así, prefería no poner a Lara sobre aviso.

Mientras se paseaba por el cuarto, Hunter advirtió la postura en que se mantenía Lara, guardando la distancia entre ambos. Se le antojaba adorable y precavida, con su pequeña barbilla erguida, desafiante. La mirada de Lara se posó sobre la bata que él llevaba, y la contempló con tan evidente incomodidad que Hunter comprendió que despertaba en ella algún recuerdo desagradable.

—¿Qué pasa? —preguntó con voz ronca.

Una arruga pareció juntar las finas cejas de Lara en una sola línea.

—¿No lo recuerdas?

—No —dijo Hunter, meneando la cabeza.

—La tenías puesta la última vez que nosotros... La última vez que me visitaste. —Por su expresión, era evidente que la experiencia no había sido particularmente placentera.

Hunter se oyó a sí mismo murmurando alguna clase de disculpa. Después ambos quedaron sumidos en un incómodo silencio, mientras él contemplaba a su esposa con una mezcla de enfado y remordimiento, y se preguntaba cómo haría para eliminar aquella aprensión de su mirada.

—Ya te dije que no volverá a ser así.

—Sí, milord —murmuró ella, aunque era obvio que no le creía.

Maldiciendo en voz baja, Hunter atravesó la alfombra oriental. Sabía que a ella le causaría un alivio infinito que él se marchara, pero todavía no quería hacerlo, sencillamente. Hacía demasiado tiempo que no disfrutaba de verdadera compañía. Se sentía solo, y estar con ella era el único consuelo que tenía, aunque Lara no sintiera gran afición por él.

La habitación estaba decorada con el mismo estilo recargado que la suya, sólo que peor. La cama era, realmente, un monumento, de columnas talladas con remates de oro, gruesas como troncos de árbol, y un baldaquín cargado con abalorios dorados y escarlata. El techo parecía hundirse sobre un diseño de caracolas doradas y molduras en forma de delfín... Por no mencionar el enorme espejo ovalado que quedaba sobre la cama, enmarcado por figuras de sirenas con el pecho desnudo.

Al ver hacia dónde se dirigía la atención de Hunter, Lara trató de quebrar la tensión con una charla trivial.

—Janet debe de haber estado fascinada con su propio reflejo. ¿Por qué le gustaría tanto mirarse cuando se iba a dormir?

Su inocencia logró conmover a Hunter.

—No creo que el sueño fuera la actividad que el espejo estaba destinado a reflejar —dijo secamente.

—¿Quieres decir que lo que quería era verse durante...? —Claramente confundida ante la idea, se puso colorada—. Pero, ¿por qué?

—A algunos les causa placer verse durante el acto.

—Pero Janet no parece la clase de mujer que...

—Te sorprenderías ante lo que hace la gente en la intimidad de sus dormitorios —advirtió él, al tiempo que se dirigía junto a ella.

Supuso que Lara se apartaría, lejos de él, pero ella se mantuvo firme en su lugar y se quedó mirándolo con sus transparentes ojos verdes. Hunter percibió su curiosidad y la tácita sospecha que hervía en su mente.

—¿Alguna vez tú...? —empezó a preguntar Lara, y se detuvo bruscamente.

—No, nunca debajo de un espejo —contestó él con tono impersonal, aunque la idea lo excitó enormemente. Se imaginó empujando a Lara sobre la cama, levantándole el camisón, hundiendo la cabeza entre sus delgados muslos, mientras sus cuerpos entrelazados se reflejaban en el espejo del techo.

—Creo que es una idea muy tonta —dijo Lara.

—Mi lema es que no hay que oponerse a nada hasta haberlo probado.

Una risa rápida, casi contra su voluntad, se escapó de los labios de Lara.

—Ese lema podría meterte en un montón de problemas.

—Y lo ha hecho —admitió él, pesaroso.

Algo en su expresión le dijo a Lara que estaba recordando experiencias de la India que no habían sido especialmente agradables.

—¿Encontraste lo que fuiste a buscar en tus viajes? —le preguntó, titubeante—. ¿La excitación y la aventura que tanto anhelabas?

—Descubrí que la excitación y la aventura están muy sobrevaloradas —respondió él—. Lo que obtuve de mis viajes fue una nueva valoración del hogar. De lo bueno que es pertenecer a algún lugar. —Se quedó un instante callado, mirándola—. De ti.

—¿Pero cuánto tiempo va a durar eso? —preguntó ella en voz baja—. Te aburrirás de este lugar, de la gente, y de mí, como sucedió antes.

«Te querré siempre», dijo una vocecilla inoportuna y anhelante desde el interior de Hunter, con una insistencia tal que logró sobresaltarlo. Quería todo lo que lo rodeaba... La quería a ella. Ocuparía el lugar que allí le correspondía, y lucharía por lograrlo hasta el último aliento.

—Créeme —dijo con voz grave—, podría pasar diez mil noches en tus brazos sin aburrirme nunca.

Ella le dirigió una mirada entre incómoda y escéptica, y sonrió.

—Después de un año de castidad, milord, me parece que cualquier mujer le parecería seductora.

Entonces fue hasta su tocador y comenzó a trenzarse el cabello, deslizando sus largos dedos por aquel suave río de seda. Era una señal sutil para que él se marchara, pero Hunter decidió ignorarla. Fue tras ella y se recostó contra la pared, observándola.

—La castidad es una virtud muy admirada entre los hindúes —señaló.

—¿Oh, sí? —dijo ella con deliberada frialdad.

—Expone el dominio del hombre sobre sí mismo y sobre su entorno, y lo acerca a la verdadera conciencia espiritual. Los hindúes practican el autocontrol en sus templos decorados con arte erótico. Visitar los templos es una prueba de fe y disciplina. Sólo los más devotos pueden mirar las pinturas sin excitarse.

Lara se concentró, con escrupuloso cuidado, en el trenzado de su cabello.

—¿Visitaste alguno de esos sitios?

—Naturalmente. Mucho me temo que no me pude contar entre los más devotos.

—Qué sorprendente —dijo Lara, en un tono suavemente sarcástico que hizo sonreír a Hunter.

—Mis compañeros me dijeron que la mía fue la típica reacción de todo inglés. Los hindúes son muy superiores en el arte de dominar los límites del placer y del dolor, y llegan a alcanzar el control supremo de sus mentes y cuerpos.

—Qué paganos —comentó Lara, terminando con su trenza.

—Oh, por cierto. Adoran a muchos dioses, incluyendo a Shiva, «Señor de las Bestias y Dios de la Fertilidad». Me dijeron que concibió millones de posiciones sexuales, aunque a sus seguidores sólo les ha enseñado unos pocos miles.

—Mi-millones de... —Lara quedó lo suficientemente impresionada como para volverse hacia él—. Pero si sólo existe una única... —Lo miró francamente perpleja.

La gracia que a Hunter le causaba gastarle bromas pareció desvanecerse, y de pronto se encontró sin palabras, mientras la miraba con una expresión que igualaba la de ella. De modo que así había sido para Lara, un acto rutinario y sin alegría. No había que sorprenderse de que lo hubiera recibido con semejante rechazo.

—Lara —dijo con dulzura—, hay cosas que nunca te enseñé... Cosas que debería haber hecho...

—Está bien —lo interrumpió ella, incómoda—. Por favor, no quiero hablar de nuestro pasado... Especialmente de esa parte. Ahora me gustaría acostarme. Estoy muy cansada. —Retiró las mantas y las sábanas, alisando con sus pequeñas manos la tela bordada.

Hunter supo entonces que debía marcharse, pero algo lo impulsó a acercarse a ella y tomar una de aquellas frágiles manos. Se la llevó a los labios y la apretó contra su boca y su barbilla, obligándola a aceptar el ardiente beso que le dio en la palma. Lara se estremeció; Hunter pudo percibir la vibración que se extendía por todo su brazo, pero no trató de retirarlo.

—Algún día me harás sitio a tu lado —murmuró él, pasando la mirada desde los ojos verdes de Lara hasta el costado vacío del lecho. La soltó lentamente, y ella se frotó la mano como si le doliera—. ¿Te he lastimado? —preguntó, con gesto preocupado.

—No, es sólo que..., no. —Dejó caer las manos a ambos costados, mirándolo con una expresión extraña.

Comprenderla le provocó a Hunter una aguda punzada en su interior. Sacudió la cabeza, sonriendo con pesar, y abandonó la habitación a toda prisa, consciente de que si se quedaba un minuto más no podría contenerse y la haría suya. Al cerrar la puerta tras él, miró por un instante a Lara, que permanecía inmóvil donde la había dejado, con el rostro impasible, como una máscara adorable.

5

Para consternación de Lara, la multitud de visitantes que habían recibido el día anterior no fue nada comparada con el gentío que en aquel momento inundaba Hawksworth Hall. Parecía que cada una de las setenta y cuatro habitaciones estaba llena a rebosar. Habían llegado figuras políticas locales, personajes de la burguesía y habitantes de la aldea, llevados por la curiosidad y la excitación que causaba el regreso de Hawksworth. Varios carruajes, tirados por cuatro o seis caballos, se alineaban a lo largo del camino principal, en tanto la entrada de servicio estaba abarrotada de lacayos y mozos que lucían tonos variados de librea.

—¿Los echo? —le preguntó Lara a Hunter aquella mañana, cuando la avalancha de invitados recién comenzaba a llegar—. La señora Gorst puede decirles a todos que no te sientes bien...

—Hazlos entrar. —Hunter se levantó del sillón de la biblioteca con aire de expectación—. Me gustaría volver a ver algunas caras familiares.

—Pero el doctor Slade te prescribió descanso e intimidad para los próximos días, hasta que te adaptes al regreso a casa...

—He pasado meses de descanso e intimidad.

Lara lo contempló, perpleja. Hunter, siempre dispuesto a preservar la dignidad familiar, sabía que lo más decente era mantenerse aislados durante algunos días, y que había que organizar su reingreso en sociedad de un modo más oficial.

—Será un circo —consiguió decir—. No puedes dejarlos entrar a todos a la vez.

Hunter exhibió una sonrisa cordial, pero su tono de voz fue inflexible.

—Insisto en ello.

Se las ingenió para dar la bienvenida a todos y cada uno de los recién llegados con una sencillez y un buen humor que asombró a Lara. Aunque Hunter siempre había sido buen anfitrión, nunca había parecido disfrutar de ello, especialmente cuando estaban involucrados los burgueses de menor cuantía y los plebeyos de la aldea. «Idiotas», solía decir despectivamente de ellos. Aquel día, no obstante, se tomó el trabajo de recibir a cada uno de ellos con un entusiasmo contenido.

Con ágil encanto, los había entretenido con historias de sus viajes por la India, llegando a mantener dos o tres conversaciones al mismo tiempo, o paseándose por los jardines y la galería de los cuadros, con uno o dos amigos cercanos. Cuando llegó el mediodía, abrió botellas del más fino coñac y varias cajas de cigarros de intenso sabor, y todos los hombres se congregaron en torno a él. En la parte trasera de la casa, en las cocinas, podía oírse el tintineo de cacerolas y cacharros producido por la servidumbre, en sus esfuerzos por preparar refrigerios para todo aquel gentío. Llegaron bandejas de exquisitos emparedados y platos con pasteles, que fueron devorados velozmente.

Lara cumplió con su parte atendiendo a los invitados, sirviendo docenas de tazas de té y escuchando las preguntas de toda una manada de mujeres presas de una feliz agitación.

—¿Qué pensó cuando lo vio? —preguntó una, en tanto otra quiso saber—: ¿Qué fue lo primero que le dijo?

—Bien —respondía Lara, incómoda—, naturalmente, fue una gran sorpresa...

—¿Se echó a llorar?

—¿Se desmayó?

—¿Él la tomó en sus brazos...?

Abrumada por el alud de preguntas, Lara bajó la mirada hasta su taza de té. En aquel momento oyó la seca voz de su hermana en la puerta de la habitación.

—Me parece que ninguna de todas esas cosas es de nuestra incumbencia, señoras.

Lara levantó la mirada y estuvo a punto de echarse a llorar al ver aquel rostro familiar y comprensivo. Rachel entendía, mejor que nadie, lo que significaba para ella el regreso de Hunter. Tratando de ocultar su alivio, Lara se excusó, salió del círculo de chismosas y abandonó la habitación junto a Rachel. Se detuvieron en el rincón que había debajo de la gran escalinata, y Rachel le tomó la mano y le dio un solidario apretón.

—Sé que tienes demasiados invitados —dijo Rachel—. Iba a esperar hasta más tarde, pero no pude aguantar más y vine.

—Nada me parece real —murmuró Lara para no ser oída—. Las cosas han cambiado con tal rapidez que no he tenido ni un momento para respirar. En un santiamén Arthur y Janet ya no estaban aquí, y yo he vuelto con Hunter... Y es un desconocido...

—¿Dices «desconocido» en sentido figurado, o literal? —le preguntó Rachel con expresión grave.

Lara le dirigió una mirada de sobresalto.

—Sabes que no lo habría aceptado a menos que estuviera convencida de que es mi esposo.

—Por supuesto, querida, pero..., no es exactamente

el mismo, ¿verdad? —No era una pregunta, sino una afirmación.

—Entonces, ya te has encontrado con él.

—Me crucé con él mientras iba caminando junto al señor Cobbett y lord Grimston rumbo al salón de fumar. Me reconoció en cuanto me vio, y se detuvo para saludarme con grandes muestras de afecto. Nos quedamos aparte y charlamos brevemente, y me manifestó su preocupación por todo lo que has sufrido durante su ausencia. Me preguntó por mi esposo, y pareció complacido al enterarse de que Terrell vendría mañana. —El rostro de Rachel mostró una mueca de perplejidad cuando añadió—: Parecía comportarse como era propio de lord Hawksworth, pero...

—Ya sé —dijo Lara con seriedad—. No es el mismo. Supongo que ha cambiado a causa de las experiencias, pero hay cosas en él que no puedo comprender ni explicar.

—¿Cómo te ha tratado hasta ahora?

—Muy bien, en realidad —respondió Lara, encogiéndose de hombros—. Está procurando mostrarse agradable, y lo rodea una suerte de encanto y de receptividad que no recuerdo que tuviera antes.

—Qué raro, ¿no? —comentó Rachel, pensativa—. Yo noté lo mismo... Está muy animado. Es la clase de hombre por el que suspiran las mujeres. Y antes no era así.

—No —coincidió Lara—. No es el hombre que conocí.

—Siento curiosidad por ver cómo reaccionará ante Terrell. ¡Eran tan íntimos amigos! Si este hombre es un impostor...

—No puede serlo —dijo Lara precipitadamente. Su mente se negó a aceptar la temible posibilidad de que pudiera estar viviendo junto a un mentiroso consumado y un actor como jamás había conocido.

—Larissa, si existe la más mínima posibilidad de que sea un impostor, podrías estar en peligro. No conoces su pasado, o de qué puede ser capaz...

—Él es mi esposo —insistió Lara con determinación, aunque sintió que empalidecía—. Estoy convencida.

—Anoche, ¿trató de...?

—No.

—Supongo que cuando te tenga en sus brazos sabrás si es o no el hombre con el que te casaste.

Cuando Lara trató de responder, recordó la ardiente humedad de la respiración de Hunter contra su piel, la textura de su pelo entre sus dedos, la fragancia del sándalo inundándola. Había sentido que existía entre ellos una conexión extraña, elemental.

—No sé quién es —dijo en un incómodo susurro—, pero tengo que creer que es mi esposo, porque eso es lo único que tiene sentido. Ningún desconocido podría saber las cosas que él sabe.

Llegó la noche y los invitados no acababan de irse, a pesar de las recomendaciones del doctor Slade.

—Ha hecho ya suficientes esfuerzos por un día —le había dicho el anciano médico a Lara. Juntos miraron a Hunter, que se hallaba de pie junto a un aparador, en el rincón más alejado de la habitación—. Es hora de que él descanse, lady Hawksworth.

Lara observó a su esposo, que en aquel momento estaba sirviendo una copa de coñac al tiempo que reía ante alguna ocurrencia hecha por uno de sus amigos. Parecía totalmente a sus anchas, hasta que uno advertía la tensión alrededor de sus ojos y los profundos pliegues que tenía a cada lado de la boca.

Había sido todo una actuación, pensó de pronto Lara. Una actuación habilidosamente realizada, destinada a ganarse el apoyo de toda la aldea... Y había tenido éxito. Ese día había sido el perfecto señor de la heredad: amistoso, hospitalario, y cortés. Si los invitados habían albergado alguna sospecha sobre su identidad, muy pocos la conservaban ya después de verlo.

Lara sintió una punzada de compasión al observarlo. A pesar de toda la gente que lo rodeaba, parecía muy solo.

—Parece agotado —le dijo al doctor Slade—. Quizás usted pueda usar su influencia para obligarlo a retirarse.

—Ya he hecho el intento —dijo tras un bufido el anciano doctor, frotándose una de sus largas patillas grises—. Es tan tozudo como siempre. Supongo que desempeñará el papel de anfitrión hasta que caiga de cansancio.

Lara contempló a su esposo.

—Nunca ha hecho caso de la opinión de nadie —coincidió, tranquilizada ante el hecho de que, al menos en eso, Hunter no había cambiado—. Sin embargo, voy a hacer lo que pueda.

Con una cordial sonrisa, se acercó a Hunter y a los tres hombres que estaban con él. Empezó por el que tenía más cerca, sir Randolph Woodfield, un caballero próspero y un apasionado de la caza.

—¡Sir Randolph! —exclamó—. ¡Qué placer verlo aquí!

—Vaya, muchas gracias, lady Hawksworth —respondió alegremente sir Randolph—. ¿Me permite ofrecerle mis felicitaciones por su buena suerte? Todos echábamos de menos a este gentil caballero. No me cabe duda de que usted es la más feliz de todos. —Un guiño malicioso acompañó aquella afirmación.

Lara enrojeció ante su descaro. No era el primer comentario así que recibía aquel día, como si todo el pueblo de Market Hill la considerara una viuda ávida de amor. Ocultando su fastidio, consiguió sonreír.

—Realmente, me siento bendecida, sir. Y pronto también podrían estar otros. Deje que le comente la idea que he tenido recientemente, estoy segura de que le encantará.

—¿Oh? —Sir Ralph inclinó la cabeza, pues aquellas palabras parecieron penetrar la confortable bruma producida por el coñac.

—Estaba pensando en sus purasangre, y en el magnífico cuidado que les brinda a sus animales, y entonces se me ocurrió... ¿Por qué sir Ralph no crea un hogar para caballos viejos y tullidos, aquí, en Market Hill?

El hombre se quedó con la boca abierta.

—¿Un..., un hogar para...?

—Un lugar al que puedan ir cuando se vuelvan muy débiles, enfermos o incapaces de cumplir con sus obligaciones. Estoy segura de que a usted le apena saber que tantos buenos y leales caballos son innecesariamente sacrificados después de años de trabajo.

—Sí, pero...

—Sabía que se entusiasmaría ante la idea de poder salvarles la vida a todos esos pobres animales. Es usted maravilloso. En breve hablaremos del asunto, y veremos cómo proceder.

Claramente alterado, sir Ralph murmuró algo acerca de irse a su casa para estar con su mujer, se despidió de ellos y desapareció de la habitación.

Lara se volvió hacia el próximo visitante, un solterón empedernido de cuarenta y cinco años.

—En lo que respecta a usted, señor Parker, he dedicado mucho tiempo a pensar en su situación.

—¿Mi situación? —repitió éste, frunciendo las cejas hasta que formaron una sola línea.

—He estado muy preocupada, sabe usted, por el hecho de que está falto de compañía y de todo el cuidado y la comodidad que puede brindar una esposa... Bueno, he encontrado la mujer ideal para usted.

—Le aseguro, lady Hawksworth, que no es necesario...

—Es perfecta —insistió Lara—. Se llama Mary Falconer. Los dos son notablemente parecidos en carácter: independientes, prácticos, con opiniones claras... Es la pareja ideal. Tengo la intención de presentarlos sin más demora.

—Ya conozco a la señorita Falconer —dijo Parker, rechinando los dientes—. Una solterona entrada en años, y de mal carácter, no es lo que considero exactamente una pareja ideal.

—¿Entrada en años? ¿Mal carácter? Le aseguro, sir, que la señorita Falconer es un ángel. Insisto en que trate de conocerla mejor, y verá cuán equivocado está.

Maldiciendo por lo bajo, Parker se marchó apresuradamente, no sin antes dirigir una seria mirada a Hunter, como recomendándole que pusiera en vereda a su esposa. Hunter se limitó a sonreír y encogerse de hombros.

Cuando Lara volvió su benevolente atención sobre los demás visitantes, todos encontraron de pronto motivos para marcharse de inmediato, recogieron a toda prisa sombreros y guantes y se apresuraron hacia sus carruajes.

Cuando el último de todos ellos se marchaba, Hunter se reunió con Lara en el vestíbulo de entrada.

—Tienes un gran talento para vaciar una habitación, amor mío.

Sin saber si aquello era un cumplido o una protesta, Lara se volvió hacia él y dijo con tono de cansancio:

—Alguien tenía que librarse de ellos, o se habrían quedado toda la noche.

—Muy bien, has echado a nuestros invitados y ahora me tienes todo para ti. Siento interés por conocer los planes que tienes para el resto de la velada.

Lara quedó desconcertada ante el brillo burlón que detectó en los ojos de Hunter.

—Si me haces el favor de retirarte a tus aposentos, haré que te suban una bandeja...

—¿Estás sugiriendo que me vaya a la cama temprano, y solo? —Su fugaz sonrisa se burlaba y coqueteaba con ella a la vez—. Esperaba una oferta mejor que ésa. Creo que voy a ir a la biblioteca y escribiré algunas cartas.

—¿Te hago llevar allí la cena? —preguntó Lara.

Hunter negó con la cabeza.

—No tengo hambre —dijo.

—Pero debes comer algo —protestó ella.

Él la miró con una expresión que le produjo una dulce y extraña sensación en el estómago.

—Parece que estás decidida a alimentarme. Muy bien, cenaremos en el salón familiar de la planta alta.

Al pensar en aquel acogedor sitio, ubicado tan cerca de la habitación de Hunter, Lara vaciló, y negó luego con la cabeza.

—Preferiría el comedor de aquí abajo.

Hunter frunció el entrecejo.

—Me quitaría el apetito. Ya he visto lo que Janet hizo con esa habitación.

A su pesar, Lara no pudo menos que sonreír.

—Los motivos egipcios son el último grito de la moda, según dijeron.

—Esfinges y cocodrilos —murmuró él—. Serpientes talladas en las patas de la mesa. Creí que el vestíbulo principal era ya lo bastante espantoso. Quiero que vuelva a quedar todo como estaba antes de que me marchara. Resulta condenadamente raro regresar a casa y no reconocer la mitad de los cuartos. Telas turcas, dragones chinos, esfinges... Es una pesadilla.

Lara no pudo evitar una carcajada ante su exasperado comentario.

—Yo creo lo mismo —confesó—. Cuando vi lo que le habían hecho a la casa, no supe si reír o llorar... Oh, y tu madre tuvo un verdadero ataque. Se negó a volver a poner un pie aquí.

—Pues me parece que ése es un buen argumento para conservar las cosas tal como están —replicó él, secamente.

Lara se tapó la boca con la mano pero la risa se le escapó de todas maneras, y su eco resonó por las paredes de mármol.

Hunter, sonriendo, tomó su mano antes de que tuviera tiempo de reaccionar. Se la apretó con fuerza, y le frotó la palma con el pulgar.

—Sube, y cena conmigo —dijo.

—No tengo hambre —respondió ella.

Hunter apretó la mano entre las suyas.

—Tú necesitas comer más que yo. Había olvidado lo menuda que eres.

—¡No soy menuda! —protestó ella, tirando de su mano en un vano intento por soltarse.

—Podría meterte en mi bolsillo. —La atrajo más hacia sí, sonriendo ante su frustración—. Ven arriba conmigo. No tendrás miedo de que estemos a solas, ¿verdad?

—Por supuesto que no.

—Crees que voy a volver a besarte. ¿Es eso?

Lara recorrió el hall de entrada con la mirada, temerosa de que algún sirviente pudiera oírlos.

—No he venido para hablar...

—No te besaré —prometió él, muy serio—. No voy a tocarte. Ahora, di que sí.

—Hunter...

—Dilo.

A Lara se le escapó una risa como de fastidio.

—Muy bien, si para ti es tan terriblemente importante que compartamos una cena...

—Terriblemente —confirmó él en tono quedo, y sus dientes resplandecieron en una sonrisa triunfal.

A pesar de los cambios que lord Arthur y lady Janet habían hecho por todos lados, habían conservado a la cocinera, algo por lo que Lara les estaba agradecida. La cocinera, la señora Rouillé, había estado al servicio de los Hawksworth durante más de diez años. Buena conocedora de recetas francesas e italianas, preparaba platos de una delicadeza que rivalizaba con los de los mejores jefes de cocina de Londres.

Lara se había acostumbrado a las comidas sencillas que comía en su casita, o a las cazuelas de pimienta que de tanto en tanto le traía una cocinera que venía de la aldea. Era un placer sentarse a comer un plato preparado otra vez en Hawksworth Hall. En honor a la llegada de Hunter, la señora Rouillé había preparado su plato favorito: perdiz asada aderezada con limón, acompañada por berenjenas a la crema, alcachofas hervidas y un humeante pastel de macarrones cubiertos con manteca y queso rallado.

—¡Oh, cuánto he echado de menos todo esto! —exclamó Lara cuando llegó el primer plato a la mesa del salón privado. Aspiró el aroma embriagador de aquella muestra de arte culinario y suspiró—. Debo confesar que la peor de las penurias fue tener que vivir sin la cocina de la señora Rouillé.

Hunter sonrió, con el rostro iluminado por la luz dorada por las velas. Aquella luz había suavizado su semblante, pero ningún truco de iluminación podía debilitar los bordes marcados y elegantes de sus pómulos, o la decisión de su inflexible mandíbula. Lara se sintió desconcertada al ver el rostro de su esposo desde aquel ángulo, tan familiar y tan cambiado a la vez.

Se preguntó si antes, alguna vez, lo había observado con tanta atención y durante tanto tiempo. Parecía no poder eludir su mirada, que la indagaba incansablemente, con tanta intensidad como si Hunter tratara de enterarse de sus pensamientos más íntimos.

—Debería haberte traído alguno de los platos que servían a bordo durante mi viaje de regreso —comentó Hunter—. Carne salada, guisantes secos, y ron con agua. Por no hablar del queso duro y la cerveza agria, y alguna ocasional ración de larvas.

—¡Larvas! —exclamó Lara, horrorizada.

—Infestaban la bodega. —Rió al ver la expresión de Lara—. Después de un tiempo aprendimos a estarles agradecidos... Realizaban perforaciones en los bizcochos, lo que hacía más fácil partirlos.

Lara hizo una mueca.

—No quiero oír hablar de larvas. Vas a estropear mi cena.

—Lo siento. —Trató de parecer arrepentido, lo que le recordó a Lara los niños traviesos del orfanato—. Cambiemos de tema, entonces. —Su mirada se posó sobre la mano izquierda de su esposa, cuando ésta tomó un trocito de pan y lo partió—. Dime por qué no usas el anillo que te regalé.

Lara lo miró sin saber a qué se refería, pero enseguida comprendió.

—Oh, yo... —Interrumpió sus palabras, tratando de

ganar tiempo, mientras la sangre se agolpaba en sus mejillas.

—¿Dónde está? —insistió él amablemente.

—No recuerdo exactamente...

—Yo creo que sí lo recuerdas.

Lara estuvo a punto de atragantarse a causa del sentimiento de culpa. El anillo, una banda de oro tallada, era la única joya que él le había regalado alguna vez.

—Estuvo mal de mi parte, pero lo vendí —dijo precipitadamente—. No tenía otra cosa de valor, y necesitaba el dinero. No tenía ni idea de que alguna vez te enterarías, o...

—¿Para qué necesitabas el dinero? ¿Para comida? ¿Ropa?

—No era para mí, era... —Aspiró con fuerza y soltó el aire poco a poco—. Los niños. Los del orfanato. Hay cerca de cuarenta, todos de diferentes edades, y necesitan muchísimas cosas. No tenían suficientes mantas, y cuando pensé en esos pobres, temblando de frío por la noche, en sus camas... No pude soportarlo. Acudí a Arthur y a Janet, pero dijeron..., bueno, no importa. Lo cierto es que tenía que hacer algo, y el anillo no me servía para nada. —Miró a Hunter como pidiendo disculpas—. No sabía que ibas a volver.

—¿Cuándo comenzó tu trabajo en el orfanato?

—Hace unos pocos meses, cuando Arthur y Janet se mudaron a Hawksworth Hall. Me pidieron que me fuera a vivir a la casita, y yo...

—El título ha estado en sus manos apenas dos meses.

Lara se encogió de hombros.

—Mi insistencia en quedarme sólo habría logrado demorar un poco más lo inevitable. Y a mí, vivir en la cabaña me parecía bien. Estaría protegida y aislada durante el resto de mi vida. Cuando me vi forzada a dejar Hawksworth Hall para vivir en circunstancias más humildes, abrí los ojos ante las necesidades de los que me rodeaban. Los huérfanos, los ancianos y los enfermos, y aquellos que están solos...

—Hoy más de uno me ha comentado que te has convertido en la casamentera del pueblo.

Lara se ruborizó, con actitud modesta.

—Sólo colaboré en dos situaciones. Eso no es suficiente para convertirme en casamentera.

—También te describieron como una entrometida.

—¿Entrometida? —exclamó, indignada—. Te aseguro que jamás me he metido donde no me llamaban.

—Dulce Lara. —Había un sutil brillo de diversión en sus ojos—. Hasta tu hermana ha admitido que no puedes resistirte a tratar de solucionar los problemas de la gente. Una tarde a la semana pasas horas leyéndole a una anciana ciega... Una tal señora Lumley, creo. Pasas dos días completos en el orfanato, otro más cumpliendo con recados para una pareja ya mayor, y el resto del tiempo conspirando, arreglando matrimonios y persiguiendo a personas reacias a hacer buenas obras para los demás.

Lara quedó atónita; le parecía increíble que Rachel pudiera haberle contado tantas cosas.

—No sabía que fuera un crimen ayudar a quien lo necesita —dijo, con toda la dignidad que pudo reunir.

—¿Y qué me dices de tus necesidades?

La pregunta era tan íntima e inquietante, a la vez que tan poco específica, que Lara lo miró con los ojos muy abiertos.

—Realmente no sé qué quieres decir. En muchos aspectos, estoy del todo satisfecha. Mis días están colmados de amigos y actividades interesantes.

—¿Nunca deseas algo más?

—Si te refieres a si alguna vez deseé volver a casarme, la respuesta es no. He descubierto que es posible llevar una vida agradable y productiva sin ser la esposa de nadie. —Un temerario impulso interior la llevó a agregar—: No me gustó, ni me gusta, tener un esposo.

El rostro de Hunter permaneció sereno y muy serio. Lara creyó que se había enfadado con ella, hasta que de pronto dijo, en un tono lleno de autorreproche:

—Es culpa mía.

Aquel deje de amargura la puso incómoda.

—No fue culpa de nadie —dijo ella—. Lo cierto es que no congeniamos. No compartimos los mismos intereses, como sí os sucede con lady Carlysle. Realmente, milord, pienso que debería ir con ella...

—No quiero a lady Carlysle —la interrumpió él, bruscamente.

Lara tomó el tenedor y jugueteó con un bocado de perdiz, pero su antigua afición por la buena comida había desaparecido.

—Lamento lo del anillo —dijo.

Hunter restó importancia a aquellas palabras con un gesto.

—Te haré hacer otro.

—No es necesario. No quiero otro. —Lara le dirigió una mirada discreta pero firme, con todo su cuerpo preparado para la rebelión. Ahora Hunter se haría cargo del mando, y la sometería a sus deseos. Pero él se limitó a sostener su mirada y se reclinó en la silla, contemplándola como si fuera un acertijo fascinante.

—Pues tendré que tentarte.

—No tengo interés en las joyas, milord —respondió ella.

—Ya veremos.

—Si lo que deseas es gastar dinero, aunque dudo que quede mucho por gastar, me complacería mucho que hicieras mejoras en el orfanato.

Hunter le miró la mano izquierda, cuyos dedos se aferraban al tenedor de plata como si fuera un arma.

—Los huérfanos tienen suerte al disponer de una benefactora tan dedicada. Muy bien, haz una lista de lo que necesitas para ese lugar y hablaremos de ella.

Lara asintió y retiró la servilleta de hilo de su falda.

—Gracias, milord. Ahora, si me disculpa, querría retirarme.

—¿Antes del postre? —Le dirigió una mirada de reproche al decir aquello y sonrió—. No me digas que has perdido tu afición por los dulces.

Lara no pudo evitar devolverle la sonrisa.

—Todavía la conservo —reconoció.

—Le pedí a la señora Rouillé que nos hiciera una tarta de peras. —Hunter se incorporó, se acercó hasta ella y puso las manos sobre sus hombros como si quisiera retenerla por la fuerza. Se agachó hasta acercarse a su oreja y murmuró—: Quédate para probarla, aunque sólo sea un bocado.

El sonido aterciopelado de su voz hizo que se estremeciera. Hunter debió de sentir el leve movimiento, ya que apretó los dedos sobre sus hombros. Algo en aquel contacto perturbó profundamente a Lara, cierta fuerza sutil, una sensación de posesión contra la que había que rebelarse. Hizo un gesto para apartarlo de ella, pero cuando sintió el roce de sus manos cálidas, cubiertas por el vello, se detuvo. Sentía ganas de explorar la forma de las manos de Hunter, los ángulos filosos de sus muñecas. Él flexionó los dedos, como si fuera un gato encogiendo las zarpas, y ella pasó sus manos sobre las de él en un roce indeciso. El momento se prolongó durante un silencio cada vez más profundo, en el que sólo se oía el chisporroteo de las velas.

Desde algún sitio, por encima de su cabeza, oyó la

estremecedora risa de Hunter, que se apartó de ella como si le quemara.

—Lo siento —dijo en voz baja, con el rostro encarnado por la sorpresa que le causaban sus propios actos—. No sé por qué he hecho eso.

—No te disculpes. En realidad... —Hunter se arrodilló junto a ella, mirándola. El tono de Lara era bajo y un poco vacilante—. Me gustaría que volvieras a hacerlo.

Tras decir aquello quedó subyugada por la encendida profundidad de los ojos de Hunter. Él se quedó muy quieto, como si la alentara a tocarlo, y ella apretó el puño sobre su regazo para no hacerlo.

—¿Hunter? —preguntó en un susurro.

El rostro de él cambió, y la ilusión de perfecta quietud se quebró con su sonrisa torcida.

—Siempre dices mi nombre como si te preguntaras quién soy realmente.

—Tal vez sea así.

—¿Y quién podría ser, si no?

—No lo sé —respondió ella, gravemente, ante su tono jocoso—. Hace mucho, solía soñar... —Su voz se desvaneció rápidamente, al darse cuenta de lo que había estado a punto de revelar. Hunter tenía un enorme poder sobre ella; lograba que le contara secretos, lograba hacerla vulnerable frente a él.

—¿Qué soñabas, Lara?

Había soñado con un hombre igual a como él parecía ser ahora... Había soñado con ser cortejada, seducida, acariciada..., cosas que nunca se había animado a confesar, ni siquiera a Rachel. Pero aquellas fantasías se habían disipado al casarse con Hunter y conocer la realidad del matrimonio. Obligaciones, responsabilidades, decepciones, dolor...

No se dio cuenta de que sus emociones se transparentaban en su rostro hasta que él le dijo, con tono irónico:

—No te quedan sueños, ya veo.

—Ya no soy una joven novia —dijo ella.

Hunter soltó una breve carcajada.

—No, eres una vieja matrona de veinticuatro años, que sabe cómo manejar la vida de los demás pero no la suya.

Lara se apartó de la mesa, se incorporó y quedó cara a cara frente a él.

—Hasta ahora he manejado muy bien mis asuntos, gracias.

—Ya lo veo —dijo Hunter, sin un ápice de burla—. Y esta vez tengo la intención de hacer mejor las cosas. Voy a hacer un arreglo económico adecuado para ti, de modo que si algo me sucede, otra vez, no te falte de nada. Basta de cuchitriles, vestidos feos y zapatos con agujeros.

De modo que había visto la suela de sus zapatos. ¿Es que no había nada que escapara a su escrutinio? Lara fue hacia la puerta, la abrió y se detuvo un instante, antes de salir.

—No me quedaré para el postre. No podría tragar ni un bocado más. Buenas noches, milord.

Para gran alivio suyo, él no intentó seguirla.

—Buenas noches también para ti.

Lara salió en silencio y cerró la puerta tras ella.

Sólo entonces se movió Hunter. Fue lentamente hacia la puerta y tomó entre sus largos dedos el tirador ovalado de bronce que ella acababa de tocar, en busca de algún resto de calor que la piel de Lara pudiera haber dejado. Apoyó la mejilla contra el brillante y fresco cristal y cerró los ojos. Añoraba su cuerpo, su dulzura, aquellas manos sobre su piel, sus piernas abiertas para él, su cuello en tensión y las exclamaciones de placer que él le provocaba... Hizo a un lado aquellos pensamientos, pero ya era tarde: tenía una intensa erección que no cedía.

¿Cuánto tiempo le llevaría ser aceptado? ¿Qué demonios hacía falta? ¡Ojalá ella le asignara una tarea hercúlea que llevar a cabo para poder al fin hacer las paces! «Dime qué debo hacer —pensó, soltando un leve gruñido—, y por Dios que lo haré, multiplicado por diez.»

Disgustado ante su anhelo sensiblero, se alejó de la puerta y fue hasta el aparador de caoba estilo Chippendale, adornado con volutas doradas y hojas talladas en la madera. Sobre su superficie había una bandeja de plata con botellones de cristal y varias copas. Se sirvió una ración generosa de coñac, que apuró de un trago.

Hunter esperó a que el suave fuego recorriera su garganta y se expandiera por su pecho. Apoyó las manos sobre el aparador de caoba y sus dedos se aferraron a los bordes... Y entonces lo sintió. Una diminuta, casi indetectable bisagra debajo de sus dedos. La curiosidad le puso los nervios de punta. Retiró la bandeja de plata, la dejó en el suelo y comenzó a tantear debajo de la repisa del aparador, en busca de bisagras y pestillos. Tras localizar una irregularidad en la madera presionó hacia dentro, la sintió ceder y oyó un chasquido. La tapa del aparador se soltó, y Hunter pudo entonces levantarla.

Era un compartimiento secreto... Y su contenido le hizo suspirar con súbito alivio.

En aquel preciso instante, entró en la habitación un sirviente para retirar los platos y servir el postre.

—¡Ahora no! —bramó Hunter—. Quiero estar solo.

El criado salió y cerró la puerta balbuceando excusas. Hunter soltó el aliento retenido, y sacó del compartimiento una pila de finos libros encuadernados en cuero que habían sido allí depositados. Los llevó junto a la chimenea y los apiló en el orden correcto.

Comenzó a revisar rápidamente los papeles. A medida que memorizaba los renglones pulcramente escritos, rompía las hojas en dos o tres pedazos y las arrojaba al fuego. Las llamas danzaban y crujían, chisporroteando ante cada nuevo trozo de papel. De vez en cuando Hunter hacía una pausa y, pensativo, contemplaba la reja de la chimenea..., y las palabras que ardían y se encogían cada vez más, hasta convertirse en cenizas.

6

Lara entró en el saloncito del desayuno y sintió una punzada de aprensión al ver que Hunter estaba ya allí. Bebía una taza de café negro, tal como siempre lo había tomado, y leía el *Times*, que se apresuró a dejar a un lado cuando la vio. El criado que servía el desayuno le llevó a Lara una taza de chocolate y un platito de fresas, y después se retiró a la cocina. Mientras, Hunter le acercó la silla para que se sentara.

—Buenos días —murmuró él, pasando la mirada por su rostro. No se le escaparon las sombras que Lara tenía bajo los ojos—. ¿No has dormido bien?

Lara negó con la cabeza.

—Estuve horas despierta.

—Deberías haber venido a verme —dijo él, con expresión inocente salvo por el brillo malicioso que bailoteó en sus ojos—. Podría haberte ayudado a que te relajaras.

—No, gracias —respondió rápidamente Lara. Se llevó una fresa a los labios, pero antes de que pudiera probarla, un repentino acceso de risa la ahogó y tuvo que dejar el tenedor sobre la mesa.

—¿Qué pasa?

Ella apretó los labios, pero sólo logró empeorar su risa contenida.

—Tú —jadeó—. Me temo que necesitas desesperadamente un sastre.

Hunter se había puesto algunas de sus viejas prendas, y parecía sumergido en pliegues de tela sobrante. La chaqueta y el chaleco le colgaban, flojos, y los anchos pantalones se mantenían en su sitio de milagro. En el rostro de Hunter apareció una sonrisa de interrogación, y cuando habló, lo hizo en tono apesadumbrado.

—Me gusta oírte reír, cariño. Incluso cuando el motivo soy yo.

—Lo siento, yo... —Lara fue de nuevo presa de la hilaridad. Se levantó de la silla y fue hacia él, con ganas de investigar más de cerca—. No puedes ir por ahí con este aspecto... Tal vez algunas puntadas aquí y allá ayudarían...

—Lo que tú digas. —Hunter se reclinó en su silla y sonrió al verla revoloteando en torno a él.

—¡Pareces un verdadero vagabundo! —exclamó Lara.

—De hecho, yo he sido un vagabundo —dijo él—. Hasta que regresé a ti.

Los ojos de Lara se encontraron con los suyos; aquellos ojos oscuros, ahora brillantes de regocijo. A Lara se le cortó la respiración cuando tocó, sin querer, la dura superficie del estómago de Hunter y sintió el calor que brotaba a través de su fina camisa de hilo. Retiró la mano de inmediato.

—Discúlpame, yo...

—No. —Él la tomó rápidamente de la muñeca.

Quedaron mirándose, quietos, en silencio. Hunter presionó ligeramente su muñeca. Habría sido muy fácil para él atraerla hacia sí y hacerla caer sobre su regazo, pero prefirió permanecer inmóvil. Ella vio que Hunter parecía estar esperando algo, con aquella expresión extasiada y el pecho subiendo y bajando a un ritmo de respiración muy superior al normal. Tuvo la sensación de que si daba un solo paso hacia él, la tomaría en sus brazos...

Sus nervios temblaron de excitación ante aquella posibilidad. Le miró la boca, recordó el calor y el sabor de Hunter... Sí, quería que la besara... Pero antes de que pudiera mover sus pies, que parecían de plomo, Hunter la soltó, exhibiendo una sonrisa torcida.

Lara esperaba sentir alivio, pero lo que sintió fue una fuerte desilusión. Confundida por sus inexplicables reacciones ante Hunter, volvió a su silla e inclinó la cabeza sobre el plato de fresas.

—Partiré para Londres mañana a primera hora —comentó Hunter, despreocupadamente.

Sorprendida, alzó los ojos hacia él.

—¿Tan pronto? ¡Pero si acabas de llegar!

—Tengo que ocuparme de algunos asuntos, que incluyen una reunión con el señor Young, con nuestros banqueros y nuestros abogados. —Al ver la expresión interrogante de Lara, agregó—: Es para solicitar algunos préstamos.

—Estamos endeudados, entonces —dijo Lara, sombría, sin sorprenderse ante aquellas noticias.

Hunter asintió, e hizo una mueca de fastidio.

—Gracias a las malas gestiones de Arthur.

—¿Pero incurrir en más deudas? —preguntó Lara—. ¿No comprometerá eso la propiedad más allá de lo razonable?

Hunter le dirigió una sonrisa breve y tranquilizadora.

—Es la única manera de salir de esta situación. No se preocupe, señora... No tengo intenciones de fallarle.

Lara seguía frunciendo el ceño, pero cuando volvió a hablar, sacó a colación un problema completamente diferente.

—¿Es el único motivo por el que vas a Londres? Supongo que también querrás ver a algunos viejos amigos. —Calló un instante para beber un sorbo de su chocolate, para demostrar así que no estaba preocupada—. A lady Carlysle, por ejemplo.

—No paras de mencionar su nombre —se quejó Hunter—. No es muy halagador ese deseo tuyo de arrojarme en los brazos de otra mujer.

—Sólo preguntaba. —Lara no sabía qué la había impulsado a sacar aquel tema. Se obligó a comer otra fresa mientras esperaba.

—Ya te dije que no me interesa —dijo él sin rodeos.

Lara luchó para no revelar la misteriosa sensación de alegría que la invadió. Su mente insistía en repetir que a ella le convenía que Hunter reanudara su romance con lady Carlysle, lo cual la liberaría a ella de sus indeseadas atenciones.

—Cabría esperar que la visitaras, después de haber estado ausente tanto tiempo. En otra época fuisteis ambos muy allegados.

Hunter hizo una mueca de desagrado y se levantó de la mesa.

—Si ése es el rumbo que toma tu charla de desayuno, creo que me voy a hacer cualquier otra cosa.

Mientras se incorporaba, se oyó un discreto golpe en la puerta, y acto seguido apareció por ella el impasible rostro del palafrenero jefe.

—Lord Hawksworth, tiene una visita. —Tras el asentimiento de Hunter, le tendió una bandeja de plata con una tarjeta.

Hunter la leyó con una expresión indescifrable en el rostro.

—Hazlo pasar —indicó—. Lo recibiré aquí.

—Sí, milord.

—¿Quién es? —preguntó Lara cuando salió el criado.

—Lonsdale.

El marido de Rachel. Lara contempló a Hunter con

curiosidad, preguntándose por qué tenía una reacción tan indiferente, apática incluso. Durante años, Terrell, lord Lonsdale, había sido uno de sus mejores amigos, pero la expresión de Hunter era la de alguien que se enfrentara con una obligación indeseable. Éste se quedó mirando la puerta, y cuando se oyó el sonido de unos pasos que se acercaban apareció una sonrisa en sus labios..., pero no era natural. Era la expresión de un actor que se preparaba para salir al escenario.

Lord Lonsdale entró en la habitación con el rostro resplandeciente de emoción y felicidad, dos sentimientos atípicos en Lonsdale, bien conocido por su mal carácter. No cabía duda sobre la auténtica alegría que sentía al volver a ver a Hunter.

—¡Hawksworth! —exclamó, mientras se acercaba a él para darle un breve pero fuerte abrazo.

Ambos hombres rieron y se apartaron para contemplarse el uno al otro. Aunque lord Lonsdale había aumentado de peso, no igualaba la imponente envergadura de Hunter. Era, sin embargo, un hombre también robusto y musculoso, y sentía una pasión por los caballos y por el juego que rivalizaba con la del propio Hunter. Moreno, de piel clara, y con ojos profundamente azules, heredados de una abuela irlandesa, Lonsdale era un hombre apuesto y atractivo... Cuando quería. En muchas ocasiones dejaba fluir y explotar su famoso mal carácter, frecuentemente con resultados desagradables. Después, indefectiblemente, se disculpaba, con un encanto y una sinceridad que hacían que todos lo perdonaran. Aunque a Lara le habría agradado mucho más si no hubiera estado casado con su hermana.

—¡Por Dios, hombre, pero si eres la mitad de lo que eras! —exclamó Lonsdale, riendo—. Y estás moreno como un salvaje.

—Y tú estás igual —respondió Hunter con una sonrisa—. Exactamente igual.

—Debería haber sabido que ibas a engañar al diablo. —Lonsdale lo miró con abierta fascinación—. ¡Estás tan cambiado! No estoy seguro de que te hubiera reconocido si Rachel no me hubiera dicho con qué me iba a encontrar.

—Me alegro de volver a verte, viejo amigo.

Lonsdale le respondió con una sonrisa, pero su penetrante mirada no se movió del rostro de Hunter. Lara entendió por qué el ánimo de Lonsdale pareció ensombrecerse de improviso. Lonsdale no era tonto, y se veía enfrentado al mismo dilema al que se habían enfrentado todos. Si aquel hombre era Hunter, resultaba estar muy cambiado..., y si era un desconocido, se trataba de una réplica asombrosamente convincente.

—Viejo amigo —repitió Lonsdale como con cierta cautela.

Percibiendo la ansiedad de Lonsdale por recibir alguna prueba, Hunter soltó una ruda carcajada que a Lara le hizo dar un respingo.

—Bebamos una copa —le dijo a Lonsdale—. No importa qué hora sea. Me pregunto si queda alguna botella de ese Martell del noventa y siete, o si el condenado ladrón de mi tío liquidó hasta la última gota.

Lonsdale quedó tranquilizado de inmediato.

—¡Sí, el Martell! —exclamó, con un aullido de feliz alivio—. Veo que recuerdas cuánto me gusta.

—Recuerdo aquella noche, en el hipódromo, cuando tu afición a la bebida por poco logró que nos den una paliza.

Lonsdale estuvo a punto de desfallecer de la risa.

—¡Estaba borracho como una cuba! Con un verdadero capricho por aquella ramera de vestido rojo...

Hunter lo interrumpió, carraspeando discretamente, y dijo:

—Dejemos esas remembranzas para el momento en el que mi esposa no esté presente.

Lonsdale, que sólo entonces advirtió la presencia de Lara, farfulló una disculpa.

—Perdóname, Larissa... Estaba tan impresionado al ver a Hawksworth que temo que no me di cuenta de que te encontrabas aquí.

—Es muy comprensible —dijo Lara, intentando sin éxito esbozar una sonrisa. Ver a los dos hombres juntos le había traído un tropel de desdichados recuerdos. Parecía que ambos estimulaban el uno en el otro las peores características de su carácter: el egoísmo y aquella actitud de superioridad masculina que resultaba insufrible. Dirigió a Hunter una mirada de incomodidad. Si no era su esposo, poseía entonces la habilidad de un camaleón para convertirse en lo que los demás esperaban de él.

Lonsdale dirigió a Lara una mirada de falsa solicitud.

—Mi querida cuñada, dime, ¿qué se siente al tener de regreso al difunto amado? —En sus ojos azules había un destello burlón. Sabía, por supuesto, todo lo referente a su infeliz matrimonio, y además había propiciado muchas infidelidades de Hunter.

Lara respondió sin mirar a ninguno de los dos.

—Estoy muy complacida, desde luego.

—Desde luego —repitió con mofa Lonsdale. Hunter rió con él, y su compartida diversión puso a Lara tensa de resentimiento.

Sin embargo, cuando observó cómo miraba Hunter a Lonsdale cuando éste no lo advertía, le pareció que no sentía el menor afecto por aquel hombre. Por todos los cielos, ¿qué era lo que estaba pasando?

Perturbada, Lara se quedó sentada a la mesa, jugueteando con los restos de la comida mientras los hombres se marchaban. Hunter iba a volverla loca, sin duda. ¿Debía confiar en la evidencia que tenía frente a sus ojos, o en aquellos sentimientos en cambio constante? Se acercó al lugar que Hunter había dejado vacío en la mesa y tomó su taza, tocando allí donde las manos de él habían tocado, y cerró los dedos en torno a la delicada porcelana.

«¿Quién es él?», pensó, llena de frustración.

Tal como había anunciado, Hunter partió al día siguiente, muy temprano. Apareció en el cuarto de Lara cuando ella comenzaba a despertarse y la luz de la mañana avanzaba entre los pliegues del dosel. Al notar que no estaba sola en la habitación se sobresaltó, y se subió las mantas hasta la barbilla.

—Hunter —dijo con voz ronca por el sueño. Él se sentó en el borde de la cama, y ella se hundió aun más en la almohada.

Una sonrisa iluminó el moreno rostro de Hunter.

—No podía irme sin verte una última vez.

—¿Cuánto tiempo estarás ausente? —Pestañeó, incómoda, sin atreverse a hacer ningún movimiento cuando vio que Hunter tendía la mano hacia su oscura trenza.

—No más de una semana, espero. —Acomodó la trenza sobre la palma de su mano, como si disfrutara de la textura, y volvió a dejarla sobre la almohada con cuidado—. Se te ve tan cómoda y abrigada —murmuró—. Ojalá pudiera estar ahí contigo.

La idea de Hunter metiéndose entre las mantas, junto a ella, hizo que su corazón se contrajera, alarmado.

—Te deseo buen viaje —dijo, sin apenas aliento—. Adiós.

Hunter sonrió ante la evidente ansiedad que sentía Lara de que se fuera.

—¿No vas a darme un beso de despedida? —Se inclinó sobre ella, sonriendo frente a su rostro angustiado, y aguardó su reacción. Al ver que ella permanecía en silencio, rió por lo bajo y su aliento a café le rozó la cara—. Muy bien. Lo pondremos en la cuenta. Adiós, cariño.

Lara sintió que Hunter se levantaba de la cama, pero siguió con las mantas subidas hasta la barbilla hasta que cerró la puerta tras él. Saltó de la cama a toda prisa y corrió hacia la ventana. El carruaje de los Hawksworth, con su tiro de cuatro caballos y sus colores característicos, verde y dorado, se alejaba ya por el sendero bordeado de árboles.

En su interior había una extraña mezcla de sentimientos: alivio ante su partida, pero también cierta tristeza. La última vez que Hunter se había ido, por alguna razón había intuido que no iba a volverlo a ver. ¿Cómo era posible que hubiera conseguido volver a casa?

7

A tiro de piedra de la próspera zona comercial llamada Strand, había una serie de callejones y pasajes que conducían a los arrabales y los barrios bajos de Londres. Éstos estaban densamente poblados por gente sin hogar, ni medios visibles de subsistencia, ni vida matrimonial ni familiar, ni ninguna clase de moralidad. Las calles apestaban a estiércol y estaban infestadas de ratas; sus figuras oscuras se deslizaban por los edificios con toda comodidad.

Se acercaba la noche, y los débiles rayos del sol desaparecían rápidamente detrás de los desvencijados edificios. Con aire muy serio, Hunter se abrió paso entre prostitutas, rateros y pordioseros, y la sinuosa calle lo fue llevando hasta el mercado que buscaba. Se trataba de un sitio bullicioso que ofrecía reses de vaca robadas y otras mercancías ilegales. Los vendedores ambulantes gritaban los precios de sus frutas y verduras marchitas, colocadas en primitivas carretillas.

Lo asaltó un fugaz recuerdo: se evocó a sí mismo caminando por un mercado hindú igual de sórdido, salvo que allí los olores eran diferentes. Reinaban entonces los picantes aromas de los granos y las especias, el perfume de los mangos podridos, la fragancia dulzona de las amapolas y el opio, todo cubierto por el omnipresente aroma acre de Oriente. No echaba de menos Calcuta, pero sí la campiña hindú, los anchos caminos de tierra bordeados de matorrales, los bosques intrincados, los pacíficos templos, la sensación de lánguida fluidez que impregnaba todos los aspectos de la vida.

Los hindúes pensaban que los ingleses eran una raza sucia, comedores de carne vacuna, bebedores de cerveza, llenos de lascivia y deseos materiales. Tras dirigir una mirada sardónica por la escena que lo rodeaba, Hunter no pudo evitar que se le escapara una sonrisa. Los hindúes tenían razón.

Una vieja arpía borracha le tiró de la manga, mendigándole una moneda. Se alejó de ella con impaciencia, consciente de que si demostraba la más mínima benevolencia hacia la vieja, todos los mendigos de los alrededores se abalanzarían sobre él. Por no hablar de los carteristas, que lo observaban, reunidos en varios grupos, como chacales al acecho.

El mercado estaba abierto al cobijo de la noche, aunque ningún policía habría cometido la locura de aventurarse en él. La zona estaba iluminada por farolas de gas y humeantes lámparas manchadas de grasa, que volvían el aire denso y pringoso. Hunter entrecerró los ojos para evitar la irritación y se detuvo junto a un hombre extrañamente vestido, que estaba sentado sobre un taburete desvencijado. El hombre, muy moreno, aparentemente de origen franco-polinesio, llevaba una larga chaqueta de pana azul con botones hechos de hueso. En una mejilla ostentaba un raro dibujo, la pequeña figura de un exótico pájaro en pleno vuelo.

Sus miradas se cruzaron, y Hunter señaló aquella marca sobre la mejilla del hombre.

—¿Puede usted hacer eso? —preguntó, y el hombre asintió.

—Se llama *tatouage* —dijo con claro acento francés.

Hunter buscó en el bolsillo de su chaqueta y sacó de

él un trozo de papel; lo único que quedaba de los diarios que había destruido.

—¿Es capaz de copiar esto? —preguntó con brusquedad.

El francés tomó el dibujo y lo examinó con atención.

—*Bien sur...* Es un diseño simple. No llevará mucho tiempo.

Agarró el taburete, comenzó a alejarse y le indicó con un gesto a Hunter que lo siguiera. Caminaron por el mercado hasta llegar a un sótano situado a un lado de la calle, iluminado por velas parpadeantes que desprendían un fulgor anaranjado. Dos parejas se copulaban sobre sendos catres desvencijados. Unas pocas prostitutas, de diferentes edades, se paseaban ante la puerta, intentando atraer a posibles clientes.

—Fuera —ordenó el francés, enérgicamente—. Tengo un cliente. —Las prostitutas graznaron con sus risas estridentes y se apartaron de la puerta. El francés dirigió a Hunter una vaga mirada de disculpas, mientras las parejas que aún permanecían en el interior terminaban con sus asuntos—. Éste es mi cuarto —explicó—. Les permito utilizarlo a cambio de una parte de los beneficios.

—Artista y alcahuete —comentó Hunter—. Es usted un hombre de muchos talentos.

El francés se detuvo un instante, seguramente tratando de decidir si mostrarse halagado u ofendido, y a continuación se echó a reír. Condujo a Hunter hasta el interior del sótano y se dirigió a una mesa ubicada en un rincón, sobre la que dispuso toda una colección de instrumentos y llenó varios platillos con tinta.

—¿Dónde le gustaría llevar el dibujo?

—Aquí —Hunter se señaló la parte interna del brazo, a la altura del pecho.

El hombre alzó las cejas al ver el sitio elegido, pero asintió con actitud profesional.

—Quítese la camisa, *s'il vous plait*.

Aún rondaban por el sótano cuatro o cinco rameras, a pesar de la orden tajante del francés de que se marcharan.

—Diabólico guapo —comentó una muchacha de chillones cabellos rojos, al tiempo que le dirigía una sonrisa llena de dientes cariados—. ¿Te gustaría un revolcón después de que termine Froggie?

—No, gracias —contestó con amabilidad Hunter, aunque por dentro se sentía asqueado—. Soy un hombre casado. —Aquella declaración le valió todo un coro de exclamaciones de placer y estima.

—¡Oh, es un romántico!

—Yo te lo haré gratis —le ofreció una rubia de busto opulento, entre risillas.

Para incomodidad de Hunter, las rameras se quedaron allí, observando cómo se quitaba la chaqueta, el chaleco y la camisa. En cuanto esta última desapareció, todas ellas irrumpieron en chillidos de admiración.

—¡He aquí un buen bistec, queridas mías! —gritó una de las chicas, y se acercó a él para tocarle el brazo desnudo—. ¡Jesús, pero mirad estos músculos! Fuerte como un toro, sí señor.

—Pero qué bonita panza, tan dura —dijo otra, apuntando con el dedo el chato estómago.

—¿Y esto qué es? —La pelirroja había encontrado la cicatriz de su hombro, la otra sobre el costado y también la que tenía en forma de estrella en la parte baja de la espalda—. Has gozado en la vida de un poco de acción, ¿verdad? —preguntó, agasajándolo con una sonrisa de aprobación.

Aunque Hunter se mantuvo impasible, sintió que le subía hasta las mejillas una oleada de rubor. Encantadas ante su evidente incomodidad, las rameras siguieron riendo y bromeando hasta que el artista del tatuaje terminó con sus preparativos y les ordenó que se fueran.

—No puedo trabajar con todo este ruido —se quejó el francés—. Fuera, chicas, y no regreséis hasta que haya terminado.

—¿Pero dónde voy a atender a mis clientes? —exclamó una de ellas.

—Junto al muro del callejón —fue la resuelta respuesta, y tras escucharla las prostitutas se marcharon malhumoradas.

El hombre observó a Hunter con mirada pensativa.

—Se sentirá más cómodo acostado sobre el catre mientras trabajo, *monsieur.*

Hunter echó una mirada al colchón manchado de semen de la cama y negó con la cabeza, disgustado. Se sentó en el taburete, levantó el brazo y apoyó los hombros contra la pared.

—*D'accord* —dijo el francés—. Pero le advierto que el dibujo quedará mal, si se mueve.

—No me moveré. —Hunter vio que el hombre se le acercaba llevando dos instrumentos de marfil, y que sobre uno de ellos había insertada una minúscula aguja. Tras estudiar detenidamente el dibujo en el papel que le había dado Hunter, el francés mojó la aguja en uno de los platillos de tinta negra, la apoyó contra la piel de Hunter y le dio ligeros golpecitos con el otro instrumento.

Ante el fuerte ardor que sintió en el brazo, Hunter se puso rígido. El artista mojó de nuevo la aguja y la golpeó contra su piel, esta vez con una larga serie de pinchazos. Era aquella repetición la que resultaba sumamente dolorosa. Cada pinchazo en sí no era nada, pero aquella serie interminable de ellos, acompañada por el enloquecedor repiqueteo de los instrumentos de hueso, logró que sus nervios chirriaran de protesta. Sintió que le brotaba el sudor de la frente, del estómago, incluso de los tobillos. Al poco rato notó como si tuviera el brazo en llamas. Se concentró en respirar profundamente, inhalando y exhalando el aire de forma regular, y se obligó a aceptar aquel ardor en lugar de luchar contra él.

El francés hizo una pausa, permitiéndole así un momento de respiro.

—El dolor hace llorar a muchos hombres, por mucho que hagan por evitarlo —comentó—. Nunca había visto a nadie que lo soportara tan bien.

—Usted limítese a seguir adelante —murmuró Hunter.

El francés se encogió de hombros y volvió a tomar sus instrumentos.

—*Le escorpion* es un diseño muy poco frecuente, raramente elegido —dijo, y reanudó el suave repiqueteo de la aguja—. ¿Qué significado tiene para usted?

—Todo —respondió Hunter, con los dientes tan apretados que le dolían las mandíbulas.

El francés se detuvo cuando la aguja tocó un lugar sensible y se escuchó respingar a Hunter.

—Por favor, *monsieur*, quédese quieto.

Hunter obedeció y permaneció quieto, sin dejar escapar ni una lágrima. Pensó en el futuro que se extendía ante él, y pensó en Lara, y entonces el trabajo de la aguja fue realmente bienvenido. Para lo que él ambicionaba, aquél era un precio irrisorio.

8

Siguiendo las instrucciones de Hunter, Lara contrató los servicios de un decorador, el señor Smith, para que les ayudara a cambiar los interiores de Hawksworth Hall. Acompañada por el señor Young, administrador de la finca, Lara guió a Smith en un recorrido por toda la casa.

—Como bien puede ver, señor Smith —dijo con risueño desconsuelo—, mi idea de que éste será el mayor desafío de toda su carrera no es tan exagerada.

Smith, un caballero corpulento, con una larga melena color plata, masculló algo poco comprometedor, y siguió garabateando notas en un cuaderno de cantos dorados. Aunque su verdadero nombre era Hugh Smith, se lo conocía como «Posibilidad» Smith, apodo que se había ganado por su famosa costumbre de decir: «Este lugar tiene diferentes posibilidades». Hasta el momento, Lara había esperado en vano que pronunciara la mágica frase.

Lo había llevado al comedor egipcio, con sus armarios en forma de sarcófago, al barroco hall de entrada, a los salones chinos, llenos de falso bambú, y al salón de baile marroquí, rodeado por filas de negros de mármol que vestían togas rosadas. Ante cada nueva habitación que veía, el semblante de Posibilidad Smith se volvía cada vez más sombrío, y su silencio se hacía de más mal agüero.

—¿Cree usted que vale la pena conservar algo? —preguntó Lara, en un débil intento por parecer graciosa—. ¿O mejor quemamos todo y empezamos de nuevo?

La cabeza plateada de Smith se volvió hacia ella.

—Como muestra del más puro mal gusto, no tiene rivales entre todas las residencias que he tenido la desgracia de ver.

—Permítame asegurarle, señor —intervino Young con tacto—, que lady Hawksworth posee un gusto exquisito, y que ella no ha tenido nada que ver con esta decoración.

—Esperemos que no —murmuró Smith, y soltó un suspiro—. Debo echar otro vistazo al salón de baile. Después visitaremos la planta alta. —Y entonces se alejó lentamente, sacudiendo la cabeza con altiva desaprobación.

Lara se tapó la boca con la mano, sofocando la risa que le producía imaginar la expresión del decorador en cuanto entrara en su dormitorio repleto de espejos. ¡Oh, debería haber ordenado a los criados que retiraran el espejo del techo antes de que él pudiera verlo!

Mientras observaba su rostro sonrojado, el señor Young le dirigió una sonrisa de simpatía y dijo:

—Lord y lady Arthur han dejado, ciertamente, su marca, ¿verdad?

Lara asintió con la cabeza.

—Temo que no estemos en condiciones de afrontar el gasto que supondría cambiarlo todo..., ¿pero cómo es posible que alguien pueda vivir en un horror semejante?

—Yo no me preocuparía mucho por el gasto —la tranquilizó el señor Young—. El conde charló conmigo acerca de sus proyectos, y quedé francamente impresionado. Con un poco de reorganización de sus propiedades, un muy necesario préstamo, y algunas inversiones seguras, creo que la hacienda llegará a ser más próspera que nunca.

El buen humor de Lara pareció desvanecerse. Y lo contempló con curiosidad y preguntó:

—¿Entonces, el conde le parece estar como siempre?

—Sí... y no. En mi humilde opinión, ha mejorado. Me parece que Hawksworth tiene un sentido de la responsabilidad y una agudeza para las finanzas mayores que antes. Nunca demostró demasiado interés por sus asuntos de negocios, sepa usted. Al menos, no tanto como el interés que sentía por la cacería del zorro o por el tiro al pichón.

—Lo sé —dijo Lara, poniendo los ojos en blanco—. ¿Pero a qué se deberá su cambio de carácter? ¿Cree usted que ese cambio pueda ser permanente?

—Me parecería lógico, después de todo lo que ha pasado —siguió diciendo Young en tono práctico—. Que a uno le recuerden tan violentamente su mortalidad, ver en qué se ha convertido su familia y su propiedad en su ausencia, supone, realmente, un gran don. Sí, creo que es un cambio permanente. El conde se da cuenta ahora de cuánto lo necesitamos todos.

En lugar de argumentar que «ella» no necesitaba la presencia de Hunter en su vida, Lara asintió brevemente.

—Señor Young... ¿Queda algún interrogante para usted acerca de su identidad?

—No, en lo más mínimo. —Pareció asombrado ante la idea—. ¡No me diga usted que duda de él!

Antes de que Lara pudiera responder, Posibilidad Smith entró en el enorme vestíbulo.

—Bien —dijo, soltando un largo suspiro—, sigamos con el resto.

—Señor Smith —comentó Lara socarronamente—, parece usted espantado.

—Estaba espantado hace una hora. Ahora estoy francamente horrorizado. —Le ofreció su brazo y dijo—: ¿Vamos?

El señor Smith y sus ayudantes se quedaron en la casa el resto de la semana, haciendo bosquejos, tomando medidas, cubriendo los suelos con carpetas y muestras de telas. En medio del tumulto, Lara encontró tiempo para visitar a sus amigos de Market Hill y para, aún más importante, ir al orfanato. Todas las preocupaciones pasaron a un segundo plano cuando entró en una clase de botánica en la que había seis alumnos, que dibujaban las plantas del jardín bajo la supervisión de la señorita Chapman, su maestra. Sintió que una sonrisa se le dibujaba en la cara cuando fue hacia ellos, sin importarle la hierba o el lodo que manchaban sus ropas.

Los niños corrieron hacia ella en cuanto la vieron, dejando sus lápices y cuadernos y llamándola por su nombre. Riendo, Lara se puso de cuclillas y los abrazó.

—Tom, Meggie, Maisie, Paddy, Rob... —Se interrumpió y revolvió el cabello de este último—. Y tú, Charlie... ¿Te has portado bien?

—Bastante bien —respondió él, agachando la cabeza con una sonrisa pícara.

—Ha hecho un gran esfuerzo, lady Hawksworth —dijo la maestra—. No ha sido exactamente un ángel, pero se ha portado bastante bien.

Lara volvió a sonreír y abrazó a Charlie, a pesar de que éste protestó, retorciéndose. Tras revisar los dibujos que estaban haciendo, fue hacia el fondo del aula para conversar con la señorita Chapman. La maestra, una mujer menuda, de cabellos claros y aproximadamente su misma edad, la miró con expresión amistosa.

—Gracias por el material de dibujo, lady Hawksworth. Como puede ver, estamos haciendo buen uso de él.

—Me alegro —respondió ella, pero sacudió la cabeza con pesar—. Dudé mucho sobre la conveniencia de comprar pinturas, papel y libros cuando tanto se necesitan comida y ropas.

—Los libros son tan necesarios como la comida, creo yo. —La señorita Chapman sonrió y preguntó con curiosidad—. ¿Ha visto ya al niño nuevo, lady Hawksworth?

—¿Niño nuevo? —repitió Lara, sorprendida—. No estaba al corriente... ¿Cómo y cuándo...?

—Llegó anoche, el pobrecito.

—¿Quién lo envió?

—Me parece que fue el médico de la prisión de Holbeach. Mandó al niño después de que colgaran a su padre. No sabemos muy bien qué hacer con él. No nos queda ni una sola cama.

—¿A su padre lo colgaron? —Lara arrugó la frente—. ¿Por qué delito?

—No me informaron de los detalles. —La señorita Chapman bajó la voz y añadió—: El niño estaba viviendo con él en la cárcel. Evidentemente, no tenía otro lugar donde quedarse. Ni siquiera el reformatorio local quiso aceptarlo.

Una sensación de extrañeza y rabia se apoderó de Lara al oír aquello. Un niño inocente, viviendo entre peligrosos criminales. ¿Qué persona decente podía permitirlo?

—¿Cuántos años tiene? —preguntó.

—Aparenta tener cuatro o cinco, aunque los niños que viven en esas condiciones suelen ser pequeños para su edad.

—Tengo que verlo.

La señorita Chapman le dirigió una sonrisa alentadora.

—Tal vez tenga más suerte que nosotros. Hasta ahora, no ha pronunciado una sola palabra. Y se puso muy violento cuando tratamos de bañarlo.

—Oh, Dios mío. —Afligida, Lara abandonó la clase

de botánica y se dirigió a la antigua casa principal. Dentro reinaba un relativo silencio, ya que los niños estaban ocupados en sus diversas tareas y actividades. La cocinera, la señora Davies, estaba ocupada cortando legumbres, que luego metía en una inmensa olla de estofado de cordero. Nadie parecía saber por dónde andaba el niño.

—Una criatura rara, vaya si lo es —señaló la señorita Thornton, la directora del lugar, que salió de una de las aulas en cuanto supo de la presencia de Lara—. Localizarlo es tarea imposible. Todo lo que sé es que prefiere estar aquí dentro. Por lo que se ve, salir le da miedo. Algo muy poco natural en un niño.

—¿Y no hay sitio aquí para él? —quiso saber Lara, preocupada.

La señorita Thornton negó enérgicamente con la cabeza.

—Ha tenido que pasar la noche en un jergón improvisado en una de las aulas, y dudo que haya dormido ni un segundo. Aunque imaginando el sitio en el que ha vivido, no me sorprende demasiado. —Soltó un suspiro—. Tendremos que mandarlo a otro sitio. La cuestión es, ¿quién se hará cargo de él?

—No lo sé —dijo Lara, preocupada—. Tendré que pensar en ello. Mientras tanto, ¿le importaría que lo buscara por mi cuenta?

La señorita Thornton la miró con expresión dubitativa.

—¿No prefiere que la ayude, lady Hawksworth?

—No, por favor, siga con sus tareas. Creo que puedo encontrarlo sola.

—Muy bien, lady Hawksworth —aceptó la directora, ostensiblemente aliviada.

Lara buscó metódicamente por toda la casa, cuarto por cuarto, sospechando que el niño elegiría algún rincón aislado para ocultarse, lejos del resto de los niños.

Finalmente lo encontró, en el rincón de un salón que había sido transformado en aula; estaba acurrucado debajo de un pupitre, como si aquel incómodo espacio le ofreciera alguna clase de seguridad. Lara vio que se hacía un ovillo en cuanto ella entró en la habitación. El niño se abrazó las huesudas rodillas, en silencio, y la observó. No era más que un pequeño atadillo de harapos, con una larga mata de sucios cabellos negros.

—Ahí estás —dijo Lara con suavidad, mientras se arrodillaba junto a él—. Pareces un poco perdido, cariño. ¿Vienes a sentarte conmigo?

Él retrocedió aún más, sin dejar de observarla, y Lara pudo ver aquellos ojos profundamente azules, rodeados por oscuras ojeras de cansancio. Al advertir que hundía una de sus manitas en el agujereado bolsillo, agarrando algo con actitud protectora, le dirigió una sonrisa y preguntó:

—¿Qué tienes ahí? —Supuso que se trataba de un pequeño juguete, un ovillo de hilo o alguno de aquellos objetos que tanto gustaban a los niños.

Lentamente, el pequeño sacó del bolsillo el gris cuerpecillo, diminuto y peludo, de un ratón vivo, que la miró por entre los dedos del niño con ojillos pequeños y brillantes.

Lara reprimió un respingo de sobresalto.

—Oh —exclamó, débilmente—. Es muy... Interesante. ¿Lo has encontrado aquí?

El niño negó con la cabeza.

—Vino conmigo. —Acarició suavemente la cabeza del ratón, entre las dos orejas, con sus dedos sucios—. Le gusta cuando le acaricio así la cabeza. —Ganó algo de confianza con la atención que le estaba prestando Lara y siguió diciendo, más animadamente—: Hacemos todo juntos, Ratoncillo y yo.

—¿Ratoncillo? ¿Así se llama? —De modo que el niño consideraba al roedor una especie de mascota, un amigo. Lara sintió un nudo en la garganta, una mezcla de pena y de risa.

—¿Quieres tenerlo? —le preguntó el niño, mostrándole la inquieta criatura.

Lara no consiguió obligarse a tocarlo.

—No, pero muchas gracias.

—Muy bien —dijo él, y volvió a meterse el ratón en el bolsillo y le dio unas palmaditas.

Lara sintió una rara y dulce tensión en el pecho al contemplar aquello. El pobre niño no tenía nada —ni familia, ni amigos, ni un futuro—, pero a su precaria manera, estaba ocupándose de alguien..., de algo. Aunque no fuera más que un ratón encontrado en la cárcel.

—Usted es guapa —dijo el niño con generosidad, y la sorprendió trepando hasta su regazo. Sorprendida, Lara titubeó antes de responder a aquel gesto y rodearlo con sus brazos. Era huesudo y liviano, enjuto como un gato. De su cuerpo y sus ropas fluía un olor acre, y la asaltó la desagradable idea de que probablemente el niño hirviera de bichos, y también el ratoncillo. Pero entonces él se recostó contra ella, y alzó la cabeza para mirarla, y Lara se encontró acariciándole el revuelto cabello. Se preguntó cuánto tiempo haría que el niño no disfrutaba de un abrazo maternal. ¡Era un niño tan pequeñito, y estaba tan completamente solo!

—¿Cómo te llamas? —le preguntó. Él no respondió. Tenía los ojos semicerrados y estaba aparentemente más relajado, pero no aflojó la presión de sus dedos mugrientos sobre la manga del vestido de Lara—. Dios mío, necesitas un baño —siguió diciendo Lara, sin dejar de acariciarle el cabello—. Debe de haber un niño muy guapo debajo de toda esta mugre.

Lara siguió acunándolo y murmurándole quedamente hasta que lo sintió cabecear contra su hombro. Estaba totalmente agotado. No pasó mucho tiempo antes de que lo sintiera dormirse. Al rato lo soltó, con delicadeza, se puso de pie y le indicó que la siguiera.

—Ahora te llevaré con la señorita Thornton —dijo—. Es una mujer muy buena, y debes prometerme que vas a hacerle caso. Te encontraremos un hogar, cariño, te lo prometo.

El niño obedeció y la acompañó hasta la oficina de la señorita Thornton, aferrado a la falda de Lara. Llegaron a una minúscula habitación y encontraron a la señorita Thornton sentada tras su escritorio.

La directora sonrió al verlos.

—Tiene mano con los niños, lady Hawksworth. Debería haber sabido que usted lo encontraría. —Se acercó al niñito y lo tomó de la muñeca—. Venga conmigo, caballerito. Ya ha distraído bastante a milady.

El niño se acurrucó más junto a Lara, y le mostró los dientes a la señorita Thornton como un animalito salvaje.

—¡No! —gritó.

La directora lo miró sorprendida.

—Bueno, después de todo parece que sí puede hablar. —Renovó sus esfuerzos por apartarlo de Lara y dijo—: No hay necesidad de que te comportes así, muchacho. Nadie va a hacerte daño.

—¡No, no! —El pequeño se puso a llorar y se aferró a las piernas de Lara.

Apenada, Lara se agachó para acariciarle la espalda.

—Oh, dulzura, yo vendré mañana, pero tú debes quedarte aquí...

Mientras el niño seguía aullando, aferrado a Lara, la señorita Thornton salió de la habitación y reapareció acompañada por otra maestra.

—Es usted singular, lady Hawksworth —comentó mientras forcejeaban ella y la otra mujer para arrancarlo de allí—. Solamente usted puede llamar «dulzura» a un niño como éste.

—No es un mal niño —dijo Lara, tratando en vano de acallarlo.

Las dos mujeres lograron finalmente que la soltara, y el niño emitió un alarido de furia y desesperación. Lara, visiblemente alterada, se quedó mirando al rebelde muchachito, que gruñía y se retorcía como un cachorro salvaje.

—No se preocupe por él —dijo la señorita Thornton—. Ya se lo dije, es un poco raro. Bendita sea, milady, que ya tiene bastante con qué lidiar como para tener encima que soportar una escena así.

—Está bien, yo... —Lara pareció quedarse sin voz por la ansiedad que la invadió al ver que arrastraban al niño fuera de la habitación. La maestra lo reprendió con suavidad, sujetándolo del brazo para evitar que se escapara.

—Nos ocuparemos de él —afirmó la señorita Thornton—. Va a estar perfectamente bien.

—¡Nooo! —volvió a gritar el niño.

En medio del forcejeo, se produjo un movimiento que hizo que el ratón se escabullera del bolsillo del niño y aterrizara en el suelo. Al ver al roedor corriendo junto a ellas, las dos mujeres chillaron al unísono y soltaron al niño.

—¡Ratoncillo! —gritó él, gateando detrás del fugitivo roedor—. ¡Ratoncillo, vuelve aquí!

El ratón se las ingenió para encontrar un agujero en la madera del zócalo, y meneando el cuerpo se escurrió allí dentro y desapareció. El niño se quedó mirando el diminuto orificio, estupefacto, y se echó a llorar desconsoladamente.

Después de contemplar al pequeño deshecho en lágrimas, a la maestra dominada por el pánico y el rostro tenso de la señorita Thornton, Lara se oyó decir:

—Dejen que me ocupe del niño. Se... Se queda conmigo.

—¿Lady Hawksworth? —preguntó con cautela la señorita Thornton, como si temiera que Lara hubiera perdido el juicio.

—Por ahora, me lo llevo conmigo —continuó diciendo ésta, rápidamente—. Ya le encontraré un lugar.

—Pero supongo que no querrá decir...

—Sí, así es.

El niño regresó a la seguridad de las faldas de Lara, con el pecho subiendo y bajando por la agitación.

—Quiero a Ratoncillo —lloriqueó.

Lara le puso la mano en la espalda.

—Ratoncillo tiene que quedarse aquí —le dijo en voz baja—. Estará bien, te lo prometo. ¿Tú también te quedarás aquí, o prefieres venir conmigo?

Por toda respuesta, él le tomó la mano y la apretó con fuerza.

Lara miró a la directora con una sonrisa algo forzada.

—Lo cuidaré muy bien, señorita Thornton.

—Oh, de eso no tengo duda —se apresuró a decir la directora—. Sólo espero que no la incomode demasiado, milady. —Se inclinó y miró seriamente al enrojecido rostro del niño—. Espero que comprendas el golpe de suerte que has tenido, joven Cannon. En tu lugar, yo trataría muy, muy esforzadamente de complacer a lady Hawksworth.

—¿Cannon? —repitió Lara—. ¿Así se llama?

—Ése es el apellido familiar. Pero no quiere decirnos cómo lo llamaban a él.

La manita tiró de la de Lara y un par de ojos brillantes, llenos de lágrimas, la contemplaron.

—Johnny —dijo el niño con claridad.

—Johnny —repitió ella, apretándole suavemente los dedos.

—Lady Hawksworth —la previno la directora—, según mi experiencia, es mejor no hacerle muchas concesiones a un niño en esta situación, o se acostumbrará a esperarlas como algo natural. Sé que suena cruel, pero el mundo no es benévolo con los huérfanos que no tienen ni un penique... Lo mejor será que conozca desde el principio cuál es su sitio en él.

—Entiendo —respondió Lara, mientras se desvanecía su sonrisa—. Gracias, señorita Thornton.

La servidumbre de Hawksworth Hall quedó claramente estupefacta al ver al pequeño y desgreñado invitado de Lara, que no se soltaba de sus faldas. El niño no pareció reparar en la sobrecargada ostentación que lo rodeaba, pues toda su atención se concentraba en Lara.

—Johnny es bastante tímido —murmuró Lara a su doncella personal, Naomi, cuyo primer acercamiento al niño había sido rápidamente rechazado—. Le llevará cierto tiempo acostumbrarse a todos nosotros.

Naomi contempló al pequeño y una expresión pensativa apareció en su rostro regordete.

—Parece que lo hubieran encontrado en pleno bosque, milady.

Lara se dijo que hasta el bosque era un sitio saludable comparado con el ambiente malsano y peligroso en el que Johnny había crecido. Deslizó los dedos por el enmarañado cabello del niño y dijo:

—Naomi, quiero que me ayudes a bañarlo.

—Sí, milady —murmuró la doncella, aunque pareció desconcertada ante la idea.

Mientras la tina personal de Lara era cuidadosamente llenada por un ejército de criadas que portaban cubos por las escaleras, ésta pidió que le subieran un plato de pan de jengibre y un vaso de leche. El niño bebió y devoró todo hasta la última gota y la última migaja, como si no hubiera comido en varios días. Cuando su apetito pareció quedar saciado, Lara y Naomi lo llevaron hasta el vestidor de la primera planta y le quitaron las andrajosas ropas.

Lo difícil fue convencer a Johnny de que se sumergiera en el agua, que contempló con un alto grado de sospecha. Estaba desnudo junto a la tina; tenía un cuerpecillo tan frágil que casi parecía delicado.

—No quiero —insistió con terquedad.

—Pero debes hacerlo —dijo Lara, tratando de sofocar la risa—. Estás muy sucio.

—Mi papá dice que el baño puede matarte de calenturas.

—Tu padre estaba equivocado —respondió Lara—. Yo me doy baños a menudo, y sentirse limpio es una sensación muy placentera.

—No —persistió él.

—Debes darte un baño —insistió Lara—. Todos los que viven en Hawksworth Hall deben bañarse regularmente. ¿No es así, Naomi?

La criada asintió enérgicamente.

Tras mucho insistir, lograron meterlo en el agua. El niño se sentó, rígido y envarado, y se le marcaron todas las vértebras de la columna. Lara tarareó una canción para entretenerlo, mientras lo enjabonaban de pies a cabeza. Después de enjuagarlo repetidas veces, el agua quedó gris.

—Pero mire estas greñas —comentó Naomi, tocándole uno de los enredados mechones de cabello húmedo—. Tendremos que cortarle el pelo.

—Qué blanquito es... —exclamó Lara, maravillada ante el color de su piel—. Eres blanco como un copo de nieve, Johnny.

Johnny se examinó los flacuchos brazos y el pecho con interés.

—Se me ha salido un montón de piel —observó.

—No era piel —dijo Lara, riendo—. Sólo suciedad.

Obedeciendo sus instrucciones, se incorporó y permitió que Lara lo sacara de la tina. Ésta lo envolvió en una gruesa toalla y secó toda el agua que le chorreaba por las piernas. Mientras lo secaba, Johnny se acercó más a ella y trató de apoyar la cabeza sobre su hombro, empapándole el corpiño del vestido.

Lara lo estrechó en sus brazos.

—Te has portado muy bien, Johnny. Has sido muy bueno durante el baño.

—¿Qué hacemos con todo esto, milady? —quiso saber Naomi, señalando la pila de ropa sucia que había en el suelo—. Temo que se deshagan si intento lavarlas.

—Quémalas —dijo Lara, cruzando una mirada de entendimiento con la doncella. Tomó una camisa limpia y unos pantalones de dril que le había pedido prestados al muchacho del establo. Aquellas prendas eran lo único de lo que había podido disponer en tan poco tiempo, y resultaban demasiado grandes y abolsadas para Johnny—. De momento servirán —comentó, mientras le ajustaba una correa de perro en la cintura para evitar que se le cayeran los pantalones. Se inclinó y tomó uno de los piececillos del niño, quien se sobresaltó y tuvo un repentino acceso de risa—. Mandaremos que te hagan zapatos y ropas adecuadas. En realidad... —Arrugó la frente al recordar, de pronto, que había quedado con la modista para que la visitara aquella misma semana—, por Dios, no era hoy, ¿verdad?

—Bueno, siempre te las arreglas para sorprenderme —oyó que decía la voz de su hermana desde la puerta, interrumpiendo sus pensamientos.

Lara sonrió al ver a Rachel.

—Oh, vaya, olvidé que te había invitado para que me ayudaras a elegir modelos de vestidos. No te he hecho esperar, ¿verdad?

Rachel negó con la cabeza.

—En lo más mínimo. No te preocupes, he llegado un poco temprano. La modista todavía no está aquí.

—Gracias a Dios. —Lara se echó hacia atrás un mechón de cabello húmedo—. No suelo ser despistada, pero es que he estado muy ocupada.

—Ya lo veo. —Rachel entró en la habitación, sonriendo y observando al niño. Johnny, desgreñado, respondió al escrutinio con una silenciosa admiración.

Lara dudó que el niño hubiera visto jamás una mujer como Rachel, al menos, tan de cerca. Aquel día Rachel estaba particularmente elegante, con el cabello oscuro rizado en brillantes bucles, recogido para lucir su esbelto cuello de cisne. Llevaba un vestido de muselina bordado con pequeños pimpollos y hojas verdes, y un sombrero de paja festoneado con una cinta de seda rosa. Sonriendo de orgullo, Lara se preguntó si acaso existía otra mujer en toda Inglaterra que pudiera igualar la delicada belleza de su hermana.

—¡Larissa, eres una verdadera calamidad! —exclamó Rachel, riendo—. Veo que has estado atareada con los niños del orfanato. ¿Cómo es posible que seas la misma muchacha que solía ocuparse tanto de su aspecto?

Abatida, Lara echó una mirada a su propio vestido, oscuro y húmedo, y realizó un vano intento por sujetar los mechones sueltos de su lacio cabello.

—A los niños no les importa cómo voy —respondió

con una sonrisa—. Eso es lo único que me interesa. —Sentó al pequeño sobre un taburete y le puso una toalla sobre los hombros—. Siéntate, Johnny, y quédate quieto mientras te corto el cabello.

—¡No!

—Sí —dijo Lara con firmeza—. Y si te portas bien, diré que te hagan un birrete, con botones de latón. ¿No te gustaría?

—De acuerdo. —El niño se sentó frente a ella con cara de resignación.

Lara empezó a cortarle el cabello, dando cuidadosos tijeretazos a la rebelde mata. Su avance era lento, ya que se detenía con frecuencia para consolar a Johnny, que daba un respingo tras cada chasquido de la tijera.

—Oh, déjame a mí —dijo Rachel después de algunos minutos—. Siempre fui mejor que tú para esto, Lara. Recuerda, papá siempre me dejaba cortarle el cabello, antes de que lo perdiera por completo.

Lara soltó una carcajada y dejó al niño en las expertas manos de Rachel. Dio un paso atrás para observar los enmarañados mechones que caían al suelo.

—Qué pelo más hermoso... —murmuró Rachel, mientras daba forma, cuidadosamente, al cabello del niño—. Negro como la tinta, levemente ondeado. Es un niño guapo, ¿no crees? Quédate quieto, muchacho... Terminaré enseguida.

Lara comprobó con sorpresa que su hermana tenía razón. Johnny era guapo, con aquellas facciones enérgicas, la atrevida nariz, el brillante pelo negro y los radiantes ojos azules. El niño trató de devolverle la sonrisa a Lara mientras se enderezaba en el taburete, pero abrió la boca en un irreprimible bostezo y se tambaleó ligeramente.

—¡Diablillo! —gritó Rachel—. No te muevas. ¡Casi te corto la oreja!

—Está cansado —explicó Lara, acercándose para quitarle al niño la toalla y bajarlo del taburete—. Es suficiente por ahora, Rachel. —Llevó a Johnny hasta un sofá de caoba cubierto con una suave funda y almohadones de terciopelo—. Naomi, gracias por ayudarnos. Puedes retirarte.

—Muy bien, milady —dijo la doncella, y tras una rápida inclinación abandonó la estancia.

El niño se acurrucó contra Lara. Le resultaba extrañamente natural sentir aquel ligero peso contra ella, aquella cabeza en el hueco de su hombro.

—Duérmete, Johnny. —Le acarició la cabeza y sintió la sedosa suavidad de su cabello bajo los dedos—. Estaré aquí cuando despiertes.

—¿Me lo prometes?

—Claro que sí.

Aquella seguridad pareció ser todo lo que él necesitaba. Se acomodó, más apretado aún contra ella, y se durmió. Pronto su respiración se hizo profunda y regular.

Rachel se sentó en una silla y clavó en Lara una mirada inquisitiva.

—¿Quién es, Larissa? ¿Por qué lo has traído aquí?

—Es un huérfano —contestó Lara, apoyando la mano sobre la espalda del niño—. No hay sitio para él en ninguna parte. Lo enviaron de la prisión de Holbeach, donde colgaron a su padre.

—¿Es el hijo de un criminal? —exclamó Rachel, y el niño se revolvió entre sueños.

—Sshh, Rachel —la reconvino Lara con gesto de desaprobación—. No es culpa suya. —Se inclinó sobre el niño, con actitud protectora, y le frotó la espalda hasta que éste volvió a relajarse.

Rachel meneó la cabeza con perplejidad.

—Pese a la forma en que te manejas con los niños,

esto sí que no lo esperaba. Traerlo a tu propia casa...
¿Qué dirá lord Hunter?

—No lo sé. Estoy segura de que no lo aprobará, pero este niño tiene algo que hace que desee protegerlo.

—Lara, sientes lo mismo por cualquier niño que te encuentras.

—Sí, pero éste es especial. —Lara se sintió torpe y desorientada al tratar de encontrar una explicación racional—. Cuando lo vi por primera vez tenía un ratón en el bolsillo. Lo había traído consigo de la cárcel.

—¡Un ratón! —repitió Rachel, estremeciéndose—. ¿Vivo o muerto?

—Vivito y coleando —dijo Lara, muy seria—. Johnny lo estaba cuidando. ¿No es curioso? Encerrado en una prisión, presenciando horrores que ni tú ni yo podríamos siquiera imaginar... Y encontró una pequeña criatura a la que amar y proteger.

Rachel meneó la cabeza y contempló a Lara con una sonrisa.

—De modo que en eso consiste la atracción; vosotros dos compartís la costumbre de coleccionar casos perdidos. Sois almas gemelas.

Invadida por la ternura, Lara contempló al niño dormido. Él le había entregado su confianza, y ella era capaz de morir antes que fallarle.

—Ya sé que no puedo salvar a todos los niños del mundo —dijo—. Pero puedo salvar a algunos. Puedo salvar a éste.

—¿Qué piensas hacer con él?

—Todavía no he pensado en nada.

—¿No pensarás quedártelo?

El silencio a la defensiva de Lara fue respuesta suficiente.

Rachel se sentó junto a ella y habló con total seriedad.

—Querida mía, nunca he conocido bien a Hunter, y ahora menos que antes, pero conozco la tristeza que él te causó cuando supo que no podías concebir. Él quiere su propio hijo, un heredero... No un niño de las cloacas salido de una cárcel.

—Rachel... —murmuró Lara, atónita.

Rachel pareció avergonzada, pero continuó diciendo, decidida:

—Puede que no te gusten las palabras que he elegido, pero debo ser franca. Te has acostumbrado a tomar decisiones sin la interferencia de un esposo. Ahora Hunter está de regreso, y las cosas son diferentes. Una esposa debe someterse a las decisiones de su marido.

Lara apretó la mandíbula y su rostro adoptó un gesto obstinado.

—No pretendo ofrecerle a este niño como sustituto de los hijos que no puedo tener.

—¿Y de qué otra manera va a verlo Hunter?

—Como lo veo yo; comprendiendo que este niñito necesita nuestra ayuda.

—Querida Lara... —La delicada boca de Rachel se curvó en una sonrisa triste—. No quiero que te desilusiones. No me parece acertado provocar problemas entre Hunter y tú cuando hace tan poco tiempo que ha regresado. Un matrimonio sin problemas es la mayor bendición que puedas imaginar.

Lara percibió la tristeza que se veía en la expresión de su hermana. La observó cuidadosamente, y entonces advirtió las arrugas en las comisuras de los ojos y en la frente, y la tensión de su postura.

—Rachel, ¿qué pasa? ¿Más problemas entre lord Lonsdale y tú?

Su hermana negó con la cabeza, molesta.

—No precisamente, es sólo que..., últimamente Terrell se muestra tan susceptible y se ofende con tanta facilidad... Se siente aburrido e infeliz, y cuando se excede con la bebida se pone tan nervioso...

—¿Nervioso —preguntó Lara en voz baja—, o violento?

Rachel permaneció en silencio, con la mirada bajada. Daba la impresión de estar a punto de tomar una decisión desagradable. Tras una larga pausa, agarró el bolero de encaje blanco que le cubría el escote del vestido y se lo quitó.

Lara contempló la garganta y el pecho desnudo de su hermana, donde dos grandes cardenales y la marca de cuatro dedos destacaban sobre la piel traslúcida. Aquello se lo había hecho lord Lonsdale, pero..., ¿por qué? Rachel era la más dulce y buena de las criaturas, siempre atenta con sus obligaciones, con la comodidad de su marido y de todos los que la rodeaban.

Lara sintió que se estremecía de furia y las lágrimas se agolparon en sus ojos.

—¡Es un monstruo! —exclamó en tono agudo.

Rachel se apresuró a ponerse de nuevo el bolero.

—Larissa, no, no... No te lo mostré para que lo odiaras. No sé por qué te lo mostré. Es culpa mía. Me quejé de su afición al juego y lo hostigué hasta que no lo aguantó más. Debo tratar de ser una mejor esposa. Pero necesita algo que yo no puedo ofrecerle. ¡Si pudiera entenderlo mejor...!

—Cuando Hunter regrese, haré que hable con lord Lonsdale —dijo Lara, haciendo caso omiso a las protestas de su hermana.

—¡No! No lo hagas, a menos que quieras que vuelva a suceder esto... O algo aún peor.

Lara permaneció en un acongojado silencio, luchando contra las lágrimas. Rachel y ella habían sido criadas en la creencia de que los hombres eran sus protectores, de que el esposo era la mitad superior y más inteligente de todo matrimonio. En aquella inocencia protegida, no había imaginado que un hombre fuera capaz de pegar a su esposa, ni de lastimarla de ninguna manera. ¿Por qué, entre toda la gente, tenía que pasarle aquello a Rachel, la mujer más dulce y más buena que conocía? ¿Y cómo podía sostener Rachel que era por su culpa?

—Rachel —consiguió decir, con tono inseguro—, no has hecho nada para merecer esto. Y lord Lonsdale ha demostrado que su palabra no vale nada. Va a seguir sometiéndote con su violencia, a menos que alguien intervenga.

—No debes decírselo a lord Hawksworth —suplicó Rachel—. ¡Me sentiría tan humillada! Además, si tu esposo tocara el tema, Terrell negaría todo y encontraría otra forma de castigarme después. Por favor, debes guardar el secreto.

—Entonces, insisto en que se lo digas a mamá y a papá.

Rachel sacudió la cabeza con desesperación.

—¿Y qué crees que harían? Mamá se echaría a llorar y me rogaría que me esforzara más por complacer a Terrell. Papá se limitaría a encerrarse en su estudio a cavilar. Ya sabes cómo son.

—Entonces, ¿no puedo hacer nada? —preguntó Lara con angustia.

Rachel apoyó su mano sobre la de ella.

—Yo lo amo —dijo en voz baja—. Quiero quedarme con él. La mayor parte del tiempo es muy bueno conmigo. Sólo muy de vez en cuando, cuando parece no poder controlar su carácter, las cosas se ponen..., difíciles. Pero siempre se le pasa enseguida.

—¿Cómo puedes querer a alguien que te hace daño? Lord Lonsdale es un hombre cruel, egoísta...

—No. —Rachel retiró la mano, y su bello rostro adoptó una expresión helada—. No quiero oír una sola palabra más en contra de Terrell, Larissa. Lo siento. No debía haberte hablado de esto.

Apareció una criada para anunciar que había llegado la modista, y ambas mujeres se dispusieron a recibirla en el salón de la planta baja. Rachel salió antes de la habitación, mientras que Lara se demoró mirando al niño dormido. Lo tapó con un inmenso chal bordado, que arropó en torno a su cuello, y le acarició el cabello recién cortado.

—Descansa aquí, por ahora —susurró, de rodillas junto al sofá, contemplando el rostro pacífico y diminuto de Johnny. Parecía del todo indefenso, dejado a merced de un mundo enorme e indiferente. Al pensar en la delicada situación de Johnny, en la de Rachel y en los problemas de todos sus amigos de Market Hill, Lara cerró brevemente los ojos.

—Amado Señor de los cielos —murmuró—. ¡Son tantos los que necesitan tu misericordia y tu protección! Ayúdame a saber qué puedo hacer por ellos. Amén.

9

Era el día de la colada, una tarea colosal que se llevaba a cabo una vez por semana y que ocupaba a más de la mitad de la servidumbre. Tal como había sido costumbre desde el principio de su matrimonio, Lara supervisaba el trabajo y participaba en él, doblando la ropa y ayudando a coser cuando era necesario. En una casa tan grande como Hawksworth Hall, se hacía imprescindible coser etiquetas en todas las fundas, cubrecamas, sábanas y mantas para indicar a qué habitación correspondían. Las cosas que estaban demasiado gastadas o rotas para seguir siendo usadas se guardaban en un saco de retazos que luego se vendían al trapero, y las ganancias obtenidas se repartían entre todos los sirvientes.

—Bendita sea, milady —dijo una de las criadas mientras doblaban ropa de cama recién lavada en el lavadero—. Todos hemos echado de menos el dinero extra que solíamos recibir del trapero. Lady Arthur se guardaba hasta el último chelín en su bolsillo.

—Bueno, ahora todo ha vuelto a ser como era —respondió Lara.

—Gracias al cielo —exclamó fervientemente la criada, y luego fue a buscar otro cesto con ropa limpia.

Lara frunció el entrecejo y volvió a atarse las cintas de su delantal blanco. El aire era húmedo en el lavadero, y el vapor se alzaba desde las enormes cubas de hierro llenas de ropa enjabonada. Lara había creído que disfrutaría al retomar sus responsabilidades como ama de casa. Siempre había hallado gran satisfacción en mantener la casa Hawksworth Hall correctamente organizada. No obstante, parecía que su deleite por las tareas domésticas y el manejo de la propiedad había empezado a disminuir.

Antes de su «viudez», había estado siempre demasiado ocupada siendo la señora de la casa como para tener en cuenta asuntos que superaran los límites de sus dominios. Ahora, en cambio, el tiempo que pasaba en el orfanato parecía mucho más importante que cualquier tarea que pudiera realizar en su casa.

Las cintas del delantal se le escaparon de entre los dedos, y trató con torpeza de volver a encontrarlas. Alguien se le acercó por detrás. Antes de que pudiera darse la vuelta, sintió unos cálidos dedos masculinos que se enredaron brevemente con los suyos. Se quedó inmóvil, con el corazón que parecía salírsele del pecho. Hasta el mismo día de su muerte, reconocería el contacto de aquellas manos.

Hunter le ató el delantal en torno a la cintura con gran agilidad. Lara sintió los débiles y cálidos resoplidos de la respiración de éste, agitándose en su largo cabello. Y aunque no la acercó hasta él, Lara sintió también la altura y la fuerza de aquel cuerpo tras el suyo.

—¿Qué estás haciendo aquí? —le preguntó en voz baja.

—Vivo aquí —dijo él, y su voz fue como una caricia de terciopelo que le recorriera la columna.

—Sabes que me refiero al lavadero. Hasta hoy, nunca habías puesto ni un pie aquí.

—No podía esperar más para verte.

Por el rabillo del ojo, Lara vio que dos criadas se detenían, desconcertadas, en la puerta, al descubrir que el señor de la casa estaba allí.

—Podéis entrar, muchachas —les dijo en voz alta, haciendo señas para que retomaran sus tareas, pero ellas soltaron unas risillas y desaparecieron, decidiendo, evidentemente, que Lara necesitaba estar a solas con lord Hawksworth.

—Deberías haberme dado tiempo para que me preparara —protestó Lara cuando su esposo la obligó a darse la vuelta y quedaron cara a cara. Estaba desaliñada y con el rostro enrojecido, el cabello pegado sobre las mejillas húmedas y el cuerpo envuelto en un enorme delantal—. Al menos me habría cambiado de vestido, y cepillado el... —Su voz se fue desvaneciendo cuando lo miró a los ojos.

Hunter estaba prodigiosamente guapo; sus oscuros ojos brillaban con el color de la canela, y su cabello desteñido por el sol estaba peinado hacia atrás. Llevaba ropas perfectamente encajadas que destacaban —o mejor dicho, exhibían—, la fuerza de su cuerpo. Los ajustados pantalones de color beige le marcaban cada músculo de las piernas, y resaltaban sus dotes masculinas de una manera que hizo subir un calor escarlata a las mejillas de Lara. Una camisa de un blanco cegador, con su corbata, un chaleco de elegante diseño y una chaqueta azul oscuro completaban el conjunto. El exótico tono oscuro de su tez aumentaba su atractivo. Lara pensó que la sola visión de semejante hombre podría provocar desmayos a muchas mujeres.

En realidad, su propio interior se retorcía de agitación. Definitivamente, tenía que ver también con la forma en que él la miraba: no era una mirada amable y respetuosa, sino de la clase que, supuso Lara, se les dirigía a las prostitutas. ¿Cómo lograba hacer que se sintiera desnuda frente a él, si estaba cubierta por varias capas de ropa y por un delantal del tamaño de una carpa?

—¿Tuviste una estancia agradable en Londres? —le preguntó, tratando de recobrar la compostura.

—No particularmente. —Apretó las manos en su cintura cuando ella trató de apartarse—. Sin embargo, fue productivo.

—Mi tiempo aquí también ha sido productivo. Hay algunas cosas de las que debo hablar más tarde contigo.

—Dímelas ahora. —Hunter la rodeó con un brazo y comenzó a llevársela hacia la puerta.

—Tengo que ayudar con la colada.

—Deja que los sirvientes se ocupen. —Bajó los dos escalones que llevaban hasta el claustro que conectaba el cuartito con la casa principal.

—Preferiría hablar contigo durante la cena —dijo Lara, y se detuvo antes de bajar ella los escalones, de modo que sus rostros quedaron exactamente al mismo nivel—. Después de que hayas bebido un par de copas de vino.

Hunter soltó una carcajada y se acercó a ella, y le provocó un sofoco cuando la alzó en vilo, con toda facilidad, y la depositó sobre el suelo.

—Malas noticias, ¿no es así?

—No, no son malas —respondió ella, incapaz de apartar la mirada de la ancha y expresiva boca de Hunter—. Me gustaría hacer aquí algunos cambios más o menos insignificantes, y puede que no los apruebes.

—Cambios. —Sus blancos dientes brillaron cuando sonrió y dijo, con ironía—: Bien, estoy siempre abierto a las negociaciones.

—No tengo nada que negociar.

Hunter se detuvo, antes de llegar a la casa, y la llevó hasta un rincón recoleto del jardín de la cocina. El aire estaba perfumado con la fragancia de las hierbas y las flores.

—Para ti, dulce esposa mía, pondría el mundo a tus pies.

Al ver sus intenciones, Lara trató de zafarse de su abrazo, pero él la mantuvo apretada contra sí. Tenía el torso duro como el hierro, y los músculos se hacían notar a través de las diferentes capas de ropa que los separaban. Y más abajo, apretada contra el abdomen de Lara, la cálida presión de su masculinidad, instantáneamente erecta a causa de la proximidad.

—Milord —jadeó Lara—. Hunter, no te atrevas...

—No estás tan impresionada como aparentas. Después de todo, eres una mujer casada.

—No lo he sido durante mucho tiempo. —Empujó en vano el pecho de Hunter y gritó—: ¡Suéltame ahora mismo!

Hunter sonrió y apretó aún más su abrazo.

—Antes, bésame.

—¿Por qué habría de hacerlo? —preguntó ella con tono helado.

—En Londres no he tocado ni a una sola mujer. Sólo podía pensar en ti.

—¿Y esperas un premio por eso? He hecho cuanto he podido para alentarte a que tomaras una amante.

Él presionó sus caderas contra las de ella, como si Lara no fuera ya consciente de su enorme erección.

—Pero yo sólo te quiero a ti.

—¿No te han dicho nunca que no se puede tener todo lo que se quiere?

Él esbozó una fugaz sonrisa.

—No que recuerde.

A pesar de su brutal fuerza, Hunter parecía infantil y travieso, y Lara se dio cuenta de que no era el miedo lo que hacía que a ella le latiera el pulso tan deprisa. Estaba inmersa en un frenesí de excitación, al descubrir por primera vez el poder que suponía mantener a raya a un hombre sexualmente excitado. Retuvo lo que él ansiaba, deliberadamente, al mantener los brazos como cuña entre ambos y volver su rostro hacia un costado.

—¿Qué ganaré si te doy un beso? —se oyó a sí misma preguntar Lara. Aquel tono grave y provocativo no le sonó en absoluto como suyo.

La pregunta alteró el poco dominio de sí que mantenía Hunter, lo bastante como para revelar que, a pesar de su comportamiento burlón, la deseaba locamente. Sus brazos se volvieron tensos como el hierro y su cuerpo se puso aún más duro contra el de ella.

—Di tu precio —murmuró—. Dentro de lo razonable.

—Estoy casi segura de que no considerarás razonable lo que quiero.

Hunter hundió los dedos en su desarreglada melena y le echó la cabeza hacia atrás.

—Antes bésame. Hablaremos después sobre qué entiendo por «razonable».

—¿Un beso? —preguntó ella con cautela.

Él asintió y contuvo el aliento cuando Lara se le acercó. Ella le rodeó el cuello con sus brazos y alzó los labios, que parecieron suavizarse ante la expectativa...

—¡Lara! ¡Lara! —Una pequeña figura se acercó corriendo hacia ellos. Lara se liberó del abrazo de Hunter y se agachó frente a Johnny. El niño hundió la cabeza en su regazo, y se le aferró a las faldas con sus pequeñas manitas.

—¿Qué pasa? —preguntó Lara, mientras le acariciaba la espalda.

Tras unos segundos de consuelo, Johnny levantó su cabeza morena y contempló a Hunter con una mezcla de suspicacia y desagrado.

—¡Te estaba haciendo daño! —exclamó.

Lara apretó los labios para evitar que temblaran con la risa contenida.

—No, querido. Éste es lord Hawksworth. Yo sólo estaba dándole la bienvenida a casa. Todo está bien.

Poco convencido, el niño siguió mirando con clara desconfianza al entrometido.

Hunter no dedicó a Johnny ni una sola mirada, sino que siguió mirando a Lara con el mal humor de un tigre hambriento privado de su presa.

—Deduzco que éste es uno de los «cambios» que mencionaste.

—Así es. —Sintiendo que sería un error mostrar cualquier signo de duda, Lara se incorporó y quedó frente a él, de nuevo. Respondió con la mayor firmeza posible—: Ojalá hubiera podido explicártelo antes de que lo vieras... Pero tengo la intención de que Johnny viva con nosotros a partir de ahora.

La pasión y la calidez desaparecieron de los ojos de Hunter; su rostro se volvió repentinamente impenetrable.

—¿Un mocoso del orfanato?

Lara sintió que la pequeña manita de Johnny se deslizaba entre la suya, y le dio un leve apretón tranquilizador. Mantuvo su mirada frente a la de Hunter cuando dijo:

—Más tarde te lo explicaré, en privado.

—Sí, lo harás —convino él con un tono de voz que le provocó escalofríos.

Lara dejó a Johnny al cuidado del jardinero jefe, el señor Moody, que estaba cortando flores de invernadero y colocándolas en varios floreros y recipientes, destinados a distintas habitaciones de Hawksworth Hall. Lara sonrió al ver que el niño arreglaba su propio racimo, metiendo flores en un diminuto cántaro desportillado.

—Muy bien, muchacho —lo elogió el jardinero, mientras quitaba con cuidado las espinas de una rosa en miniatura que le dio a continuación—. Tienes buen ojo para los colores. Te enseñaré a hacer un bonito ramillete para lady Hawksworth, y lo pondremos en una pequeña urna de cristal para mantener las flores frescas.

Al ver la rosa blanca, Johnny meneó la cabeza.

—Ésa no —dijo tímidamente—. A ella le gustan las flores rosadas.

Lara se detuvo en la puerta, sorprendida y complacida. Hasta el momento, el jardinero era la única persona, además de ella misma, con quien Johnny había hablado.

—¿Oh, sí? —El rostro lleno de marcas del señor Moody se suavizó con una sonrisa. Señaló un almácigo de rosas—. Entonces buscaremos el mejor capullo de todos, y lo cortaré para ti.

Lara se conmovió al comprobar la fuerza de sus sentimientos hacia el niño, como si se tratara de una poderosa corriente de emociones contenida durante muchos años y que hubiera sido liberada súbitamente para fluir a voluntad. Tras el resentimiento y la vergüenza que había sentido cuando supo que no podría darle un heredero a lord Hawksworth, nunca se había percatado de su propio anhelo por un hijo. Alguien que pudiera aceptar y devolver su amor sin límites ni condiciones, alguien que la necesitara. Esperaba que Hunter no le prohibiera conservarlo junto a ella. Estaba dispuesta a desafiarlo, a él y a cualquiera que tratara de separarla del niño.

Empapada en sudor, dentro de su vestido de muselina gris de cuello alto, Lara subió a sus aposentos y cerró la puerta. Lo que necesitaba era cambiarse el vestido por otro más liviano y más fresco, y quitarse aquellas medias de lana que tanto le picaban. Se desató el delantal, lo dejó caer al suelo y se sentó para desatarse los zapatones de cuero. Cuando sintió los pies libres del pesado estorbo, escapó de sus labios un suspiro de alivio. A continuación, empezó a desabrocharse los botones de las muñecas y de la nuca. Por desgracia, el vestido se abotonaba por la espalda, y no podía desabrocharlo sin ayuda. Mientras se abanicaba el rostro, que tenía empapado en sudor, fue hasta la campanilla que había cerca de su cama para llamar a Naomi.

—No. —La voz grave de Hunter le hizo dar un respingo de sorpresa—. Yo te ayudaré.

El corazón de Lara le martilleó en el pecho, y se dio la vuelta hacia el rincón de donde provenía la voz. Hunter estaba repantigado en un sillón Hepplewhite con respaldo en forma de escudo.

—¡Santo Dios! —exclamó Lara en un jadeo—. ¿Por qué no me has dicho que estabas aquí?

—Acabo de hacerlo. —Hunter se había quitado la chaqueta y el chaleco, y la fina camisa de hilo caía suavemente sobre sus anchos hombros y su torso espigado. Cuando se levantó y se le acercó, ella percibió el olor de su piel, una mezcla del aroma salado del sudor, el fuerte del ron y el débil, aunque agradable, dejado por los caballos.

Lara procuró dejar a un lado la poderosa atracción que sentía por él, cruzó los brazos sobre el pecho y lo contempló con extrema dignidad.

—Te agradecería que te fueras, ya que estoy a punto de cambiarme el vestido.

—Te estoy ofreciendo mis servicios en lugar de los de tu doncella.

Ella negó con la cabeza.

—Gracias, pero prefiero a Naomi.

—¿Tienes miedo de que te viole si te veo desnuda? —se burló él—. Trataré de controlarme. Date la vuelta.

Lara se puso rígida cuando él la obligó a volverse. Hunter empezó por la parte de atrás del vestido, desabrochándole los minúsculos ganchos con enloquecedora lentitud. El aire acarició la recalentada piel de Lara, e hizo que se estremeciera. El pesado vestido fue cayendo poco a poco, hasta que tuvo que sujetarse el corpiño para evitar que le quedara el pecho al descubierto.

—Gracias —dijo—. Has sido de gran ayuda. Ahora ya puedo hacer el resto yo sola.

Él hizo caso omiso de la débil orden, metió la mano dentro del vestido, y desabrochó las ballenas del corsé. Lara sintió un temblor y cerró los ojos.

—Es suficiente —dijo en tono vacilante, pero él siguió adelante, le arrancó el vestido de las manos y se lo bajó por las caderas hasta que cayó al suelo en un montón húmedo. A continuación desapareció el corsé, y Lara quedó cubierta sólo por la camisa, las bragas y las medias. Las manos de Hunter revolotearon sobre sus hombros, sin tocarla del todo, y el roce le puso la piel de gallina. Los dedos de sus pies se retorcieron sobre la alfombra.

No se había sentido así desde que fuera una asustada jovencita en su noche de bodas, cuando no supo qué se esperaba de ella ni lo que él tenía intención de hacerle.

De pie aún tras ella, Hunter buscó los botones de nácar que le cerraban la camisa. Para ser un hombre al que alguna vez había considerado más bien torpe, soltó aquellos botones con sorprendente destreza. La camisa cedió a sus maniobras y el aire frío rozó el busto expuesto de Lara. La delicada tela quedó colgando de sus pezones, cubriéndolos apenas.

—¿Quieres que me detenga? —preguntó él.

«Sí», quiso decirle, pero su boca la desobedeció y no emitió sonido alguno. Quedó paralizada por la expectación que sentía cuando él le soltó el cabello y le apartó de las húmedas mejillas los mechones sueltos. Los dedos de Hunter se hundieron en su oscuro pelo y le frotaron suavemente el cuero cabelludo en una caricia tan sedante y placentera que Lara sintió crecer en su garganta un irreprimible gemido. Arqueó la espalda y luchó contra la tentación de apretarse contra él e incitarlo a más.

Hunter le acarició la nuca, masajeándole los tensos músculos, doloridos tras las duras tareas de la mañana, y aquello la alivió y le provocó placer al mismo tiempo. Él se acercó para hablarle al oído, e hizo que se estremeciera al preguntar:

—¿Confías en mí, Lara?

Ella negó con la cabeza, incapaz todavía de hablar.

Él rió por lo bajo.

—Yo tampoco confío en mí mismo. Eres demasiado bella, y te deseo locamente.

Permaneció junto a ella, pero lo único que le tocó fue el cuello. Presionó con los dedos sobre la doliente nuca con exquisita delicadeza. Lara adivinó, más que sentir, que él volvía a tener una erección. La sola idea debería haberla hecho huir despavorida, pero por alguna razón permaneció inmóvil entre sus brazos. Se sintió ebria, vacilante, mientras varios pensamientos delirantes revoloteaban por su mente. ¡Ojalá volviera a besarla tal como había hecho antes, con aquella boca tan firme y deliciosa...!

Un dulce ardor se extendió por sus pechos, y pareció concentrarse luego en las puntas. Lara se mordió el labio, intentando dominar sus dedos para que no se aferraran sobre los de él y los llevaran hasta su cuerpo. Avergonzada, se mantuvo quieta y rogó para que él no se diera cuenta de lo que estaba pensando. No advirtió que había estado reteniendo la respiración hasta que ésta brotó de sus labios en un sofocado jadeo.

—Lara... —lo oyó murmurar, y el corazón casi se le detuvo cuando él le levantó ligeramente la camisa con una mano y buscó con la otra la cinta de sus bragas. Lara se puso a temblar, y se le aflojaron tanto las rodillas que tuvo que recostarse contra él para no caer. El pecho de Hunter era como un muro de granito. Su sexo estaba enorme y duro cuando lo apoyó contra la dúctil curva de sus nalgas.

Hunter tiró de la cinta que sostenía las bragas, y éstas cayeron hasta los tobillos de Lara. Ella oyó cómo le cambiaba la respiración, sintió el temblor de su mano cuando, por un vertiginoso instante, la apoyó contra su cadera desnuda. Hunter, entonces, dejó caer de nuevo la camisa, que volvió a cubrir aquella parte íntima.

La levantó en brazos con pasmosa facilidad; ella estaba ya subyugada por su fuerza. Lara mantuvo el cuello tenso, negándose a apoyar la cabeza en aquel hombro, y permaneció en un obstinado silencio cuando fue llevada al otro extremo de la habitación. La atravesó una ráfaga de pánico: ¿es que iba a hacerle el amor? «Déjalo —pensó de improviso—. Deja que te haga exactamente lo mismo que te hizo tantas veces antes. Que demuestre que es tan horrible como lo recuerdas... Y entonces te verás libre de él.» Volvería a ver a Hunter desde su consabida indiferencia, y él perdería entonces todo poder sobre ella.

No la llevó a la cama, para su sorpresa, sino al sillón ubicado junto a su tocador. La sentó allí y se arrodilló a sus pies, con los potentes muslos abiertos para lograr mantener el equilibrio. Mareada, Lara contempló el bello rostro pegado al suyo. Varios ruidos provenientes del exterior quebraron el silencio... El apagado repicar de la campanilla para llamar a los sirvientes, el mugido de los animales que pastaban por los anchos campos, el ladrido de un perro, el ruido susurrante de la servidumbre, que cumplía con sus tareas cotidianas. Le pareció imposible que alrededor de ellos existiera un mundo atareado. Lo único que existía era aquella habitación, y ellos dos, dentro de ella.

Sin dejar de mirarla, Hunter comenzó a acariciarle los tobillos, deslizando sus dedos en un lento ascenso lujurioso. Lara se estremeció, y las piernas se le pusieron rígidas cuando su esposo le alzó la camisa hasta los muslos. Hunter encontró las ligas y se las desató, y Lara no pudo evitar que se le escapara un leve jadeo de alarma. Le quitó una de las medias y le rozó con los dedos la parte interior del muslo, a continuación la rodilla y luego la pantorrilla, provocándole un ligero sobresalto cada vez que tocaba su suave piel. A continuación fue por la otra media, que también le quitó y dejó caer al suelo.

Lara, medio desnuda, permaneció sentada frente a él, y sus dedos se aferraron a los apoyabrazos del sillón. Evocó la forma en que aquello solía suceder antes entre ambos, el olor rancio de la respiración de Hunter, cuando iba a verla después de haber bebido, la manera en que montaba sobre ella tras pocos preliminares y se hundía en su cuerpo. Dolorosa, bochornosa... Y lo que resultaba infinitamente peor que todo aquello, la permanente sensación que la invadía al terminar de que había sido usada y dejada luego de lado. Siguiendo los prácticos consejos de su madre, siempre se había quedado tendida de espaldas, durante varios minutos, después de que lord Hawksworth la dejara, para dar así a su simiente la oportunidad de echar raíces en ella.

Lara siempre se había alegrado, secretamente, al

comprobar que no había sido así. Nunca le gustó la idea de tener al hijo de Hawksworth en su vientre y conferirle así a él la posibilidad de exhibirla como muestra de su gran virilidad.

¿Por qué nunca la había tocado como lo estaba haciendo ahora?

Con la punta del dedo, Hunter le rozó el muslo, allí donde la liga le había irritado y le había dejado una marca rojiza. Entonces se incorporó y se dirigió hacia el tocador, de donde tomó el bote de cristal de Bristol que contenía una crema de extracto de pepino y rosas.

—¿Esto es lo que usas para tu piel?

—Sí —respondió ella, débilmente.

Hunter abrió el bote, y se difundió por el aire una fresca fragancia floral. Tomó una pequeña cantidad de crema, la extendió sobre las palmas de sus manos, y le frotó la irritada piel.

—Oh... —Los músculos de Lara se contrajeron con el masaje, y ella se revolvió, inquieta, en el sillón.

Hunter se concentró en la tarea de frotar todas las zonas enrojecidas de su piel. Lara siguió con la mirada el movimiento de aquellas largas manos morenas, que trabajaban tan delicadamente sobre sus piernas. Deslizaron el borde de la camisa hacia arriba, y ella se apresuró a bajárselo de nuevo, tratando de conservar sus últimos restos de modestia. El intento fue inútil. Las manos de Hunter se movían de arriba abajo, y cada vez más arriba, haciendo que ella contuviera el aliento cada vez que alcanzaban la cara interna de sus muslos. Lara no lograba comprender las reacciones de su propio cuerpo, las ganas de abrirse y aplastarse contra él, la repentina y húmeda calidez de sus partes más íntimas. Los dedos de Hunter llegaron aún más arriba, rozando casi el nido de vello oscuro bajo su camisa.

Lara soltó un jadeo de sofoco y lo agarró de las muñecas. Sentía un aterciopelado ardor en la entrepierna, un extraño brotar de humedad.

—Detente —dijo en un susurro entrecortado—. Basta.

Al principio, él pareció no haberla oído; sus ojos observaban como embelesados aquellos rizos apenas ocultos bajo la camisa. Sus manos se aferraron a la suave carne.

«Basta.» Lara pedía lo imposible, pero Hunter, de alguna manera, se obligó a obedecerla. Cerró los ojos antes de que lo que veía lo volviera loco... Aquella piel clara y suave, el oscuro vellón que parecía estar pidiendo a sus dedos que se hundieran bajo la camisa. Era imposible que Lara comprendiera cuán desesperadamente deseaba él tocarla, saborearla, morderla, devorarla, lamerla, besarle cada dulce centímetro de su cuerpo. Hunter tenía los músculos tensos y duros como si fueran de piedra, por no hablar del bulto palpitante que empujaba contra la ajustada tela de sus pantalones. Se sentía a punto de explotar.

Cuando estuvo en condiciones de moverse, apartó las manos del cuerpo de Lara y se incorporó. Sin prestar demasiada atención al lugar hacia el que se dirigía, cruzó la habitación hasta que casi choca contra una pared. Se apoyó contra ésta y se concentró en recuperar el dominio de sí mismo.

—Cúbrete —ordenó bruscamente, con la mirada fija sobre el chillón papel de pared que tenía ante él—. O no me hago responsable de mis actos.

La oyó moverse como un conejillo asustado, y revolver en el armario en busca de ropa. Mientras Lara se vestía, Hunter empezó a respirar regular y controladamente. Conservaba en los dedos la fragancia de la crema hidratante. Quiso volver junto a Lara, frotar con aquellos dedos con perfume a rosas sus pechos y la delicada piel de sus muslos.

—Gracias. —La voz de Lara pareció atravesar una gran distancia antes de llegar a los oídos de él.

—¿Gracias por qué? —preguntó, con la mirada aún clavada en la pared empapelada.

—Podrías haber hecho valer tus derechos sin tener en cuenta mis deseos.

Hunter se dio la vuelta y se reclinó contra la pared, con los brazos cruzados sobre el pecho. Lara se había puesto una bata repleta de hileras de intrincados pliegues. La prenda carecía de forma y la cubría casi por completo, pero no logró aplacar el deseo de Hunter. ¡Estaba tan encantadora, con aquellas mejillas sonrojadas! Le dirigió una sonrisa diabólica.

—Cuando te haga el amor, estarás más que dispuesta. Me lo suplicarás.

Ella soltó una carcajada algo titubeante.

—¡Tus palabras son muy arrogantes!

—Me lo suplicarás —repitió él—. Y disfrutarás cada minuto que dure.

Por el rostro de Lara cruzó una fugaz sombra de alarma, pero se las arregló de inmediato para adoptar una expresión de frío desdén.

—Si te gusta pensar eso...

Hunter observó cómo se dirigía al tocador y se sentaba frente al espejo, donde se cepilló su largo cabello castaño. Luego trenzó los oscuros mechones, y los recogió en un rodete en lo alto de la cabeza. Parecía haber recobrado la compostura. Sin embargo, algunos rostros de desilusión le arrugaban la frente y le conferían un aspecto preocupado. Cualquier hombre habría entregado toda su fortuna a cambio de poder consolarla.

—Cuéntame sobre el niño —pidió Hunter.

Los ágiles movimientos de los dedos de Lara parecieron vacilar.

—Johnny fue enviado al orfanato desde la cárcel de Holbeach. Su padre era un criminal convicto. Lo traje aquí porque no había sitio para él, ni una sola cama libre.

—¿Y tienes intención de que viva aquí, con nosotros? ¿En calidad de qué? ¿De sirviente? ¿De hijo adoptado?

—No hace falta que lo adoptemos, si no lo deseas —respondió Lara, en tono cuidadosamente neutral—. Pero con todos los medios que tenemos a nuestra disposición, pensé que sería posible que lo criáramos... como parte de la familia.

Perplejo, fastidiado, Hunter contempló la imagen de Lara reflejada en el espejo.

—No estamos hablando de recibir en nuestra casa al hijo de un familiar, Lara. Es muy probable que provenga de una larga estirpe de ladrones y asesinos.

—La ascendencia de Johnny no es culpa suya —respondió ella, con una rapidez que reveló que ya había estado pensando en el asunto—. Es un niño inocente. Si crece en un hogar decente, no tiene por qué acabar siendo como su padre.

—Eso es una teoría —dijo Hunter, sin dejarse impresionar—. Dime, entonces, ¿vamos a abrirles las puertas a todo niño sin hogar que encuentres? Hay una maldita cantidad de huérfanos en Inglaterra. No siento deseos de convertirme en el padre adoptivo de todos ellos. Ni de uno siquiera, si quieres que te sea sincero.

—No tienes por qué actuar como su padre. —Lara apretó las manos sobre su regazo—. Yo seré suficiente para él. Lo cuidaré y lo amaré sin que por eso deba desatender ninguna de mis obligaciones.

—¿Tampoco tus obligaciones hacia mí? —Señaló la

cama haciendo un gesto con la cabeza—. Cuando estés lista para asumir tus deberes de esposa házmelo saber, y entonces abordaremos la cuestión de tu último protegido.

Ofendida, Lara exclamó:

—¡No es posible que trates de...! ¿Estás diciéndome que no permitirás que me quede con Johnny a menos que acceda a acostarme contigo?

Hunter le dirigió una sonrisa burlona y decidió que cedería más, pero sólo hasta cierto punto. Maldito fuera si la dejaba salirse con la suya sin entregar nada a cambio.

—Como ya te dije, estoy dispuesto a hacer un trato. Pero antes de que establezcamos los términos del acuerdo, quiero señalar algo que tal vez no hayas tenido en cuenta. Puedes criar al niño como si fuera de la familia, si así lo deseas, pero carecerá del linaje necesario para ser aceptado en la alta sociedad, y tampoco será un sirviente; estará demasiado bien educado para las clases bajas de las que proviene.

Lara apretó los labios, negándose tercamente a aceptar la verdad que había en aquellas palabras.

—Eso no tendrá importancia. Yo lo ayudaré a encontrar su lugar en el mundo.

—¡Al demonio con que no tendrá importancia! —exclamó él brutalmente—. No comprendes lo que es vivir a caballo entre dos mundos y no encajar en ninguno.

—¿Y cómo sabes tú lo que es ser un inadaptado? Siempre has sido un Hawksworth, y has tenido a todo el mundo haciéndote reverencias y adulándote desde el día en que naciste.

Hunter apretó los dientes hasta que le vibraron las mandíbulas. Lara se atrevía a desafiarlo. Lo veía como un canalla sin corazón, y ella se colocaba en el lugar de la santa patrona de los desamparados. Pues bien, estaba más que dispuesto a responder a su desafío.

—Bien. Tenlo aquí. No me interpondré en tu camino.

—Gracias. —El tono de Lara fue cauteloso, como si presintiera lo que venía a continuación.

—Y a cambio —siguió diciendo Hunter, muy suavemente—, puedes hacer algo por mí. —Fue hasta el sillón Hepplewhite y tomó un paquete envuelto en papel marrón que había junto a él. Se lo arrojó a Lara y ella lo atrapó con un movimiento que demostró su rapidez de reflejos.

—¿Qué es esto? ¿Un regalo?

—Ábrelo.

Lo abrió lentamente, como sospechando que se tratara de alguna clase de trampa... Y en cierta forma, lo era. El regalo era para beneficio de él, no de ella. Lara dejó el papel marrón sobre el tocador, y sacó de dentro una pieza de encaje negro, delicada y sugerente. Hunter había comprado el negligé a una modista londinense, que había creado la prenda como parte de un pedido importante para una conocida cortesana. Pero la clienta no la echaría de menos, le había asegurado la modista a Hunter, ansiosa por captarlo como futuro cliente.

El negligé era poco más que una película de seda transparente, con un corpiño compuesto por una fina red de encaje traslúcido. La falda estaba partida por el medio hasta la cintura.

—Sólo una prostituta usaría esto —exclamó Lara en tono de ultraje, con sus verdes ojos muy abiertos.

—Una muy, muy cara prostituta, amor mío. —Hunter se sintió tentado de soltar una carcajada ante el evidente espanto de Lara.

—Jamás podría... —Lara quedó en silencio, como si la sola idea de ponerse aquella prenda fuera demasiado terrible para mencionarla en voz alta.

—Pero lo harás —dijo él, divirtiéndose para sus adentros—. Esta noche te lo pondrás para mí.

—¡Debes de haberte vuelto loco! ¿Piensas que podría ponerme algo así? Es indecente, es... —Se puso colorada, con un rubor que descendió hasta su cuello—. ¡Sería como estar desnuda! —exclamó.

—Siempre existe esa posibilidad —concedió él con expresión pensativa.

—¡Tú..., eres un demonio! ¡Degenerado, chantajista...!

—¿Quieres que Johnny se quede? —preguntó él.

—¿Y si me lo pongo? ¿Qué garantía tengo de que tú no...?

—¿Temes que me abalance sobre ti en un ataque de lascivia? ¿Lanza en ristre, como un toro sobre la vaca, como un macho cabrío?

—¡Oh, basta ya! —Le dirigió una mirada furiosa, con las mejillas encendidas.

—No te tocaré —le prometió él, con una sonrisa bailoteando en los labios—. Simplemente, ponte la condenada bata sólo por esta noche. ¿Tan difícil te resulta?

—No puedo —contestó ella, mientras dejaba caer la bata y se cubría el ardiente rostro con ambas manos. Su voz surgió de entre sus dedos—. Sería imposible. Por favor, pídeme otra cosa.

—Oh, no. —Ansiaba verla con aquel negligé negro más que nada en el mundo—. Me dijiste lo que querías... Y yo te he dicho lo que deseaba a cambio. Estás sacando la mejor parte, bien lo sabes. El niño vivirá aquí durante años, mientras que tu parte del trato quedará cumplida en una sola noche.

Lara levantó el tenue manojillo de seda que era aquella prenda y lo observó con desagrado. Habría preferido una basta camisa que le raspara hasta dos o tres capas de la piel. Sus hostiles ojos verdes se clavaron en los de él.

—Si te atreves a tocarme o a burlarte de mí, no te perdonaré jamás. Encontraría la forma de que lo lamentaras. Yo...

—Mi amor —la interrumpió suavemente Hunter—, ya has logrado que lo lamente mucho. Para mí es una fuente constante de remordimiento saber que si hubiera sido cariñoso contigo, hace años, estaría ahora en tus brazos. En lugar de eso, me tengo que conformar con negociar una simple mirada.

El desafiante enfado de Lara se desvaneció, y se quedó mirándolo como con una confusión dolorida.

—No fue todo culpa tuya —dijo en tono desdichado—. Yo no era la que tú querías. No disfruto con intimidades de esta clase. Supongo que se debe a la forma en que he sido educada, o a algún instinto que me falta...

—No, Lara. Dios mío. A ti no te pasa nada malo. —Hunter cerró los ojos, con el sabor amargo del remordimiento en la boca. Cuando habló de nuevo, lo hizo eligiendo las palabras con escrupuloso cuidado—. Pero si tan sólo pudieras plantearte, aunque fuese por un instante, que no tiene por qué ser algo doloroso o desagradable...

—Quizá si fueras más considerado que antes —dijo Lara, bajando la mirada—. Supongo que no tiene por qué ser necesariamente doloroso. Pero aun así, no me parece que puedas cambiar lo que siento al respecto.

Su adorable rostro mostraba tal expresión de disculpas, tan desanimada, que Hunter tuvo que apelar a todo su autodominio para no ir hacia ella.

—¿Qué sientes? —preguntó con voz ronca.

—Para mí, lo que sucede entre un hombre y una mujer es tan... —empezó a explicar con evidente dificultad—, sórdido..., bochornoso..., y he fracasado de tal modo en ello... También tengo mi orgullo, ¿sabes? —Alzó la prenda de seda, que pendía de sus manos sudorosas—. Hacerme usar esto es una farsa, ¿no lo entiendes? Evoca mi ineptitud como esposa.

—No —negó él con brusquedad—. El fracaso fue de tu esposo, Lara. Nunca tuyo.

Lara se quedó mirándolo, confundida. Las palabras que él había escogido —«tu esposo»— daban la impresión de que hablara de otro hombre. Bien podía referirse a sí mismo en tercera persona, desde luego, pero no dejaba de ser una extraña manera de hablar. Una punzada de temor hizo que el corazón se le acelerara, y se preguntó si podría expresar aquellas sospechas en voz alta. Sin embargo, antes de que pudiera decir nada, Hunter se encaminó hacia la puerta.

Se detuvo en el umbral y se volvió para mirarla.

—El trato está en pie, Lara. Si quieres que el niño se quede, no pondré objeciones. Ya sabes lo que yo deseo a cambio.

Lara asintió con un movimiento rígido de cabeza, retorciendo el negligé en sus manos cuando él abandonaba la habitación.

Después de cambiar su ropa interior por otra muda limpia y de ponerse un vestido liviano de muselina, Lara salió de su cuarto y se encontró con que Hunter la estaba esperando. En su rostro había una expresión de contrición, aunque ella dudó que lamentara sinceramente el trato que le había propuesto.

—Pensé que tal vez podrías acompañarme en un recorrido por la casa, y explicarme mientras los cambios que planeas hacer con el señor Smith.

—Quizá sería mejor que hablaras con el señor Smith y sus ayudantes. Estoy segura de que te explicarían todo mucho mejor que yo, y si no apruebas los diseños que hemos elegido puedes solucionarlo directamente con ellos.

—Apruebo todo lo que tú hayas elegido. —La tomó de la mano y le sonrió, jugueteando suavemente con sus dedos—. Y no quiero hablar con Smith. Te quiero a ti. Así que llévame a recorrer la casa..., por favor. —Aquellas últimas palabras fueron acompañadas por una sonrisa tan seductora que a Lara le resultó difícil resistirse.

Vaciló por unos instantes, mientras los dedos de Hunter rozaban la sensible piel de la cara interna de su muñeca. Era una sensación extrañamente placentera sentir su mano encerrada dentro de la de Hunter, que era mucho más grande.

Empezaron por el salón de baile, donde todas las estatuas marroquíes serían reemplazadas por hileras de luminosas ventanas y columnas de mármol.

—Utilizarán mármol *fleur de pêche*, me parece —dijo Lara, en medio del salón de baile, a solas con Hunter sobre el resplandeciente suelo de parqué. Su voz resonó por la espaciosa estancia—. El señor Smith dice que ese mármol tiene bellos matices de ámbar. Y en la parte superior de las paredes colocarán paneles de color marfil, para hacer más luminosa la habitación. —Se dio la vuelta hacia él, tratando de ver su reacción. Los ojos de Hunter parecían tan enigmáticos e insondables que Lara estuvo a punto de perder el hilo de lo que estaba diciendo—. En cuanto a la yesería...

Se produjo un largo silencio.

—¿Sí? —preguntó al fin Hunter, en voz baja.

Lara sacudió la cabeza, incapaz de recordar una sola palabra de lo que iba a decir. Se quedó mirándolo, fascinada por su rostro, tan cabalmente inglés y aristocrático como siempre... Y no obstante... Había en él algo diferente. Era algo que iba más allá del exótico tono cobrizo de su piel y de la deslumbrante blancura de sus dientes. Era cierto vestigio de extranjería, algún detalle que sugería que él no era parte legítima de aquella civilizada conversación doméstica sobre decoración de interiores.

—Van a sacar toda la yesería dorada y a reemplazarla por un muy delicado *basso rilievo* —se obligó a continuar diciendo Lara, con gran esfuerzo. Contuvo el aliento al sentir la mano de Hunter sobre su cintura. Se humedeció los labios y se las arregló para terminar su discurso—. Dos artistas *stuccatori*, así los llamó el señor Smith, vendrán desde Venecia para hacer el trabajo.

—Qué bien —murmuró Hunter.

Eran tan alto... Allí, tan cerca de Lara, cuya cabeza llegaba apenas hasta su hombro. De improviso, sintió la tentación de acercarse más a él y de apoyar la cabeza contra su pecho hasta escuchar el latido de su corazón. Nunca le habían gustado los hombres corpulentos, ya que se sentía sometida en compañía de ellos. Pero la fortaleza de Hunter le parecía ahora incitadora, y con muda sorpresa comprendió que ya no le parecía desagradable notar su contacto.

Se apartó de él con una risilla nerviosa.

—Espero que Arthur y Janet nunca vuelvan a tomar posesión de esta casa —comentó sonriendo—. No sé qué nuevos proyectos podrían llegar a perpetrar.

Hunter no le devolvió la sonrisa.

—No lo harán —dijo con gran seriedad, mientras volvía a darle alcance. Deslizó su cálida mano sobre la parte inferior de la espalda de Lara—. No tenemos nada que temer de los Crossland.

Mientras la miraba, alzó la mano hasta su garganta y le acarició el cuello con los nudillos.

—Sabes que deben de estar tramando alguna clase de acción legal contra ti... Contra nosotros —dijo Lara.

—Ya me las veré con ellos cuando llegue el momento. —Sus ojos oscuros buscaron los de ella—. Yo te cuidaré, Lara. No lo dudes ni por un segundo.

—No, desde luego, yo... —Calló, y jadeó al sentir que Hunter le acariciaba la cintura y subía la mano hasta rozar el costado de uno de sus senos. En contra de su voluntad, sintió una reacción positiva a la caricia—. Me gustaría que no me tocaras así —susurró. Hunter inclinó la cabeza, y Lara sintió que su boca le rozaba la garganta.

—¿Por qué no? —preguntó él, mientras subía hacia su oreja.

—Porque me hace sentir tan... —Trató de encontrar la palabra adecuada, pero cuando él la acercó más hacia sí, todo pensamiento racional huyó de su mente.

Hunter apoyó la mano sobre su seno con tentadora suavidad. La dulce turgencia se adaptó perfectamente a su palma. Al mismo tiempo, tomó el lóbulo de su oreja entre los dientes y lo lamió con la punta de la lengua.

—¿Cómo te hace sentir? —murmuró, a continuación, pero ella sólo pudo responder con un gemido sofocado, y se apretó contra él en una súplica inconsciente por más.

Él la complació al instante y se adueñó de sus labios con un beso largo y tierno, sondeando y acariciándole el interior de la boca con la lengua. La acarició hábilmente, y la provocó con un beso tan apremiante que Lara no pudo menos que responder. Se sintió aturdida por lo increíble de la situación, por descubrir un placer tan alucinante en el abrazo de su esposo. Se abrazaron aún con más fuerza; las pequeñas manos de Lara se aferraron a las anchas espaldas de Hunter, que apretaba su cuerpo entre los fuertes muslos. La intensa excitación se hizo más y más violenta, y Lara gimió y se aflojó contra Hunter hasta que ambos quedaron como fundidos del pecho a los muslos.

Entonces Hunter la soltó con una risilla vacilante, mientras sus pulmones se esforzaban por conseguir más aire. Se quedó mirando los húmedos labios de Lara y su rostro sonrojado; soltó un juramento por lo bajo y dijo:

—Haces que sea difícil concentrarse en paneles y cornisas. —En sus ojos había un brillo alegre.

Lara aspiró con fuerza y trató de recuperar la compostura. Se obligó a no mirarlo a los ojos, temiendo que si lo hacía se sentiría tentada de echarse en sus brazos.

—¿Continuamos con el recorrido? —preguntó en un susurro.

Hunter se acercó a ella y le tomó la barbilla, obligándola a levantar el rostro.

—Sí —dijo con una sonrisa tristona—. Pero no me muestres ninguno de los dormitorios... A menos que estés preparada para enfrentarte a las consecuencias.

10

La cena de aquella noche fue un acontecimiento largo y prolongado, al que asistieron catorce invitados. Entusiasmados ante la perspectiva de conocer al célebre Posibilidad Smith, muchos de los burgueses de Market Hill habían logrado invitaciones, al igual que el alcalde, el párroco, el doctor Slade y las señoritas Withers, una pareja de hermanas solteronas que compartían una gran pasión por la jardinería. En el último momento, Lara había invitado también al capitán Tyler y su señora, un matrimonio que acababa de alquilar una finca cerca de la aldea.

Los invitados comenzaron a llegar a las siete y fueron conducidos hasta el salón, donde se formaron poco a poco grupos y conversaciones afines. Los últimos en llegar fueron el capitán Tyler y su esposa. Daba la impresión de que los Tyler eran una pareja bien avenida; ambos eran más bien bajitos, y tenían rostros agradables. Como no los conocía de otras ocasiones, Lara fue de inmediato hacia ellos.

—¡Capitán Tyler! ¡Señora Tyler! —exclamó, saludándolos con efusión—. Bienvenidos a Hawksworth Hall.

La señora Tyler agradeció el recibimiento con un tímido murmullo y una reverencia, mientras que el capitán, un caballero moreno de pulcro bigote negro, se hizo cargo del resto de las cortesías.

—¿Cómo está usted, lady Hawksworth? —Se inclinó con gallardía sobre la mano enguantada de Lara—. Nos sentimos muy halagados con su invitación. Fue muy amable de su parte el incluirnos entre los invitados.

—Soy yo la que se siente halagada. Además, necesitamos nuevas amistades para animar el vecindario. —Inclinó la cabeza y sonrió con actitud interrogante—. He oído decir que acaba de llegar usted de prestar servicios en la India.

—Así es —reconoció Tyler—. Es bueno volver a pisar suelo inglés.

—Entonces tendrá mucho en común con mi esposo, ya que él vivió un tiempo allá.

—Me temo que nunca tuve el placer de trabar amistad con lord Hawksworth, aunque supe de él. Nos movíamos en círculos diferentes. —Aunque el rostro de Tyler era indescifrable, Lara tuvo la sensación de que su último comentario contenía cierto aire de censura. Como militar, Tyler probablemente desaprobara el estilo de vida que había llevado allí Hunter, pues se alojó en una inmensa mansión con cerca de cincuenta sirvientes a su disposición, todos consagrados a atender a un solo hombre. Sin duda, Hunter había sido conocido en la India como un libertino, alguien que no se privaba de nada en aquella tierra de mujeres hermosas y placeres sensuales. Los rumores sobre las orgías interminables de Calcuta eran moneda corriente en Londres, y Lara era totalmente consciente de que su esposo no había sido ningún santo.

No obstante, la idea de los desenfrenos sexuales de Hunter le causó una sensación amarga y desagradable, y procuró disimularla bajo una insulsa sonrisa social.

—Si todavía no conocen a lord Hawksworth, debemos corregir eso de inmediato. —Echó una mirada por

154

toda la estancia, y divisó a Hunter charlando con lord Lonsdale. Ambos estaban enfrascados, sin duda, en alguna conversación referente a la caza, la bebida o algún otro típico pasatiempo masculino. Lara logró captar con un gesto la atención de Hunter, que se disculpó de Lonsdale y fue a dar la bienvenida a los recién llegados.

Engalanado con un chaleco blanco deslumbrante, con su correspondiente corbata, pantalones color crema y chaqueta marrón de botones dorados, Hunter exhibía la perfecta imagen del aristócrata que tiene tras de sí siglos de buen linaje. Tan sólo el intenso bronceado de su piel y la gracia felina de sus movimientos lo diferenciaban del hombre que antaño había sido. Se acercó a ellos con la sonrisa afable del anfitrión que cumple con su papel... Hasta que vio el rostro del capitán Tyler. Entonces aminoró el paso, y Lara creyó ver un relámpago de reconocimiento en su mirada, instantes antes de que el rostro se le convirtiera en una máscara inescrutable.

El capitán Tyler exhibía la misma apariencia impasible, pero además empalideció y se puso rígido.

Ambos se conocían, a Lara no le cupo ninguna duda. Habría apostado la vida en ello.

Pero resultó que tanto el uno como el otro se comportaron como si nunca se hubieran visto. Atónita, Lara los presentó y fue testigo de sus fingidos intentos de sostener una conversación.

El capitán Tyler contemplaba a su esposo como si estuviera viendo un fantasma.

—Felicitaciones por su milagroso regreso a Inglaterra, milord. Ya forma parte de la leyenda —dijo.

Hunter meneó la cabeza.

—La leyenda es usted, capitán, no yo. Sus logros en la India, especialmente con la represión de los tuaregs, deben ser celebrados.

El capitán inclinó la cabeza.

—Gracias.

Lara miró por el rabillo del ojo a la señora Tyler, que parecía tan desconcertada como ella. ¿Por qué fingían no conocerse, cuando era evidente que había existido un encuentro anterior entre ambos? Debían de haberse conocido en la India, o quizá tuvieran amigos comunes o sucesos que los relacionaran de alguna misteriosa manera.

Lara clavó en Hunter una mirada de interrogación, pero él no se la devolvió. Se ocultó detrás de una máscara de impecable cortesía, que no revelaba nada de sus verdaderos pensamientos.

Los invitados fueron conducidos hasta el comedor, y lanzaron exclamaciones de admiración al ver la mesa dispuesta con cristal, plata, velas y flores. Sentada muy lejos de su esposo, Lara atendió sin mucho entusiasmo a los invitados que tenía más cerca, soportando el parloteo de las señoritas Withers sobre semillas y almácigos, y el relato del doctor Slade acerca de sus más recientes logros médicos.

El primer plato fue una deliciosa combinación de diferentes sopas y pescado. Fue seguido por un plato de ciervo, budines y verduras, y a continuación otro más de perdiz, pato y codorniz, y luego tarta de queso y pasteles, y así siguió, hasta que llevaron dulces, frutas y bizcochos. El vino corrió generosamente durante toda la comida; el mayordomo estuvo todo el rato abriendo botellas y más botellas de Sauterne, Bordeaux y champaña, mientras los lacayos se afanaban por mantener siempre llenas las copas de los comensales.

Lara advirtió con creciente desaliento que Hunter estaba bebiendo mucho. Siempre había sido bastante bebedor, pero esta vez la bebida no era para divertirse... Esta vez, su afán por beber era deliberado. Como si tratara de mitigar algún dolor íntimo que se negaba a ceder. Alzaba la copa una y otra vez, silencioso, con excepción de algún que otro comentario mordaz que provocaba la hilaridad de los demás comensales. Al capitán Tyler le habló en una sola ocasión, cuando la conversación versaba sobre la India, y Tyler se explayó sobre la idea de que los hindúes no estaban capacitados para gobernarse solos.

—... la historia ha demostrado que los nativos son todos corruptos y que no merecen ninguna confianza —comentó con gravedad el capitán—. Solamente mediante la intervención británica llegarán en condiciones al siglo diecinueve. E incluso entonces, siempre necesitarán de la guía y la supervisión de los oficiales británicos.

Hunter dejó la copa y dirigió a Tyler una mirada helada.

—He conocido a algunos hindúes que tenían la audacia de creer que, efectivamente, podían gobernarse solos.

—¿Oh, sí? —Se produjo una larga pausa, y de pronto la mirada de Tyler adquirió un brillo malicioso—. Qué interesante. Según su reputación, usted rechazó la propuesta de la autonomía provincial para los nativos.

—He cambiado de opinión —respondió Hunter.

—Los hindúes han demostrado que no están preparados para tamaña responsabilidad —contraatacó Tyler—. Una sociedad que está de acuerdo con la incineración de las viudas, el infanticidio, el bandolerismo, la idolatría...

—Nada de lo cual ha sido abordado por la intervención británica, por tratarse de cuestiones que no son de nuestro maldito interés —lo interrumpió Hunter, haciendo caso omiso de las exclamaciones de agitación que se alzaron en torno a la mesa.

—¿Y qué me dice usted del cristianismo? Supongo que no sostendrá que los hindúes no han salido beneficiados con él.

Hunter se encogió de hombros.

—Dejemos que tengan sus propios dioses. Se han arreglado muy bien hasta ahora con ellos. Dudo que el hindú o musulmán sea peor que muchos que conozco y que se llaman a sí mismos cristianos.

Toda la mesa quedó en silencio ante el sacrílego comentario.

Entonces el capitán Tyler se echó a reír, aliviando la tensión, y fueron apareciendo las sonrisas cuando, tácitamente, todo el grupo decidió tomar la discusión como una broma.

El resto de la cena transcurrió sin incidentes, aunque a Lara le resultó difícil apartar los ojos de su esposo. Anteriormente, en muy escasas ocasiones había hablado de política con Hunter, ya que él no sentía ningún interés por la opinión que una mujer pudiera tener sobre aquellos temas. No obstante, él en su momento había aprobado incondicionalmente la intervención británica en la India. ¿Cómo era posible que ahora sostuviera un punto de vista diametralmente opuesto?

Pareció pasar toda una eternidad hasta que llegó el final de la cena; los rituales del oporto y del té se sucedieron lenta e interminablemente, y los invitados se quedaron hasta pasada la medianoche. Al fin, después de que partiera el último de ellos, los sirvientes se dispusieron a retirar los platos, las copas y la cubertería. Lara hizo el intento de escabullirse hasta su habitación, suponiendo que Hunter había bebido demasiado como para preocuparse por dónde estaría ella. En el preciso instante en que alcanzaba la escalera principal, él surgió por detrás y la tomó del brazo, lo que le provocó un sobresalto.

Lara giró sobre sus talones para encararse con él, y sintió que el corazón se le subía a la garganta. Hunter apestaba a oporto, tenía la mirada vidriosa y el semblante congestionado, y vacilaba sobre sus pies. «Borracho como un emperador», habría dicho el padre de Lara. Algunos hombres, en aquel estado, eran mansos como corderos, pero otros se mostraban ruidosos y alborotadores. Hunter no se comportaba de ninguna de las dos maneras. Su boca se curvaba en un rictus adusto, y toda su expresión ponía en evidencia su malhumor.

—¿Adónde crees que vas? —preguntó, sin soltarle el brazo.

Con una punzada de alarma, Lara se dio cuenta de que su marido tenía intención de que ella cumpliera con su parte del trato aquella misma noche. Tenía que encontrar la manera de disuadirlo. Mientras Hunter se encontrara en aquellas condiciones, no estaba dispuesta a exhibirse ante él en negligé. Las peores noches de su vida habían comenzado así, con Hunter excedido de copas y sometiéndola a sus deseos.

—Me pareció que sería mejor dejarte a solas, para que disfrutaras de una o dos últimas copas de oporto —le dijo, obligando a sus temblorosos labios para que esbozaran un remedo de sonrisa.

—Esperabas que me emborrachara hasta quedar atontado —completó él, devolviéndole la titubeante sonrisa con otra llena de sarcasmo—. Pues no tendrá esa suerte, señora.

Comenzó a arrastrarla escaleras arriba, como un tigre que llevara su presa hasta un lugar adecuado para darse un festín. Lara, abatida, lo siguió a tropezones.

—Esta noche no parecías tú mismo —se arriesgó a decir, pero entonces pensó que «nunca» parecía él mismo. Era imposible saber qué cabía esperar de él—. ¿Por qué te mostraste en tan abierto desacuerdo con el capitán Tyler?

—Oh, sí, los Tyler. —El tono de Hunter fue suave y controlado, pero por alguna razón pareció resonar como un latigazo—. Dime, mi amor... ¿Cómo fue que estuvieron esta noche a nuestra mesa?

—Han alquilado Morland Manor —respondió Lara, incomodada—. Me enteré de que el capitán Tyler había servido en la India, y pensé que te gustaría conocerlo.

Llegaron arriba y él la obligó a darse media vuelta. Al sentir la mirada de Hunter escudriñando su rostro, Lara dejó escapar una mueca de confusión. Se lo veía furioso, acusador, como si ella lo hubiera traicionado.

—Hunter —dijo en tono quedo—, ¿qué he hecho mal?

Tras un breve instante, algo de la furia de Hunter pareció evaporarse, aunque sus ojos todavía conservaban un destello peligroso; pareció librar una batalla contra recuerdos desagradables.

—Basta de sorpresas —murmuró, y la sacudió ligeramente para enfatizar sus palabras—. No me gustan.

—Basta de sorpresas —repitió Lara, con la esperanza de que la tormenta hubiera pasado.

Hunter aspiró con fuerza y la soltó. Se rascó la cabeza con ambas manos y se mesó los cabellos hasta que los tupidos mechones no fueron más que una desgreñada mata de reflejos castaños y dorados. Se lo veía fatigado, y a Lara se le ocurrió decir que debía irse a la cama y procurar dormir.

Hunter hizo añicos sus incipientes esperanzas con una sola frase seca.

—Ve y ponte el negligé.

—Yo... Pe-pero no puedes... —tartamudeó Lara—. Creo que cualquier otra noche podría ser...

—Esta noche. —Hunter sonrió ligeramente. Su rostro parecía amenazador y burlón—. He esperado todo el día para poder contemplarte. Ni todo un barril de vino alcanzaría para detenerme, y mucho menos una o dos botellas.

—Preferiría esperar —insistió Lara con mirada implorante.

—Ahora —murmuró él—. O supondré que quieres que te ayude a desvestirte.

Sin pronunciar palabra, Lara advirtió aquella determinación de ebrio y cuadró los hombros. Lo haría, aunque no fuera más que para demostrarle que no tenía miedo de nada de lo que él pudiera hacerle.

—Muy bien —dijo llanamente—. Ven a mi cuarto dentro de diez minutos.

Él soltó un gruñido por toda respuesta, y ella se alejó con la espalda rígida y erguida.

Tras entrar en su habitación y cerrar la puerta, Lara luchó contra una creciente sensación de irrealidad. Se preguntaba si de verdad podría plantarse de pie frente a él, cubierta por una prenda que había sido especialmente diseñada para destacar el cuerpo femenino... Una prenda creada para excitar al hombre. Era más provocativa aún que la desnudez. Nunca le había pedido Hunter nada parecido. Supuso que aquel capricho era resultado de la experiencia sexual que había adquirido en la India, o tal vez fuera simplemente la manera que Hunter tenía de reafirmar su dominio sobre ella, la manera de exponerla y avergonzarla para que no le quedara ni rastro de orgullo.

Pues bien, no le iba a funcionar. Él podía humillarla como quisiera, pero jamás llegaría ni a rozar el núcleo de respeto por sí misma que albergaba en su interior. Se pondría la vulgar prenda, y lo despreciaría cada minuto en que la tuviera puesta.

Temblando a causa del ultraje del que se sentía víctima, Lara se dirigió al armario en el que había guardado el negligé junto a otras prendas más castas. Lo localizó y lo sacó con una mueca de desagrado dibujada en el rostro. La tenue trama de seda y encaje era tan fina que fácilmente habría podido hacerla pasar por un anillo.

Lara se desvistió sola, con movimientos torpes, ya que no sentía deseos de pedir ayuda a Naomi. Dejó sus ropas y zapatos amontonados sobre el suelo. El negligé se deslizó sobre su cuerpo con un fresco susurro de seda que la hizo estremecer. Se ajustaba con diminutas cintas, que a duras penas sostenían juntos corpiño y cintura. La falda —si así se la podía llamar— se abría en dos cuando caminaba, y dejaba a la vista sus piernas y parte de sus caderas.

¿Debía soltarse el pelo? Se sintió tentada de desabrochar la diadema que se lo sujetaba en lo alto de su cabeza y de cepillarse los largos mechones, para que éstos contribuyeran a cubrir su cuerpo. Pero no... A Hunter lo divertiría ver su cobarde intento de recato.

Se puso tensa al oír que alguien entraba en su habitación sin llamar. Se acercó al armario y quedó parcialmente oculta por el inmenso mueble, y desde allí atisbó con cautela. Su marido se dirigía en aquel momento hacia el sillón Hepplewhite; llevaba una botella de vino. Se había quitado la chaqueta y la corbata, y desabrochado el cuello de la camisa, que de aquel modo dejaba a la vista su bronceada garganta. Una vez repantigado en el sillón, sonrió con insolencia al ver el rostro tenso de Lara y sus labios apretados. Sin molestarse en disimular su expectativa, bebió un largo sorbo de la botella y le indicó con un gesto que saliera de su escondite.

Aquella orden silenciosa no hizo más que aumentar los nervios y la indignación de Lara. Después de todo, ella era su legítima esposa, no una prostituta pagada para actuar conforme a una señal.

—¿Qué debo hacer? —preguntó en tono bajo, con resentimiento.

—Camina hacia mí.

En la chimenea ardía el fuego, pero estaba demasiado lejos de Lara como para que ella pudiera sentir su calor. Se le puso la piel de gallina. Con los dientes rechinando, se obligó a obedecer y dio un primer paso y después otro, sintiendo el picor de la alfombra de Aubusson bajo sus pies desnudos. Se acercó más a él y la luz del fuego brilló a través de la seda negra transparente. Sabía que Hunter la veía toda, al completo, que vislumbraba su piel de marfil, la forma de su cuerpo, el oscuro triángulo de su entrepierna.

Se detuvo frente a él con el rostro ardiendo.

Hunter permanecía inmóvil como una estatua. Tanto su cara como su cabello resplandecían contra la luz de las danzantes llamas.

—Oh, Lara —dijo en voz baja—. ¡Eres tan condenadamente hermosa que yo...! —Calló y tragó saliva, como si le costara hablar. La débil sonrisa había desaparecido de su rostro; dejó a un lado la botella de vino como si sus dedos hubieran quedado fláccidos. Incluso pareció quedarse sin aliento cuando su mirada subió desde los descalzos pies de Lara hasta sus senos, donde se entretuvo en las rosadas puntas que presionaban contra el delicado encaje.

La habitación ya no parecía fría, pero Lara seguía temblando.

—Prometí que no te tocaría —dijo él con voz ronca—, pero maldita sea si logro mantener esa promesa.

Si la hubiera agarrado o forzado de alguna manera, Lara se habría resistido. Sin embargo, Hunter se acercó a ella lentamente, pasando con precaución los dedos sobre sus caderas, como si temiera asustarla con cualquier movimiento súbito. Tenía el rostro vuelto hacia abajo, por lo cual resultaba imposible descifrar su expresión. Pero Lara pudo escuchar su acelerada respiración, que parecía rasparle la garganta.

—Imaginé esto tantas veces... —susurró Hunter con voz espesa—, verte... tocarte... —Sus grandes manos se deslizaron hasta las nalgas de Lara, y sus dedos siguieron la forma de sus prietas curvas. Con la más leve de las presiones, la acercó hasta colocarla entre sus rodillas separadas. Pasmada, Lara sintió que las manos de Hunter comenzaban una lenta y metódica travesía por su cuerpo, deslizándose por su espalda, la hendidura de su cintura, la plenitud de las caderas y muslos, y así hasta detrás de las rodillas. El ardiente calor de aquellas manos traspasó la delgada barrera de seda como si ésta no existiera.

El corazón de Lara latió desbocado, y entonces pensó en apartarse, pero su cuerpo la traicionó y no quiso obedecerla. Hunter la miró con ojos repletos de ardor, y mantuvo aquella mirada cuando sus manos comenzaron el lento ascenso hacia sus pechos. Al llegar a éstos, las ahuecó y cobijó en ellas su suave forma, y luego los alzó ligeramente, así como estaban, aprisionados en el encaje negro. Lara soltó un suspiro entrecortado y sintió que le flaqueaban las rodillas, y tuvo que apelar a todas sus fuerzas para evitar caer rendida en el regazo de Hunter, que mientras tanto acariciaba suavemente sus pezones, los cuales se endurecieron y se irguieron en rosados picos. Se inclinó sobre ella, y su aliento pareció vapor hirviente sobre la piel de Lara.

Cubrió con la boca la punta de su seno, y la rodeó de un calor y una humedad que se filtró a través del encaje.

Lara sintió que aquella lengua acariciaba, rodeaba, provocaba oleadas de placer que recorrían su carne atormentada.

—Lara —murmuró él con voz profunda—, te deseo tanto... Déjame besarte, saborearte... —La prisa lo volvió torpe, y tiró del corpiño del negligé hasta que el hombro de ella quedó al descubierto y el encaje la incomodó.

Entonces Lara se quejó, dividida entre la indecisión y la excitación.

—Es suficiente —dijo, agitando las manos sobre los hombros de Hunter—. No deberías... Esto no es lo que yo...

Pero Hunter había encontrado uno de los lazos de seda y lo había soltado, de modo que el encaje negro se abrió y dejó sus pechos al descubierto. Llevó a ellos sus manos y llenó de ávidos besos la suave piel. Atrapó uno de los rosados pezones en la boca y lo chupó suavemente, mientras Lara se estremecía y trataba de apartarlo.

—Dime que no te gusta —susurró él en una breve pausa.

Lara no pudo responder; ni hablar podía, con la lengua de Hunter deslizándose entre sus pechos, y con aquellas manos rondando por su piel desnuda. Él le soltó el segundo lazo, y el negligé cayó hasta sus caderas. Gruñendo de placer, Hunter le besó el vientre y jugueteó con la lengua alrededor de su ombligo, antes de deslizarla en su interior. Lara gimió, aturdida, y dio un respingo tras la ardiente y húmeda caricia, y se aferró con dedos tensos al tupido y sedoso cabello de Hunter.

Éste apretó la cabeza contra el vientre de Lara, soltando un gemido torturado, y le pasó el brazo por la cintura.

—No me detengas —suplicó—. Por favor.

La alzó en sus brazos como si no fuera más pesada que una niña, y fue tambaleándose hacia el lecho, con vacilantes zancadas de borracho. La acostó sobre la cama, e inmediatamente hizo lo propio, acomodando su larga figura sobre el colchón. Tomó su rostro entre las manos y la besó con avidez, hurgando y explorando con la lengua en su boca. Lara soltó un gemido de temeroso placer. Tímidamente, la joven le rodeó el cuello con los brazos, y Hunter emitió un sonido ahogado de deleite. Su mano le soltó la cara y se deslizó hasta el muslo de Lara, allí donde la mata de oscuros rizos permanecía oculta por el negligé.

—No... Espera —pidió ella, juntando las piernas.

Para sorpresa de Lara, él obedeció y apoyó su mano sobre el vientre. Dejó caer la cabeza junto a la de ella y hundió la frente en la almohada, y a continuación soltó un largo y tembloroso suspiro.

Ambos yacieron en silencio, con el calor de sus cuerpos fundiéndose en uno solo. Lara sentía a su lado el peso de Hunter, que tenía los brazos estirados sobre ella.

En otra época, mucho tiempo atrás, la habría forzado.

Colmada de sorpresa y gratitud, Lara puso la mano sobre el pesado brazo que descansaba sobre su cintura. Acarició, lentamente, la dura curva de sus músculos, hasta llegar al hombro. La asaltó una idea maliciosa: deseó que Hunter se quitara la camisa y dejara a la vista la cobriza piel que tanto la intrigaba.

—Gracias —le dijo en un susurro—. Gracias por no forzarme.

El silencio de Hunter la alentó a continuar y entonces ella le acarició el hombro, en lo que supuso el primer gesto de afecto que se atrevía a tener hacia él.

166

—No es que te encuentre poco atractivo —murmuró. Una oleada de rubor le tiñó el rostro cuando continuó diciendo—: En realidad, pienso que eres bastante... atractivo. —Movió la cabeza hasta que su boca quedó apretada contra la ardiente piel de la garganta de Hunter—. Me alegro de que hayas vuelto. De veras.

Un suave ronquido le retumbó en la oreja.

Sobresaltada, Lara se apartó ligeramente y lo miró. Su esposo tenía los ojos cerrados y los labios entreabiertos, como un niñito adormilado.

—Hunter —susurró con cautela. Él emitió un chasquido de satisfacción y se arrebujó con la manta. Soltó un áspero suspiro y reanudó sus ronquidos.

Lara se mordió el labio para que no se le escapara una súbita carcajada. Se soltó de su abrazo y se levantó de la cama, y apartó el negligé de un puntapié cuando se le enredó entre los tobillos. Fue hacia el armario, de donde sacó un camisón limpio y una bata que se apresuró a ponerse. Hunter seguía en la cama, con el aspecto de un pacífico bulto de largas piernas y sonoros ronquidos.

Una vez cubierta, Lara se acercó a su esposo. Una sonrisa burlona se asomó a sus labios mientras le tomaba los pies y le quitaba las botas y los calcetines. Vaciló antes de desabrocharle el chaleco, por temor a despertarlo bruscamente. Hunter permaneció relajado e inerte cuando le quitó aquella prenda tan bien cortada. Lara le dejó la camisa y los pantalones, y lo cubrió con la manta para protegerlo del frío de la noche.

Antes de apagar la lámpara, hizo una pausa para echar una última mirada a su marido. Parecía alguna especie de magnífico animal dormido, que hubiera abandonado momentáneamente todo su estado de alerta y tuviera las zarpas envainadas. Pero por la mañana volvería a su estilo habitual; burlón, agresivo, encantador... Y reanudaría sus esfuerzos para seducirla.

Lo que a Lara la enloquecía era darse cuenta de que, aunque mínimamente, lo cierto era que esperaba con ansia que llegara el momento.

Con el ceño fruncido, Lara se dirigió al dormitorio de Hunter para pasar la noche sola.

11

Johnny se hallaba sentado junto a Lara, y sobre su asiento había una pila de libros que hacían que alcanzara la altura de la mesa. La servilleta blanca que tenía al cuello estaba salpicada de chocolate, una golosina que, según sospechaba Lara, Johnny jamás había probado. Tras engullir una taza entera, a tal velocidad que Lara temió que se hubiera quemado la lengua, pidió otra más.

—Antes debes comer algo —le dijo Lara, acercándole un platito de huevos cocidos con crema—. Prueba un poco de esto... Son deliciosos.

Johnny miró aquellas cosas amarillas y blancas con inequívoca sospecha.

—No los quiero.

—Ayudarán a que crezcas grande y fuerte —dijo Lara, intentando convencerlo.

—¡No!

Lara disimuló un gesto de contrariedad al ver la fugaz mirada de desaprobación que pasó por el rostro del criado que los atendía. La servidumbre valoraba mucho los huevos, que consideraban un lujo que jamás debía desperdiciarse. Aunque estaban demasiado bien entrenados como para mostrar una abierta desaprobación, algunos de ellos no querían atender a un niño con los nefastos antecedentes de Johnny. Sin embargo, el niño podría suavizar las cosas comportándose como correspondía, y mostrando el debido agradecimiento por sus nuevas circunstancias. Si se las apañaba para caerles bien a los sirvientes de la casa Hawksworth —y sobre todo al señor de la casa—, su posición sería mucho más segura y estable.

—Estoy segura de que podrías probar un poco —insistió Lara, tomando un poco de la mezcla de huevos en una cuchara de plata.

Johnny sacudió violentamente la cabeza.

—Más chocolate —ordenó, dejando claro que aquella mañana no tenía planes de portarse bien.

—Después —dijo Lara con firmeza—. Vamos, come esta tostada. Y un poco de jamón.

Johnny la miró a los ojos, vio en ellos la decisión que animaba a Lara, y accedió de pronto.

—De acuerdo. —Sostuvo la tostada con ambas manos, mordisqueó uno de los extremos y empezó a masticar con entusiasmo. Haciendo caso omiso del tenedor que tenía junto al plato, partió un trozo de jamón con las manos y se lo metió en la boca.

Lara sonrió, y resistió la tentación de inclinarse sobre él y abrazarlo con todas sus fuerzas. Por el momento sólo quería que comiera, para que su flacucha figura se llenara un poco. El uso correcto de los cubiertos debería ser abordado más adelante.

A pesar del tiempo que había pasado en el orfanato, nunca había tenido oportunidad de supervisar la rutina diaria de un niño en particular, ni de disfrutar de situaciones como la de aquel momento. Descubrió que la encontraba inesperadamente positiva. Por primera vez en su vida, la carga de su infertilidad no le pareció tan agobiante. Aunque no pudiera tener un hijo nacido de su carne y su sangre, podía igualmente formar una familia.

Mientras Lara jugueteaba en silencio con la idea de hospedar a más niños en su casa, y de la posible reacción de su esposo, el propio Hunter entró en el comedor, con aspecto inusualmente sosegado.

—Buenos días —dijo Lara con precaución.

Hunter no respondió. Se limitó a echar una mirada de asco a la comida dispuesta sobre la mesa. Pálido bajo su bronceado, se volvió hacia el criado, que esperaba sus órdenes.

—Dile a la señora Gorst que prepare un poco de su brebaje secreto —gruñó—. Y ya que estás, tráeme un poco de ese condenado polvo para las jaquecas.

—Sí, milord —contestó el criado, apresurándose a cumplir con lo pedido. Aquella receta de un remedio para la resaca de la «mañana después» había estado en la familia durante años, pero sólo la señora Gorst sabía lo que contenía.

Johnny observó con los ojos muy abiertos cómo Hunter se servía un vaso de agua. Dirigió a Lara una mirada de interrogación y preguntó:

—¿Es un duque?

—No, querido —corrigió ella, sonriendo—. Es conde.

Claramente desilusionado, Johnny siguió contemplando las anchas espaldas de Hunter, y a continuación tiró de la manga de Lara.

—¿Qué pasa? —murmuró ella.

—¿Ahora va a ser mi papá?

Hunter se atragantó con un sorbo de agua. A Lara le temblaron los labios antes de poder dar una respuesta. Acarició suavemente el negro cabello del niño y dijo:

—No, Johnny.

—¿Por qué no dice nada? —volvió a preguntar él, con una voz tan chillona que pareció rechinar en la cabeza de Hunter.

—Calla, mi amor —susurró Lara—. Creo que tiene jaqueca.

—Oh. —Johnny perdió todo interés en Hunter y se quedó contemplando las migajas de su plato—. Me pregunto dónde estará Ratoncillo.

Sonriendo, Lara pensó cómo hacer para distraerlo del recuerdo de su mascota perdida.

—¿Por qué no vas hoy a hacer una visita a los establos? —sugirió—. Podrías acariciar a los caballos y darles alguna zanahoria.

—¡Oh, sí! —Pareció emocionarse ante la idea, y saltó de golpe de la pila de libros.

—Espera —indicó Lara, mientras le quitaba la servilleta que tenía atada al cuello—. Antes llamaré a Naomi, para que te lave las manos y la cara.

—¡Pero si ya me las lavé ayer! —fue la indignada respuesta.

Lara soltó una carcajada y le frotó suavemente la cara con la servilleta.

—Antes de visitar los establos debes lavarte esas manchas de chocolate, o atraerás a todas las moscas de Market Hill.

Después de que el niño partiera junto a Naomi, y de que el criado le trajera un vaso lleno del misterioso brebaje, Lara volvió su atención hacia Hunter.

—Siéntate —lo invitó—. Tal vez te vaya bien comer una tostada...

—¡Por Dios, no! —La sugerencia hizo que Hunter frunciera el rostro en una mueca de disgusto. Empezó a beber lentamente el remedio, que dejó sobre el aparador después de medio vaso. De pie junto a la ventana, dirigió a Lara una mirada meditativa. Daba la impresión de que le costara mirarla a los ojos, casi como si...

¿Sería posible que se sintiera abochornado por su borrachera de la noche anterior? Lara rechazó inmediatamente la idea. No era vergonzoso que un hombre bebiera demasiado. De hecho, Hunter y sus camaradas consideraban que tragar tanto alcohol como pudieran soportar suponía un respetable ritual masculino.

Lara contempló, desorientada, el esquivo perfil de su esposo. Al principio, había interpretado su estado de ánimo como malhumor, pero un escrutinio más cercano le indicó que la expresión de Hunter era la de un hombre que tenía ante sí una penosa obligación que cumplir. Sintió crecer su curiosidad; con un gesto, indicó al criado que se retirara, y el hombre salió presuroso de la habitación para permitirles un poco de intimidad.

Lara se incorporó y fue hacia el aparador con aire de despreocupada displicencia, mientras el silencio se hacía cada vez más denso. Se le ocurrió que Hunter tal vez se sintiera incómodo por el recuerdo del momento íntimo que habían compartido, las cosas que él le había dicho, la forma en que la había tocado... Una oleada de rubor afloró en el rostro de Lara ante la evocación.

—Milord —dijo—, parece un tanto callado esta mañana. Espero que no esté consternado por... lo sucedido anoche. —Mientras aguardaba su respuesta, sintió que el sonrojo se le hacía más intenso.

Tras unos instantes, él se reunió con Lara junto al aparador, y ambos clavaron la vista en los platos del desayuno dispuestos sobre éste. Hunter aspiró con fuerza y dijo:

—Lara... Respecto a lo de anoche, no recuerdo exactamente lo que yo... —Se aferró al borde del aparador hasta que los nudillos se le pusieron blancos—. Espero... Espero no haberte hecho daño... ¿Te lo hice?

Lara parpadeó, apabullada. Hunter creía que la había forzado a tener relaciones con él. ¿Y qué otra cosa iba a creer, al despertarse en la cama de Lara con las ropas desordenadas? ¿Pero por qué le afligía aquello ahora, si lo había hecho tantas veces en el pasado? Lo miró por el rabillo del ojo. Hunter parecía abrumado por el remordimiento.

Resultaba irónico que Hunter jamás hubiera sentido ni pizca de culpabilidad en todas las ocasiones en que sí le había hecho daño, pero que, en cambio, sintiera una vergüenza tan profunda por algo que no había hecho en absoluto. La situación le pareció de pronto irresistiblemente graciosa, y se dio la vuelta para ocultar su rostro.

—Estabas muy pasado de copas —dijo, esforzándose por sonar indignada—. Supongo que no sabías lo que hacías.

Oyó que Hunter soltaba una sarta de maldiciones en voz baja, lo que no hizo más que aumentar su tentación de reír; luchó por contenerla hasta que se le estremecieron los hombros.

—Por Dios, no llores —suplicó Hunter, alterado—. Lara, por favor... Tienes que creerme, no quise...

Lara se volvió hacia él, que se puso pálido de asombro al ver su regocijo.

—No hiciste nada —dijo Lara entre risillas—. Te quedaste... Dormido. —Se apartó de él, entre hipos y carcajadas.

—¡Pequeña sirvengüenza! —exclamó Hunter, que atravesó la habitación para alcanzarla. Su alivio sólo parecía igualado por su fastidio—. ¡Esta mañana he vivido un verdadero infierno!

—Me alegro —respondió ella con ostensible satisfacción, mientras se colocaba al otro lado de la mesa—. Después de hacerme poner ese horroroso negligé, merecías sentir un poco de incomodidad.

Hunter trató de disminuir la distancia entre ambos en pocas zancadas, pero Lara lo esquivó y se escudó detrás de una silla.

—Lamento haberte hecho poner ese negligé... Pero apenas recuerdo verte con él. Tendrás que ponértelo otra vez.

—¡Por supuesto que no lo haré! —gritó ella.

—Si no me acuerdo, no vale.

—Yo me acuerdo por los dos. ¡Jamás me sentí tan mortificada!

Hunter abandonó la persecución. Apoyó ambas manos sobre la mesa y la contempló con sus brillantes ojos negros.

—Estabas bellísima. Hasta ahí me acuerdo.

Lara procuró no dejarse desarmar, no sentirse halagada, pero le resultó difícil. El clima imperante entre ambos pareció modificarse, y se volvió inesperadamente agradable. Lara se sentó a la mesa, y Hunter echó un vistazo al lugar sucio de migajas que había ocupado Johnny.

—¿Le has dicho al niño que de ahora en adelante va a vivir con nosotros? —preguntó de sopetón.

Una tenue sonrisa apareció en los labios de Lara.

—No con tantas palabras. En realidad, parece darlo por sentado.

—Pues tiene una condenada buena suerte. Cualquier otro niño en su situación habría sido despachado a un correccional... O algo peor.

Lara tomó un tenedor y jugueteó con los restos de su plato.

—Milord —murmuró—, querría conversar de algo con usted. He estado pensando en lo que le ocurrió a Johnny, que tuvo que vivir en la cárcel con su padre porque no tenía a nadie con quien quedarse, y... Estoy segura de que no es el único. Si eso pasa en Holbeach, debe de pasar también en otras cárceles. En este preciso instante debe de haber muchos niños con sus padres tras las rejas, y no atino a imaginar atmósfera más espantosa...

—Espera. —Hunter acercó una silla, se sentó frente a ella y le tomó las manos. Le apretó suave y cálidamente los dedos, mirándola directamente a los ojos—. Eres una mujer muy caritativa, Lara. Bien sabe Dios que no descansarías hasta que cada huérfano, cada mendigo, cada perro o gato callejero de todo el mundo reciban el debido cuidado. Pero no empieces una cruzada precisamente ahora.

Molesta, Lara retiró sus manos.

—No he propuesto hacer nada —protestó.

—Todavía.

—Por ahora, todo lo que quiero es averiguar si existen otros niños en las condiciones de Johnny. He pensado en escribir a varios administradores de cárceles, preguntándoles si albergan hijos de prisioneros, pero mucho me temo que si es así no van a reconocerlo. Especialmente si la que pregunta es una mujer. —Entonces calló, y se quedó mirándolo, expectante.

—Y quieres que yo lo averigüe —dijo Hunter llanamente, con el ceño fruncido—. Maldición, Lara, ya tengo bastante que hacer como para encima dedicarme a eso.

—Alguna vez tuviste relaciones políticas muy importantes —insistió Lara—. Si preguntaras a algunos oficiales o inspectores del gobierno por cualquier información que pudieran tener... O quizás haya alguna sociedad para reformar presidiarios que esté en condiciones de suministrar...

—Existen como mínimo cien cárceles en toda Inglaterra. Supongamos que descubrimos que, efectivamente, hay niños viviendo con sus padres convictos... Diez, veinte, incluso cien. ¿Qué diablos podrías hacer al respecto? ¿Adoptarlos a todos? —Hunter rió sin ganas y meneó la cabeza—. Olvídalo, Lara.

—No puedo —replicó ella apasionadamente—. No puedo ser tan insensible como tú. No descansaré hasta descubrir lo que quiero saber. Si es necesario, visitaré personalmente cada prisión que pueda encontrar.

—Que me condenen si dejo que pongas el pie en una sola de ellas.

—¡No podrás detenerme!

Se quedaron mirando, y Lara sintió que enrojecía por una furia creciente, desproporcionada con la situación. Si no hubiera sabido lo que era vivir sin un esposo, si no hubiera vivido la fascinante experiencia de tomar sus propias decisiones, después de que él se marchara a la India, podría aceptar el juicio de Hunter. Pero la idea de que la controlaran, la limitaran y le prohibieran hacer algo la enfurecía. Palabras irreparables estuvieron a punto de brotar de sus labios: que ojalá se hubiera quedado en la India, o en el fondo del mar, o en cualquier otro sitio que no fuera junto a ella. Pero de alguna manera logró guardar silencio, y el esfuerzo hizo que los ojos le escocieran por las lágrimas contenidas.

Oyó la voz queda de Hunter.

—Lara, eres demasiado valiosa para mí como para que permita que pongas en peligro ni un pelo de tu cabeza. De modo que en lugar de atarte al poste de la cama para impedir que visites ninguna maldita prisión... Tengo una proposición que hacerte.

Desconcertada ante su inesperada ternura, Lara bajó la cabeza y se puso a dibujar círculos invisibles sobre su falda.

—Sea lo que sea lo que implique tu propuesta, no voy a volver a ponerme ese negligé.

Él se acercó y puso la mano sobre su muslo.

—He aquí el trato, amor mío: te conseguiré la información que buscas, pero tú no te acercarás a Holbeach ni a ningún sitio parecido. Y cuando averigüe lo que quieres saber, no emprenderás ninguna acción sin antes consultarme. —Lara alzó los ojos y abrió la boca para discutir, pero él añadió—: No puse objeciones cuando me dijiste que Johnny viviría con nosotros. Tomaste el asunto en tus manos sin decirme antes ni una palabra. Decidí no interponerme en tu camino porque comprendí cuánto ansiabas quedarte con el niño. No obstante, en el futuro nos trataremos como socios. ¿De acuerdo?

Lara no podía creer que Hunter Cameron Crossland, sexto conde de Hawksworth, le hubiera propuesto ser socio suyo. Siempre había dejado muy en claro que ella no era más que una extensión de él, un apéndice... Una posesión.

—De acuerdo —murmuró, y le dirigió una mirada suspicaz—. ¿Por qué sonríes?

—Por ti. —La observó con una expresión de interés masculino que a Lara ya le parecía familiar. La traviesa sonrisa bailoteó en sus labios—. Apostaría a que todos los que te conocen te consideran tierna, dulce y solícita. Pero yo sé que no lo eres.

—¿Y cómo soy, entonces?

Hunter le pasó la mano por el cuello y la acercó a él hasta que sus labios casi se tocaron. Lara sintió la cálida caricia de su respiración, y el estómago le revoloteó de excitación.

—Eres una leona —dijo él, y después la soltó sin besarla... lo cual la dejó con una absurda sensación de decepción.

En el vestíbulo resonaba el lloriqueo de frustración de un niño. Hunter aminoró el paso. Se detuvo bajo la arcada, y miró entre las columnas. Allí estaba el pequeño

Johnny, acurrucado en el suelo con la espalda contra la pared. No lloraba abiertamente, sino que gimoteaba como si las lágrimas fueran inminentes, al tiempo que tiraba de sus cortos cabellos negros como con nerviosismo.

—¿Qué haces ahí sentado? —le preguntó Hunter, vagamente irritado por carecer de experiencia con niños y de toda comprensión de sus necesidades.

—Me perdí —respondió Johnny en tono acongojado.

—¿Y por qué no hay nadie contigo? —Debería haber alguien designado para vigilarlo... Sabía Dios de qué clase de travesuras era capaz. Al ver que no respondía a su pregunta, Hunter probó con otra—: ¿Adónde quieres ir?

Sus pequeños hombros se encogieron bajo la enorme camisa.

—Quiero hacer pis.

A su pesar, Hunter no pudo evitar sonreír con simpatía.

—¿No puedes encontrar el retrete? Bien, te llevaré hasta allí. Ven conmigo.

—No puedo caminar.

—Pues entonces cargaré contigo. Pero será mejor que te aguantes, te lo advierto. —Con todo cuidado, Hunter levantó al pequeño y cruzó el vestíbulo. Aquella carga era sorprendentemente liviana. Qué ojos tan raros tenía el niño, de un tono de azul tan puro y oscuro que parecía violeta.

—¿Está casado con milady? —le preguntó Johnny, rodeando el cuello de Hunter con sus bracitos.

—Sí.

—Cuando sea grande, me voy a casar con ella.

—No puede estar casada con dos hombres al mismo

tiempo —respondió Hunter, sonriendo—. ¿Qué harás conmigo?

—Puede quedarse aquí —ofreció generosamente el niño—. Si milady quiere.

Hunter sonrió a aquella carita seria, tan próxima a la suya.

—Gracias.

Mientras caminaban, Jóhnny miró hacia abajo.

—Usted es alto —dijo—. Mucho más que papá.

El comentario despertó el interés de Hunter.

—Dime, mocosuelo... ¿Por qué colgaron a tu padre?

—Papá era un atracador de borrachos. Mató a alguien, pero fue un accidente.

Atracador de borrachos, los que robaban a los ebrios rezagados que vagabundeaban de noche por las calles. No podía considerársele un criminal de la peor calaña, sino uno más dentro de la variada escoria que pululaba por los bajos fondos de Londres. Hunter disimuló su disgusto y cambió al niño de brazo.

—¿Y dónde está tu madre?

—Mamá está en el cielo.

El niño, pues, no tenía a nadie.

El rostro del niño se iluminó con una inocente sonrisa, como si pudiera leerle los pensamientos.

—Milady y usted me cuidarán ahora, ¿no?

Entonces Hunter comenzó a vislumbrar el porqué de la atracción que Lara sentía por el niño.

—Sí, te cuidaremos —se encontró diciendo sin rastros de sarcasmo. Bueno, se dijo, el niño tenía desde luego la habilidad de conseguir que la gente se ocupara de él.

Llegaron a una pequeña habitación provista de sanitario, lavamanos y depósito de agua, y Hunter bajó cuidadosamente su carga.

—Aquí tienes. —Calló un instante, y luego preguntó, bastante incómodo—: ¿Necesitas ayuda con... éste, estas cosas?

—No, puedo solo. —El niño entró en el cuartito y lo miró desde allí con ansiedad—. ¿Estará aquí cuando salga?

—Estaré aquí —lo tranquilizó Hunter, antes de que el niño cerrara la puerta. Había quedado conmovido por el muchachito, por sorpresa, aquel pequeño patito feo llevado a vivir entre cisnes. Pero resultaba que Hunter, en concreto, no era ningún cisne.

No iba a resultarle cómodo vivir con un niño que indirectamente le recordara su enorme fragilidad, día tras día. Un hindú se limitaría a encogerse de hombros y diría que es la voluntad de los dioses. «Cada hombre es responsable de su propia salvación —le había dicho una vez un santón. Aquello implicaba una blasfemia para un cristiano, pero a Hunter le había parecido lógico—. En algunos casos la salvación llega solamente cuando uno rompe con la sociedad.» Johnny llegaría algún día a la misma conclusión, si decidía sobrevivir en aquel lugar del mundo llamado Inglaterra.

El capitán Tyler se dejó caer sobre un sillón de cuero. El salón de caballeros se hallaba tenuemente iluminado por el exiguo fuego que ardía en la chimenea. Sostenía con ambas manos la copa de coñac, dejando que el calor de las palmas entibiara el licor. Bebía éste lentamente, a la manera de un hombre que sabía apreciar los pequeños lujos de la vida.

Morland Manor, una casa de tamaño reducido pero muy bien mantenida, se hallaba situada sobre una colina, como si se tratara de un elegante pajarillo que hubiera establecido su territorio predilecto. La noche despejada lo rodeaba todo, vasta y fría, y Tyler se alegró de poseer su confortable santuario. La hora era avanzada, y su bella esposa dormía tranquilamente en la planta alta, con la cintura ligeramente engrosada por el incipiente embarazo.

La alegría de esperar su primer hijo debería haber llenado a Tyler de satisfacción. Y encontrarse de regreso en Inglaterra, algo que había anhelado terriblemente durante ocho años, debería haberle otorgado la paz tan esperada. Sin embargo, aquella bien ganada paz y satisfacción se le escapaban, enturbiadas por el más inesperado giro de los acontecimientos.

—Maldito seas —murmuró Tyler, aferrando con fuerza la copa—. ¿Por qué no te quedaste en la India?

Entonces sucedió algo asombroso... Algo que más tarde reconocería que debió haber anticipado. Las sombras de la habitación parecieron moverse, y una oscura silueta apareció en uno de los rincones. Demasiado estupefacto para reaccionar, Tyler se quedó mirando al conde de Hawksworth, que avanzaba hacia él.

—Yo tenía planes mejores —dijo Hunter, suavemente.

Tyler merecía que se le reconociera la aparente calma que demostró, mientras luchaba por recobrar la compostura. El temblor de la copa que tenía en su mano fue lo único que delató su nerviosismo.

—Canalla engreído —dijo—. ¿Cómo se atreve a inmiscuirse en mi propia casa?

—Quería verlo en privado.

Tyler hundió la nariz en su copa y bebió, y no se detuvo hasta haberla vaciado.

—Creía que había muerto, hasta anoche —dijo con voz ronca—. ¿Qué diablos está haciendo en Inglaterra?

—No es asunto suyo. Sólo vine para advertirle una cosa: no se meta en mis asuntos.

—¿Se atreve a darme órdenes, a mí? —Tyler se puso encarnado—. ¿Y qué me dice de lady Hawksworth? Esa pobre mujer tiene derecho a saber...

—Yo me ocupo de ella —dijo Hunter en tono amenazante—. Y detendré su silencio, Tyler... De una manera u otra. Después de todo lo que he hecho por usted, creo que me lo merezco.

Tyler pareció tragarse aquellas palabras, mientras su conciencia luchaba contra una amarga sensación de responsabilidad. Finalmente, encogió los hombros, vencido.

—Tal vez sí —murmuró—. Tendré que pensar en ello. Ahora váyase, por piedad. Me recuerda cosas que he tratado endemoniadamente de olvidar.

12

Para gran frustración de Lara, el informe prometido acerca de los correccionales ingleses no llegó a la semana siguiente, ni la otra. Se sintió casi agradecida por la tarea de remodelación de la casa, que requería gran parte de su atención. Posibilidad Smith, junto a todo un ejército de obreros y ayudantes, había llegado para comenzar los trabajos.

Lara también se ocupó en visitar a sus amigos y el orfanato de Market Hill. Sin embargo, la mayor parte de sus horas de vigilia las acaparaban Johnny y la tarea de acostumbrarlo al nuevo mundo en el que había ingresado.

Y también estaba, por supuesto, Hunter.

Su esposo se ocupaba de los asuntos de la familia, asistía regularmente a todos los acontecimientos sociales y atendía los problemas de sus arrendatarios. Por si aquello fuera poco, adoptó también la delicada y poco ortodoxa estrategia de involucrar más profundamente a su familia en el comercio, en un momento en el que muchos nobles aspiraban exactamente a lo contrario. Un hombre alcanzaba una posición social mucho más encumbrada cuando se había alejado por completo de los asuntos mercantiles y se concentraba sólo en el más aristocrático latifundismo. A pesar de eso, Hunter demostró una destacable disposición a sacrificar el orgullo en favor del pragmatismo.

Era el marido que Lara alguna vez había deseado que fuera: responsable, cortés, amable..., amistoso. Y esto último le provocaba a ella un inesperado fastidio. En un desconcertante cambio de táctica, Hunter parecía buscar su amistad, y muy poco más. Apenas si parecía tenerla en cuenta como mujer.

Había existido una época en la que Lara se habría sentido encantada con aquella situación. Gozaba de todos los beneficios de tener un marido —seguridad, comodidad, compañía—, y sin las obligaciones físicas que tanto la disgustaban. ¿Por qué, entonces, se sentía continuamente con los nervios de punta? ¿Por qué despertaba en mitad de la noche, con una sensación de vacío, agitada, ardiendo por algo sin nombre que no alcanzaba a identificar? Anhelaba la compañía de su esposo, y un buen día empezó a buscar excusas para verlo. Pero cada vez que estaban juntos, Hunter le demostraba la misma enloquecedora actitud amistosa, que le hacía rechinar los dientes.

Lara no sabía qué quería de él. Soñaba con besos, no con los roces fraternales que él a veces le daba, sino con aquellas dulces e interminables uniones de labios y lenguas que ponía su mundo patas arriba. Sí, quería sus besos. Más allá de eso no estaba segura. Si lo dejaba acostarse con ella, él creería tener derecho a tomarla cuando quisiera. Lo mejor era dejar las cosas como estaban. Pero, ¿por qué Hunter insistía en tratarla como si fuera su hermanita pequeña?

Siguiendo un impulso, Lara mandó decir a la modista que modificara los vestidos que le estaba haciendo y profundizara los escotes. Al poco tiempo llegó toda la colección, un arcoiris en tonos pastel de sedas, muselinas y linos, con sombreros que hacían juego y estaban adornados con flores o plumas... Guantes y chalinas de seda...

Zapatos y escarpines de vestir, abanicos de marfil, papel y encaje.

Llena de placer ante el nuevo vestuario, Lara se puso un vestido verde claro que hacía juego con sus ojos y que brotaran destellos de su piel. El vertiginoso escote exhibía sus senos erguidos, apenas cubiertos por una chalina transparente. Como sabía que Hunter se hallaba solo en la biblioteca trabajando, fue directamente hacia allí. Era obligación de cortesía, realmente, agradecerle su generosidad.

Su esposo estaba sentado detrás del escritorio; se había quitado el chaleco, arremangado las mangas y abierto el cuello de la camisa, para recibir así cualquier brisa refrescante que entrara en la habitación. Al ver a Lara cruzar la puerta le dirigió una mirada fugaz y una sonrisa distraída, y volvió a sumirse en el trabajo. En menos de un segundo, sin embargo, su mirada voló de nuevo hacia ella... Y allí se quedaron.

—¿Es un vestido nuevo? —preguntó con amabilidad, aunque sabía perfectamente que así era.

Lara se acercó un poco más y dijo:

—¿Te gusta?

No hubo un cambio visible en la expresión de Hunter, pero sus dedos aferraron la pluma con tanta fuerza que amenazaron con quebrarla. Paseó la mirada sobre ella, recorriéndola de arriba abajo, captando cada detalle, demorándose sobre todo aquel cuerpo espigado.

—La tela es muy atractiva —respondió en tono monocorde... Pero una corriente cálida parecía fluir debajo de sus palabras, y los nervios de Lara se estremecieron. Todavía la deseaba. No sabía por qué la complacía aquello, pero así era.

Una sonrisa juguetona bailoteó en sus labios.

—¿La tela es muy atractiva? ¿Es todo lo que vas a decir?

Un brillo peligroso apareció en los ojos de Hunter.

—Elogiaría también el diseño, pero parecen haber omitido gran parte del corpiño.

—Los escotes pronunciados son el último grito de la moda —afirmó ella.

Hunter gruñó entonces un sonido de despedida y devolvió su atención al libro contable que tenía sobre el escritorio. Lara se acercó a su silla y fingió interesarse en el libro. Se inclinó sobre él, rozándole el brazo con el pecho. El roce fue accidental, pero sintió un estremecimiento que le recorrió todo el cuerpo, y supo que Hunter también lo había percibido. Hawksworth aspiró con fuerza y dejó caer la pluma, que derramó gotas de tinta sobre todo el escritorio.

—Estoy intentando trabajar —gruñó—. No puedo pensar con tus pechos colgándome sobre la cara.

Lara retrocedió, molesta.

—Fuiste tú quien insistió en que me hiciera vestidos nuevos. Yo, simplemente, quería mostrarte uno. Tenía la loca idea de que debía estar agradecida.

—Bueno, sí... —Hunter medio rió, medio gruñó, y la alcanzó antes de que pudiera darse la vuelta y marcharse. Le pasó el brazo por las caderas y lo apretó sobre su trasero. Colocó a Lara entre sus piernas y la contempló con mirada ávida.

—El vestido es muy hermoso —murmuró—. Igual que tú. En realidad, duele mirarte.

—¿Duele?

—Todo mi cuerpo es un único y enorme dolor. —La acercó un poco más, le quitó la chalina de seda y la dejó caer al suelo. Con un apremio que dejó a Lara aturdida, hundió la cara en su busto y recorrió sus pechos con la boca entreabierta, donde su lengua se demoró sobre la fresca y marfilínea tersura.

—Me estás volviendo loco —balbuceó, mientras su barba incipiente provocaba escozor en la piel de Lara—. No, no te alejes... Déjame...

Lara dio un sobresaltado respingo cuando Hunter encontró su pezón a través de la delicada muselina del vestido.

—¡Basta ya...! ¡Basta! —gritó ella.

Hunter la soltó con un gruñido de frustración. Se puso en pie y la observó desde toda su altura.

—Sabías muy bien lo que hacías al venir vestida de esa manera. No me culpes por haber mordido el anzuelo.

Lara se agachó y recogió torpemente la chalina caída.

—Yo... No pedí ser maltratada.

—¿Sabes cómo se llama a una mujer que excita deliberadamente a un hombre y después se contiene?

—No —respondió ella, secamente.

—Una enredadora.

—No trataba de enredarte en nada. Tal vez deseara algún beso, o un cumplido, pero nada más...

—Lo que siento por ti no termina con los besos. Maldita sea, ¿crees que es fácil para mí vivir bajo el mismo techo que tú, verte todos los días y no tocarte?

Lara lo contempló con creciente perplejidad y una vaga sensación de vergüenza. Lo había malinterpretado; no había comprendido que él todavía la deseaba, que era difícil para él vivir con ella.

—Quiero hacerte el amor —siguió diciendo Hunter, con voz ligeramente ronca—. Quiero verte desnuda, besarte por todas partes... Darte placer hasta que supliques que me detenga. Y despertar por las mañanas contigo en mis brazos. Y oír tu voz que me llama... —Se interrumpió y apretó los dientes, como si luchara por contener las palabras.

Lara se movió inquieta.

—Lo siento —dijo en voz baja—. No me di cuenta de que todavía me deseabas.

—Aquí tienes un indicio. —Volvió a acercarla a él, la tomó de la muñeca y le llevó la mano hasta su entrepierna. Sin hacer caso de las protestas de Lara, la obligó a cerrar los dedos en torno a la rígida y erguida longitud de su miembro, hasta que el ardor traspasó la tela de sus pantalones y llegó a su palma—. Esto es lo que me sucede cada vez que estoy en la misma habitación que tú. Una verga tiesa y unos cojones morados son señales bastante claras de que un hombre te desea.

El recuerdo de sus anteriores experiencias con él pareció nublar la mente de Lara. No pudo pensar en la palpitante dureza que latía debajo de su mano como en otra cosa que un arma. No pudo evitar el evocar las antiguas embestidas como lanzazos, el íntimo golpeteo que la dejaba dolorida, frustrada y abochornada. Nunca, nunca más...

—No tengo interés en hablar de tus partes privadas —dijo con voz estrangulada. Trató de retirar la mano, pero él no la dejó.

—Soy un hombre, no un eunuco. No puedo besarte, acariciarte, y sin embargo no poseerte jamás. —Apoyó la boca en la curva de su cuello, logrando estremecerla—. Permíteme visitarte esta noche. He procurado ser paciente, pero no aguanto más.

Próxima a las lágrimas, Lara forcejeó hasta lograr liberar su mano, y después retrocedió tambaleándose.

—Lo siento. No puedo, no puedo. No sé por qué, yo... Por favor, ve a visitar a lady Carlysle.

La mención de su antigua amante pareció ser la gota que colmara el vaso. El rostro de Hunter se contorsionó en una mueca de furia.

—Tal vez lo haga.

Lara se quedó inmóvil como una estatua, y lo observó dirigirse hasta su escritorio, de donde tomó una carta.

—Dicho sea de paso —comentó Hunter con brusquedad—, acabo de recibir esta carta de lord Newmarsh. Trabajaba en un comité del parlamento que investigaba las cárceles. Aquí tienes la información que querías.

Le arrojó la carta, y Lara realizó un torpe intento por atraparla. El papel revoloteó y se posó sobre el suelo.

Hunter, que ya salía de la habitación a grandes zancadas, le dirigió un último comentario burlón, por encima del hombro.

—Anda, ve y ayuda a los pobres, señora magnánima.

Lara recogió la carta, se dio la vuelta y echó una mirada furiosa a la puerta, que se cerró con un golpe.

—¡Chivo libidinoso! —exclamó, pero la culpabilidad se filtró a través de su fastidio. Hunter había dicho la verdad: ella sabía lo que estaba haciendo. Había querido provocar su admiración. Había querido despertar su deseo. ¿Qué demonio la había poseído para instarla a provocarlo, cuando no tenía deseos de acostarse con él? ¿Por qué no había sido capaz de dejar las cosas como estaban y disfrutar de la relación distante pero agradable que habían establecido?

Sintió una apremiante necesidad de hacer las paces con Hunter, pero sospechó que, a aquellas alturas, él sólo aceptaría una clase de disculpas: la que implicara un revolcón entre las sábanas.

Tras un suspiro, Lara fue hasta la silla del escritorio y se sentó. Acarició el tapizado de cuero, que parecía conservar rastros del calor del cuerpo de Hunter. Si cerraba los ojos, casi podía llegar a detectar su aroma, aquel deje de madera de sándalo que era a la vez limpio, fresco y exótico. «Lo lamento», dijo en voz alta, aunque no había nadie que la escuchara. Lamentaba no ser como las otras mujeres, a las que no parecía molestar la intimidad con los hombres, y lo lamentaba también por Hunter, que necesitaba más de lo que ella podía darle. El remordimiento y la soledad se hicieron un nudo en su interior.

Inclinó la cabeza sobre la carta y comenzó a leer.

Hunter partió a caballo sin informar a nadie de adónde iba, y permaneció ausente toda la tarde y parte de la noche. Lara lo esperó en el salón, acurrucada en el sofá de terciopelo. Tenía las rodillas tapadas con una manta roja y azul que habían tejido algunas de las niñas del orfanato, especialmente para ella. Aquella tarde, las criadas habían intentado reemplazarla, al menos en tres ocasiones, por mantas elegantemente bordadas y festoneadas de las que había en el cuartito de la ropa blanca, pero Lara las había rechazado sistemáticamente.

—Me gusta ésta, la roja y azul —le había dicho a Naomi, sonriéndole—. Sé que no es perfecta, pero cada punto suelto o nudo de la lana me recuerdan a las niñas que la hicieron. Y es, con diferencia, la manta más cómoda de la casa.

—Si yo fuera usted, milady, no querría saber nada de cosas que me recordaran la época en que los Crossland me expulsaron de la casa —se había atrevido a comentar Naomi, mirando la manta con desagrado—. Fue una época mala para todos.

—Yo no quiero olvidarla. —Lara alisó la manta y la dobló con esmero—. He aprendido cosas importantes de esa experiencia. Desde entonces he sido mejor persona, o al menos eso espero.

—Ah, milady... —Naomi le dedicó una cálida sonrisa—. Usted siempre fue una joya. Todos lo pensamos.

—¿Y qué piensan de lord Hawksworth? —preguntó

Lara de pronto—. ¿A los criados les gusta más o menos desde que regresó?

Naomi había fruncido el entrecejo con actitud pensativa.

—Siempre fue un buen amo. Nos gustaba bastante. Pero ahora presta más atención a la servidumbre. Como el otro día, que envió por el médico cuando vio que una de las criadas tenía un absceso en el brazo, o cuando dijo que George, el lacayo, podía invitar a su prometida a tomar el té con él en la cocina, en sus días libres. Antes nunca hacía cosas así.

Los pensamientos de Lara fueron interrumpidos por las suaves campanadas del reloj de pie del vestíbulo. Entonces decidió retirarse a su habitación. Se desperezó perezosamente en el sofá y apartó la manta a un lado. En aquel momento, una oscura silueta se asomó a la puerta, donde se detuvo para investigar el origen de la luz.

El intruso era Hunter, desde luego, que mostraba las ropas desordenadas y el paso un tanto vacilante. Había estado bebiendo, aunque no parecía estar borracho. Entró en la habitación con una insufrible sonrisa en los labios, la sonrisa de un adolescente que hubiera cometido una travesura y estuviera orgulloso de ello.

Lara alzó las rodillas y se las abrazó, entrelazó los dedos y los apretó con fuerza.

—Espero que te sientas mejor —dijo con aspereza—. Por el olor que despides a tabaco, bebidas fuertes y perfume, deduzco que has encontrado alguna ramera que satisficiera tus necesidades.

Hunter se detuvo frente a ella, y la sonrisa se le convirtió en una mueca de desconcierto.

—Para ser alguien que no quiere saber nada de mis partes privadas, muestras un interés indecente en saber por dónde han andado.

—Me alegro de que siguieras mi consejo y encontraras una mujer.

—Salí a beber con Lonsdale y algunos amigos, y también había mujeres, pero no me he revolcado con ninguna.

—Es una pena —respondió Lara, aunque no pudo evitar sentir una punzada de alivio tras oír aquello—. Tal como dije antes, me sentiría complacida si tomaras una amante y me dispensaras de tus atenciones.

—¿De veras? —preguntó él en tono engañosamente suave—. ¿Y entonces por qué me esperaste levantada?

—No te estaba esperando... No podía dormir. No podía dejar de pensar en la carta de lord Newmarsh, y en los niños que se encuentran en la misma terrible situación en que estuvo Johnny.

—Doce —la interrumpió él—. Hay doce mocosos en total. —Alzó una ceja con gesto sardónico—. Supongo que querrás hacer algo al respecto.

—Podemos hablar de eso mañana, cuando tu estado de ánimo sea más afable.

—Unas pocas horas de descanso no me volverán más afable. —Hunter se desplomó sobre el otro extremo del sofá con las piernas estiradas, en una postura típicamente masculina. Con un amplio gesto de la mano, le indicó que continuara con el tema.

Lara titubeó, procurando evaluar el estado de ánimo de Hunter. En su expresión había algo que la confundía. Se lo veía paciente, alerta, como un animal a sus anchas en su territorio de caza. Estaba aguardando el momento propicio, y cuando éste llegara se abalanzaría sobre ella. Lara no lograba adivinar qué tenía Hunter en mente, pero tenía la intensa sospecha de que no le iba a gustar.

—Estoy segura de que las cárceles querrían que esos niños fueran apartados de tan terribles ambientes, si alguien les ofreciera una alternativa adecuada —empezó a decir Lara con cautela. Hunter respondió con un gesto de asentimiento—. Obviamente, deben ser traídos al orfanato de Market Hill —siguió explicando ella—, pero es demasiado reducido. Una docena de niños... Bueno, necesitaríamos agrandar el lugar, y contratar más personal, y encontrar la manera de suministrarles más comida, ropas y mercadería... Y ése es todo un desafío. Ojalá tuviéramos los medios para llevar a cabo todo...

—Pues no los tenemos —intervino él—. En todo caso, por ahora no los tenemos.

—Sí, soy consciente de ello. —Lara carraspeó y se arregló las faldas con gran cuidado—. Por lo tanto, debemos solicitar fondos a otras fuentes. Con todos los amigos y las relaciones que tenemos, no debería ser difícil. Si yo, quiero decir, nosotros, pudiéramos organizar alguna clase de obra benéfica para el orfanato...

—¿Qué clase de obra benéfica? —preguntó Hunter.

—Un baile. Un baile de enormes proporciones. Podríamos usarlo como forma de atraer donaciones para el orfanato de Market Hill. Y para asegurarnos de que venga todo el mundo, también podríamos aprovechar la ocasión para... Para darte la bienvenida a casa. —Adoptó una expresión de entereza para resistir la dura mirada de Hunter sin pestañear. Era una idea realmente buena. La nobleza tendría tanta curiosidad por ver al milagrosamente retornado lord Hawksworth, y por oír su increíble historia, que acudiría al baile en tropel. Hunter era ya la comidilla de todo Londres, y el baile se convertiría, indudablemente, en el acontecimiento social de la temporada.

—De modo que piensas exhibirme, como si fuera un monstruo de dos cabezas, en la feria de la aldea, y usar las ganancias en beneficio de tus huérfanos.

—No sería del todo así... —protestó Lara.

—Sería exactamente así. —Se inclinó hacia delante, lentamente, sin dejar de clavar su mirada en ella—. Después de todo lo que he pasado, ahora esperas que aguante una noche entera de preguntas curiosas y escrutinio, a manos de una manada de cretinos superficiales. ¿Y todo eso para qué?

—Para los niños —respondió Lara con toda seriedad—. Tarde o temprano tendrás que enfrentarte a la nobleza. ¿Por qué no hacerlo ahora, y fijar el momento y el lugar conforme a tu conveniencia? ¿Por qué no tener la satisfacción de salvar a doce niños que merecen una oportunidad de una vida mejor?

—Me sobreestimas, amor mío. No tengo un solo hueso caritativo en todo el cuerpo. No me desvelo pensando en huérfanos y pordioseros. Son un hecho más de la vida; no van a desaparecer nunca. Salva a mil, salva a diez mil, si quieres, y siempre habrá más.

—No te entiendo —dijo Lara, meneando la cabeza—. ¿Cómo puedes ser tan amable con tus sirvientes y tan despiadado con los de afuera?

—Sólo puedo ocuparme de aquellos que viven bajo mi techo. El resto del mundo que se vaya al infierno.

—Ahora parece que no hubieras cambiado en nada. —Una decepción abrumadora brotó en su interior—. Te muestras tan impío como siempre. Por alguna razón, creí realmente que me permitirías ayudar a esos niños.

—Yo no te he prohibido en absoluto organizar ese baile. Sólo estoy evaluando las condiciones que te voy a imponer.

—¿Qué condiciones? —preguntó Lara, prevenida ya.

—Pregúntame por qué no me acosté con ninguna de las putas con las que estuve anoche. Pude haberlo hecho, con toda facilidad. Había una con pechos grandes como melones que no paraba de meterme la lengua en la oreja...

—No quiero saber nada de eso.

—Lonsdale y los otros tumbaban a las rameras sobre las mesas, el suelo, contra la pared... Pero yo me marché en cuanto empezó todo y vine a casa, a estar contigo. ¿Y sabes por qué? —Hunter sonrió con amargura, como si estuviera a punto de soltar un chiste de mal gusto—. Porque prefería sentarme a tu puerta y velar tu sueño, mientras dormías en tu célibe lecho. El simple hecho de sostenerte la mano o de escuchar tu voz, o de aspirar tu perfume, es mucho más excitante para mí que acostarse con cien mujeres.

—Sólo me quieres porque represento un desafío para ti.

—Te quiero porque eres dulce y pura, e inocente —replicó él con voz ronca—. En los últimos años he visto las cosas más corruptas que puedas imaginar... He hecho cosas que tú nunca... —Se interrumpió y soltó un fuerte suspiro—. Quiero algunas horas de paz. De placer. He olvidado cómo ser feliz, si es que alguna vez lo supe. Quiero dormir en mi propia cama, con mi esposa... Y que me condenen si eso es un delito.

—¿De qué estás hablando? —preguntó Lara, extrañada—. ¿Qué te pasó en la India?

Hunter sacudió la cabeza, y ocultó su reacción tras una máscara indescifrable.

—No tiene ya importancia. Tal como están ahora las cosas, he quedado reducido a negociar una noche contigo... Y estaré endemoniadamente contento si lo logro.

—Si crees que me voy a acostar contigo a cambio de... —Abrió mucho los ojos, llena de indignación—. No es posible que sugieras que no me permitirás hacer el baile si yo no...

—Es exactamente lo que quiero decir. Haz los arreglos necesarios e invita a mil personas. Estoy seguro de que tus esfuerzos despertarán gran admiración, y de que los huérfanos te estarán agradecidos. Todo el mundo quedará satisfecho. Incluso yo. Porque a la una de la madrugada de la noche del baile subirás conmigo, te meterás en mi lecho y me dejarás hacerte todo lo que quiera.

—¿Es que no puedes pensar en nada ni nadie que no sea tú mismo? —Lara se puso colorada—. ¿Cómo osas utilizar la desgracia de esos pobres niños para obligarme a acostarme contigo?

—Porque estoy desesperado —respondió, y le dirigió una sonrisa burlona—. ¿Cerramos el trato, mi amor?

Lara no respondió.

—No será la primera vez que haces «eso» —le recordó él.

—Siempre lo odié —masculló ella, avanzando tercamente el labio inferior.

—Has sobrevivido —señaló él, cortante. Se quedó a la espera, tan firme e inconmovible como un bloque de granito, insensible a los gestos inquietos de Lara. A ella no le quedaba nada por hacer, ninguna contraoferta que él pudiera aceptar. ¡Necio egoísta! ¿Cómo se atrevía a transformar una causa noble en la llave para lograr su propia satisfacción sexual? Deseó poder arrojarle el trato a la cara y asegurarle que nada en el mundo lograría hacer que se sometiera, una vez más, a «aquello». Pero la idea de doce niños como Johnny, sufriendo sin necesidad... Y la idea de lo que ella podría hacer por ellos... Era más de lo que podía soportar.

¿Tan terrible sería pasar una noche en el lecho de Hunter? Él tenía razón, antaño había sobrevivido. Se las había arreglado para sofocar toda emoción y sensación, para concentrarse en otras cosas y olvidar lo que le estaba ocurriendo.

El corazón de Lara pareció hundírsele en el pecho cuando cayó en la cuenta de que tendría que hacer lo que más le disgustaba en el mundo para poder obtener lo que más deseaba.

—Muy bien —dijo en tono monocorde—. La noche del baile benéfico. Una vez. Y después... —Buscó el epíteto adecuado y exclamó—: ¡Después puedes irte al mismísimo infierno!

Hunter no mostró ningún signo de satisfacción, pero Lara pudo percibir el enorme placer que le provocaron sus palabras.

—Ya estoy en el infierno —respondió él—. Sólo quiero una noche de gracia.

Hunter dejó a su pálida, tensa y nerviosa esposa, y de alguna manera logró llegar a su habitación. Tuvo que forcejear para quitarse las botas y se tendió sobre el lecho, completamente vestido. Su mente era un torbellino, en parte a causa del alcohol y en parte por las emociones que había sentido. Había buscado saberse triunfador, pero en lugar de eso lo que ahora sentía era alivio. Se imaginó abrazando a Lara, llenándose de su dulzura como un ánima del infierno a la que se le hubiera concedido una copa de agua fresca.

—Gracias, Señor —musitó con la cabeza hundida en la almohada—. Gracias, Señor.

—Oh, por Dios. —Los ojos color avellana de Rachel parecían dos enormes círculos de asombro—. Nunca oí que un esposo negociara con su mujer de esa manera. Sé, desde luego, que los hombres hacen arreglos semejantes con sus amantes, pero... tú no eres exactamente... —Buscó sin éxito las palabras que le permitieran seguir adelante, y terminó diciendo débilmente—: Es todo muy raro.

—Sumamente raro —convino Lara, sombría—. Después de quedarme viuda y permitirme creer que nunca más sería molestada por los hombres, ni por sus desagradables necesidades, me encuentro en la situación de tener que volver a acostarme con Hunter. —Se acurrucó, tensa, en el sillón, y contempló con abatimiento el fino y lujoso salón de Rachel en el que se encontraba—. Resulta aún más terrible si se piensa qué poco falta.

Rachel la contempló con una suerte de fascinada simpatía.

—¿Tienes intenciones de cumplir con tu promesa?

—Por supuesto que no —respondió enseguida Lara—. Quiero que me ayudes a pensar en un plan. Por eso he venido a visitarte.

Ostensiblemente halagada y complacida porque su hermana mayor valorara sus ideas, Rachel dejó su bordado y se concentró en el problema.

—Supongo que podrías ponerte tan poco atractiva que él ya no te deseara más —sugirió—. O podrías tratar de contagiarte de alguien la viruela, y esperar a que se te desparramara por toda la cara.

Lara arrugó la nariz.

—Esa idea no me atrae particularmente.

Rachel empezó a entusiasmarse.

—Podrías fingir una enfermedad.

—Eso sólo funcionaría un tiempo.

—Quizás haya alguna manera de dejarlo impotente... Alguna hierba, o algún polvillo que le podríamos suministrar.

Lara meditó sobre aquella sugerencia con expresión de duda.

—No quiero correr el riesgo de hacer que enfermara... Me parece un plan muy aventurado. Estaría tan nerviosa que terminaría estropeándolo todo.

—Humm. —Rachel recogió una hebra suelta de hilo azul de seda, y se la enroscó en un dedo—. Tal vez... —dijo, titubeante—. Tal vez podrías concederle una sola noche, y dar el asunto luego por terminado.

—No pienso ser usada de esa manera —afirmó Lara con ferocidad—. No quiero convertirme en un objeto ni en una posesión.

—Debo disentir contigo, Larissa. No sé de dónde has sacado esas ideas tan extrañas. Lord Hawksworth es tu marido, tú le perteneces. Juraste obedecerlo.

—Y lo obedecí. Cumplí con sus deseos en lo que respectaba a mi conducta y mis compañías. Le pedí permiso para todo. Toleré su adulterio y nunca le negué el acceso a mi lecho. Pero después se marchó a la India, y durante tres años sólo tuve que contentarme a mí misma... Y ahora no puedo volver a ser lo que era.

—Pues tendrás que hacerlo —dijo Rachel en un susurro—. A menos que puedas idear un plan adecuado para distraerlo.

Ambas quedaron largo rato en silencio. Sus pensamientos íntimos tenían como telón de fondo la fuerte lluvia que repiqueteaba sobre los senderos de grava y goteaba por los ventanales. Era un día gris, triste, que hacía juego a la perfección con el estado de ánimo de Lara.

Finalmente, ésta decidió romper el silencio.

—Lo único lógico sería encontrar a alguien que Hunter deseara más a mí. Entonces estaría tan cautivado por su nuevo descubrimiento que olvidaría todo lo referido a nuestro acuerdo.

—Pero..., ¿no te dijo que eres la única mujer que desea?

—No lo decía en serio —contestó Lara secamente—. Sé por experiencia que Hunter es incapaz de resistirse a ninguna mujer. Le gusta la variedad. Disfruta con la conquista.

—¿Y a quién vas a buscar? ¿Qué clase de mujer le resultaría irresistible?

—Ésa es la parte más fácil. —Lara se ubicó frente a la ventana y contempló los torrentes de agua que caían del cielo—. Sabes, Rachel, creo que ese plan sí tiene posibilidades de éxito.

13

Cuando Lara partió de la finca de Lonsdale, los caminos se habían convertido en un lodazal. La pesada berlina tirada por cuatro caballos se movía con dificultad sobre el fango, y avanzaba muy lentamente entre campos de pastoreo empapados, granjas y setos espinosos, plantados para evitar la huida del ganado. Parecía imposible que continuara lloviendo con tanta violencia, pero la lluvia caía sobre el techo del carruaje como si alguien arrojara cubos de agua. Preocupada por el bienestar de los caballos, el conductor y el palafrenero, Lara lamentó no haber esperado hasta que escampara para visitar a su hermana. Había sido mala idea aventurarse por allí durante una lluvia de primavera, ¿pero quién esperaba semejante diluvio?

Ansiosa, se inclinó hacia delante en el asiento, como si pudiera por la fuerza de su voluntad hacer que el carruaje llegara a destino sin ninguna desgracia. Las ruedas se arrastraban por la carretera, hundiéndose en las huellas barrosas, mientras los caballos tiraban con todas sus fuerzas para hacer avanzar el vehículo. Súbitamente, el carruaje dio un bandazo y se inclinó en diagonal, lo que arrojó a Lara del asiento. Quedó desmadejada sobre el suelo. Logró incorporarse y luchó por alcanzar la puerta, mientras se preguntaba qué habría pasado.

La puerta se abrió, y ráfagas de agua y viento entraron en el coche. Por la abertura apareció la cara del palafrenero.

—¿Se ha lastimado, milady?

—No, no, estoy bien —se apresuró a tranquilizarlo—. ¿Y tú, George? ¿Y el señor Colby?

—Estamos todos bien, milady. Había un bache en el camino. El coche ha quedado varado. El señor Colby dice que no estamos lejos de Market Hill. Si le parece bien, desengancharemos los caballos y yo iré a Hawksworth Hall a buscar un vehículo más liviano. El señor Colby se quedará aquí, con usted, hasta que yo regrese.

—Parece un buen plan. Gracias, George. Por favor, dígale al señor Colby que aguarde dentro del coche conmigo, aquí estará mucho más cómodo.

—Muy bien, milady. —El palafrenero cerró la puerta, habló con el cochero y volvió al cabo de unos instantes—. Lady Hawksworth, dice el señor Colby que preferiría quedarse afuera. Tiene paraguas y un abrigo grueso para protegerse, dice, y nunca se sabe qué clase de gentuza puede viajar por la carretera.

—Muy bien —aceptó pesarosa Lara, y se recostó en el asiento. Sospechaba que al cochero le preocupaba más su reputación que su seguridad—. Comuníquele al señor Colby de mi parte que es todo un caballero.

—Muy bien, milady.

La lluvia aporreaba el destartalado carruaje con pesados y agresivos goterones que parecían venir de todas partes. Los relámpagos destellaban en el cielo, y los truenos retumbaban con un estrépito tan ensordecedor que Lara saltó una o dos veces en su asiento.

—¡Qué desgracia! —exclamó en voz alta, con la esperanza de que ni George ni el señor Colby enfermaran después de haberse congelado y calado hasta los huesos.

Si llegaban a resfriarse, o algo peor, la culpa sería exclusivamente suya.

La espera pareció interminable, pero al cabo de un rato pareció advertirse fuera cierta actividad ajena a la tormenta. Lara miró por la ventanilla, pero todo lo que pudo ver fueron algunas figuras borrosas que se movían en la oscuridad. Se acercó más a la puerta y buscó el tirador, con la intención de ver lo que pasaba en el exterior. En aquel preciso instante se abrió la puerta, dejando entrar una ráfaga de viento y lluvia helada. Sobresaltada, Lara se deslizó hasta el otro extremo del vehículo, en tanto una figura imponente y oscura aparecía frente a ella.

El hombre, embozado en un abrigo negro, se quitó el sombrero. No era otro que Hunter, que exhibía una ligera sonrisa; tenía las largas pestañas húmedas a causa del agua que corría por su rostro.

—¡Creí que eras un salteador de caminos! —exclamó Lara.

—Nada tan romántico —la tranquilizó él—. Tan sólo tu marido.

«Un marido intrépido e impredecible como cualquier salteador de caminos», pensó ella.

—No tendría que haber salido con este aguacero, milord. Los sirvientes son más que capaces de llevarme de vuelta a casa.

—No tenía nada mejor que hacer. —A pesar de su tono despreocupado, le dirigió una mirada de aprecio, y Lara pudo ver que había estado preocupado por su seguridad. La idea le provocó una leve agitación en el corazón.

Diligentemente, buscó en el compartimiento de caoba ubicado debajo del asiento y sacó de allí un par de chanclos para la lluvia. Era la única manera de evitar que se le estropeara el ruedo de la falda.

Hunter miró los aros de metal ajustados a los minúsculos zancos con franco escepticismo.

—No los vas a necesitar —dijo, mientras ella luchaba para abrocharse las tiras de cuero.

—Sí que los voy a necesitar. Si no me los pongo, se me embarrarán las faldas.

Su comentario provocó en Hunter una sonora carcajada.

—En este preciso momento estoy metido en el barro hasta los tobillos, señora mía. Tú te hundirías hasta las rodillas. Déjalos allí y ven conmigo.

Lara obedeció a regañadientes, mientras se ataba las cintas de su sombrero.

—¿No has traído contigo un coche? —preguntó.

—¿Y arriesgarme a que se embarranque también? —Tendió los brazos hacia ella, la alzó, y la sacó a la intemperie, donde arreciaba la tormenta. Lara emitió un sonido sofocado y hundió la cabeza en el pecho de Hunter cuando sintió los alfilerazos de las gotas de lluvia sobre el rostro. Alcanzó a ver que el señor Colby estaba montado sobre el caballo, sosteniendo las riendas del zaino de Hunter, aguardándolos.

Hunter sentó a Lara sobre la silla de montar como si no pesara más que una pluma, y a continuación montó detrás de ella. La montura era resbaladiza y lisa, y no tenía ningún pomo ni perilla alrededor del cual pudiera ella agarrarse con la rodilla. Instintivamente, Lara buscó dónde sostenerse, al sentir que se deslizaba sobre el lomo del animal. Fue sujetada al momento por un brazo musculoso que se cerró en torno a ella.

—Relájate —le dijo Hunter al oído, con voz suave—. ¿Crees que yo dejaría que te cayeras?

Lara no pudo responder. Parpadeaba contra la lluvia, que la hacía estremecerse de frío al colarse por su chaqueta. Con una mano, Hunter se desabotonó el abrigo y la cobijó en su interior, envolviéndola en un cálido abrazo. Entró en calor contra el cuerpo de Hunter, y sus estremecimientos de incomodidad se transformaron en temblores de placer. Aspiró con fuerza y su nariz se colmó con el olor a lana húmeda, a hombre, con el picante y conocido olor de Hunter. Deslizó los brazos alrededor del vientre de éste, sintiéndose totalmente a salvo, arropada dentro de su abrigo mientras la lluvia caía sobre ellos. Evidentemente, su sombrero molestó a Hunter, ya que desató el lazo con gesto impaciente, tiró de él y lo arrojó lejos, justo cuando el caballo emprendía un enérgico galope.

Desde dentro del abrigo, emergió la cabeza de Lara, que estaba indignada.

—¡Era mi favorito...!—empezó a exclamar, pero una cortina de agua le golpeó la cara y volvió a arrebujarse dentro del abrigo. El paso del caballo se estabilizó y se convirtió en un rápido y sostenido trote. Lara había cabalgado de aquella manera una sola vez, cuando de niña su padre la había llevado sobre la grupa de su caballo hasta la tienda de la aldea, donde le había comprado una cinta para el cabello. ¡Su padre le había parecido tan grande, tan poderoso, tan capaz de solucionar todos sus problemas! A medida que fue pasando el tiempo, su padre había ido adquiriendo proporciones más humanas, y Lara había sido decepcionado testigo de cómo se había apartado de sus hijas después de que éstas se casaran. Como si Rachel y ella ya no fueran su responsabilidad.

«Lord Hawksworth es tu marido. —La voz de Rachel resonó en su cabeza—. Le perteneces...»

Sentía que el fuerte brazo de Hunter la rodeaba a

través de su capa, y que sus muslos se movían rítmicamente, dominando el paso del caballo. Una punzada nerviosa atenazó el estómago de Lara cuando la asaltó la idea de hallarse a merced de aquel hombre corpulento, aparentemente invulnerable. Él había prometido que sería gentil con ella... Pero Lara sabía que los hombres tenían escaso control sobre sus actos cuando eran estimulados por sus deseos más elementales.

Con aquellas sombrías ideas rondándole la mente, la proximidad del cuerpo de Hunter ya no le pareció agradable y se revolvió, incómoda. En algún sitio, por encima de su cabeza, surgió la voz de Hunter preguntándole algo, pero tanto la tormenta como el golpeteo de los cascos del caballo hicieron imposible escuchar lo que decía.

¿Por qué había ido Hunter a buscarla? En otras ocasiones había considerado que no valía la pena tomarse aquel tipo de molestias. En aquel momento, muchas de sus actitudes eran desconcertantes... La forma en que había negociado para lograr sus favores, en lugar de limitarse a tomarla por la fuerza... Aquella mezcla de burla y de afecto que nunca revelaba sus verdaderos sentimientos... Y ahora, aquella salida a caballo para rescatarla, cuando no había ninguna necesidad de hacerlo. Era como si intentara ganarse sus favores. ¿Pero por qué la cortejaba ahora, cuando sabía muy bien que se acostaría con él en menos de un mes?

Lara estaba tan abstraída con tantas preguntas sin respuesta que la sorprendió descubrir que ya habían llegado al camino de acceso a Hawksworth Hall.

Se detuvieron frente a la entrada principal, y de ella salieron varios criados presurosos, portando paraguas. Cuando Hunter la sacó de debajo de su abrigo y la ayudó a bajar del caballo, Lara se sintió aliviada y triste a la vez. Un lacayo sostuvo un paraguas sobre ella y la acompañó al vestíbulo de entrada. Naomi se acercó corriendo para ayudarla a despojarse de la capa mojada, en tanto la señora Gorst ordenó a dos de las doncellas que prepararan el baño. Lara permaneció tiritando dentro de su empapado traje de viaje, observando cómo se quitaba Hunter la chaqueta y el sombrero.

Su marido se frotó el rostro chorreante, se pasó los dedos por el cabello húmedo y le dedicó una breve sonrisa.

Lara se sentía confundida con sus propios sentimientos. Hunter era su adversario, pero también su protector. Él deseaba su cuerpo, y buscando poseerlo, posiblemente, destrozaría el corazón de Lara. Sin importarle que los criados pudieran estar observándolos, Lara se acercó a él, titubeante.

—Gracias —susurró. Antes de que Hunter pudiera responder, se puso de puntillas, se apoyó contra su duro pecho y acercó sus labios a su mejilla rasurada. El beso fue absolutamente casto, pero cuando retrocedió para mirar a Hunter vio que éste la contemplaba con expresión absorta e intensa.

Sus miradas se encontraron y una sonrisa irónica apareció en los labios de Hawksworth.

—Por otro de ésos atravesaría a nado el canal —dijo, y se encaminó hacia la biblioteca.

Solazándose en la gran tina de baño, Lara se sumergió hasta el cuello y cerró los ojos con satisfacción. El calor del agua pareció colarse en sus huesos, y el perfume de la lavanda con el que Naomi había rociado el agua se elevaba en una columna de vapor fragante. Sobre el agua flotaban algunos mechones sueltos de su cabello, que llevaba sujeto en un moño sobre la cabeza. Mientras se echaba agua sobre el pecho y el cuello, sintió que alguien abría la puerta de la estancia sin llamar.

Lara se puso rígida, y Naomi se adelantó para interceptar al intruso.

—Oh, milord —la oyó decir Lara—, lady Hawksworth se siente algo indispuesta... O sea...

Hunter entró en la habitación y se detuvo al ver a su esposa inmersa en su baño. Sólo asomaban a la superficie su cabeza y uno de sus pies, cuyos dedos curvó Lara sobre el borde de la tina de cobre.

—Creí que ya habrías terminado —se excusó Hunter, contemplándola sin pestañear.

—Como puedes ver, estoy en mitad de mi baño —respondió Lara, tratando de mantener la dignidad—. Naomi, por favor, acompaña a lord Hawksworth hasta la puerta.

—Está bien, Naomi —dijo él, mientras se volvía hacia la doncella con una sonrisa considerada en los labios—. Yo atenderé a mi esposa. ¿Por qué no vas abajo y te sirves una taza de té? Descansa un poco. Tómate el resto de la tarde libre.

—Espera... —empezó a decir Lara con el entrecejo fruncido, pero ya era tarde.

Naomi aceptó la invitación, entre risitas, y desapareció, dejándolos solos. La puerta se cerró tras ella con el suave *clic* del picaporte.

Lara dirigió una mirada reprobatoria a su esposo.

—¿Por qué has hecho eso?

Hunter no respondió a la pregunta.

—Tienes ojos de sirena —murmuró—. De un suave verde claro. Bellísimos.

—Sabía que sólo era cuestión de tiempo que irrumpieras en mi baño —dijo Lara procurando sonar calmada, a pesar de los alocados latidos de su corazón—. Tu interés por verme con ese negligé dejó claro que eres un desvergonzado *voyeur*.

Hunter sonrió.

—Parece que he sido descubierto. Pero no puedes culparme por ello.

—¿Por qué no? —preguntó Lara.

—Después de un año de abstinencia sexual, un hombre merece algo de placer.

—Podrías usar tus energías para algo más productivo —le sugirió Lara cuando él se acercó a la tina—. Emprende algún *hobby*... Colecciona algo, no sé... Dedícate al ajedrez o al pugilismo.

Al oír el tono de voz remilgado de Lara, los ojos de Hunter parecieron lanzar chispas.

—Yo ya tengo un *hobby*, señora —dijo.

—¿Y cuál es?

—Admirarla.

Lara meneó la cabeza, sonriendo contra su voluntad.

—Si no fuera usted tan fastidioso, milord, casi podría resultar encantador.

—Si tú no fueras tan bella, yo no sería fastidioso. —Le dedicó una fugaz sonrisa, muy masculina—. Pero tengo toda la intención de fastidiarla aún más, señora, y algún día llegará a gustarle. —Dio otro paso hacia la tina—. Cúbrete... Me estoy acercando.

Lara se puso rígida, pensando en cubrirse, gritar, salpicarlo con agua... Pero no hizo nada de todo eso. Se quedó en la tina, estirada frente a él como dispuesta a un sacrificio pagano. Hunter no hizo alarde de contemplarla abiertamente, pero Lara sabía que no se le escapaba ningún detalle de su cuerpo que relucía bajo el agua perfumada.

—¿Qué quieres? —le preguntó. Sentía la cara hirviendo, pero ya no a causa del vapor, sino de su propia excitación.

Si Hunter se acercaba al agua, la tomaba en sus brazos y la llevaba hasta el lecho..., no estaba segura de poder resistirse. Parte de ella lo deseaba. Parte de ella quería perderse en él... Y la idea no la asustó tanto como debería haberlo hecho.

Hunter parecía tener dificultades para respirar. Se acercó y buscó su mano, que estaba agarrada al borde de la tina.

—Ten. Es para ti.

Lara sintió que ponía un pequeño objeto en la palma de su mano. Lo apretó entre sus dedos.

—Podrías haber esperado a que terminara de bañarme —comentó.

—¿Y correr el riesgo de no verte así? —Rió, intranquilo, y se alejó de la tina, como si ya no confiara en el dominio de sí mismo.

Lara abrió los dedos mojados y contempló el anillo de oro que tenía en la mano, una ancha banda de oro que tenía engarzado un diamante en forma de rosa. El simple engarce resaltaba la imponente belleza del diamante blanco.

—Oh... —exclamó en voz baja, sin poder quitar los ojos de la deslumbrante joya, incapaz de dar crédito a lo que veía.

—Si no recuerdo mal, nunca tuviste un anillo de compromiso —comentó Hunter como de paso.

Lara siguió mirando la centelleante gema que tenía en la mano y preguntó:

—Pero... ¿Es prudente hacer semejante gasto en nuestras circunstancias?

—Podemos permitírnoslo —contestó él con brusquedad, como si estuviera fastidiado—. Déjame a mí esas preocupaciones. Si no te gusta, podemos cambiarlo por algo que te agrade más.

—No, yo... No. Es muy hermoso. —Titubeante, Lara deslizó la gema, que pesaba al menos cuatro quilates, en su dedo. La sortija se adaptó perfectamente en el dedo anular, y su misma magnificencia pareció conferirle un aire irreal. Le causaba una sensación extraña llevar una sortija después de tanto tiempo de sentir la mano desnuda. Finalmente, se atrevió a mirar a Hunter. Él permanecía inexpresivo, pero su postura delataba la tensión que lo embargaba. Al ver la tímida sonrisa de Lara, pareció relajarse.

—Nunca me habías regalado nada semejante —dijo ella—. Apenas sé qué decir.

—Puedes agradecérmelo después —respondió Hunter, recuperando su habitual jocosidad—. Creo que ya sabes cómo. —Salió de la habitación con una arrogante carcajada masculina, y entonces el tímido deleite de Lara se transformó en fastidio. Debería haber sospechado que Hunter iba a estropear un momento tan tierno recordándole el tremendo pacto que habían sellado.

Lara volvió a sumergirse en la tina y levantó la mano para observar la sortija con detenimiento. Era una joya digna de una reina. ¿Por qué le habría regalado Hunter algo de tan incalculable valor? Sospechaba que la sortija era una especie de declaración de propiedad... O tal vez quisiera demostrarle a varios conocidos y nobles que de ninguna manera estaba en la ruina. ¿O quería quizá, simplemente, ganar su corazón y predisponerla hacia él? Lara meneó la cabeza, sin saber qué pensar. Alzó los ojos hasta la puerta cerrada.

—No te comprendo, milord —se dijo en voz alta—. Nunca lo he hecho... Y aparentemente nunca lo haré.

El trabajo de Posibilidad Smith en Hawksworth Hall estaba lejos de finalizar, pero él ya se había ganado sus honorarios con creces, tan sólo con lo realizado en el salón de baile. Habían desaparecido los negritos de mármol de túnicas rosadas y el recargado y grotesco laminado en oro. La habitación se veía ahora luminosa y fresca; sus paredes estaban pintadas de color crema, coronadas por un delicado trabajo de yesería, y la fila de altos ventanales estaba decorada con columnas de mármol color ámbar. Del techo colgaban cuatro inmensas arañas, adornadas con sartas de cuentas de cristal que iluminaban los suelos de parqué y le sacaban destellos refulgentes.

Siguiendo las instrucciones de Lara, el jardinero, el señor Moody, había preparado unos enormes arreglos florales compuestos por rosas, lilas y capullos exóticos, que habían sido dispuestos a lo largo y ancho de toda la estancia. Su embriagadora fragancia flotaba en el aire como una brisa primaveral que entrara por los ventanales, abiertos de par en par.

La noche del baile había llegado rápidamente... Demasiado rápidamente para Lara.

Deseaba con ilusión que la velada fuera un éxito. Si se guiaba por las respuestas entusiastas que habían merecido las invitaciones, no cabía duda de que sería un baile muy concurrido. Lara planeaba utilizar todos los medios a su alcance para recolectar suficientes fondos para el orfanato, y asegurarse así de que no quedaran más niños obligados a vivir en las cárceles inglesas. Tenía la esperanza de que Hunter cumpliera con su parte y atendiera a los invitados, y los entretuviera con los relatos de su milagroso regreso de la India.

—Prométeme que harás lo posible por mostrarte encantador —le había rogado Lara un rato antes—. Y que no te burlarás si alguien te hace alguna pregunta tonta...

—Yo sé lo que tengo que hacer —había interrumpido Hunter ásperamente, dejando que se le escapara un gesto de impaciencia por todo el asunto—. Desempeñaré mi papel a entera satisfacción de todo el mundo. Siempre y cuando tú cumplas con tus obligaciones después.

Consciente de cuál era el tema al que se refería, Lara se mordió los labios y le dirigió una mirada fugaz. Era la primera vez en casi un mes que Hunter había tenido el mal gusto de recordarle su pacto. Se consoló pensando que cuando llegara la una de la madrugada Hunter estaría demasiado ocupado con alguna otra mujer como para dedicarle un solo pensamiento.

Asistida por Naomi, Lara se bañó con tiempo en agua caliente perfumada a la lavanda y se frotó brazos, cuello y hombros con crema suavizante. Un suave toque de purpurina puso un brillo traslúcido sobre su rostro, y una aplicación de ungüento rosado sobre los labios les otorgó un aspecto fresco y colorido. Naomi le recogió el cabello en una trenza, que enrolló sobre su cabeza, y que ofrecía el aspecto de una corona color caoba, y lo embelleció después con unas horquillas adornadas con perlas.

El traje de Lara era sencillo pero bellísimo: consistía en una especie de funda blanca sobre la que flotaba una sobrefalda de gasa color plata. El escote era llamativamente abierto, y las mangas no eran más que unas bandas transparentes de encaje plateado. Era un vestido elegante, pero un tanto atrevido. Originariamente había sido mucho más circunspecto, antes de que ella, con algo de precipitación, le ordenara a la modista que le hiciera el escote más profundo.

Se contempló en el espejo con nuevo ojo crítico y dijo:

—A Dios gracias, tengo tiempo de cambiarme.

—¡Oh, milady, pero no debe hacerlo! —exclamó

Naomi—. Es el vestido más adorable que he visto en mi vida, y con él luce usted como un cuadro.

—El cuadro de la indecencia —dijo Lara riendo mientras se ajustaba, incómoda, el corpiño—. En cualquier momento se me sale.

—Lady Crossland usaba vestidos mucho más escotados que ése, y lo hacía sin pestañear. Es la moda.

Sin mencionar el hecho de que Janet era la clase de mujer que tenía un espejo en el techo de su dormitorio, Lara negó con la cabeza.

—Tráeme el vestido rosa, Naomi. Me quitaré las perlas de la cabeza y me adornaré con una flor.

Cuando la doncella abría la boca para cuestionar su orden, Johnny irrumpió en la habitación, lanzando gritos y chillidos de placer.

—¡Cuidado! ¡Ahí viene! —exclamó, y zambulló la cabeza en las faldas de Lara.

Azorada, Lara levantó la vista cuando un rugido parecido al de un tigre resonó en el pasillo, y entonces Hunter apareció en la puerta. Se acercó a Lara, con felina velocidad, y apresó al niño. Lo levantó en sus brazos y fingió darle mordiscos de animal furioso, mientras Johnny se retorcía, chillaba y reía.

—Otra vez están jugando a la caza del tigre en la India —le explicó Naomi a Lara—. Han estado así toda la semana.

Lara contempló a la pareja, sonriendo. Últimamente, Johnny había comenzado a desplegar una energía arrolladora, equivalente a la de diez niños juntos. Era un imitador nato, y había respondido muy bien a los esfuerzos de Lara por enseñarle buenos modales. Le gustaban los juegos de todas clases, y utilizaba su inteligencia natural para apañárselas en todos.

Vestido con una chaqueta corta color celeste y pantalones azul marino, y con la omnipresente gorra adornada con botones de latón, no podía decirse que Johnny fuera un niño venido de los albañales. Era guapo, sano, y adorable. Y era de ella.

A Lara no le importaba lo que los demás pensaran de la situación, o cuántas cejas desdeñosas se alzaran ante ellos. Ni le importaría en el futuro, cuando sin duda la gente difundiría sucios rumores acerca de los orígenes de Johnny, e insinuaría que era hijo ilegítimo de ella, o de Hunter. ¿Cómo podía importarle? Había sido bendecida con la posibilidad de cuidar de un niño, de amarlo, y eso era precisamente lo que se proponía hacer.

Lo que no había esperado, sin embargo, era el vínculo de Hunter con Johnny. A pesar de su falta de experiencia con niños y de su resistencia inicial a la presencia de Johnny en la casa, él parecía comprender al niño mucho mejor que la propia Lara. Había aprendido pronto el misterioso lenguaje de las ranas, las tortas de barro, los palos, los roedores y las piedras que tanto gustaban a los niños pequeños. Juegos de persecuciones y desafíos, luchas, historias escalofriantes... Hunter conocía interminables maneras de conquistar la atención y el cariño de Johnny.

—Me gusta el chico —había reconocido sin ambages un día en que Lara se animó a mencionar su aparente apego al niño—. ¿Y por qué no? Lo prefiero a él antes que a ninguna de esas criaturas pasivas y delicadas que salen de la mayoría de las guarderías aristocráticas.

—Yo creía que no lo querrías porque no es tuyo —había dicho Lara con franqueza.

Hunter le había dirigido una sonrisa sardónica antes de decir:

—Como alguna vez señalaste, su falta de buenos antecedentes familiares no es culpa de él. Y el hecho de tener sangre Crossland en las venas no garantiza que un niño se convierta en un dechado de virtudes. Yo mismo soy prueba viviente de ello.

Johnny se liberó, retorciéndose, de los brazos de Hunter, y se volvió a acercar a Lara. Sus ojos azules se abrieron con interés y admiración al contemplar su traje de noche.

—Te ves muy bella, mamá.

—Gracias, querido. —Lara se agachó y lo abrazó, poniendo buen cuidado en no mirar ni a Hunter ni a Naomi. Como Johnny no tenía recuerdos de su propia madre, había empezado tímidamente a llamar «mamá» a Lara, y ésta no lo había disuadido. Sabía que aquello turbaba a la servidumbre, pero nadie se había atrevido a mencionarlo siquiera. En cuanto a la reacción de Hunter, éste se guardó su opinión para sí mismo.

Johnny tomó un pliegue de la tela color plata, frotándolo entre el pulgar y el índice.

—¡Parece metal, pero es suave! —exclamó.

Lara se echó a reír y le enderezó la gorra.

—Ya casi es la hora de ir a la cama. Naomi te ayudará a lavarte y ponerte la camisa de noche, y yo iré dentro de unos minutos para rezar las oraciones contigo.

El niño frunció las cejas, enfurruñado.

—Quiero ver el baile.

Lara sonrió, porque comprendía la curiosidad de Johnny ante tan extraños acontecimientos. Durante los últimos días había observado los preparativos para el baile, las flores y los motivos decorativos que llegaban a la casa, las sillas y atriles dispuestos para los músicos, así como los laboriosos esfuerzos del personal de la cocina.

—Cuando seas más grande, podrás tener tu propio baile para niños —le dijo ella—. Y cuando seas adulto, podrás asistir a todos los bailes que quieras... Aunque para entonces, mucho me temo que harás ya cuanto puedas por evitarlos.

—No seré adulto hasta dentro de años y años —protestó Johnny, que recibió el sonriente beso de Lara mientras iba tras Naomi, quien lo acompañó fuera de la habitación.

A solas con Hunter, Lara estuvo finalmente en condiciones de dedicarle su atención.

—Oh —exclamó en voz baja, al recibir de lleno el impacto de ver a su esposo con su traje de noche, una visión digna de contemplar.

Mientras se acomodaba el chaleco de damasco color crema y se ajustaba la nívea corbata, Hunter miró a su vez a Lara, exhibiendo una irónica sonrisa. Sus pantalones, también de color crema, eran ajustados pero no apretados, y su chaqueta azul marino seguía las líneas de sus anchos hombros y de su cuerpo espigado y musculoso, con una precisión que quitaba el aliento. Llevaba el cabello corto, peinado hacia atrás, y algunos de sus mechones castaños brillaban con reflejos dorados. En las últimas semanas, su piel había perdido su insólito tono cobrizo y se había transformado en un suave y claro color ámbar.

Un hombre educado, completamente civilizado, podía pensarse a primera vista... Pero una mirada más atenta descubría en él algo exótico y misterioso.

Mientras lo contemplaba, Lara experimentó un momento de duda que logró asustarla.

Tenía que ser su esposo, se dijo. Poseía la inconfundible apariencia de los Crossland. Además, ningún desconocido habría llegado tan lejos, engañando a los amigos de Hunter, a su familia y a su propia esposa, y atreviéndose a enfrentarse aquella misma noche a toda la sociedad... Eso estaría más allá de toda audacia. Bordearía la locura. Tenía que ser Hunter. Luchando vanamente contra el súbito ataque de ansiedad, Lara evitó mirarlo a los ojos.

—Muy presentable —comentó con tono ligero.

Él se acercó y la tocó. Sus dedos recorrieron su brazo desnudo, el borde del cuello, y se detuvieron sobre la elevada curva de su pecho izquierdo. Lara no pudo evitar la salvaje celeridad de los latidos de su corazón, la reacción incontrolable que la hacía desear apretar todo su cuerpo contra el de él. Permaneció inmóvil, temblando ligeramente por el esfuerzo de contenerse, confundida, anhelante y alarmada.

—Eres la mujer más hermosa que he visto en mi vida —dijo Hunter—. Más hermosa que nada ni nadie en el mundo. —Se inclinó, acercándose aún más a ella, y Lara pudo sentir aquella boca contra su sien—. Con este vestido necesitas más perlas, en el cuello, la cintura, las muñecas... Algún día te cubriré toda con perlas.

Las manos de Lara se agitaron, caídas a ambos lados de su cuerpo. Ansió ponerlas sobre él, tocarlo, pero cerró los puños para mantenerlas en su sitio. La sortija con el diamante se le había dado la vuelta en el dedo, y la gema en forma de rosa descansaba, ligera, sobre la palma de su mano.

—No tienes que darme más joyas —dijo.

—Te regalaré media Inglaterra antes de darme por satisfecho. Volveré a construir nuestra fortuna, la haré diez veces mayor... Tendrás todo lo que siempre has deseado. Joyas, tierras... una docena de casas llenas de huérfanos.

Lara miró directamente hacia sus oscuros ojos burlones, y para gran alivio suyo, la sombra de la duda pareció desvanecerse. Seguía nerviosa; esperaba que su plan para distraerlo aquella noche funcionara. Pero lo otro, la sospecha sobre su identidad, le pareció de pronto ridícula.

—Todo lo que pido es ayuda para sólo doce huérfanos —replicó—. Aunque me gustaría agrandar el orfanato lo suficiente como para recibir cómodamente al doble de esa cantidad. No dudo de que encontráramos fácilmente niños para llenar el espacio sobrante.

Hunter, sonriendo, meneó la cabeza.

—Que Dios ayude a quien se interponga en tu camino. Incluido yo. —Jugueteó con una de las perlas que Lara llevaba en su cabello y acarició la brillante trenza que le coronaba la cabeza—. ¿Por qué te has vuelto tan partidaria de los niños? —murmuró—. ¿Porque eres estéril?

Era extraño; la palabra que alguna vez la hiriera tan profundamente había perdido ya su capacidad de lastimarla. En cierto sentido, la actitud realista y práctica de Hunter parecía absolverla de la culpa y la desdicha que antes sintiera. La esterilidad no era culpa de ella, y no obstante, siempre se había sentido responsable.

—No lo sé —respondió—. Es sólo que hay demasiados niños que necesitan de alguien que los ayude. Y si no puedo ser madre, seré al menos una especie de benefactora.

Hunter dio un paso atrás y la contempló. Su mirada era tan clara y profunda que varias lucecitas color canela parecieron titilar en sus iris castaños.

—Recuerda lo que va a suceder a la una —dijo en voz baja, sin sombra de burla o diversión.

El estómago de Lara pareció revolverse; sus nervios se pusieron de punta. Logró asentir ligeramente con la cabeza, bajando la barbilla.

Dio la impresión de que Hunter fuera a decir algo más, pero el instinto le indicó dejar las cosas como estaban y permaneció en silencio. Le devolvió el gesto con otro igual de cauteloso, y Lara se dio cuenta de que Hunter temía que ella no respetara el pacto. La idea le provocó un súbito interés... ¿Qué haría Hunter si ella simplemente se negaba a acostarse con él? ¿Se pondría indignado, exigente, resentido? ¿Trataría de seducirla, o de violarla, o se limitaría a ignorarla?

Los carruajes formaban fila en el sendero de entrada a Hawksworth Hall, en tanto decenas de sirvientes y lacayos trabajaban, con callada eficiencia, para acompañar a los miembros de la alta sociedad desde sus vehículos hasta el vestíbulo de entrada. Lara y Hunter aguardaban juntos en la puerta principal, donde saludaban e intercambiaban gentilezas con cada recién llegado. Hunter cumplía con sus obligaciones con competencia y encanto, pero Lara podía percibir la tensión que lo embargaba, una reprimida impaciencia que delataba su deseo de encontrarse en cualquier otra parte.

En el salón de baile y los salones circundantes resonaban las conversaciones y las risas de los invitados, que intercambiaban frases ingeniosas con exquisita urbanidad. Pululaban alrededor de una hilera de mesas bien provistas de platos fríos, y llenaban los platos de porcelana con carnes, budines, huevos rellenos con caviar, pasteles, ensaladas, frutas exóticas y confituras de mazapán. El sonido del descorche de botellas de vino y de champaña suministraba una música de fondo al encantado zumbido de los invitados, en tanto una música ligera salía del palco de los músicos, que se encontraba en lo alto del salón.

—¡Encantador! —exclamó Rachel, reuniéndose con Lara en cuanto pudo moverse con libertad entre los invitados. Lara tuvo la impresión de que su hermana había perdido peso. Sus huesos delicados eran demasiado prominentes. Aun así, Rachel era excepcionalmente bella, con su cutis blanco y aquellos ojos de una vertiginosa mezcla de verde, castaño y dorado. La seda color ámbar de su vestido caía suavemente alrededor de su esbelta figura, y el borde ondulado de la falda apenas cubría las pequeñas sandalias doradas que adornaban sus pies.

A Lara le divirtió ver que varios hombres estaban contemplando sin disimulo a su hermana, a pesar de que se trataba de una mujer casada. Claro que, los caballeros de la nobleza no se dejaban arredrar por insignificancias tales como el voto matrimonial. Ella misma estaba recibiendo también miradas de admiración, a pesar de que las ignoraba con actitud fría. Los hombres que ahora le dirigían miradas y comentarios galantes eran los mismos que la habían evitado como a la peste cuando era una viuda empobrecida.

—Creo que es el acontecimiento más importante que haya visto jamás en Lincolnshire —dijo Rachel con entusiasmo—. Lo has organizado de manera brillante, Larissa. Eres la misma maravillosa anfitriona de siempre.

—He perdido práctica un tiempo —comentó Lara, encogiéndose de hombros con actitud resignada.

—Pues nadie lo diría. —Rachel dirigió una mirada subrepticia a su alrededor, y bajó la voz antes de preguntar—: ¿Ha llegado ya ella?

No había, ciertamente, necesidad de preguntar a quién se refería Rachel. Lara había estado vigilando la puerta como un halcón durante las últimas dos horas. Negó con la cabeza e hizo una mueca.

—No, todavía no —contestó.

—Tal vez no venga —sugirió Rachel, con tono vacilante.

—Tiene que venir —replicó Lara, implacable—. Aunque no fuera por otra cosa que por curiosidad.

—Así lo espero.

La conversación fue interrumpida por la llegada de lord Tufton, un joven y tímido vizconde que alguna vez había solicitado la mano de Rachel, pero acabó siendo eclipsado por la fortuna y la posición de Lonsdale.

Lonsdale, de más joven, había parecido un príncipe, con su contextura atlética, su morena apostura y su aura de virilidad. Tufton, por el contrario, era una menuda rata de biblioteca, que se encontraba mucho más cómodo en reuniones íntimas que en fiestas tan fastuosas. Era amable e inteligente, y su devoción por Rachel parecía no haber disminuido en los años que llevaba casada con Lonsdale. Por aquel entonces también Lara había creído, como todos los demás, que Lonsdale era mucho mejor partido para su hermana. En la actualidad, se decía tristemente que Rachel quizás hubiera sido mucho más feliz con aquel hombre dulce y tímido que con un bruto como Lonsdale.

Después de saludar a ambas, Tufton dirigió a Rachel una sonrisa esperanzada.

—Lady Lonsdale —murmuró—, ¿me haría el honor... o sea, consideraría...?

—¿Está pidiéndome que reserve un baile para usted, lord Tufton? —preguntó ella.

—Sí —respondió él con ostensible alivio.

Rachel le sonrió.

—Milord, me agradaría mucho que...

—Hola, querida. —Para consternación de todos, la voz de lord Lonsdale interrumpió la respuesta de Rachel. Le pasó el brazo por la cintura y apretó hasta que Lara vio que su hermana hacía una mueca. La dura mirada de Lonsdale pareció taladrar los dulces ojos castaños de Tufton—. Mi esposa ha reservado todos los bailes para mí, Tufton... Esta noche y todas las noches posteriores. Ahórrese el bochorno de un rechazo evitando volver a acercarse a ella. Y dígaselo a cualquier otro que desee jadear y babearse frente a mi mujer.

Lord Tufton se sonrojó y, balbuceando excusas, emprendió una retirada estratégica hasta el otro extremo de la sala.

Lara dirigió a Lonsdale una mirada interrogante, preguntándose qué sería lo que había provocado un comportamiento tan rudo de su parte.

—Lord Lonsdale —señaló con frialdad—, es perfectamente normal que una mujer casada se permita bailar una o dos piezas inofensivas con otro hombre.

—Manejo a mi esposa como me parece conveniente, y te agradeceré que no interfieras. Con su permiso..., señoras. —Lonsdale les dirigió una mirada burlona, como si el calificativo no fuera aplicable a las dos hermanas, y partió, después de hacerle un último comentario a su esposa—: Trata de no comportarte como una meretriz, ¿de acuerdo?

Cuando finalmente se alejó, las hermanas quedaron sumidas en un largo silencio.

—¿Te ha llamado «meretriz»? —logró articular Lara, blanca como el papel.

—Es que está celoso —murmuró Rachel, con los ojos fijos en el suelo. Parecía una flor marchita, y todo su encantador brillo se había esfumado.

Lara hervía de furia.

—¿Y de qué tiene que estar celoso Lonsdale? Sin duda, jamás podría acusarte de infidelidad, pues tú eres la más dulce y honorable mujer del mundo, mientras que él es un hipócrita deleznable...

—Larissa, por favor. Baja la voz, a menos que quieras provocar una escena en tu propio baile.

—No puedo evitarlo —contestó Lara—. Detesto la forma en que te trata. Si yo fuera hombre, lo golpearía hasta dejarlo hecho puré, o lo retaría a duelo, o...

—No quiero hablar de ello. Aquí, no. —Amurallada tras una calma artificial, Rachel se alejó, como si fuera incapaz de soportar una sola palabra más.

Lara retrocedió, ardiendo de indignación, hasta un rincón de la estancia donde podía sulfurarse en privado. Aceptó una copa de champaña que llevaba un lacayo en una bandeja y la bebió demasiado rápidamente, lo que le provocó hipo. El champaña no era una bebida fácil de digerir.

Mientras hacía girar la copa vacía entre los dedos, vio que su esposo se acercaba. Hunter exhibía la misma sonrisa suave de dos horas atrás. Tal como él mismo había predicho, era el foco de la atención de todos. Tanto las viejas como las nuevas relaciones estaban ostensiblemente fascinadas con él, y no dudaban en adularlo, interrogarlo y fastidiarlo, comportándose como un enjambre de moscardones.

—¿Lo estás pasando bien? —le preguntó Lara, aunque ya sabía la respuesta.

La remilgada sonrisa social de Hunter no cedió.

—Inmensamente. Hay montones de idiotas por todas partes.

—Bebe un poco de champaña —le aconsejó Lara, disgustada con el sentimiento que la había asaltado, una suerte de camaradería. Era como si ambos compartieran cierto entendimiento que excluía al resto del mundo—. Hace que todo parezca más fácil. —Señaló su copa—. Al menos, eso es lo que espero.

—No me gusta el champaña.

—Entonces bebe ponche.

—Te preferiría a ti.

Sus miradas se encontraron, y Lara descubrió que aquel comentario burlón la había afectado mucho más que el champaña. Se sintió insegura, mareada, al borde del peligro. Advirtió que él estaba esperando, aguardando a que llegara la una de la madrugada, que sería cuando ella caería indefensa en sus brazos. El instinto le indicó dar media vuelta y echar a correr... Pero no había ningún sitio hacia el que correr allí dentro. Aspiró profundamente, pero siguió sintiéndose sofocada.

Con gran gentileza, Hunter le quitó la copa de las manos, llamó con un gesto a un criado y la dejó sobre la bandeja de plata.

—¿Otra más? —preguntó éste, y Lara, muy tiesa, asintió.

Su mano enguantada se cerró alrededor del pie de la nueva copa, la cual bebió tan rápidamente como la primera, con idénticos resultados. Las chispeantes burbujas parecieron flotar en su cabeza, y tuvo que cubrirse la boca con la mano para evitar un nuevo ataque de hipo.

Los castaños ojos de Hunter brillaron, alegres.

—No va a funcionar, cariño —dijo.

—¿Qué es lo que no va a funcionar?

—Puedes beber hasta quedar como una cuba... Pero yo no cejaré hasta hacerte cumplir nuestro pacto.

Ella le dirigió una mirada de enfurecido fastidio.

—No tengo semejante plan en mente. Sin embargo, voy a beber tanto champaña como quiera. Después de todo, no atino a recordar una sola vez en la que hayas acudido sobrio a mi lecho.

Hunter eludió su mirada y apretó los labios, en lo que podía ser un gesto de enfado o de pesar.

—Lamento todo aquello —dijo con voz ronca, paseando la mirada por la habitación como si el comentario de Lara lo hubiera puesto incómodo—. Lara, yo...

Algo distrajo su atención y se interrumpió en mitad de la frase. No parecía sorprendido sino absorto... Como si de pronto estuviera ocupado en resolver un importante enigma. Lara siguió su mirada fija, y todo el cuerpo se le crispó al ver a quién estaba contemplando.

Una mujer muy alta se encontraba cerca de la puerta. Su atractivo era del tipo que la gente llamaba «clase» y no «belleza». Era esbelta, de huesos largos, con los brazos algo musculosos a causa de la devoción a las actividades al aire libre, tales como la cetrería, la caza y la arquería. Una mujer de armas tomar. Sus facciones fuertes, casi severas, se veían compensadas por su espesa cabellera castaña, sus ojos color jerez y su boca exquisitamente curva. El vestido color crema se recogía sobre uno de los hombros y dejaba el otro al desnudo, y caía sobre su figura estatuaria en un estilo que cualquier diosa griega envidiaría.

Lara quedó desconcertada ante la evidente falta de reconocimiento en la expresión de Hunter. Éste miró alrededor de la habitación y captó el montón de miradas curiosas que se congregaban sobre él, la forma en que todos aguardaban su reacción. Entonces volvió a mirar a la mujer, que le dirigió una sonrisa trémula.

Súbitamente, pareció reconocer la identidad de ésta, y le asestó a Lara una mirada de helada furia.

—Maldita seas —murmuró, y se dirigió hacia donde se encontraba su antigua amante, lady Carlysle.

Lara sintió cientos de miradas posadas sobre ella a medida que se desarrollaba la escena. El rumor de los comentarios —divertidos, conmiserativos, fascinados—, amenazó con tapar la labor de los músicos. Lara, absorta, apenas si fue consciente de la llegada de su hermana.

—Todo marcha conforme al plan —comentó Rachel tratando de fingir que nada extraordinario había pasado—. Trata de sonreír, Lara... Están todos mirándote.

Lara obedeció y curvó los labios en un remedo de sonrisa, pero la supo rígida y forzada.

—¿Por qué tienes un aspecto tan raro, querida? —preguntó Rachel en voz baja—. Se ha acercado a ella, tal como planeaste. Es lo que querías, ¿no es así?

Sí, era lo que ella quería... ¿Pero cómo podía explicarle que todo le parecía un terrible error? ¿Cómo podía explicarle el horrible momento en el que Hunter pareció no reconocer a su antigua amante? Tenía que deberse a que había quedado impresionado por la inesperada visión..., sumado al hecho de que no había visto a lady Carlysle en más de tres años. Por eso le había tomado varios segundos reaccionar.

Lara aspiró con fuerza, procurando serenarse, pero la presión en el pecho no cedió. Había logrado su objetivo al volver a juntar a Hunter con lady Carlysle. Ahora, su vieja pasión volvería a encenderse y Lara viviría de nuevo en paz. Era exactamente lo que quería.

¿Por qué, entonces, se sentía tan traicionada? ¿Por qué tenía la sensación de haber cometido un error imperdonable?

—Ven, dame eso. —Rachel tomó la copa vacía de champaña—. Estás a punto de romper el pie en dos —dijo, y observó atentamente el rostro de Lara—. Querida, ¿qué pasa? ¿Puedo ayudarte?

—Aquí hace mucho calor —dijo Lara con voz espesa—. No me siento bien. Haz las veces de anfitriona, Rachel, sólo por algunos minutos. Asegúrate de que todo funcione sobre ruedas hasta que regrese.

—Sí, desde luego. —Rachel le apretó la mano—. Todo irá bien, querida.

—Gracias —susurró Lara, sin creerla ni por un momento.

14

Hunter había visto la inconfundible expresión de culpa en el rostro de Lara, y en un instante se dio cuenta de lo que estaba pasando. Se sentía lleno de furia por haber sido manipulado por su propia esposa. Supo, como ante una irónica revelación, que debería haber esperado una maniobra semejante. Lara era una mujer inteligente y obstinada, que haría cualquier cosa antes que rendirse ante él. Había sido una idea brillante la de organizar un encuentro público con su antigua amante, y el sentido de la oportunidad de Lara digno de admirar. Seguramente, ella esperaba que estuviera ocupado con lady Carlysle, de una manera u otra, durante el resto de la noche.

Apenas podía esperar el momento de aclararle algunas cosas importantes a su esposa.

Mientras tanto, sin embargo, tendría que vérselas con lady Carlysle, algo que había procurado evitar desde que llegara a Inglaterra. Una sonrisa fiera apareció en sus labios.

—Pagarás por esto, amor mío —murmuró entre dientes, y cuadró los hombros al aproximarse a lady Carlysle—. ¡Esther! —exclamó, inclinándose sobre la mano de la mujer, que sostuvo en la suya un segundo más de lo estrictamente correcto. Los dedos enguantados de lady Carlysle eran largos y fuertes, y su apretón inusualmente firme. Pudo percibir de golpe el atractivo de aquella mujer tan directa, que jamás le pediría a ningún hombre que fuera un héroe, sino tan sólo un compañero. Salvo que... Todo hombre sentía la necesidad de ser un héroe de vez en cuando, de ofrecer su fuerza y su protección a una mujer... Y ni miles de años de civilización lograrían desterrar aquel impulso.

—Bribón sin corazón —murmuró lady Carlysle, aunque sus ojos pardos estaban llenos de calidez y afecto—. ¿Por qué no viniste a verme? Te he esperado desde que me enteré de tu regreso de Oriente. —Le dio un ligero apretón en los dedos, y retiró al fin la mano.

—Y habría elegido un momento más íntimo que éste —respondió él con una leve sonrisa.

—La hora y el lugar no han sido elección mía. Nuestra querida Larissa me persuadió, mediante una carta encantadora, para que viniera.

—¿Oh, sí? —dijo Hunter en tono agradable, ansiando buscar a su entrometida esposa y estrangularla—. ¿Y qué te decía en la carta exactamente, Esther?

—Oh, algo entre líneas, sugiriendo que deseaba que fueras feliz después de todo lo que habías pasado... Y que pensaba que yo era necesaria para esa felicidad. —Buscó su mirada y la sostuvo. Su altura hizo innecesario que alzara los ojos para mirarlo—. ¿Estaba en lo cierto, milord? —Viniendo de otra mujer, la pregunta habría sonado tan sólo remilgada, pero ella le confirió una discreta seriedad que conmovió a Hunter.

Al diablo con el baile y los invitados de mirada ávida, pensó de súbito. Que lo condenaran si lastimaba a aquella mujer delante de todos. Ya les había proporcionado entretenimiento suficiente, a costa exclusivamente suya.

—Hablemos —dijo impulsivamente, mientras la tomaba del brazo para salir del salón de baile.

Lady Carlysle soltó una comedida carcajada de placer, y lo acompañó de buena gana.

—Ya estamos hablando, mi querido.

Hunter la llevó a la biblioteca y cerró las puertas. Los rodeó la acogedora atmósfera de la madera lustrada, el olor de los libros, el cuero y el licor. Hunter echó el cerrojo, y luchó contra una repentina y pavorosa premonición. Maldijo a Lara en silencio por haberlo puesto en semejante situación.

—Esther... —empezó a decirle, frente a ella.

Lady Carlysle sonrió y extendió los brazos.

—Bienvenido a casa. ¡Oh, cuánto tiempo hace!

Hunter vaciló y fue hacia ella. Era una mujer agradable, atractiva, pero al sentir sus brazos en torno a él y su largo cuerpo apretado contra el suyo, se puso tenso. Ella no era la mujer que había deseado y con la que había soñado, y no se daría por satisfecho con nadie más que con Lara.

Afortunadamente, lady Carlysle no intentó besarlo. Echó la cabeza hacia atrás y sonrió.

—Estás demasiado delgado —dijo—. Añoro la sensación de tus brazos rodeándome. Era como ser abrazada por un enorme oso. Prométeme que comerás un bistec todas las noches hasta que hayas recuperado tu anterior figura.

Hunter no le devolvió la sonrisa, sino que se limitó a mirarla mientras buscaba las palabras para decirle que ya no tenía más interés en ella. Por Dios, habría sido más fácil si ella le disgustara, pero el respeto que le inspiraba era, definitivamente, un impedimento.

Tal como fueron las cosas, las explicaciones acabaron siendo innecesarias. Lady Carlysle pudo leerlo en su expresión, o en la falta de ella. Aflojó su amistoso abrazo y dejó caer los brazos.

—No me quieres, ¿verdad? —preguntó, con tono de incredulidad.

En sus ojos podía verse una expresión de desconcierto y dolor, pero Hunter logró, de alguna manera, obligarse a sostenerle la mirada.

—Quiero una nueva oportunidad con mi esposa —contestó con voz ronca.

—¿Con Lara...? —Ella se quedó con la boca abierta—. Si querías librarte de mí, Hawksworth, sólo tenías que decirlo, y punto. Pero no me insultes con mentiras.

—¿Y por qué no tendría que querer a mi propia esposa?

—¡Porque es la última mujer que desearías! Recuerdo las incontables veces en que nos reímos de ella. Solías despreciar a criaturas tan delicadas... Decías que Lara era informe y fría como una medusa. ¿Y ahora esperas que crea que sientes algo por ella? Ella no duraría contigo más de cinco minutos... ¡Nunca pudo hacerlo!

—Las cosas han cambiado, Esther.

—Diría que sí —dijo ella—. Yo... —Lo miró y empezó a cambiar de expresión. El saludable brillo de su piel quedó menguado por una repentina palidez—. Oh, no —susurró—. Oh, debería haberlo sabido...

—¿Qué pasa? —Hunter se le acercó, movido por la preocupación, pero ella se apartó de golpe, soltando un gemido sofocado. La mujer dirigió una mirada desesperada a la puerta y pensó brevemente en escapar, pero en lugar de eso se acercó finalmente a una silla. Se desplomó sobre ella, como si le hubieran cortado las piernas.

—Un trago —pidió, mirándolo con auténtico espanto—. Por favor.

Hunter sabía que debía sentir remordimientos por la evidente aflicción de Esther, pero lo que sintió fue una intolerable impaciencia. «Maldita seas —pensó con

232

crueldad—. ¿Cuántos problemas vas a traerme? Sacó una copa del aparador, sirvió en ella una generosa ración de coñac y se la llevó, sin molestarse en la cortesía de calentar previamente la copa entre sus manos.

Lady Carlysle aceptó el trago, y bebió hasta que el color retornó a su rostro.

—Dios mío... —murmuró, mirándolo con extrañeza—. No sé por qué fui tan tonta como para abrigar esperanzas. Hunter no sobrevivió al naufragio. Está muerto. Y, de alguna manera, usted ha logrado tomar su lugar. —Se le llenaron los ojos de lágrimas, pero se las secó con impaciencia—. Usted no es Hawksworth. No es ni la mitad de hombre que era él.

La acusación lo llenó de una fría furia, pero su respuesta fue serena y calma.

—Estás perturbada.

—¡Y es usted tan condenadamente convincente! —exclamó ella—. Pero Hawksworth jamás habría preferido a Lara antes que a mí. Él me amaba a mí, no a ella.

—A veces, el amor se termina —respondió Hunter. La simpatía inicial que había sentido por ella estaba desvaneciéndose rápidamente. Era difícil entender por qué estaba tan segura de su superioridad sobre Lara.

La pena de lady Carlysle quedó superada con un nuevo trago de coñac, y entonces le dirigió una mirada gélida, de la clase de las que intercambiaban los hombres, pistolas de por medio, en los amaneceres.

—¿Quién diablos es usted?

—Soy lord Hawksworth —contestó él, como si estuviera hablándole al tonto del pueblo.

Ella rió amargamente.

—¿Y Lara le cree? Apostaría que sí, la muy cabeza de chorlito. Nunca entendió a Hawksworth, no dio un céntimo por él. Habrá sido muy fácil convencerla, especialmente dada la gran similitud de parecidos. Pero yo conocí a Hawksworth más que nadie en el mundo, y podría probar en menos de un minuto que es usted un impostor.

—Inténtalo —la invitó él.

De pronto ella pareció casi admirarlo.

—¡Qué temple tiene! Lo haría, si ganara algo con ello. Pero lo único que quiero en el mundo es a Hawksworth, y usted no me lo puede devolver. Aunque supongo que sería bastante satisfactorio oír cómo reconoce usted que es un impostor...

—Jamás escucharás nada semejante —le aseguró él—. Porque no es verdad.

—Sospecho, milord, que usted no reconocería la verdad ni aunque le mordieran los cojones. —Se incorporó y dejó a un lado la copa vacía. Su equilibrio era precario—. Buena suerte —dijo, aunque era evidente que le deseaba lo peor—. Es usted un charlatán de talento, y cualquiera que le crea se merece lo que él, o ella, reciba. Engáñelos a todos, si puede. Pero no me ha engañado a mí, y tampoco logrará convencer a la condesa viuda de que es usted su hijo. Ella pondrá fin a esta farsa cuando regrese de sus viajes.

—No sabes de lo que estás hablando.

—Oh, claro que lo sé. Y he aquí algo más para que reflexione: Larissa no es más que una bonita muñeca de cera. No va a obtener usted de ella más satisfacción de la que obtuvo Hawksworth. No tiene nada bajo la superficie, ¿comprende? Nada de calor, y muy poca inteligencia. Acostarse con ella no vale la pena.

—Esther —dijo él en voz baja—, creo que ya es hora de que te vayas.

—Sí. —Ella asintió sintiéndose furiosa, decepcionada y cansada—. Yo también lo creo.

Lara estaba sola, llena de agitación, en una sala para invitados que había, situada al lado del vestíbulo de entrada. Allí sentada, revivió una docena de veces la escena en el salón de baile, y se preguntó qué estarían haciendo en aquel momento Hunter y su antigua amante. Hacía ya rato que no se veía a la pareja. ¿Tendrían el mal gusto de arreglar un breve encuentro en aquella casa? No en vano, eran unos amantes apasionados que no se habían visto en tres años.

Un extraño sentimiento burbujeaba en su interior... los celos, que le dejaban un gesto agrio en la boca. La imagen de Hunter junto a lady Carlysle, sus manos deslizándose sobre el cuerpo de la mujer, sus ojos oscuros inclinados sobre los de ella... ¡Oh, era intolerable! ¿Por qué no podía sentir el alivio que tan ansiosamente había esperado?

Lara se puso en pie, gimiendo, y abandonó la sala. Se bebería una copa más y luego regresaría al salón de baile, donde fingiría que estaba encantada con la situación. Echaría la cabeza hacia atrás y reiría, y bailaría hasta que se le gastaran los zapatos. Nadie, ni siquiera su esposo, podría adivinar su turbación.

Pasó por el inmenso vestíbulo, y se detuvo para intercambiar cortesías con un par de mujeres que se dirigían a la galería de la planta baja, que era una zona habitualmente muy transitada, llena de cuadros, esculturas y largos bancos de mármol. Las mujeres se alejaron, del brazo, charlando animadamente, y Lara decidió dirigirse hacia la biblioteca. Sabía que Hunter mantenía bien provista allí su reserva de vinos y licores. Tomaría una copita de algo fuerte y se reuniría luego con sus invitados en el salón de baile.

Para su fastidio, vio que Hunter entraba en el vestíbulo en el mismo momento en que ella comenzaba a cruzarlo. Ambos se detuvieron, y se miraron el uno al otro, separados por pocos metros.

El rostro de Hunter se veía inexpresivo y duro como el granito... Pero el brillo oscuro de sus ojos delataba la apenas reprimida violencia que bullía en su interior. Lara se dio la vuelta para escapar. Hunter acortó la distancia entre ambos en pocos pasos, y la atrapó sin ningún esfuerzo. Cerró los dedos en torno a su brazo y la arrastró sin ninguna ceremonia. Su paso la obligó a correr tras él, farfullando protestas a cada paso.

—Milord... ¿Qué estás...? Detente, no puedo...

Hunter la arrastró hasta el oscuro rincón que había debajo de uno de los costados de la escalera... Era el sitio en el que a veces las sirvientas se juntaban con sus pretendientes, o los lacayos robaban besos a sus enamoradas. Lara nunca había imaginado que sería acosada en el mismo rincón. A pesar de sus jadeantes objeciones, quedó presa contra la pared por más de ochenta kilos de furia masculina. Una de las manos de Hunter se hundió en su elegante peinado, y la otra le apretó la cadera a través de la fina tela de su vestido.

La voz de Hunter estaba colmada de ira.

—Por alguna razón, no consigo recordar haber visto el nombre de lady Carlysle en la lista de invitados.

Al sentir el tirón en sus cabellos, Lara soltó una mueca de dolor.

—Creí que te hacía un favor.

—Al demonio con tus favores. Creíste que así te librarías de mí y de mis atenciones no deseadas.

—¿Dónde está lady Carlysle?

—Decidió marcharse, después de que le explicara que no tengo interés en ella. Y ahora, la única pregunta que queda es: ¿qué hago contigo?

—Podríamos regresar al salón de baile —consiguió

decir Lara—. La gente se preguntará dónde estamos.

—No parecías tan preocupada por las apariencias cuando arreglaste mi encuentro con lady Carlysle delante de todo el mundo.

—Quizá... Quizá podría haber sido más discreta...

—Quizá podrías haberte ocupado de tus propios y malditos asuntos. Quizá podrías haberme creído cuando te dije que ya no la quería.

—Lo siento —murmuró Lara, haciendo un esfuerzo para calmarlo—. Estuvo muy mal de mi parte. Ahora, si pudiéramos regresar al...

—No quiero una disculpa. —Hunter le echó la cabeza hacia atrás y la miró con expresión indignada, con ojos que refulgían como ascuas en la oscuridad—. Por Dios que podría torcerte el cuello si quisiera —murmuró—. Pero tengo otra manera de castigarte... Algo de lo cual voy a disfrutar muchísimo más.

Lara soltó un jadeo, acongojada, cuando la acercó más a él. La dura e inflamada protuberancia de su erección se apretó contra ella, mientras que la sólida pared de su pecho le aplastó prácticamente los senos.

—Aquí no —dijo agitada, muerta de pánico ante la idea de que algún sirviente o invitado pudiera pasar por allí—. Por favor, puede vernos alguien...

—¿Crees que me importa un comino? —gruñó él—. Eres mi esposa, «mía», y haré contigo lo que quiera. —Inclinó la cabeza y puso su boca contra la de ella, besándola con fiereza, con la lengua metida del todo en la boca de Lara. Lara forcejeó tan sólo un momento, hasta que el temor de ser descubierta bajo la escalera desapareció en una súbita oleada de placer.

Hunter la besó como si quisiera devorarla, con boca ávida y exploratoria, mientras le tomaba la nuca con la mano y la obligaba a permanecer quieta. El beso sabía a coñac y a aquella esencia picante que era únicamente suya. Lara cerró los puños en un vano intento por no abrazarlo, pero sus defensas cedieron cuando él se adueñó de su boca con besos hondos y deliciosos. Con un gemido, aferró sus anchos hombros y arqueó su cuerpo contra el de Hunter. Un solo minuto, y luego lo apartaría de ella. Un solo beso más, una sola caricia...

Hunter apartó su boca de la de ella y se quitó el guante derecho con los dientes. Lo dejó caer al suelo. Deslizó los dedos desnudos por el cuello de Lara, gozando de su delicada piel, y después los hundió en el borde de su escote. Tiró de la tela del corpiño con tanta brusquedad que Lara temió que pudiera romperlo, y al instante su seno quedó libre de la ligera cubierta, con el pezón endurecido al aire libre. Hunter tomó aquel pecho en su mano y apresó la sensible punta con sus dedos, tironeando y acariciándolo hasta que ella sofocó un gemido, con la boca apretada contra su chaqueta.

—Aquí no... Ahora no... —jadeó.

Él no le hizo caso. Tan sólo se inclinó y tomó el pezón entre sus labios, en tanto le levantaba el faldón de gasa con la mano y lo deslizaba por debajo. Un gruñido de satisfacción brotó de sus labios al descubrir que Lara no llevaba bragas, y su mano acarició la curva de su trasero desnudo. Lara dio un respingo, conmocionada. Podían oírse la música y las voces del baile, lo que le recordó el peligro de ser descubiertos. Comenzó a forcejear en serio, y lo único que consiguió fue desarreglarse aún más las ropas.

Hunter aplastó su boca en otro beso devorador y deslizó su mano entre los muslos, pasando los dedos a través del triángulo de suaves rizos. Ella gimió y se retorció y gimió de nuevo, protestando, hasta que él le separó el suave vellón y le acarició la delicada línea de los labios cerrados.

Lara se estremeció y se quedó inmóvil, con los nervios enardecidos ante aquel roce tan íntimo. No pudo respirar, no pudo hablar cuando él intensificó su caricia y encontró un cálido rastro de humedad. Hunter retiró la boca de la suya y le murmuró al oído, con voz ronca:

—Esta noche voy a besarte ahí.

La imagen provocó en Lara una conmoción, hizo que se ruborizara de pies a cabeza y tuvo que apoyarse contra él porque sus piernas amenazaron con dejar de sostenerla. Hunter abrió los pliegues femeninos y la exploró con la punta del dedo, que hizo deslizar a través de aquella humedad, rodeando la entrada a su cuerpo, para después acariciar un diminuto lugar de una intensa, abrasadora sensación. Lara le rodeó el cuello con sus brazos y se tomó la propia muñeca con la otra mano, donde hundió las uñas hasta que le marcaron la piel. Nunca había imaginado que él la pudiera acariciar de aquella manera, con un movimiento de dedos tan delicado y seguro, utilizando la humedad de su propio cuerpo como lubricación. La acarició y la frotó hasta que ella comenzó a moverse contra su mano con leves, perentorias embestidas de las caderas.

Hunter le besó la garganta y llegó al sensible hueco de la base.

—¿Quieres más? —le preguntó con un tono de voz áspero, que a duras penas se impuso sobre el rugido de su propio corazón.

—Yo... No sé a qué te refieres.

—¿Quieres?

—Sí, sí... —Lara estaba ya más allá de la vergüenza o la razón, y no le importaba lo que le hiciera, siempre y cuando no se detuviera. Su cuerpo se estremeció en un voluptuoso temblor cuando sintió el dedo de Hunter deslizándose en su interior—. ¡Oh...! —exclamó.

Hunter acarició la resbalosa seda de su cuerpo, al principio avanzando un milímetro o dos, luego introduciendo todo el dedo dentro de ella. Lara echó la cabeza hacia atrás, con los ojos cerrados, mientras el placer amenazaba con avanzar de una manera que, sin duda, la haría desvanecerse. O, peor aún, gritar. Luchando por evitar los gemidos que fluían de su garganta, se mordió salvajemente el labio inferior. El dedo de Hunter inició movimientos de avance y retroceso, y Lara cayó en la cuenta de que imitaba los del acto amoroso. Sus caderas respondieron con avances rítmicos, gozando de cada lenta penetración, con los músculos de su interior aferrándose ávidamente a él.

—Bésame —pidió con voz temblorosa, anhelando la boca de Hunter contra la suya—. Por favor, ahora...

Hunter bajó la cabeza, pero dejó la boca a escasos milímetros de la de ella. Los jadeantes alientos de ambos se mezclaron en remolinos de calor. El cuerpo de Hunter estaba tenso y excitado, y su piel, cubierta de una fina película húmeda.

—Éste es tu castigo, Lara —le susurró—. Arder como yo ardo.

A Lara se le cortó la respiración cuando sintió que él retiraba el dedo de su cuerpo trémulo. Suavemente, Hunter tomó los brazos con los que Lara le rodeaba el cuello y los apartó. Se agachó para recoger su guante del suelo. Iba a dejarla.

—No —gimió ella con tono desmayado—. Espera, yo...

Él le dirigió una mirada ardiente y se alejó, dejándola sola en las sombras, debajo de la escalera.

—¿Cómo has podido? —se oyó murmurar a sí misma—. ¿Cómo has podido?

Tras unos minutos se ajustó torpemente sus ropas,

en un esfuerzo por componerse, pero sentía los dedos extrañamente torpes. No podía pensar en otra cosa que no fuera él, y las cosas excitantes y mortificantes que le acababa de hacer.

Lara nunca supo cómo hizo para sobrevivir al resto de la velada. De alguna manera se las compuso para desplegar modales de urbanidad, una sonrisa agradable y un aire de serenidad que disimulaba el caos que bullía en su interior. Hubo un único momento en el que temió que su fachada pudiera resquebrajarse, cuando llegó la hora de empezar el baile. Iniciar el primer baile era una tarea que podría haber llegado a encontrar divertida de no haber sido por el miedo a que todos pudieran darse cuenta de lo acontecido entre ellos.

—No puedo —le susurró a Hunter cuando éste se acercó a ella y le ofreció su brazo. Para su mortificación, sintió una oleada de rubor que se le extendía por el pecho y el rostro—. Están todos mirando.

—Fuiste tú la que invitó a mi ex amante —murmuró él con expresión indescifrable—. No puedes culparlos ahora por sentir curiosidad ante el estado de nuestra relación.

—Las murmuraciones serán diez veces peor si nos retiramos temprano. Supondrán que, o bien estamos discutiendo, o...

—O bien montándonos hasta el agotamiento —terminó él, esbozando una sonrisa burlona.

—¿Es necesario que seas tan malhablado?

Hunter respondió tratándola con una cortesía exagerada, que casi era peor que su rudeza. Tras indicarles a los músicos, con un gesto, que dieran comienzo al baile, condujo a Lara hasta la mitad del salón y esperó a que se les sumaran los invitados. Rápidamente acudió una multitud de parejas, y Lara se vio inmersa de pronto en una coreografía de movimientos dinámicos y saltarines. Siempre le había encantado bailar, y hacía mucho tiempo que no conducía un baile de cuadrilla, pero era muy escasa y dolorosa la diversión que todo aquello tenía ahora para ella.

Se sintió desmañada y terriblemente expuesta, incapaz de quitarse de la cabeza el recuerdo de lo que acababan de hacer debajo de las escaleras... Estuvo a punto de tambalearse cuando pensó en las suaves manos de su marido sobre sus pechos, en medio de sus muslos...

Llegó la medianoche y los minutos se acumularon en rápida sucesión, hasta que la hora temida estuvo prácticamente sobre ella. Lara echó una mirada por el atestado salón de baile, buscando a su esposo, pero no vio señales de él. Tal vez ya estuviera arriba..., esperándola. Se sintió tan desesperada como un criminal que aguardara el momento de la ejecución. Pero el encuentro bajo las escaleras todavía estaba en su mente, y el bochornoso placer permanecía en su cuerpo como un embriagador perfume.

Casi la una... Hunter había elegido bien la hora. Los invitados se movían como un enjambre agitado que se las arreglaba solo, y su ausencia apenas sería advertida. Discretamente, logró escabullirse de una conversación y se salió del salón de baile.

A la hora en la que el reloj de pie del vestíbulo de la planta alta repicó con una sola campanada, Lara ya había llegado a su dormitorio. Consiguió desvestirse, tirando de la parte de detrás del vestido, y lo dejó caer sobre el suelo. Tras quitarse la ropa interior y las medias, Lara abrió el armario y encontró allí el negligé negro. La prenda se deslizó sobre su cuerpo con un susurro seductor, ligera como la bruma.

Sus dedos parecían no responderle ya cuando se quitó las perlas del cabello y se desanudó la larga trenza del moño que llevaba sobre su cabeza. Se pasó el cepillo por los ondulados mechones hasta que éstos quedaron desenredados, y entonces se contempló en el espejo de su tocador. Tenía los ojos desmesuradamente abiertos, y su piel estaba tan pálida que parecía haber perdido la sangre. Se pellizcó las mejillas para darles un poco de color y aspiró con fuerza.

No sería tan terrible como antes, pensó. Creía que Hunter, a pesar de su fastidio, procuraría mostrarse gentil, y a cambio ella se mostraría tan complaciente como le fuera posible, con la esperanza de que todo terminara así cuanto antes. Entonces el mal trago habría pasado, y por la mañana las cosas volverían a ser tal como era debido. Con esa idea en mente, abandonó el dormitorio y recorrió a toda prisa el vestíbulo, hasta llegar a los aposentos de Hunter.

Temblando de nerviosismo, entró en la habitación sin llamar. La lámpara difundía una luz tenue, un suave resplandor que apenas si rodeaba el vasto lecho. Hunter estaba sentado en una de las esquinas del colchón, luciendo todavía sus ropas de noche. Levantó la cabeza y un murmullo brotó de su garganta al verla con el negligé negro. Permaneció inmóvil cuando ella se le acercó, y la contempló deteniéndose en cada detalle: el blanco refulgir de los pies desnudos de Lara, la redondez de sus senos encerrados en encaje negro, la cascada trigueña de su melena.

—Lara —musitó, acariciando su cabello suelto con dedos inseguros—. Pareces un ángel vestido de negro.

Ella sacudió la cabeza.

—Las cosas que he hecho esta noche han demostrado que disto de ser un ángel.

Él no se lo rebatió.

Al ver que el enfado de Hunter había desaparecido, Lara inició una cuidadosa disculpa.

—Milord, acerca de lady Carlysle...

—No hablemos de ella. No significa nada —la interrumpió él.

—Sí, pero yo...

—Está bien, Lara. —Le soltó el cabello y le acarició levemente el cuello—. Cariño... Vuelve a tu cuarto. —Desconcertada tras oír aquellas palabras, Lara se quedó mirándolo en silencio—. No se trata de que no te desee —siguió diciendo él, mientras se incorporaba y se quitaba la chaqueta. Se la colocó a Lara sobre los hombros y la cerró por delante—. De hecho, verte con ese negligé es más de lo que puedo tolerar.

—Entonces... ¿Por qué? —preguntó ella, azorada.

—Porque esta noche me he dado cuenta de que no puedo jugar y reclamar tu cuerpo como recompensa. Creí que podría, pero... —Se interrumpió y soltó un resoplido de burla por sí mismo—. Llámalo escrúpulos, algo que nunca supe que tenía.

—Yo quiero cumplir con el trato.

—Así, como si me debieras algo, no lo quiero. No debes hacerlo.

—Sí que debo —dijo Lara.

—Que me condenen si la única forma de tenerte es mediante la coacción. De modo que... Vuelve a tu cuarto. Y echa el cerrojo.

El momento fue toda una revelación. La asombrada mirada de Lara pareció ponerlo incómodo. Hunter se dio la vuelta y regresó a la cama, y entró en ésta por una de las esquinas, mientras despedía a Lara con un gesto abrupto.

Ella no se movió. Un novedoso sentimiento de confianza comenzó a crecer dentro de Lara cuando advirtió

244

que Hunter nunca más volvería a forzarla, sin importar cuáles fueran las circunstancias, sin importar cuánto la deseara. Siempre había tenido un poco de miedo a su naturaleza dominante e insensible, pero él de alguna manera había cambiado las reglas entre ambos, y ahora...

Tuvo la sensación de hallarse al borde de un abismo, suspendida en el instante mágico previo a arrojarse desde él.

Resultaba sencillo aceptar el escape que él le ofrecía. Ella contempló el inexpresivo rostro de su esposo. Como alguna vez había señalado Hunter, Lara había sobrevivido a otras noches con él. Ésa no sería, ciertamente, peor que las anteriores. Titubeante, se quitó la chaqueta de los hombros y fue hasta su marido.

—Quiero quedarme contigo —dijo llana y simplemente.

Al ver que no hacía ningún intento por tocarla, se estiró en la cama junto a él.

La mirada oscura e interrogante de Hunter se clavó en su rostro.

—No tienes por qué hacerlo.

—Pero quiero. —Nerviosa, pero decidida, le acarició la cara, los hombros, alentándolo a tomarla en sus brazos. Hunter permaneció inmóvil, perplejo, contemplándola como si fuera una aparición de algún sueño.

Lara metió los dedos en aquel lugar tan caliente que había, entre la camisa y el chaleco de seda de Hunter. Puso las manos sobre la ancha caja de sus costillas y fue hasta los botones de nácar, y los desabrochó uno por uno hasta que el chaleco quedó abierto. Tiró del nudo de su corbata y descubrió que la tela almidonada era difícil de soltar. Aunque sentía que él buscaba su mirada, se concentró en la tarea que tenía por delante, y logró sacar finalmente toda la extensión de tela blanca.

Los ojales del cuello de la camisa de Hunter colgaban abiertos, dejando al descubierto la piel húmeda e irritada por la apretada corbata. Lara hizo a un lado la corbata almidonada y deslizó los dedos hasta la nuca de su marido, frotándola suavemente.

—¿Por qué usarán los hombres las corbatas tan altas y rígidas?

Al sentir su caricia, Hunter entrecerró los ojos.

—Brummel fue quien lo hizo primero —murmuró—. Para ocultar las glándulas inflamadas de su cuello.

—Tú tienes un cuello muy fino —dijo Lara, deslizando un dedo a lo largo de la garganta de Hunter—. Es una pena esconderlo.

La caricia de su dedo hizo que Hunter aspirara con fuerza, y de pronto le tomó las muñecas con sorprendente rapidez.

—Lara —le advirtió, estremecido—, no empieces algo que luego no puedas terminar.

Con las muñecas todavía sujetas, Lara se inclinó sobre él. Puso los labios sobre los de Hunter en leves, repetidos roces; tentándolo, ofreciéndose, hasta que él la sorprendió con un sensual beso. Ella respondió a la presión y aceptó de buena gana la intromisión de su lengua, que le exploraba la boca con creciente curiosidad.

Hunter le soltó los brazos y la acostó sobre el lecho, mientras le besaba los labios, las mejillas y el cuello. Lara le rodeó el cuello con los brazos, contemplando la silueta de su cabeza y hombros encima de ella.

—No dejes de besarme —le pidió, ávida de aquel sabor.

Hunter la tomó de la nuca. Cubrió con su boca la de ella en un beso profundo y perentorio que aceleró los latidos del corazón de Lara y le hizo levantar las rodillas, como si deseara enroscarse en torno a él.

No podía recordar con precisión cuándo había sido la última vez que él le había hecho el amor, sólo que había sido un acto rutinario, llevado a cabo sin que mediara una sola palabra ni caricia. ¡Cuán diferente era ahora la forma en que la tocaba, con los dedos revoloteando sobre ella como alas de mariposa! Le levantó el ruedo del negligé hasta las rodillas, y entonces se agachó sobre sus piernas y las besó... Los arcos de sus pies, el tierno espacio interior de sus tobillos. Lara permitió que le levantara y le doblara la pierna, y se le arqueó el cuerpo al sentir el suave mordisco de sus dientes detrás de la rodilla.

—¿Te gusta esto? —preguntó él.

—Yo..., no... No lo sé.

Él apretó la cara contra la parte interior de su muslo, hasta que ella sintió el escozor de la barba incipiente de Hunter a través de la fina seda del negligé.

—Dime qué te gusta —pidió él con voz entrecortada—. O qué no te gusta. Dime cualquier cosa que quieras.

—Esta noche, cuando vine a verte —respondió ella—, creí que querías terminar rápidamente con esto.

Él se echó a reír de improviso, mientras sus manos seguían aferrándola de las piernas.

—Quiero que dure todo lo que sea posible. He esperado tanto esta noche... Sabe Dios cuándo dispondré de otra. —El calor de su boca traspasó la tela del negligé cuando le besó el muslo.

Lara se puso tensa y estiró las piernas, y sus rodillas golpearon contra la sólida muralla del pecho de Hunter cuando éste fue ascendiendo sobre ella. El negligé era un deslizante velo nocturno entre ambos. Él depositó innumerables besos sobre su pierna, en tanto sus manos le acariciaban las caderas y se deslizaban debajo de su trasero.

La boca de Hunter fue hasta el borde del sitio privado y prohibido, y Lara reaccionó sin pensarlo, tratando de apartarle la cabeza. Irreductible, Hunter le tomó una mano, le besó los dedos y volvió a inclinar la cabeza sobre su cuerpo encogido. Lara sintió su lengua a través de la seda, en una caricia húmeda y voluptuosa exactamente entre sus muslos, allí donde la piel sensible quedaba al descubierto. Gimió ante la íntima sensación, y entonces su esposo se acomodó mejor sobre ella, obligándola a abrir aún más las piernas. Hunter volvió a lamerla, humedeciendo la fina tela con su lengua sinuosa y tentadora, provocándole un placer paralizante.

Ella soltó un jadeo, sin saber si aquello suponía una protesta o un estímulo para Hunter, y él levantó la cabeza.

—¿Probamos sin el negligé? —sugirió con voz ronca.

—¡No! —exclamó ella.

Hunter rió ante su presta reacción y se irguió hasta que ambos quedaron cara a cara.

—Quítate el negligé —dijo, mientras retiraba uno de los tirantes de sus hombros.

—Primero, apaga la lámpara.

—Quiero verte —replicó él. Besó la delicada piel que había dejado al descubierto y hundió la cara entre su hombro y su cuello—. Y quiero que tú me veas a mí.

Lara lo observó con cautela. Sería más fácil en la oscuridad. Más fácil, sí, separaría así su personalidad habitual de la que participaba de aquellos hechos demasiado íntimos como para ser llevados a cabo durante el día. No se sentía capaz de ver lo que estaba pasando entre ellos.

—No —dijo en tono quejumbroso, pero él pudo percibir la inseguridad en su voz.

—Dulce amor mío —susurró él contra su hombro—. Pruébalo así, al menos esta vez.

Lara permaneció sin protestar cuando Hunter le quitó el otro tirante del negligé y le bajó la prenda por las piernas, dejándola expuesta y vulnerable bajo la suave luz de la lámpara. Él la atrajo hacia sí, y la desnuda piel de Lara fue aplastada por el cuerpo completamente vestido de su esposo.

—Ayúdame —le pidió él.

Obedientemente, Lara le desabrochó los botones de la camisa, cuya tela estaba caliente por el calor que emanaba su piel. Aunque él aguardaba pacientemente, tenía los músculos tensos y temblorosos por la ansiedad, y su respiración se agitaba cada vez más. Mientras Lara maniobraba para desabrocharle los gemelos, él dijo, roncamente:

—Te deseo. Más que a nada de lo que he deseado en toda mi vida.

Antes de que ella terminara con los puños, él la empujó suavemente hacia abajo y se tendió sobre ella, con los faldones de la camisa cayendo a ambos lados del cuerpo desnudo de Lara. Paseó la mirada sobre aquel cuerpo, absorbiendo codiciosamente cada palmo de lo que veía. La besó, sosteniendo todo su peso sobre los codos y los muslos, con el pecho musculoso sobre ella. ¡Eran tantas las cosas que Lara no podía recordar de él, que nunca se había atrevido a investigar! Vacilante, tocó aquel pecho, tan duro y suave bajo sus manos: los botones pardos de sus tetillas, la tensa extensión de su cintura. En otros tiempos, el cuerpo de Hunter había sido robusto y bien relleno, totalmente diferente de aquella elástica y esbelta animalidad.

Hunter se deslizó más abajo sobre su torso y jugueteó con sus senos, tomándolos entre sus manos, rodeando las puntas con los dedos. Su boca se abrió sobre uno de los montículos henchidos y atrapó el pezón, apretándolo entre sus dientes. Lara soltó un gemido, subyugada por la visión de la cabeza de Hunter sobre su pecho, mientras él no dejaba de acariciar y chupar, primero un seno, después el otro... Se sintió extraña, enardecida... Algo se estaba liberando en su interior, cediendo toda defensa. Las manos de él se movieron sobre su vientre, y Lara abrió las piernas para incitar su caricia, su penetración, cualquier cosa que él quisiera hacerle.

Al percibir su súbito abandono, Hunter paseó su boca por todas partes, probando y besándole la cintura, el vientre, los muslos... Besando los suaves rizos entre éstos, aspirando su íntima fragancia. Utilizó los dedos para separar aquellos rizos y le separó con gran suavidad la carne para encontrar el sitio que buscaba, y entonces puso la lengua sobre él. Lara se arqueó ante la llamarada de placer que la inundó, aguda y aterradora, mientras sus ojos se llenaban de lágrimas. Él la lamió en pequeños círculos de fuego que la hicieron jadear y estremecerse, y ella sintió a continuación que la lengua de Hunter iba más abajo, más profundamente, invadiéndola con exquisita suavidad. Él usó el peso de su pecho para mantenerle abiertas las piernas, mientras su lengua hacía crecer aquella sensación hasta que alcanzó una salvaje intensidad.

Lara forcejeó para incorporarse, y se apoyó sobre uno de sus codos. Con la mano libre le acarició la cabeza, donde enredó los dedos en su espesa cabellera. El corazón le latía, enloquecido, contra el pecho, tenía la visión borrosa, y toda conciencia y toda sensación se concentraron en el sitio cubierto por la boca de Hunter. Él la celebró, la consumió, la abrumó, hasta que el serpenteante placer fue demasiado, y Lara se contrajo en espasmos interminables, gruñendo por la fuerza de su desahogo.

Después de que la última contracción se hubo desvanecido, Hunter se irguió para mirar a Lara directamente a sus húmedos y azorados ojos. Su expresión era

250

seria, y le secó con los dedos las lágrimas que le caían por las mejillas. Lara le tocó la boca con dedos trémulos, y sintió aquellos labios húmedos por el elixir de su propio cuerpo.

Hunter introdujo la rodilla entre sus muslos, que ella separó de inmediato, entregándose a él con todo lo que quedaba de su ser. Él forcejeó con el cierre de su pantalón, y Lara sintió una presión brutal y pesada contra su suave hendidura. Se preparó para lo que venía, sabiendo que ahora llegaría el dolor. Él la penetró lentamente, empujando contra la carne flexible tan gradualmente que no hubo ninguna incomodidad, tan sólo la sensación de ser penetrada y deliciosamente colmada. Su cuerpo aceptó la enorme intrusión, y con cada embestida la penetración se hizo más profunda, hasta que al fin Lara, atónita, soltó un gemido de placer.

Totalmente dentro de ella, Hunter se detuvo y hundió el rostro en la fragante curva de los hombros de Lara. Ella sintió cómo se sacudía aquel enorme cuerpo y cómo luchaba por contener una eternidad de pasión reprimida.

—Está bien —murmuró ella, acariciándole la espalda. Levantó las caderas en un movimiento de estímulo, y él jadeó tras el leve meneo.

—No, Lara —gimió con voz espesa—. No, espera... Por Dios, no puedo...

Ella volvió a empujar hacia arriba, logrando tener más de él, aún, dentro de su cuerpo, y aquella sedosa ondulación fue la perdición de Hunter. Soltó un gruñido y llegó al clímax, sin siquiera embestir una última vez, con el cuerpo estremecido de placer.

Tras un largo y turbador minuto, él giró sobre su costado, llevándola con él. Jadeante aún, en busca de más aire, la besó con fiereza, con una boca que sabía a sal y a una esencia provocativa que no era en absoluto desagradable.

Lara fue la primera en hablar, con la cara apretada contra el pecho liso de Hunter.

—¿Puedo apagar ahora la lámpara?

La carcajada de Hunter le retumbó en la mejilla. Él la complació y salió un momento del lecho para quitarse las ropas y buscar la lámpara. Cuando toda luz quedó extinguida, volvió junto a ella, en medio de la oscuridad.

Lara despertó de un sueño que acababa de tener sobre Psique, la doncella sacrificada a una serpiente emplumada que fue rescatada por Eros... El esposo desconocido que la visitaba todas las noches y le hacía el amor sin dejarse ver. Poniéndose de espaldas, se desperezó y quedó inmediatamente sobrecogida al sentir un cuerpo masculino junto a ella. Buscó la sábana, que había resbalado hasta su cintura. Una gran mano cubría la suya.

—No te tapes —murmuró adormilado Hunter—. Me gusta ver la luz de la luna sobre tu piel.

Había estado despierto, contemplándola. Lara bajó los ojos hasta su propio cuerpo, iluminado por la luz blanquiazulada que entraba por la ventana entreabierta, y trató de cubrirse con la sábana.

Hunter le quitó la tela de las manos y la destapó completamente. Le tocó la punta de los senos, las curvas plateadas que llevaban hasta el hueco oscurecido que tenía más abajo. Ella se volvió hacia él, buscando su boca, y él le dio un beso tan satisfactorio y seductor que sintió que el pulso volvía a acelerársele. Las manos de Hunter se abrieron camino hasta su trasero, y rodeó las redondas formas con ellas, apretándolas y acercándola más a él.

La dura extensión de su miembro se apretó contra su

vientre, y aquello ya no sería más un arma que debía temer sino un instrumento de placer. Lara, precavida y tímidamente, alargó la mano para tocarlo y lo rodeó con sus dedos, que deslizó a continuación por la ardiente y sedosa piel. Su caricia hizo estremecer a Hunter, cuyo cuerpo respondió ansiosamente a ella. Lara tuvo la sensación de que había muchas cosas que él quería enseñarle, y mostrarle, pero por el momento la dejaba explorar cuanto quisiera. Ella bajó la mano hasta su entrepierna, donde tanteó el colgante peso, y luego volvió arriba, por su miembro, hasta alcanzar la tersa y ancha punta. Con un gruñido, él bajó la boca hasta su cuello y la besó, y le dijo entre murmullos guturales cuánto la quería.

La obligó a levantar y separar las rodillas, se acomodó en el hueco entre sus muslos y la poseyó, penetrándola con un único y profundo movimiento. Lara soltó un jadeo sofocado y se retorció para adaptarse bien a él. Hubo un solo instante de incomodidad antes de que su cuerpo lo aceptara con una húmeda bienvenida. Hunter comenzó a un ritmo parejo, avanzando directa y seguramente dentro de ella, inclinándose para presionar su sexo en cada embestida. Ella se arqueó hacia él, acunándolo entre sus caderas, mientras le aferraba los tensos músculos de la espalda. Él era duro, delicioso, y la cabalgaba tal como ella quería, cubriéndola con su masculino peso, hundiéndose más adentro, más adentro... El placer era casi insoportable.

Lara lanzó un grito, con el cuerpo colmado por una fiebre líquida de gozo y un estremecimiento de satisfacción. Era igualmente placentero compartir la satisfacción de Hunter, tenerlo en sus brazos y sentir cómo se sacudía con sensaciones que ya no podía controlar.

Hunter permaneció largo rato dentro de ella, con su boca sobre la de ella, acariciando y saboreándola. Soñolienta, Lara le acarició el espeso cabello y encontró el sitio detrás de la oreja donde la piel era suave y tersa como la de un niño. Sintió que él se movía para apartarse de ella y gimió en protesta.

—Oh, no te vayas...

—Te voy a aplastar —susurró él, girando sobre un costado.

Introdujo su muslo entre los de ella y jugueteó perezosamente con el húmedo triángulo de vello, el cual alisó y excitó al mismo tiempo.

—¿Esto es lo que hacías con lady Carlysle? —preguntó ella, mirando su rostro semioculto en las sombras.

—Nunca tuve algo así con nadie.

Complacida con la respuesta, Lara se acercó a él y apoyó la mejilla sobre su pecho.

—Hunter... —murmuró ella.

—¿Mmm?

—¿Qué te ha dicho lady Carlysle esta noche?

El movimiento de los dedos de Hunter se detuvo. Lara pudo sentir una nueva tensión en todo su cuerpo. Cuando respondió, su voz estaba llena de exasperación.

—Esther se decepcionó cuando dejé claro que no tenía interés en reanudar nuestra relación. Tan decepcionada quedó, en realidad, que sostuvo que yo no podía ser el verdadero Hawksworth.

—Oh. —Lara mantuvo el rostro apretado contra su pecho—. ¿Piensas que tiene la intención de hacer alguna clase de acusación?

Los hombros de Hunter se encogieron levemente.

—Lo dudo. La nobleza supondrá que semejante infamia surge del despecho. Y Esther no tiene ningún deseo de aparecer como una tonta.

—Por supuesto. —Lara parpadeó y sus pestañas acariciaron el pecho de su esposo—. Lo siento.

—¿Por qué?

—Por hacer que la velada fuera tan difícil para ti.

—Bien... —Metió los dedos en la hendidura entre sus muslos con un movimiento suave que la hizo estremecer. Siguió adelante, hasta sus más recónditos vericuetos, explorándola con sutil y diabólica destreza—. Vas a recompensarme —murmuró—. ¿No es así?

—Sí... sí... —Y de los labios que tenía apoyados contra el pecho de Hunter brotó un largo suspiro de placer.

—¡Mamá! ¡Mamá!

Lara bostezó y abrió los ojos, bizqueando, cuando los primeros rayos del sol de la mañana la alcanzaron. Alarmada, descubrió a Johnny de pie junto a la cama, con su carita junto a la de ella. Estaba con su camisa de noche, los sucios piececillos descalzos y el cabello negro despeinado.

Tras caer en la cuenta de que el niño la había encontrado en la cama de Hunter, Lara miró hacia atrás y allí estaba su marido, que comenzaba a despertar. Mantuvo las cobijas subidas hasta la barbilla, y se volvió hacia Johnny.

—¿Por qué estás levantado tan temprano?

—Los polluelos están saliendo del cascarón.

Medio dormida aún, recordó un nido con huevos de gallina que habían estado vigilando durante los últimos días.

—He salido a verlos. —La mirada inocente del niño fue de ella a Hunter, que acababa de sentarse y se frotaba el desgreñado cabello con la sábana caída hasta la cintura.

—Buenos días —dijo Hunter con toda tranquilidad, como si la situación fuera de lo más normal.

—Buenos días —contestó alegremente Johnny, y entonces volvió su atención a Lara—. Mamá, ¿por qué no estás en tu propia cama?

Tras emitir una mueca ante la pregunta, Lara decidió que la explicación más sencilla sería la mejor.

—Porque anoche lord Hawksworth me invitó a dormir aquí.

—¿Y dónde está tu camisón? —preguntó a continuación el niño.

A Lara se le enrojecieron las mejillas, y procuró evitar cuidadosamente la mirada de Hunter.

—Es que anoche tenía tanto sueño que debo de haber olvidado ponérmelo.

—¡Tonta, mamá! —exclamó el niño, riendo ante su descuido.

Lara le devolvió la sonrisa y dijo:

—Ve a buscar tu bata y tus pantuflas.

Cuando el niño desapareció de su vista, Hunter se acercó a Lara, pero ella rodó lejos de él y saltó de la cama. Encontró su falda en el suelo, y la recogió y la usó para cubrir su desnudez. La mantuvo apretada contra su pecho mientras contemplaba el largo estiramiento del cuerpo de su esposo, que se desperezaba sobre el lecho. Sus miradas se encontraron e intercambiaron una sonrisa indecisa.

—¿Cómo estás? —le preguntó Hunter.

Por un instante, Lara no le respondió, porque luchaba para poner nombre al sentimiento que parecía saturarla de pies a cabeza. Era una rara y cálida alegría, más plena y segura que nada de lo que hubiera sentido anteriormente. No quería dejarlo ni por un minuto, quería pasar todo el día con Hunter, y el siguiente, y todos los días posteriores hasta que hubiera aprendido todo acerca de él.

—Soy feliz —dijo Lara—. Tan feliz que tengo miedo.

Los ojos de Hunter se veían oscuros y tiernos como la miel.

—¿Miedo de qué, mi amor?

—De que tengo tantas ganas de que dure...

Con un gesto, Hunter le indicó que se acercara, pero ella sólo se aproximó lo suficiente para un rápido y fugaz beso, y saltó hacia atrás después para ponerse fuera de su alcance.

—¿Adónde vas?

Lara se detuvo bajo el umbral de la puerta y sonrió.

—A vestirme y a ver a la gallina, naturalmente.

15

Algo debía hacerse con los niños que vivían en prisión mientras se agrandaba el orfanato. Dejarlos en aquella situación quedaba totalmente descartado. Lara no podía tolerar la idea de que alguno de ellos pasara una sola noche más en aquellos sitios repugnantes y peligrosos a los que habían sido condenados a vivir. La única solución era convencer a los habitantes de Market Hill de que los recibieran en sus casas hasta que el orfanato estuviera listo para acogerlos. Por desgracia, la idea fue recibida con un rechazo generalizado, lo cual la dejó asombrada.

—¿Cómo pueden ser tan duros de corazón? —preguntó Lara a Hunter después de toda una mañana de visitas, durante las cuales sus planes para acoger a los niños habían sido cortésmente rechazados. Mientras se paseaba por la biblioteca, se quitó el sombrero y lo arrojó sobre una silla, y se abanicó el rostro acalorado.

—Únicamente he pedido que hospedaran a uno o dos niños aquellas familias que cuentan con los medios necesarios para mantenerlos... ¡Y es sólo por unos pocos meses! ¿Por qué nadie levanta un dedo para colaborar? Estaba tan segura de que podía contar con la señora Hartcup, o con los Wyndham...

—Consideraciones de índole práctica —replicó Hunter con realismo, apartando la silla del escritorio.

Acomodó a Lara sobre sus rodillas y comenzó a desatarle el cuello de la blusa—. Dejando de lado todo impulso caritativo, querida mía, tienes que reconocer que no les estás pidiendo que acepten a niños normales y corrientes. Los buenos ciudadanos de Market Hill consideran a los huérfanos de las cárceles como pichones de criminales... ¿Y quién puede culparlos?

Lara se puso rígida sobre su regazo y le dirigió una mirada de desagrado.

—¿Cómo puedes decir eso cuando Johnny ha demostrado ser semejante ángel?

—Es un buen chico —reconoció Hunter, sonriendo con humor mientras dirigía la mirada hacia la ventana. Sólo entonces oyó Lara un ruido de algo que restallaba y explotaba, y se dio cuenta de que Johnny estaba afuera, disfrutando de su pasatiempo favorito: machacar minúsculas cápsulas de pólvora con piedras, o dispararlas con su pistola de juguete—. Pero Johnny es la excepción —siguió diciendo Hunter—. Muchos de esos niños necesitan cuidados y atención especiales. En algunos no se puede confiar más que si se tratara de animales salvajes sueltos en una aldea. No puedes esperar que los Hartcup o los Wyndham, o ningún otro, asuman semejante responsabilidad.

—Sí que puedo —dijo ella tercamente, mirando su rostro comprensivo con el entrecejo fruncido—. Hunter, ¿qué vamos a hacer?

—Esperar a que la nueva ala del orfanato quede terminada y las nuevas maestras, contratadas —contestó él.

—«No puedo» esperar. Quiero ver a esos niños fuera de la cárcel inmediatamente. Los traeré a todos aquí y los cuidaré personalmente, si es preciso.

—¿Y qué me dices de Johnny? —preguntó Hunter llanamente—. ¿Cómo se lo explicarás cuando todo tu tiempo y atención sean dedicados a una docena de niños y no quede nada para él?

—Le diré... Simplemente le diré... —Lara se interrumpió con un gruñido de frustración—. No lo va a entender —reconoció al fin.

Al ver su evidente aflicción, Hunter meneó la cabeza.

—Mi dulce amor —murmuró—, te aconsejaría que endurecieras un poco tu corazón... Pero por alguna razón, no creo que puedas.

—No puedo dejar a esos niños en la cárcel durante meses.

—Muy bien, maldita sea. Veré si puedo hacer algo, aunque dudo que tenga más suerte que tú.

—La tendrás —dijo Lara, instantáneamente esperanzada—. Tienes un talento especial para lograr que la gente haga lo que quieras.

De improviso, Hunter sonrió y murmuró:

—Tengo también otros talentos, que me propongo mostrarte esta misma noche.

—Quizás —dijo ella, provocativa, y saltó de sus rodillas.

Hunter se convirtió en un aliado inesperado, hizo visitas, presionó, negoció e influyó con todo su considerable encanto hasta encontrar hogares temporales para los doce niños. Después de haber sido objeto de una de las campañas de persuasión de Hunter, aunque por una causa muy diferente, Lara sabía exactamente cuán difícil sería para los aldeanos negarse a sus encantos.

Nunca más volvería a verlo de la misma manera después de la noche que pasaron juntos, la primera vez en su vida que había experimentado placer y plenitud en brazos de aquel hombre. Más sorprendente aún que la satisfacción física, era la súbita comprensión de que podía confiar en él.

Hunter era un buen hombre, pensó Lara con cierto asombro. Su esposo, «bueno», y no sólo con ella sino con todos los que lo rodeaban... No sabía qué habría provocado aquel cambio, pero estaba profundamente agradecida por ello. Aunque Hunter no aprobara su filantrópico entrometimiento en la vida de los demás, parecía entenderlo, y además accedía a colaborar, siempre y cuando considerara la causa razonable.

Hunter siempre había estado ocupado, pero ahora sus pasatiempos distaban de parecerse a los que había tenido en sus primeros años de matrimonio. En otros tiempos había sido un asiduo destacado en todo juego o cacería, por no mencionar su regular asistencia a los garitos. Lara sospechaba que sus antiguos camaradas habían quedado amargamente decepcionados al descubrir que Hunter había regresado de la India con un nuevo concepto de la responsabilidad. Se ocupó de los intereses de los Crossland en la marina mercante, el comercio y las compañías manufactureras, y adquirió una cervecería que rendía un beneficio regular todos los meses. Se interesó en las tareas de su propia finca y le prestó más atención a las cosechas y los cultivos, y emprendió mejoras que sus arrendatarios solicitaban desde hacía mucho tiempo.

Como hombre joven acostumbrado a los privilegios y lleno de un enorme sentido de invulnerabilidad, Hunter había creído alguna vez que el mundo existía sólo para darle placer a él. La única vez en que algo se le había negado fue cuando tuvo que enfrentarse a la infertilidad de Lara, y aquello lo había manejado sin inteligencia ni sensibilidad. Actualmente parecía inmensamente mayor y más sabio; no daba nada por supuesto y se hacía cargo de responsabilidades que alguna vez había hecho lo posible por evitar.

Tampoco es que fuera ningún santo... Tenía algo de tunante, y Lara disfrutaba con ello. Era seductor, malicioso, bromista, y la alentaba cada dos por tres a dejar de lado todos sus principios morales para retozar con él de una manera de la que ella nunca se habría creído capaz. Una noche visitó a Lara en su dormitorio con la declarada intención de disfrutar del espejo en el techo antes de que lo retiraran Posibilidad Smith y sus asistentes. Sin hacer caso de las mortificadas protestas de Lara, le hizo el amor bajo dicho espejo, y soltó una carcajada cuando Lara se hundió bajo las cobijas inmediatamente después. También la llevó una noche a una circunspecta velada musical, y le susurró al oído lujuriosos pasajes de textos eróticos hindúes... Otra vez la acompañó a una merienda campestre, y la sedujo al aire libre.

Era el marido que nunca se había atrevido a soñar: comprensivo, excitante y fuerte. Lo amaba —era imposible no hacerlo—, aunque todavía sentía fugaces ramalazos de temor que le impedían reconocerlo en voz alta. Se lo diría a su debido tiempo, cuando sintiera que era seguro hacerlo. Una parte de su corazón esperaba que él saliera airoso de la prueba, que le ofreciera alguna señal o alguna clave que le permitiera entregarse totalmente a él con cada fibra de su ser.

Lara se puso un delantal y, de pie junto a la mesa de la cocina, comenzó a machacar semillas de lino en un mortero de mármol. Con gran cuidado, raspó todo el aceitoso polvo resultante del cuenco y volcó las semillas de lino en un tazón lleno de cera de abejas. Se trataba de una vieja receta familiar para una cataplasma que aliviaba la gota, una dolencia que últimamente había atormentado a uno de los residentes de Market Hill, sir Ralph Woodfield. Aunque sir Ralph era un hombre orgulloso, que detestaba tener que pedir favores, aquella mañana había enviado a un sirviente para solicitar que le dieran un frasco del ungüento.

Gozando de la fragancia de la refrescante cera de abejas, Lara colocó otra media taza de semillas de lino en el mortero y comenzó a batirlo con enérgicos movimientos circulares de la maza. La cocinera y dos de las ayudantes de cocina estaban trabajando en el otro extremo de la mesa, amasando grandes cantidades de masa para pan, a la que luego daban forma de hogazas perfectamente ovaladas. Estaban todas escuchando, divertidas, los alegres gorjeos de una de las criadas, que entonaba una canción de amor muy popular por aquellos días en la aldea. La joven amasaba hábilmente el pan, al ritmo de la melodía.

Oh, el chico que me consiga debe tener bolsillos de oro,
un caballo, un carruaje y un reloj de plata
y mejor que sea guapo e intrépido
con rizado cabello castaño y ojos muy azules...

La canción seguía alabando las virtudes del imaginario mozo, hasta que todas las mujeres presentes en la cocina terminaron a carcajadas.

—¡Como si un hombre así pudiera ser encontrado en Market Hill! —exclamó la cocinera.

En medio del jolgorio general, Naomi entró en la cocina, con las faldas llenas de polvo por la caminata desde la aldea. Se dirigió de inmediato a donde estaba Lara, mientras se quitaba el sombrero de paja y quedaba a la vista su gesto de preocupación.

—Naomi... —dijo Lara, deteniéndose en su tarea—. Es tu día libre... Pensé que ibas a pasarlo en la aldea, con tus amigos.

—Tuve que venir de inmediato, milady —murmuró Naomi, mientras las demás seguían riendo y parloteando—. No sé qué creer, o si esto tiene algo de verdad, pero... Escuché algo en la aldea.

Lara dejó a un lado la maza y la miró con expresión interrogante.

—Se trata de lady Lonsdale —siguió diciendo Naomi—. Soy amiga de Betty, la doncella de lady Rachel, y comenzamos a conversar... —Evidentemente incómoda, Naomi aspiró con fuerza y terminó atropelladamente—: Y Betty dijo que era un secreto pero que lady Rachel estaba enferma.

Consciente de que las demás estaban escuchando, Lara llevó a la chica hasta un rincón de la cocina.

—¿Enferma? —susurró rápidamente—. Pero eso no puede ser... ¿Por qué no me dijeron nada?

—Betty dice que la familia no quiere que se entere nadie.

—¿De qué se trata? —preguntó Lara, apremiante—. Naomi, ¿te dijo Betty algo de lord... Lonsdale?

La joven bajó la mirada.

—Fue una caída de las escaleras, según lady Lonsdale. Betty no estuvo allí para verlo, pero dice que parece algo más que una simple caída. Dice que lady Lonsdale está muy mal, y que ni siquiera llamaron al médico.

Sintió horror, confusión, y principalmente, furia... Lara se echó a temblar a causa del torrente de emociones que la embargaron. Lonsdale había vuelto a pegarle a Rachel, estaba segura. Y tal como en las veces anteriores, después se había arrepentido y se había sentido demasiado avergonzado como para llamar al médico, aunque Rachel necesitara atención médica. La mente de Lara comenzó a urdir planes... Tenía que acceder a Rachel, alejarla de Lonsdale, llevarla a un lugar seguro, ayudarla a recuperarse.

—Milady —dijo la muchacha, indecisa—, por favor, no le diga a nadie cómo se enteró. No querría que echaran a Betty por esto.

—Por supuesto que no lo haré —respondió Lara, bastante sorprendida ante su propia calma si se tenía en cuenta todo el caos que bullía en su interior—. Gracias, Naomi. Hiciste muy bien en decírmelo.

—Muy bien, milady. —Aparentemente aliviada, Naomi recogió su sombrero y salió de la cocina.

Sin mirar a la cocinera ni a las ayudantes, que ya habían comenzado a murmurar, Lara salió hecha un torbellino y se dirigió al salón de caballeros. Las paredes estaban cubiertas por todas las piezas de caza que habían conseguido Hunter y su padre. Espeluznantes ojos de vidrio brillaban en las sombrías cabezas de los animales. Aquella atmósfera de presuntuoso triunfalismo masculino, fomentada por varias generaciones de Hawksworth, parecía llenar toda la habitación.

Decidido a pasar a la acción, Lara fue hasta los armarios situados al lado de la larga fila de estuches de armas y los abrió con cautela. Allí encontró varios sacos llenos de balas, implementos para la limpieza de las armas, cajas con pólvora y estuches de caoba que contenían, acomodadas sobre terciopelo, sendas pistolas. Pistolas con empuñadura de perlas, de madera, de plata... Labradas, grabadas, adornadas con tanta esplendidez como si se tratara de objetos religiosos.

Lara nunca había disparado una pistola, pero había visto hacerlo a Hunter y a otros hombres. Su carga y su manejo le parecían operaciones bastante simples. Instigada por una ira que aumentaba a cada minuto que pasaba, no se dio cuenta de que alguien había entrado en la habitación hasta que Hunter habló.

Tras regresar de una inspección a un nuevo alambrado que había sido colocado en la finca, Hunter todavía vestía sus ropas de montar.

—¿Va a haber un duelo? —preguntó en tono de burla, y se acercó para quitarle la pistola de sus temblorosas manos—. Si vas a matar a alguien, me gustaría saberlo con anticipación.

Lara se alejó y apretó la pistola contra su vientre.

—Sí —dijo, con toda la ira aflorándole al contemplar el tenso rostro de Hunter. Se le llenaron los ojos de lágrimas—. Sí... Voy a matar a tu amigo Lonsdale. Ha vuelto a pegar a Rachel..., otra vez... No sé en qué condiciones se encuentra, pero tengo la intención de sacarla de ese lugar. ¡Debería haberlo hecho hace tiempo! Sólo espero que Lonsdale esté allí cuando llegue, así podré meterle una bala en el corazón...

—Silencio. —La gran mano de Hunter se cerró alrededor de la pistola y se la quitó, y la dejó a un lado con cuidado. Se volvió hacia Lara y posó su atenta mirada sobre su rostro lloroso. De alguna manera, la sólida realidad de su presencia consiguió atenuar la ira de Lara. Hunter la tomó en sus brazos, la apretó contra su pecho y le habló en voz baja, tranquilizándola.

Sollozando, Lara metió la mano dentro de su chaleco y buscó hasta encontrar el latido de su corazón. Allí apoyó la mano. La sensación de la cálida respiración de Hunter sobre su cabello la hizo estremecer. Era algo tan íntimo, aquello de llorar en sus brazos... Más personal aún que hacer el amor. Detestaba sentirse tan indefensa. Pero Hunter nunca había sido para ella un marido tan cabal como en aquel momento. Cada vez más tranquila, aspiró su familiar aroma y dejó escapar un largo suspiro.

Hunter buscó un pañuelo y le secó el rostro, que estaba surcado por las lágrimas.

—Muy bien —dijo dulcemente, mientras le sonaba la nariz—. Cuéntame lo que ha pasado.

Lara negó con un movimiento de la cabeza, sabiendo que él no representaría ayuda alguna si Lonsdale estaba involucrado. Habían sido amigos durante mucho tiempo. Para hombres como Hunter y Lonsdale, la amistad era algo mucho más sagrado que el matrimonio. Una esposa, como había dicho Hunter tiempo atrás, era una necesidad inevitable. Los amigos de un hombre, por el contrario, eran cuidadosamente elegidos y cultivados durante toda la vida.

—Mencionaste a Lonsdale —la urgió Hunter al ver que permanecía callada—. ¿Qué pasó?

Lara forcejeó para liberarse de sus brazos.

—No quiero hablar de ello —respondió—. Defenderás a Lonsdale, como siempre lo has hecho. Los hombres siempre se cubren unos a otros en cuestiones como ésta.

—Cuéntame, Lara —insistió él.

—Naomi escuchó hoy un rumor en la aldea, acerca de que Rachel estaba enferma. Algo sobre las heridas recibidas después de caer por las escaleras. Sabiendo lo que yo sé sobre mi hermana y su marido, estoy convencida de que ha sucedido algo mucho peor.

—Es tan sólo chismorreo, entonces. Hasta que no lo confirme la evidencia...

—¿Es que puedes dudarlo? —gritó Lara—. Lonsdale utiliza cualquier excusa para desahogar su malhumor con mi hermana. Todo el mundo lo sabe, pero nadie se atreve a intervenir. Y Rachel está dispuesta a ir a la tumba antes de reconocerlo. Nunca lo va a dejar, ni a decir nada en contra de él.

—Es una mujer adulta, Lara. Deja que use su propio juicio en ese tema.

Lara le dirigió una mirada furibunda.

—Rachel no está en condiciones de tomar decisiones con respecto a Lonsdale. Cree, al igual que todo el mundo, que una esposa es propiedad del marido. Un hombre puede patear a su perro, dar latigazos a su caballo, o golpear a su esposa... Todo queda dentro de sus derechos. —Los ojos de Lara se llenaron de nuevas y ardientes lágrimas—. No sé lo gravemente que ha lastimado esta vez a Rachel, pero creo que algo anda terriblemente mal. No te estoy pidiendo que hagas nada, bien sé de tu amistad con Lonsdale. Todo lo que quiero es que no interfieras mientras hago lo que tengo que hacer.

—No, mientras andes toqueteando mi armario de las armas. —La atrapó antes de que pudiera alcanzar otra caja de caoba—. Lara, mírame. Iré hasta la casa de los Lonsdale y averiguaré si existe motivo para que te preocupes. ¿Te dejará eso satisfecha?

—No —afirmó ella con obstinación—. Yo también quiero ir. Y no me importa cuál sea el estado de salud de Rachel; quiero traerla aquí.

—No estás hablando con sensatez —replicó él en tono duro—. No puedes interferir en el matrimonio de un hombre y sacar a su esposa por la fuerza de su propia casa.

—No me importa nada la ley. Sólo me importa la seguridad de mi hermana.

—¿Y qué sugieres que hagamos para retenerla aquí cuando quiera volver a su casa? —preguntó Hunter—. ¿Encerrarla en una habitación? ¿Encadenarla a una cama?

—¡Sí! —gritó Lara, aunque sabía que aquello no era posible—. Sí, cualquier cosa con tal de mantenerla alejada de ese monstruo.

—Pues no vas a ir —dijo severamente Hunter—. Si Rachel está enferma, lo único que lograrás es perturbarla y hacer que se sienta peor.

Lara se liberó de él y se dirigió hacia otro armario que guardaba armas. Puso las manos sobre el cristal de la puerta, dejando la marca sobre la impoluta superficie.

—Tú no tienes hermanos —dijo, tras tragarse las lágrimas que seguían acumulándose en su garganta—. Si los tuvieras, entenderías lo que siento por Rachel. Desde que nació he deseado poder cuidarla. —Se frotó los ojos, que le ardían—. Recuerdo una vez, cuando éramos pequeñas, en que Rachel quiso trepar por un árbol que había en nuestro patio. Aunque papá nos lo había prohibido, ayudé a Rachel a trepar conmigo. Estábamos sentadas sobre una de las ramas, balanceando las piernas, cuando de improviso ella perdió el equilibrio y cayó. Se fracturó el brazo y la clavícula al golpear contra el suelo. Fui demasiado lenta para auxiliarla. Lo único que pude hacer fue contemplar su caída, y mi estómago se revolvió, como si fuera yo la que estaba cayendo. Habría dado cualquier cosa por ser yo la que caía. Así es como me siento ahora, sabiendo que algo terrible le ha pasado y lo único que puedo hacer yo es mirar...

Le tembló violentamente la barbilla, y apretó la mandíbula para no ponerse a llorar de nuevo.

Pasó bastante tiempo. El cuarto quedó tan silencioso que podría haber pensado que Hunter se había ido, si no fuera porque se veía parte de su reflejo en el manchado cristal.

—Sé que no puedes hacer nada —dijo al fin Lara, muy envarada—. No quieres que tu mejor amigo se convierta en tu enemigo, que es lo que ocurrirá si osas intervenir.

Hunter soltó una maldición que a Lara le puso los pelos de punta.

—Quédate aquí, maldita sea —exclamó con un gruñido—. Te traeré a Rachel.

Ella se volvió sobre sus talones y lo contempló con los ojos llenos de asombro.

—¿Lo harás?

—Te lo prometo —dijo Hunter secamente.

Lara se sintió abrumada por el alivio.

—Oh, Hunter...

Él sacudió la cabeza, frunciendo el entrecejo.

—No me agradezcas por hacer algo que no tengo ningún maldito deseo de hacer.

—¿Y entonces, por qué...?

—Porque es evidente que, si no hago algo, no vas a dejarme en paz. —La miró como si deseara estrangularla—. Yo, a diferencia de ti, no siento la necesidad imperiosa de salvar el mundo... Sólo me gustaría encontrar un poco de paz para mí mismo. Después de este episodio menor, te agradecería que me dieras algunos días sin preocupaciones por huérfanos ni ancianos ni otras criaturas desdichadas. Quiero una o dos veladas de intimidad. Si no es mucho pedir.

La interrogante mirada de Lara se cruzó con la indignada de Hunter. Ella comprendió que su esposo no quería aparecer como un caballero andante, y que estaba tratando de dejar en claro que sus motivos eran más egoístas que magnánimos.

Pero no funcionaba. Nada podía encubrir el hecho de que, una vez más, Hunter estaba haciendo lo correcto. Lara se maravilló al ver lo mucho que había cambiado.

—Debo confesarte algo —dijo.

—¿Qué? —preguntó él con un gélido tono de voz.

—Alguna vez, hace ya muchos años... envidié a Rachel porque... —Retiró la mirada del airado rostro de Hunter y la clavó en la alfombra—. Cuando Rachel se ca-

270

só con Lonsdale, ella creía estar enamorada de él. ¡Lonsdale parecía tan gallardo, tan romántico! Y cuando yo os comparaba, a vosotros dos, tú resultabas ser... peor. Eras infinitamente más serio y reservado, y tenías muy poco del encanto de Lonsdale. Ciertamente, no es de sorprender que yo no te amara. Mis padres habían arreglado nuestra boda, algo que acepté como una decisión sensata. Pero no podía evitar pensar, cuando veía el afecto existente entre Rachel y Lonsdale, que a ella le había ido mucho mejor. Nunca tuve intención de admitir esto ante ti, pero ahora... —Lara se frotó, nerviosa, las manos—. Ahora veo lo equivocada que estaba. Te has vuelto tan... —Se interrumpió, sonrojándose, antes de que la gratitud y algo mucho más profundo, más auténtico, la obligara a terminar—. Eres más de lo que esperaba que fueras. No sé cómo, pero te has convertido en el hombre en el que puedo confiar. Un hombre al que podría amar.

No se atrevió a mirarlo, y no supo si su reconocimiento era algo que él deseara o no. Hunter cruzó la habitación, sus botas pasaron por el borde del campo visual de Lara, y salió sin decir nada por la puerta entreabierta, dejándola a solas con el eco de su propia e impetuosa confesión.

16

Era como si la servidumbre de la finca de Lonsdale hubiese elegido bandos según su sexo: los hombres apoyaban al señor y las mujeres, por el contrario, simpatizaban con la señora de la casa. Un par de lacayos y un estoico mayordomo hacían todo lo posible para evitar que Hunter entrara en la mansión, mientras que el ama de llaves y su dama de compañía merodeaban por el lugar, observando con ansiedad todos sus movimientos. Hunter percibía la predisposición de las mujeres a acompañarlo hasta la alcoba de su cuñada.

El rostro de Hunter se tornó inexpresivo cuando su mirada se encontró con la del mayordomo, un hombre ya mayor que había brindado décadas de lealtad a la familia Lonsdale. Sin duda había visto, o ayudado a ocultar, más de una fechoría cometida por la familia. Saludó a Hunter con cortesía y dignidad, aunque una chispa de inquietud en sus ojos revelaba que las cosas no estaban del todo como correspondía. Estaba flanqueado por sendos lacayos de gran estatura, que parecían dispuestos a levantarlo en andas y sacarlo de la mansión.

—¿Dónde está Lonsdale? —preguntó Hunter lacónicamente.

—El señor está fuera, milord.

—Me dijeron que lady Lonsdale está enferma. He venido a confirmar su estado de salud personalmente.

El mayordomo hablaba con la necesaria altivez, pero el color de su semblante se hacía cada vez más intenso.

—No le puedo confirmar ningún detalle del estado de lady Lonsdale, milord. Como comprenderá, es un asunto privado. Tal vez pueda usted discutirlo en persona con lord Lonsdale cuando regrese.

Hunter dirigió la mirada hacia los lacayos y las dos mujeres que se encontraban en la escalera. La gélida expresión de los rostros de éstas confirmaba la certeza de que Rachel estaba enferma.

La situación le trajo a la memoria cierta ocasión en la que fue de visita a la casa de un amigo que estaba agonizando, en la India, y la encontró atestada de parientes de las dos ramas familiares. Una desesperación silenciosa flotaba en el ambiente como si se tratara de una nube de humo. Todos sabían que si el hombre moría, la esposa sería quemada viva junto con el cadáver. Hunter recordó la huella de la mano, pintada de rojo, que la desconsolada esposa había dejado marcada en la entrada justo antes de cumplir con la antigua tradición del *sati*. Aquella marca era lo único que permanecería para que el mundo no se olvidara de su existencia. A pesar de la terrible frustración que sintió, Hunter no pudo hacer nada para ayudarla. Los hindúes respetaban el *sati* con tanta veneración que eran capaces de matar a cualquier extranjero que osara interferir.

¡Qué poco se valoraba la vida de la mujer en numerosas culturas! Incluso en aquélla, que se las daba de moderna e ilustrada. Hunter no fue capaz de discutir la observación de Lara, según la cual, y a los ojos de la ley inglesa, la esposa de un hombre era su propiedad y éste podía hacer con ella lo que considerara oportuno. A juzgar por el pesimismo y la ansiedad que flotaban en el ambiente, la desafortunada lady Lonsdale iba a ser víctima una vez más de la cruel indiferencia de la sociedad. A menos que interviniese alguien.

Hunter se dirigió al mayordomo, aunque sus palabras apuntaban a todos los presentes.

—Si ella muere —dijo con serenidad— es probable que todos ustedes sean acusados de cómplices de asesinato.

Percibió, aunque no le hizo falta mirarlos, que el comentario les caló muy hondo. Una corriente de temor, culpabilidad y preocupación se adueñó del ambiente. Todos permanecieron inmóviles, incluido el mayordomo, cuando Hunter se dirigió hacia las escaleras. Después se detuvo frente a la rolliza ama de llaves y ordenó:

—Acompáñeme a la alcoba de lady Lonsdale.

—Sí, milord —respondió ella.

El ama de llaves subió las escaleras con tanta prisa que Hunter se vio obligado a subir los peldaños de dos en dos.

La quietud y la penumbra reinaban en la alcoba de Rachel, junto con un toque seco de agradable perfume, y las cortinas de terciopelo estaban corridas casi del todo; tan sólo una estrecha abertura, de unos diez centímetros dejaba pasar un tenue rayo de luz. Encontró a Rachel reclinada sobre grandes almohadas de encaje, el cabello largo y suelto, su cuerpo frágil envuelto en un camisón blanco. No se veían moretones en el rostro ni en los brazos, pero tenía la piel de un extraño tono similar a la cera, y los labios estaban agrietados y sin vida.

Al oír que había alguien en la habitación, Rachel entrecerró los ojos para tratar de ver la silueta oscura de Hunter. Se le escapó un quejido de miedo, y él se dio cuenta de que lo había tomado por Lonsdale.

—Lady Lonsdale —dijo con suavidad mientras se aproximaba a ella—, Rachel... —Vio que intentaba apar-

274

tarse de él—. ¿Qué te ha pasado? ¿Cuánto tiempo llevas así?

Tomó su mano delgada y fría, la cubrió con la suya, de gran tamaño, y le acarició los dedos.

Ella lo miró con la expresión de un animal herido.

—No lo sé —susurró—. No sé qué pasó. No quiso hacerlo, seguro que no... No sé cómo, pero me caí. Descansar... Lo único que necesito es descansar. Lo que pasa es que..., me duele mucho..., no puedo dormir.

Necesitaba algo más que un simple descanso. Para empezar, era preciso la visita del doctor Slade. Hunter nunca le había prestado mucha atención a Rachel, ya que la veía como una simple imitación de Lara, atractiva pero menos interesante. Sin embargo, al ver aquella ligera semejanza con su esposa y el visible sufrimiento que padecía, sintió en el pecho una punzada de dolor.

—Lara me envía a buscarte —masculló—. Dios sabe que no deberías moverte, pero le prometí... —interrumpió la frase en seco, invadido por la frustración.

El nombre de Lara pareció atravesar la horrible nebulosa que cercaba la pesadilla de Rachel.

—Ah, sí... Larissa. Quiero ver a Larissa. Por favor.

Hunter le lanzó una mirada de soslayo al ama de llaves, que permanecía de pie junto a ellos.

—¿Qué demonios está sucediendo aquí?

—Ha estado sangrando, señor —respondió ella con suavidad—. Desde que comenzó el otoño. Todos nuestros esfuerzos parecen ser en vano. Yo quería llamar al doctor, pero el señor lo prohibió... —La voz se le desvaneció hasta hacerse apenas audible—. Por favor, señor... Llévesela de aquí antes de que él regrese. No quiero ni pensar lo que puede suceder si no lo hace.

Hunter volvió a mirar la lánguida figura que había en la cama y retiró las sábanas. Vio que el camisón tenía manchones de sangre seca y que había más bajo su cuerpo. Gruñendo, le pidió al ama de llaves que lo ayudara, y entre los dos envolvieron a la mujer enferma en una bata de batista. Rachel trató de colaborar, levantando con ánimo los brazos para meterlos por las mangas, pero el más mínimo movimiento le causaba un dolor extremo. Tenía los labios azules, y los apretó con fuerza mientras el ama de llaves le abrochaba los botones de la bata.

Hunter se inclinó y pasó los brazos por debajo de su cuerpo, hablándole como si fuera una niña pequeña.

—Muy bien, así me gusta —le fue diciendo mientras la levantaba, sin gran esfuerzo—. Voy a llevarte junto a Larissa, y ya verás cómo te recuperas enseguida.

Intentaba actuar con suavidad, pero ella gimió de dolor cuando la alzó en sus brazos y la acercó hacia su pecho. Maldiciendo en silencio, Hunter se planteó la posibilidad de que trasladarla en aquel estado tal vez pudiera terminar con su vida.

—Vaya, milord —irrumpió el ama de llaves al ver que vacilaba—. Es lo mejor que puede hacer... Créame.

Hunter asintió con la cabeza y sacó a Rachel de la habitación. La cabeza de ésta se desplomó sobre su hombro y él creyó que se había desmayado, pero mientras descendía las escaleras, con ella en brazos, oyó un ligero susurro.

—Gracias... Quienquiera que seas.

«El dolor y la pérdida de sangre han debido de provocarle delirios», pensó Hunter.

—Soy Hawksworth —respondió, tratando de no zarandearla demasiado mientras bajaban.

—No, no eres Hawksworth —fue su débil pero certera respuesta, y sus dedos delgados le acariciaron la mejilla en una especie de tierna bendición.

El trayecto hasta Hawksworth Hall fue una tortura. Rachel, pálida e inerte, jadeaba cada vez que las ruedas del carruaje se metían en un surco o en algún agujero del camino. Iba echada en el asiento de terciopelo, acurrucada sobre una mullida cama de almohadas y mantas que apenas atenuaban su dolor. Después de un rato, Hunter vio que él mismo se estremecía con cada tímido quejido de Rachel, y que aquel padecimiento le afectaba más de lo que hubiera sospechado.

Como todos los demás, Hunter había querido ignorar el maltrato de Lonsdale hacia Rachel, apelando a que los avatares de un matrimonio en la intimidad de su propia casa no eran de su incumbencia. Sin duda iban a ser muchos los que dijeran que se había extralimitado al sacar a Rachel de la finca de Lonsdale. «Malditos sean todos ellos», pensó con ferocidad mientras escuchaba aquellos sollozos de dolor. La culpa era de todos los de Market Hill y de todos los amigos y parientes de Lonsdale. Todos ellos, en conjunto, habían permitido que la situación llegara hasta tal extremo.

Pareció casi un milagro que Rachel no falleciera en el carruaje durante el espantoso trayecto. Al fin llegaron a Hawksworth Hall y Hunter, con sumo cuidado, entró en la casa con ella en brazos. Vio que el doctor Slade ya se encontraba allí y esperaba su llegada junto a Lara. Ésta no pareció sorprendida ante el estado de su hermana, y él pensó que sus suposiciones la habían llevado a esperar lo peor. Por indicación de Lara, Hunter llevó a la paciente a su habitación y la acomodó sobre las sábanas de lino. Las doncellas iban de aquí para allá. Lara se reclinó sobre Rachel mientras Slade hurgaba en su maletín, y Hunter se alejó de la habitación.

Su participación había terminado. Supuso que debía sentirse satisfecho por haber cumplido su promesa, pero sin embargo estaba preocupado y nervioso. Se dirigió a la biblioteca y se encerró allí, donde estuvo bebiendo pausadamente y pensando cómo demonios iba a encarar a Lonsdale cuando éste regresara. Por mucho que mostrara arrepentimiento, Hunter sabía que no podía consentir que se volviera a llevar a su esposa. ¿Cómo iba a convencerlos de que no volvería a hacer daño a Rachel? ¿Cómo iban a asegurarse de que tarde a o temprano no acabaría por matarla?

Lonsdale no iba a cambiar, concluyó Hunter mientras se servía su segunda copa de licor. Las personas nunca cambiaban. Pensó en lo que Lara le había dicho con anterioridad: «No sé cómo, pero te has convertido en el hombre en quien puedo confiar. Un hombre al que podría amar». La ferviente confesión, dicha con tal dulce esperanza, lo había llenado de un deseo vehemente. No supo responder, y seguía sin saber cómo hacerlo. Deseaba el amor de Lara. Haría todo lo posible para tenerla, aunque tal vez, a su manera, él pudiera resultar tan destructivo para ella como Lonsdale para Rachel.

Llegó un sirviente y le comunicó que el médico estaba listo para retirarse, y Hunter dejó la copa de licor y salió de la biblioteca. Llegó al salón principal al mismo tiempo que Lara y el doctor Slade. El viejo semblante de éste tenía una expresión grave y ensombrecida por un sentimiento de desagrado, con las arrugas más marcadas que de costumbre, lo que le asemejaba a un hosco buldog. Lara daba muestras de serenidad, aunque quebradiza. Bajo aquella fachada se escondía un mar de emoción.

Hunter llevó su mirada del uno al otro, esperando las noticias.

—¿Y bien? —preguntó con impaciencia.

—Lady Lonsdale ha sufrido un aborto —contestó el

doctor Slade—. Parece que no fue consciente de su estado hasta que empezó a sangrar.

—¿Cómo sucedió?

—Lonsdale la tiró por las escaleras —dijo Lara con aplomo, si bien sus ojos echaban chispas—. Había vuelto a beber, y estaba de mal humor. Rachel dice que no sabía lo que hacía.

El doctor Slade frunció el ceño.

—Un mal asunto, ciertamente —comentó—. Jamás pensé que iba a decir esto, pero es una bendición que el viejo lord Lonsdale no esté vivo para ver lo que ha sido de su hijo. Recuerdo lo orgulloso que solía estar de su chico cuando...

—¿Se va a recuperar? —interrumpió Hunter, viendo que iba a empezar a extenderse con evocaciones del pasado.

—Creo que lady Lonsdale recobrará la salud completamente —respondió Slade—, siempre que ahora reciba el cuidado y el reposo que necesita. Mi consejo es que nadie la moleste, dada su debilidad. En cuanto a su esposo... —Vaciló y negó con la cabeza, sabiendo para sus adentros que el asunto quedaba fuera de su alcance—. Cabe esperar que se convenza de que este tipo de conducta no es aceptable.

—Lo hará —dijo Lara con firmeza, antes de que Hunter pudiera responder. Se dio la vuelta sin mirar a ninguno de los dos, subió de nuevo las escaleras, y se encaminó a la alcoba de su hermana convaleciente. Algo en la rigidez de su espalda y en la inclinación majestuosa de su cabeza provocó una ligera sensación de culpabilidad en Hunter, como si la actuación de Lonsdale los implicara de algún modo a él y al doctor Slade. Como si los dos hubiesen sido ya juzgados y condenados por participar en una gran conspiración de hombres contra mujeres.

—Maldito Lonsdale —farfulló con el ceño fruncido.

El doctor se incorporó y le dio una palmadita en el hombro.

—Lo comprendo perfectamente. Sé bien el cariño que siente por su amigo. Pero si la opinión de un hombre ya mayor le sirve de algo, quiero que sepa que me alegra ver que ha decidido brindarle su protección a lady Lonsdale. Da muestras de una compasión que no siempre se ha visto en la familia Crossland. Espero que no se ofenda.

La boca de Hunter hizo una mueca irónica.

—No puedo ofenderme por escuchar la verdad —contestó, y acto seguido pidió un carruaje de regreso para el doctor Slade.

Lara veló a Rachel toda la noche, hasta que comenzó a adormilarse en la silla junto a la cama. Despertó sobresaltada al sentir que alguien, una gran silueta, se movía por la habitación.

—¿Qué... ? ¿Quién...? —preguntó aturdida.

—Soy yo —murmuró Hunter, al tiempo que la distinguía en la oscuridad y le ponía las manos sobre los hombros—. Ven a la cama, Lara. Tu hermana está durmiendo... Podrás cuidarla por la mañana.

Lara bostezó, negó con la cabeza y se estremeció de dolor al sentir un tirón agudo en los tensos músculos del cuello.

—No. Si se despierta..., si necesita algo... Quiero estar aquí.

No le podía explicar el sentimiento irracional que la impulsaba a no dejar sola a su hermana, a decirse que Rachel necesitaba estar protegida constantemente, de cualquier monstruo, tanto real como invisible.

Los dedos de Hunter le acariciaron el cuello con ternura.

—No le va a hacer bien que tú también te agotes —dijo él.

Con el pulgar le acarició la sien, y después se inclinó y le puso la boca en la cabeza.

—Acuéstate, mi amor. —El sonido de la voz de Hunter quedaba amortiguado por su cabello—. Ahora la cuidaré yo.

A pesar de su resistencia, la incorporó de la silla, insistió en que abandonara la habitación y Lara se encaminó al fin hacia su propia cama, casi como una sonámbula.

Lonsdale llegó a Hawksworth Hall al día siguiente por la tarde. Al principio, Lara no se enteró de su llegada, recluida como había estado casi todo el día en la habitación de Rachel. Logró, con paciencia, que ésta tomara un poco de sopa, una cucharada de papilla y una dosis del medicamento que el doctor Slade había dejado para ella. En silencio y exhausta, Rachel parecía agradecer el estado de inconsciencia en el que la sumía el remedio. Se durmió enseguida, tomada de la mano de Lara con una confianza infantil que a ella le rompía el corazón.

Lara apartó la mano con cuidado y acarició el cabello largo y castaño de su hermana.

—Duerme bien, querida —le susurró—. Todo va a salir bien.

Salió de la habitación pensando en silencio cómo y cuándo le diría a sus padres lo que le había pasado a Rachel. Iba a ser muy desagradable. Imaginó que lo negarían todo. Lonsdale era un hombre de bien, dirían, que tal vez hubiera cometido una torpeza que requería la comprensión y el perdón de todos.

Lara sabía que el apoyo de Hunter era fundamental si quería mantener a Lonsdale alejado de Rachel. No tendría a quién recurrir si Hunter cambiaba de opinión. Él era el único que podía evitar que Lonsdale se llevara a su esposa e hiciera con ella lo que le viniera en gana. Lara estaba agradecida por cómo se había comportado Hunter hasta ahora, pero no podía evitar el temor de que la vieja amistad que unía a los dos hombres acabara prevaleciendo. No podía imaginar a su esposo negándole a Lonsdale el acceso a su mujer. Y si Hunter cedía a las demandas de su amigo... Lara no estaba segura de lo que haría entonces.

Con la mente llena de pensamientos cada vez más descorazonadores, Lara se acercó al rellano de la escalera que conducía al salón principal. Oyó el sonido lejano de unas voces masculinas, cargadas de una intensidad alarmante. Se alzó los faldones del vestido, apartándolos de los pies, y descendió las escaleras con rapidez. Al llegar al último escalón vio que Hunter estaba hablando con Lonsdale.

La visión de su cuñado, bien vestido y de una belleza aniñada, la colmó de rabia. El aspecto de Lonsdale era relajado y afectuoso, como si no hubiera pasado nada. Que la condenaran si permitía que Lonsdale volviera a ponerle las manos encima a Rachel; lo mataría ella misma si era necesario.

Aunque Lara no hizo ningún ruido, Hunter percibió su presencia. Se volvió y le dirigió una penetrante mirada.

—Quédate ahí —dijo con brusquedad.

Ella obedeció, con el corazón latiéndole con fuerza, y Hunter volvió a concentrar su atención en Lonsdale.

—Hawksworth —murmuró Lonsdale con cierto desconcierto por la fría acogida que había tenido—, Dios Santo, ¿cuánto tiempo vas a tenerme aquí de pie? Hazme pasar y charlemos amigablemente mientras tomamos una copa.

—No es momento de tomar nada amigablemente —respondió Hunter de forma cortante.

—Sí, bueno... La razón de mi visita es obvia... —Lonsdale hizo una pausa para mostrar su evidente preocupación—. ¿Cómo está mi esposa?

—No está nada bien —contestó Hunter.

—Mentiría si dijera que entiendo lo que está sucediendo. Rachel tuvo un accidente, y en lugar de dejar que se recupere en su propia casa, vas a buscarla y cruzas toda la campiña con ella... Todo para satisfacer algún capricho de Lara, sin duda. Entiendo la reacción de Lara, es como todas las mujeres, con el cerebro del tamaño de un guisante, pero tú... —Lonsdale sacudió la cabeza en un gesto de sorpresa—. ¿Qué es lo que te llevó a hacer semejante cosa, Hawksworth? No es tu estilo meterte en los asuntos de otro hombre, sobre todo cuando ese hombre es el maldito mejor amigo que has tenido nunca.

—Ya no lo es —dijo Hunter con suavidad.

Los ojos azules de Lonsdale se crisparon, sobresaltados.

—¿Qué estás diciendo? Eres como un hermano para mí. Ninguna disputa por una simple mujer va a interponerse entre nosotros. Limítate a dejar que me lleve a Rachel y volveremos a estar en paz.

—No se la puede trasladar ahora.

Lonsdale rió sin acabar de creer que hubiera oído aquella negativa.

—Se trasladará si así lo digo yo. Es mi esposa. —Su expresión se tornó adusta al ver que Hunter permanecía inalterable, mirándolo fijamente—. ¿Qué demonios ocurre?

Hunter no pestañeó cuando dijo:

—Vete, Terrell.

Una expresión de ansiedad se adueñó del rostro de Lonsdale:

—¡Dime cómo está Rachel!

—Estaba embarazada —respondió Hunter cansinamente—. Ha perdido el niño.

El color del rostro de Lonsdale se desvaneció, y la boca se le curvó en una mueca convulsiva.

—Voy a entrar a verla.

Hunter negó con la cabeza y no quiso hacerse a un lado.

—Está siendo bien cuidada.

—¡Ha perdido el hijo por haberla traído aquí cuando estaba enferma! —gritó Lonsdale.

Lara se mordió el labio en un intento de permanecer callada, pero sin saber cómo la voz salió de su interior con toda su fuerza.

—¡Rachel ha tenido un aborto porque tú la empujaste por las escaleras! Nos lo ha contado todo, a mí y al doctor Slade.

—¡Eso es mentira! —exclamó Lonsdale.

—Lara, cállate —gruñó Hunter.

—Tú ni siquiera habrías llamado al médico —prosiguió ella, haciendo caso omiso de su esposo.

—¡No necesitaba ningún médico, maldita seas!

Lonsdale estalló y se fue hacia ella con las mejillas cada vez más sonrojadas.

—¡Estás tratando de poner a todo el mundo en mi contra! ¡Yo te enseñaré a cerrar la boca, no eres más que una zorra...!

Lara retrocedió por instinto, olvidándose de las escaleras que tenía a su espalda. Cayó hacia atrás con un grito ahogado y quedó sentada en el segundo escalón. Desde allí vio horrorizada y con los ojos bien abiertos que Hunter agarraba a Lonsdale como haría un sabueso con un desventurado zorro.

—Sal de aquí —dijo, empujando a su antiguo amigo hacia la puerta.

Lonsdale se soltó y fue hacia él levantando los dos puños. Lara esperaba una reacción similar por parte de Hunter, y creyó que adoptaría la clásica postura del boxeador. Los dos compartían la afición por aquel deporte, habían acudido juntos a innumerables combates de boxeo profesional y practicado el intercambio de puñetazos con sus amigos aristócratas.

Pero lo que ocurrió ante la perpleja mirada de Lara no fue lo que ella ni nadie podía esperar. Hunter realizó un extraño e incierto movimiento con la rodilla y con la base de la mano, y golpeó a Lonsdale de modo tan certero que éste se desplomó en el suelo soltando un quejido. Lo realizó instantáneamente, sin pensarlo ni un segundo. Acto seguido se agachó sobre Lonsdale y retiró el brazo hacia atrás, preparado para el decisivo puñetazo. Podía ser mortal, pensó Lara de pronto, tratando de sobreponerse. Vio en la expresión de Hunter, tensa y con una extraña mirada, que estaba más que dispuesto a matar al hombre que tenía debajo. La razón le había abandonado; tan sólo prevalecía el puro instinto letal.

—¡Hunter! —exclamó Lara con desesperación—. Hunter, espera.

La neblina que lo rodeaba pareció disiparse al oír su nombre. La miró, aún en estado de alerta, y bajó el brazo algunos centímetros. Lara estuvo a punto de retroceder al ver la expresión de sus ojos, una brutalidad que excedía con mucho la situación. Él luchaba por no resbalar hacia quién sabe qué oscuro abismo al que no tenía ningún deseo de regresar. Había muchas cosas que ella aún no entendía, pero no tenía la menor duda de que debía ayudarlo a volver a la normalidad cuanto antes.

—Es suficiente... —murmuró Lara mientras la servidumbre se acercaba desde todos los rincones con la mirada estupefacta y dirigida hacia los dos hombres que había en medio del salón—. Lord Lonsdale desea retirarse. —Se incorporó, alisándose las faldas, y se dirigió a un lacayo que esperaba junto a ella—. George, por favor, acompaña a lord Lonsdale a su carruaje.

El lacayo dio un paso al frente y se separó del grupo de sirvientes, que sin duda se preguntaba qué había ocurrido. Como si pudiese comprender el mudo deseo de Lara, la señora Gorst dispersó a la pequeña audiencia.

—Vamos —dijo el ama de llaves con tono de eficiencia—, hay mucho trabajo que hacer, no hay tiempo para quedarse así, boquiabiertos y embobados.

Lonsdale fue sacado del salón ante la impasibilidad de Hunter. Dos lacayos se encargaron de meterlo casi a rastras en su carruaje, que aguardaba en la puerta. Lara se acercó a su esposo y le acarició el brazo tímidamente.

—Milord —dijo agradecida—, gracias por proteger a mi hermana. Gracias.

Él le lanzó una intensa mirada ardiente.

—Agradécemelo en la cama —murmuró.

Lara lo miró, asombrada.

—¿Ahora? —preguntó con voz apenas audible, sintiendo que las mejillas le ardían de rubor.

Hunter no respondió, sino que se limitó a seguir mirándola de forma insistente.

Ella temió que algún lacayo todavía presente, al ver su forma de mirarla, pudiese discernir lo que su esposo deseaba. Le vino a la mente la idea de rechazarlo. Después de todo, el cansancio por cuidar de Rachel podía ser una buena justificación. Era la verdad. Pero Hunter nunca se lo había pedido de aquel modo. Las otras veces que habían hecho el amor se había mostrado seductor, jocoso, alentador... Pero nunca desesperado..., como si necesitara que ella salvara su alma.

Intimidada por aquella intensidad, se dio la vuelta y se dirigió hacia las escaleras. Hunter la siguió al instante, sin dejar más de un paso de distancia entre los dos. No trató de apremiarla, tan sólo iba tras ella, como si la estuviera acechando. Ella oía su respiración, veloz y ligera, no por el esfuerzo sino por la avidez. Lara se creyó al borde del desmayo al sentir que su corazón latía con tanta fuerza. Al llegar al rellano de las escaleras, ya en la planta alta, se detuvo y dudó entre ir a su habitación o a la de su esposo.

—¿Dónde? —preguntó con suavidad.

—No me importa —contestó él en voz baja.

Ella se encaminó hacia la habitación de él, que estaba un poco más apartada que la suya. Entraron y Hunter cerró la puerta con brusquedad. Su mirada hambrienta volvió a posarse sobre ella. Se quitó el chaleco y la camisa sin mostrar urgencia, pero Lara sabía lo que bullía bajo aquel dominio aparente. Turbada por la situación, se llevó las manos a la nuca para desabrocharse los botones del vestido. Iba por el segundo cuando él avanzó hacia ella y le sujetó la cabeza con las manos, como si temiese que fuera a escapar. La besó con intensidad y dureza, metiendo la lengua en las profundidades de su boca.

Ella alargó la mano para tocar los firmes músculos de su torso. La piel que sus dedos rozaban ardía de una forma casi febril. Las grandes manos de Hunter le apretaban la cabeza mientras la besaba con una violencia abrasadora. El placer se fue acumulando hasta que ella lanzó un gemido de excitación.

Temblando de feroz deseo, Hunter apartó al fin la boca y la empujó hacia la cama. Lara tropezó, desconcertada, pero las manos de él, que estaban ahí para guiarla, la sujetaron por las caderas y la acostaron boca abajo sobre el borde del colchón. Los pensamientos de Lara se dispersaron cuando él le levantó la falda hasta la cintura. Se oyó un sonido entrecortado cuando rompió su enagua y apartó los jirones hacia ambos lados.

—¿Qué estás haciendo? —preguntó Lara, al tiempo que trataba de darse la vuelta. Él la empujó de nuevo hacia abajo y ella sintió sus dedos deslizándose entre sus muslos.

—Déjame —musitó él—. No voy a hacerte daño. No te muevas.

Pasó la mano por la rizada maraña de vello del sexo de Lara, y deslizó un dedo en la inflamada entrada a su cuerpo, llegando a la profunda calidez y humedad de su interior. Lara se estremeció y se aferró a las sábanas hasta que éstas quedaron fruncidas entre las manos.

—Ya estás lista para mí —dijo Hunter con voz ronca al tiempo que se desabrochaba los pantalones.

Lara comprendió que estaba dispuesto a tomarla así, por detrás, y entonces cerró los ojos y esperó, con el pulso latiéndole con una mezcla de temor y deseo. Sintió su firme miembro contra ella, que buscaba, que presionaba, hasta que éste entró de una estocada que le hizo soltar un gemido. Apretó los músculos internos alrededor de aquella dureza invasora, aferrándola con firmeza según él la deslizaba más y más adentro aún.

Manteniéndose en su interior, Hunter agarró la parte trasera de su vestido y tiró de ella, lo que hizo que los delicados botones salieran volando por la cama y por el suelo. Las enaguas recibieron el mismo tratamiento; la frágil muselina cedió a sus manos agresivas y se desprendió enseguida de su cuerpo. Ella sintió la cálida boca de Hunter sobre su espalda, que le besaba la suave piel de la nuca, resbalando por su columna, y se estremeció con aquella exquisita sensación.

—Ahora —le rogó, con un deseo cada vez mayor, y apretó las nalgas contra el cuerpo de él.

Hunter respondió moviendo las caderas en pequeños círculos, haciendo gemir de nuevo a Lara y logrando que se agarrara a la tela del cubrecama aún con más vehemencia.

—Quiero tocarte —jadeó ella—. Por favor, déjame...

—No —murmuró él, y le lamió el borde de la oreja, y luego metió la lengua en su interior.

Lara temblaba de placer enloquecedor, lo sentía en su interior, la rodeaba por completo, pero no podía verlo ni tocarlo.

—Déjame volverme. Hunter, por favor... —rogó una vez más.

Él le separó más los muslos con sus piernas. Deslizó la mano hacia su vientre tenso y la hundió en la rizada mata de vello. Dio con el sensible punto que concentra todo el placer y lo acarició con suavidad. Atrapada entre el cosquilleo de sus dedos juguetones y las profundas estocadas de sus caderas, Lara pronunció su nombre entre sollozos. Su cuerpo permanecía estirado, indefenso e inmovilizado bajo el peso de Hunter, mientras el ritmo de las caderas de éste iba en aumento, elevando el placer más y más, hasta que todos sus sentidos se abrieron y la ráfaga de descarga comenzó.

Vibrando de goce, ahogó sus gemidos en el cubrecama y sintió el rostro de Hunter sobre su espalda. Estaba perdido en su propio clímax, y tenía las manos firmes en sus caderas al tiempo que se derramaba en su interior con un gemido de satisfacción.

Cuando todo pasó, la debilidad de Lara no le permitió ni moverse. Se acomodó sobre el colchón, aturdida, después de que Hunter terminara de rasgar lo que quedaba de sus ropas. Él se quitó los pantalones, se metió desnudo en la cama y la abrazó contra su espigado cuerpo. Ella se relajó y durmió un rato, aunque era imposible saber si fueron unos minutos o unas horas. Cuando despertó, Hunter la estaba mirando con ojos parecidos al terciopelo negro.

—Eres la única mujer a quien voy a hacer el amor —susurró, acariciándole los senos y jugueteando con su punta rosada.

Ella le acarició el cabello, que brillaba con reflejos dorados, y luego el firme cuello, sintiendo el inmenso placer de tenerlo a su lado.

—Muy bien —respondió ella.

—Deja que me quede contigo, Lara. No quiero irme de tu lado.

Sorprendida, deslizó los brazos alrededor de su ancha espalda. Las puntas de sus dedos casi no llegaban a alcanzar el centro. ¿Por qué le inquietaba la posibilidad de alejarse de ella? ¿Acaso temía algún accidente, alguna catástrofe inesperada que los obligara a separarse de nuevo? La sola idea le parecía terrible. No había pasado mucho tiempo desde que le dijeron que había muerto... Y, en realidad no había lamentado su pérdida, pensó avergonzada. Pero si volvía a ocurrir algo, si tenían que separarse de nuevo... Dios Santo, ahora no lo podría soportar. No quería vivir sin él.

Lo miró fijamente, y entreabrió los muslos con deseo cuando él metió la rodilla entre éstos.

—Entonces, quédate conmigo —se limitó a decir ella—. No pensaremos más en el pasado.

—No, Dios mío, no.

Hunter se hundió en ella y lanzó un gemido. Lara miró fijamente su rostro, observó sus finas facciones, la mandíbula apretada. Hicieron el amor despacio, haciéndolo durar una eternidad, hasta que ella sintió oleadas de placer interminable y percibió que, de alguna forma, él miraba su alma, y a la vez le mostraba fugazmente la suya, convirtiendo los secretos en cenizas.

—¿Me amas?

—Sí, sí...

Lara no sabía quién lo había preguntado, o quién había respondido. Sólo sabía que la respuesta era cierta para ambos.

17

En los días que siguieron, hubo un silencio amenazador por parte de lord Lonsdale, que desistió de cualquier intento de aproximación a Hawksworth Hall. Al poco tiempo llegó una nota breve y afectada en la que pedía que se le informara del estado de su esposa. Lara vaciló en darle una respuesta. Sentía que Lonsdale no tenía derecho a saber nada de Rachel después del daño que le había hecho. Sin embargo, la decisión no era suya. A su pesar, decidió hablarle de la carta a su hermana, que se encontraba descansando en el sofá de la sala.

Rachel tenía puesto un camisón blanco y una manta de encaje le cubría las piernas. Parecía una frágil figurita de porcelana. Miraba por la ventana con la mirada perdida y una novela abierta descansaba sobre su regazo.

—¿No te gusta la novela, querida? —preguntó Lara, señalando el libro con la cabeza—. Si quieres te traigo alguna otra de la biblioteca...

—No, gracias. —Rachel le dedicó una sonrisa de afecto pero llena de cansancio—. No me puedo concentrar en nada. Empiezo y al minuto las palabras dejan de tener sentido.

—¿Tienes hambre?

Rachel negó con la cabeza y respondió:

—Johnny me ha traído un durazno del jardín hace unos minutos. Decía que era mágico y que haría que me sintiera mejor, e insistió en quedarse mientras me lo comía.

La imaginación del chico hizo sonreír a Lara.

—Qué adorable... —dijo.

—Por momentos, podría jurar que es tuyo —prosiguió Rachel—. Con su colección de tortugas y de animalitos del jardín... Se parece mucho a ti.

—Después de ver su actitud durante la última visita del doctor Slade, con lo que ha hurgado en su maletín y los cientos de cosas que le ha preguntado, no me sorprendería que algún día quiera estudiar medicina.

—Sería muy conveniente tener un médico en la familia —añadió Rachel, y acto seguido recostó la cabeza hacia atrás con un suspiro apenas audible.

Lara se arrodilló junto a ella y cubrió la mano fría de su hermana con la suya.

—Rachel... Lonsdale ha escrito para saber sobre tu estado. ¿Quieres que le conteste o prefieres mantener silencio?

Rachel se puso pálida y meneó la cabeza.

—No sé qué hacer —contestó.

Ninguna de las dos dijo nada. Lara seguía tomándola de la mano, en silenciosa señal de apoyo. Hasta que al fin se atrevió a decirle a su pobre hermana lo que llevaba pensando desde el aborto.

—Rachel... No estás obligada a volver con él. Nunca más. Puedes quedarte con nosotros, o tener tu propia casa, donde tú quieras.

—Sin esposo, sin hijos, sin ninguna de las cosas que dan valor a la vida de una mujer —respondió Rachel con expresión sombría—. ¿Qué alternativa es ésa? Debo volver con Lonsdale, con la esperanza de que cambie.

—Hay un montón de cosas que pueden llenar tu vida, Rachel...

—Yo no soy como tú —la interrumpió, sin levantar

la voz—. No soy tan independiente. No hubiera podido hacer lo que hiciste tú tras la muerte de Hawksworth: forjar una vida nueva que no incluía a ningún hombre. Yo, en tu lugar, habría empezado a buscar otro hombre de inmediato. Siempre he querido crear una familia, ya lo sabes. Es cierto que Lonsdale tiene sus defectos, pero hace ya tiempo que supe que debía aprender a aceptar sus limitaciones...

—Estuvo a punto de matarte, Rachel —dijo Lara—. No intentes defenderlo. A mi entender, la negativa de Lonsdale a llamar al médico no fue ni más ni menos que un intento de asesinato. Es un ser despreciable en todos los aspectos, y pienso hacer todo lo que esté en mi mano para evitar que vuelvas con él.

—No estuvo bien —admitió Rachel—, y no puedo defender todo lo que hace. Sin embargo, si yo hubiese conocido mi estado y se lo hubiera contado, tal vez él habría sido más considerado y no hubiese habido ningún accidente.

Lara se exaltó tanto que le soltó la mano y se incorporó de un salto. Se puso a dar vueltas por la habitación, muy enojada, y dijo:

—Después de este «accidente», como tú lo quieres llamar, estoy segura de que Lonsdale se va a controlar por un tiempo. Pero enseguida volverá a aflorar su verdadera naturaleza, condescendiente, egoísta y cruel. ¡No va a cambiar, Rachel!

Los ojos castaños de Rachel, por lo general llenos de ternura, se tornaron fríos y cortantes cuando le devolvió la mirada a Lara.

—Tu esposo sí ha cambiado —señaló—, ¿no es cierto?

Lara quedó desconcertada ante el tono desafiante de su hermana.

—Sí —respondió recelosa—. Hunter ha cambiado

para mejor, pero me recuerdo a mí misma que a menudo el cambio puede no ser permanente.

Rachel la miró durante un buen rato.

—Creo que sí —murmuró—. Creo que Hawksworth es realmente otro hombre. El día que vino a buscarme a Lonsdale House, apenas lo reconocí. El dolor era cada vez más intenso, no tenía la mente clara, y de pronto apareció él... Me pareció un desconocido, un desconocido adorable y dulce. No me di cuenta de que en realidad fuera Hawksworth. Pensé, literalmente, que se trataba de un ángel.

—Tiene sus momentos —reconoció Lara, y la frase «otro hombre» resonó en su mente de forma extraña. Miró a su hermana, que había agachado la cabeza—. Rachel, tengo la sensación de que estás tratando de decir algo, pero no te atreves... —Dejó de hablar para reunir fuerzas antes de preguntar—: ¿Acaso no crees que ese hombre sea lord Hawksworth?

La mirada penetrante de Rachel se cruzó con la de su hermana.

—Quiero creer que es Hawksworth porque tú has decidido creerlo.

—No se trata de decidir nada —señaló Lara con acusada perturbación—. Los hechos afirman su identidad...

—Los hechos no son absolutos. Se pueden debatir hasta la saciedad. —La serenidad de Rachel resaltaba aún más la turbulencia interna de Lara—. Lo único importante es que lo has aceptado por motivos que sólo tú sabes. —Sonrió con ironía y añadió—: Querida hermana, eres la persona con menos conciencia de sí misma que conozco. Diriges hacia fuera todos tus esfuerzos y toda tu energía, y los viertes sobre los demás. Tus decisiones son impulsivas, te guías por instinto y jamás examinas los motivos que te mueven a actuar. Y te involucras en problemas ajenos para no tener que atender a lo que sucede en tu interior.

—¿Qué estás diciendo?

—Lo que quiero decir es... —La voz de Rachel se desvaneció y miró a su hermana con ternura y preocupación—. Perdóname. Te estoy afligiendo y no hay ninguna necesidad. Lo único que quería decirte es que yo he decidido creer que, milagrosamente, tu esposo ha vuelto a casa para estar contigo, y lo quiero creer porque deseo tu felicidad con toda mi alma. Y por esa misma razón, debes permitir que yo vuelva con Lonsdale cuando esté preparada, y tener la esperanza de que también a mí me suceda un milagro.

Lara estaba tendida en la cama, boca abajo, desnuda, mientras su esposo se untaba las palmas de las manos con aceite aromático. El aroma de lavanda flotaba en la alcoba con un dulzor embriagante. Se puso rígida al sentir las manos de Hunter en su espalda. Un suave «shhhh» se le escapó a él de los labios y ella, al oírlo se relajó, y permaneció inmóvil bajo los cuidados de aquellas manos.

Hunter demostró un completo conocimiento de su cuerpo, recorriendo los músculos agarrotados de los hombros y los nudos que tenía a lo largo de la espina dorsal. Alivió su dolor con tanta precisión que Lara no pudo evitar un gemido de placer.

—Aaahh... Qué alivio... Sí, sí, ahí.

Con los pulgares, Hunter presionó en semicírculos los músculos doloridos a ambos lados de la columna, y los fue frotando en dirección a los hombros.

—Cuéntame qué te pasa —dijo al cabo de unos minutos, cuando Lara quedó relajada del todo. Le puso la mano en la nuca y presionó con los dedos los músculos anudados.

De pronto, a Lara le resultó muy fácil confiarle la preocupación que sentía y que no le había permitido probar bocado durante la cena. A pesar de los intentos de Hunter por animarla, había permanecido triste y en silencio, encogida frente al plato intacto de comida, hasta que él finalmente la había llevado a la intimidad de la alcoba.

—Hoy hablé de Lonsdale con Rachel —dijo Lara—. Quiere volver con él cuando se recupere. Como es natural, me opuse y discutimos. Ojalá pudiera encontrar las palabras adecuadas para convencerla de que no debe regresar. Tengo que pensar en algo que...

—Lara —interrumpió él sin dejar de masajear su nuca con los dedos. Había una sonrisa en su rostro—, como siempre, quieres salir del paso con la solución en la mano, y que todo resulte como tú deseas. Pero esta vez el plan no va a funcionar. Deja que Rachel descanse. No la presiones con preguntas que aún no está preparada para responder. Por el momento, no va a irse a ningún sitio.

Lara reconoció la sabiduría del consejo y se reprochó a sí misma:

—Soy demasiado impaciente. No tenía que haber mencionado a Lonsdale tan pronto. ¿Cuándo aprenderé a no entrometerme en asuntos ajenos?

Hunter le dio la vuelta y le sonrió, mientras su mano perfumada de lavanda seguía trabajando sobre los músculos de su clavícula.

—Me encanta tu impaciencia —murmuró—. Me encantan tus intromisiones.

Lara observó con inseguridad el rostro oscuro que había sobre ella.

—Rachel dijo que me involucraba en los problemas de los demás para olvidarme de los míos. ¿Crees que es así? —preguntó.

—No del todo. ¿Y tú? —dijo Hunter.

—Bueno, yo... —Alzó las rodillas y cruzó los brazos por encima del pecho—. Supongo que es más fácil ver lo que va mal en la vida de los demás que examinar con detenimiento como está la de uno mismo.

Él agachó la cabeza y la besó en la mejilla.

—Creo que la satisfacción de ayudar a los demás a ti te da un gran impulso vital —susurró—. Y no hay nada de malo en ello. —Retiró los brazos de su cuerpo con suavidad—. ¿Por qué intentas siempre taparte? —le preguntó—. ¿Sigues con tu timidez, después de todo lo que hemos hecho?

Lara se ruborizó mientras Hunter observaba su cuerpo con atención.

—No puedo evitarlo. Jamás podré sentirme cómoda sin ropa encima.

—Sí que podrás —dijo él al tiempo que dirigía sus dedos, ligeramente untados de aceite, hacia el vientre de Lara. Una vez allí la acariciaron en movimientos circulares, lo que hizo que todo su cuerpo se tensara—. Resulta que conozco la cura perfecta para la timidez.

—¿Y qué cura es ésa? —preguntó ella.

Escuchó lo que él le murmuraba al oído con los ojos bien abiertos. Antes de que Hunter terminara de describir la «cura», ella comenzó a balbucear con una mezcla de diversión e incredulidad.

—¿Lo has hecho alguna vez? —quiso saber Lara.

—No. Me lo han contado —contestó él.

—Seguro que es imposible.

Los dientes de Hunter brillaron al esbozar una sonrisa y decir:

—Tendremos que averiguarlo, ¿no?

Antes de que ella pudiera decir nada, le tapó la boca con la suya y la atrajo hacia su cuerpo excitado.

En una población como Market Hill, los rumores corrían como las ondas que provoca una piedra al caer en un estanque. Secretos, enfermedades y problemas de todo tipo se descubrían, se discutían y después se arreglaban con rápida solución. O bien se olvidaban... La comunidad procesaba una cantidad ilimitada de información. No transcurrió mucho tiempo sin que las nuevas noticias sobre el capitán Tyler y su esposa llegaran a oídos de los residentes de Hawksworth Hall. Al parecer, la señora Tyler, que esperaba su primer hijo, padecía unos fuertes dolores que la obligaban a guardar reposo en cama durante el resto del embarazo, por indicación del doctor Slade.

La reacción de Lara fue cálida y afectuosa. La idea de tener que recluirse en la cama cuatro o cinco meses le pareció terrible. Aparte de la molestia física, el absoluto aburrimiento que sin duda entrañaba aquel reposo bastaría para volver loca a cualquier mujer. Como es natural, tenía que hacer algo por la pobre señora Tyler, aunque no fuera más que llevarle un par de novelas que la ayudaran a pasar el tiempo y estar algo más entretenida.

Pero había un obstáculo. Lara no olvidaba la reacción de su esposo ante la presencia inesperada de los Tyler en la cena que había dado con motivo de su regreso. Hunter se había mostrado incómodo, frío, enojado en extremo. Y se acordaba de aquel extraño momento en el que hubiera jurado que Hunter y el capitán Tyler se conocían de sobra pero aparentaban que no era así. Desde entonces, Lara había mantenido una cierta distancia con los Tyler, con la vaga sensación de que de lo contrario podrían surgir problemas entre Hunter y ella.

Por otra parte, complacer a su esposo era algo de pronto secundario para los impulsos de su propia conciencia. Habían obligado a la mujer del capitán a guardar cama y a no hacer nada durante meses, y Lara no podía dejar que la difícil situación que estaba atravesando aquella mujer le pasara inadvertida. Decidió hacerle una rápida visita, y si Hunter la descubría tendría que enfrentarse a las consecuencias.

Un día en que Hunter se fue a Londres para ocuparse de sus negocios, Lara aprovechó para acudir a Morland Manor. Llevaba una cesta con budines y con duraznos selectos del huerto de Hawksworth, así como unas cuantas novelas que con suerte la ayudarían a pasar el rato. Durante el trayecto, que era de más de una hora y atravesaba la campiña, Lara contempló por la ventana del carruaje las verdes praderas, divididas con precisión por campos vallados. En ellos pastaban tranquilamente ovejas de engorde y ganado de pelaje pardo, que apenas se detenían a levantar la cabeza ante el paso del carruaje.

Aunque el vehículo era lo que se entendía por lujoso, Lara estaba incómoda. Cambió de posición varias veces, arreglándose permanentemente las faldas, y fue sintiendo la necesidad cada vez más urgente de ir al baño. Sus labios esbozaron una atribulada sonrisa al considerar su inminente llegada a Morland Manor. No podía decirse que presentarse de improviso, tan precipitadamente, y ponerse a buscar de inmediato un lugar para evacuar sus necesidades fueran buenos modales, pero eso mismo es lo que pensaba hacer. Era extraño que su vejiga hubiera pasado a ser tan poco fiable en los últimos tiempos.

La sonrisa de Lara se desvaneció cuando siguió pensando en su propio estado físico, algo que no había hecho antes a causa de la preocupación que le causaba Rachel. Últimamente, su cuerpo se había mostrado caprichoso. Lo sentía más pesado, pese a la actividad física, y era bastante proclive a retorcijones y dolores... ¿Y no era hora ya de que le hubiese venido la menstruación? Jamás en su vida se le había retrasado.

La idea la dejó perpleja. Sí, se le había retrasado... Dos semanas. El flujo menstrual, que hasta entonces había llegado siempre con obstinada regularidad, no aparecía, por primera vez en su vida. Cualquier otra mujer consideraría el retraso una prueba rotunda de embarazo. «Pero yo no —pensó Lara—, con la respiración cada vez más agitada—, yo jamás.»

Buscó entre el montón de libros que traía para intentar distraerse. Sin embargo, la posibilidad ya se le había presentado en mente y era imposible ignorarla. ¿Cuántas veces, durante los primeros años de su matrimonio, había deseado concebir? Culpabilidad, ineptitud, ansiedad... Todo aquello se le había hecho insoportable. Al fin logró aceptar la idea de que no tendría hijos. Y resultaba irónico que fuera justamente Hunter quien la estaba ayudando a aceptar su esterilidad y a saber reconocer su valía personal, más allá de la capacidad de concebir hijos.

Pero, ¿y si... ? Le daba miedo pensarlo. Ojalá fuera cierto, ojalá... Cerró los ojos, se llevó las manos al vientre y rezó una plegaria en voz baja. Quería llevar dentro al hijo de Hunter, ser la portadora de una parte de él. La posibilidad de que se le concediera lo que para el resto del mundo era algo tan normal le resultaba una especie de milagro imposible. Cerró los ojos con fuerza, pero una lágrima afloró a pesar de sus esfuerzos por evitarlo. Se sintió casi enferma de ansiedad.

Logró sobreponerse cuando el carruaje llegó a Morland Manor. Medio escondida entre la arboleda del bosque, la mansión estilo Tudor tenía la fachada revestida con madera hasta la mitad, y un enladrillado rojo que le daba un agradable encanto. Frente a la puerta de entrada, Lara le dio indicaciones a un lacayo para que llevara la cesta de manjares y el paquete de libros al vestíbulo. Se mantuvo a la espera y en menos de un minuto apareció el capitán Tyler para recibirla.

—¡Lady Hawksworth! —exclamó, con más asombro que alegría—. Qué inesperado honor...

—Pido disculpas si mi visita es inoportuna —respondió Lara mientras le ofrecía su mano enfundada en un guante—. Sólo quería saludarlos y traer a la señora Tyler unos obsequios.

—Muy amable de su parte. —El asombro inicial se transformó en gratitud—. Por favor, entre y tomemos un refresco. Le diré a un sirviente que suba a preguntar si la señora Tyler está despierta. Tal vez pueda verla.

—No la moleste por mi culpa. Me marcho enseguida.

Lara lo siguió al interior de la casa y se quitó los guantes y el sombrero de viaje. Hacía calor, y sacó un pañuelo de encaje de la manga para secarse el sudor de la frente y las mejillas.

El capitán la llevó a un pequeño salón de visita y la hizo sentar en un sofá con respaldo redondo, tapizado de cretona estampada. Lara se alisó las faldas y lo miró sonriente mientras él se sentaba en una silla de caoba. La primera impresión confirmaba que el capitán seguía siendo el mismo; le parecía un hombre agradable, algo serio, tal vez. Pero había algo en su mirada intensa que la perturbaba, como si estuviera guardando un silencio incómodo acerca de un asunto que le concernía a ella.

—Lady Hawksworth —dijo el capitán Tyler con prudencia—, espero no ofenderla si le pregunto por la salud de su hermana.

—Está muy bien, gracias. Y sepa que su amable interés no me ofende en absoluto. ¿Por qué iba a ofenderme? —preguntó ella.

Tyler descendió la mirada y contestó:

—Las circunstancias de la enfermedad de su hermana hacen que el asunto sea un tanto...

—Sí, es un escándalo —añadió Lara con suavidad—. No cabe duda de que todo Market Hill se ha formado una opinión al respecto. Pero la vergüenza le corresponde por completo a lord Lonsdale.

Tyler juntó las manos, formando un templo con los dedos y dijo:

—Por desgracia, no es la primera vez que se da esta conducta tan despreciable por parte de un esposo hacia su esposa, y me temo que no será la última. —Vaciló, antes de proseguir con mucho tacto—. Tan sólo espero que lady Lonsdale pueda disfrutar a partir de ahora de unas circunstancias más felices para ella.

—Eso mismo pienso yo —respondió Lara.

La conversación prosiguió unos cuantos minutos más. Se tocaron temas neutros hasta que entraron en algo más personal, el estado de la señora Tyler.

—El doctos Slade asegura que si seguimos sus indicaciones, hay grandes posibilidades de no sufran ni mi esposa ni el bebé —señaló el capitán Tyler—. Y uno no puede desconfiar de un hombre de su sabiduría y experiencia. De todos modos, me preocupa. Quiero demasiado a la señora Tyler. Me ha acompañado fielmente en todos los padecimientos que le he causado, en especial durante los años de la India.

Conmovida por tal devoción hacia su esposa, Lara se atrevió a mencionar el tema que desde hacía tiempo le rondaba la mente.

—Capitán Tyler —dijo con cautela—, su referencia a la India me ha hecho recordar algo que vengo preguntándome desde hace algún tiempo.

—¿Sí? —Tyler se puso alerta de inmediato. Su bigote temblaba como el de un gato nervioso.

Lara habló con precisión.

—Cuando asistió a la cena de Hawksworth Hall hace ya unos meses, y usted y lord Hawksworth fueron presentados... Me dio la impresión de que ya se conocían.

—No, milady —respondió el capitán Tyler.

—Oh... —Lara no trató de ocultar su desilusión—. Son numerosos los sucesos relacionados con la India de los que mi esposo se niega a hablar. Esperaba, no sé por qué, que usted pudiera arrojar alguna luz sobre el asunto.

—No conocí a Hawksworth en la India —dijo Tyler, mirándola fijamente. Se produjo una prolongada pausa y Lara sintió que de pronto algo se desvanecía, como si a pesar del esfuerzo por evitarlo, Tyler no pudiese seguir fingiendo—. Sin embargo... —prosiguió, despacio—, su esposo me recuerda en algunos aspectos a alguien que conocí allí.

La afirmación parecía inofensiva, pero ella la percibió como una invitación a descubrir algo más. Se le erizó el vello de la nuca. «Hay que cortar el tema de inmediato», pensó casi instintivamente.

—¿Ah, sí? —murmuró con suavidad.

El capitán Tyler examinó con detenimiento a la mujer que tenía frente a sus ojos. Su rostro era dulce, sin reservas, de una hermosura luminosa que sólo había visto en los cuadros de Rembrandt. A decir de todos, era una persona amable y muy querida, apasionada en su preocupación por aquellos que corrían peor suerte que ella. Si había alguien que no se merecía ser utilizada ni traicionada, era ella... Pero así era el mundo. Los depredadores siempre se aprovechaban de los más débiles y vulnerables.

Tyler sabía que lady Hawksworth estaba siendo víctima de un engaño, pero no parecía haber elección posible. Para un hombre de su posición, las improvisaciones no eran con frecuencia afortunadas, sino males que iban

304

de menor a mayor. Y él había comprobado hacía tiempo que sus grandes equivocaciones siempre habían sido consecuencia de decisiones precipitadas.

En el caso particular de los Hawksworth, Tyler tenía la intuición de que la oportunidad se le iba a presentar de forma gradual, a medida que los hechos siguieran siendo desenmascarados... Porque no tenía la menor duda de que tarde o temprano, la máscara acabaría por caer.

Sin duda, le debía lealtad al hombre que ahora era conocido como Hunter, como lord Hawksworth. En una ocasión le había salvado la vida, y Tyler no podía pagarle con una traición. Pero al mismo tiempo aquella mujer, buena e inocente, merecía saber la verdad, y dependía de él que la supiera. De no haberse presentado en su casa aquel día, Tyler sabía que, en lo que a él se refería, el asunto se habría retrasado indefinidamente. Pero el caso es que ella había ido, y era como si el destino hubiese querido que los dos se encontraran sin prisas y con la suficiente intimidad como para hablar.

—El hombre a quien me refiero era un mercenario, en realidad —dijo Tyler—. Lo conocí cuando trabajaba como agente comisionado para la Compañía de las Indias Orientales. Era una persona de una inteligencia asombrosa, discreto y sin ninguna ambición particular, en apariencia. Aunque era inglés de nacimiento, se crió entre los hindúes bajo el cuidado de una pareja de misioneros. —El relato de Tyler se vio interrumpido por la entrada de un sirviente que traía una bandeja con refrescos—. ¿Desea algún emparedado, unas galletas? —preguntó el capitán.

Lara rechazó la comida pero aceptó una limonada, y agradeció el sabor ácido del limón sobre su lengua. Observó la delicadeza del grabado de la parte superior de la copa, que representaba a una pastorcilla en una escena bucólica, y mientras tanto se preguntó por qué se molestaba el capitán en hablarle tanto de aquel hombre que no tenía ningún significado para ella.

—Siga, por favor —dijo.

—Se me ocurrió ponerlo al frente de media docena de hombres que me iban a ayudar a restablecer el orden en los territorios recién anexionados. Como se imaginará, había, y hay aún, todo tipo de conflictos cuando los bárbaros son sometidos a la protección del león británico.

—Sin duda, muchos deben de ser reticentes a aceptar la protección del león británico —puntualizó Lara con sequedad.

—Terminan por darse cuenta de que es por su bien —respondió Tyler con cierta gravedad, sin advertir la sutil ironía del comentario—. Pero mientras tanto, la rebelión tomó un carácter inquietante. Asesinatos, asaltos, robos, todo a tal velocidad que nos vimos obligados a restablecer el orden sin poner en práctica el procedimiento habitual de la ley británica. Por mucho que me duela admitirlo, también hubo tensiones a causa de la corrupción entre nuestros propios oficiales. Para evitarlo, creé una pequeña unidad destinada a tareas especiales y actividades secretas. Cuatro de los hombres destinados a ella ya estaban bajo mi mandato, los otros dos eran de fuera del regimiento. Y en particular, el hombre del que hablo resultó ser ideal.

—Por su inteligencia y su comprensión de los nativos —añadió Lara.

—Precisamente. Pero aún había más... Tenía una capacidad única para transformarse en lo que fuera según la situación. Jamás conocí a un ser tan camaleónico. Podía hacerse pasar por cualquier cosa, por cualquier persona, según fuera su deseo. Era capaz de adoptar cualquier aspecto, acento o gestos. Lo vi mezclarse entre los nativos como si fuera uno más, y a continuación asistir al baile del embajador como todo un caballero inglés, sin levantar la mínima sospecha. Actuaba con la cautela de un tigre, y su conducta era implacable. Lo más importante es que no temía a la muerte, lo que le dotaba de gran eficiencia en sus obligaciones. Lo utilicé como espía, investigador, y a veces hasta de... —Tyler hizo una pausa. Se sentía claramente incómodo—. Digamos que de arma —terminó de decir con cierta calma.

—¿Mandó que ejecutara a alguna persona? —preguntó Lara con repugnancia.

El capitán asintió.

—Sólo cuando había que hacerlo rápido y con discreción. Creo que lo hacía con la técnica de los matones, anudando un pañuelo con una moneda dentro. Es sabido que no les gusta derramar sangre. —Al ver la expresión de Lara, se dio cuenta de que había hablado demasiado y frunció el entrecejo, excusándose—. Perdóneme, milady. No tenía por qué ser tan explícito, pero sentía el deseo de describir bien el carácter de este hombre.

—¿Carácter? —repitió Lara con una risa forzada—. En mi opinión, carácter es precisamente lo que le falta.

—Sí, supongo que tiene razón.

—¿Qué le ocurrió? —preguntó Lara sin verdadero interés, y con ganas de terminar cuanto antes con aquella conversación desagradable—. ¿Sigue rondando por la India, a las órdenes de alguien?

El capitán negó con la cabeza.

—Un día desapareció, de pronto. Supuse que lo habían matado, o que tal vez se mató él mismo. Su vida no tenía mucho sentido, que yo sepa. Jamás lo volví a ver en ningún acontecimiento. Hasta que...

—¿Sí? —preguntó Lara.

El capitán Tyler prolongó tanto su silencio que ella pensó que no iba a continuar.

—Hasta que regresé a Inglaterra —prosiguió al fin—. Y asistí a la cena de Hawksworth Hall. Y lo vi junto a usted.

Se secó el sudor de la frente con la manga y la miró fijamente, sin ocultar su lástima.

—Milady, la dura verdad es..., que ha ocupado el lugar de su esposo.

Lara se sintió intimidada, acobardada. Aquella sala dominaba toda su visión. Oía tan sólo el eco débil y lejano de sus palabras. «Tenía que habérselo dicho antes..., obligaciones..., no estaba seguro de..., por favor, créame..., ayudarla de algún modo...»

Lara agitó la cabeza, como si alguien la hubiera golpeado. Se sentía aturdida y tenía que hacer esfuerzos para respirar, pero le resultaba difícil soportar la presión que sentía en el pecho y casi imposible tomar suficiente aire.

—Usted se equivoca —acertó a decir Lara. Percibió la preocupación del capitán, oyó que le decía que se quedara para recapacitar, que le ofrecía algo de beber...—. No, no puedo quedarme. —Logró armarse de una dignidad mínima, que le permitió hablar con cierta claridad, y dijo—: Mi hermana me necesita. Gracias. Se equivoca con mi esposo. No se parece en nada a la persona que usted ha descrito. Buenos días.

Cuando salió, le temblaban las piernas. Se sentía muy extraña, y caminar del brazo de su propio lacayo y adentrarse en la familiaridad de su carruaje le resultó un gran alivio. Al percibir su evidente malestar, el lacayo le preguntó si se sentía bien.

—Llévame a casa —respondió Lara, casi sin aliento, y con la mirada perdida.

18

Lara se sentó en el carruaje con la rigidez de una muñeca de cera, una mezcla de voces y recuerdos le hervía en la cabeza.

«La dura verdad es...»

«Deja que me quede contigo, Lara.»

«...ha tomado el lugar de su esposo.»

«No quiero abandonarte.»

«¿Me amas?»

«Sí, sí...»

La situación resultaba de una crueldad absoluta. Al fin había aprendido a amar a un hombre, le había entregado el corazón y el alma..., pero no era todo más que una falsa ilusión.

Un camaleón, había dicho el capitán. Un hombre sin conciencia y sin lugar para el remordimiento. Un asesino desalmado. Se había presentado ante ella, la había utilizado, seducido y embaucado. Había robado el nombre de Hunter, su dinero y sus propiedades. Y hasta su esposa. Qué desprecio debía de sentir por las víctimas de sus engaños.

Cualquier mujer habría reconocido a su propio esposo, pensó Lara aturdida. Pero ella había aceptado sus mentiras porque su corazón había querido creer en él.

Se acordó de las odiosas acusaciones de Janet Crossland: «¡Qué ganas tienes de meterte en la cama con un absoluto desconocido...!». Lara quiso morirse de vergüenza. La acusación era cierta. Lo quiso desde el principio, por instinto, por impulso. Todo su ser se sintió atraído hacia él. Por lo tanto, había sido ella la que permitió que todo sucediera.

La invadía una sensación de furia, humillación y angustia. El dolor era demasiado grande para aguantarlo. Temblaba como una niña aterrorizada, y se preguntó por qué no podía llorar. La habían despojado de casi todo lo que le importaba. Se sentía atrapada en un mar de sensaciones, pero ninguna lograba traspasar su gélida barrera exterior.

Trató con esfuerzo de recobrar la cordura; tenía que trazar un plan. Pero los pensamientos lógicos se le escapaban, le resbalaban como si fueran peces entre sus dedos. Quería que el carruaje no se detuviera, que las ruedas siguieran rodando y rodando, que los caballos soportaran el peso hasta llegar a los confines de la tierra y se lanzaran después al infinito. No podía ir a casa. Necesitaba ayuda. Pero la única persona a la que podía recurrir la había traicionado.

—Hunter... —susurró con un dolor salvaje.

Pero el verdadero Hunter estaba muerto, y el hombre al que consideraba su esposo... Ni siquiera sabía su nombre. Una risa histérica le nacía en la garganta, pero la reprimió por temor a no poder parar una vez que arrancara, a terminar en un manicomio. La idea no le resultaba tan desagradable, a decir verdad. En aquel momento se sentía en condiciones de apreciar las ventajas de un lugar donde poder gritar, y reír, y golpear las paredes con la cabeza siempre que quisiera.

Guardó silencio en un alarde de fuerza de voluntad, con calma, esperando con infinita paciencia a que el carruaje llegara a Hawksworth Hall. No tenía noción del tiempo. Podían haber transcurrido horas, o tan sólo unos minutos, desde que subió al carruaje hasta que el vehículo se detuvo y el lacayo, con visible preocupación, le abrió la puerta.

—Milady... —La acompañó con cuidado hasta la casa. Lara sabía que la expresión de su rostro la delataba. Lo sabía por la forma en que la trataba la servidumbre, con aquella deferencia que habrían mostrado hacia una persona enferma.

—¿Milady? —preguntó la señora Gorst con recato—. ¿Puedo hacer algo por usted? Parece usted algo...

—Es cansancio —dijo Lara—. Quiero ir a mi habitación a descansar. Por favor, ocúpese de que nadie me moleste.

Subió las escaleras en dirección a la alcoba, agarrándose a la baranda para ayudarse.

Cuando se vio en el espejo del vestíbulo de arriba, se dio cuenta del porqué de la preocupación de la servidumbre. Tenía un aspecto febril, con los ojos brillantes y enrojecidos. El rostro le resplandecía como si se hubiera quemado tomando el sol. Pero aquel rubor ardiente de sus mejillas lo causaba la vergüenza y la furia que sentía en su interior.

Casi sin aliento, Lara se dirigió hacia su habitación, pero de pronto, se encontró frente a la puerta del cuarto de Rachel. Llamó a la puerta con suavidad, asomó la cabeza y vio a su hermana sentada junto a la ventana.

—¡Larissa! —exclamó Rachel, con una sonrisa en el rostro—. Ven, ven y cuéntame la visita a casa de los Tyler. —Cuando dirigió la mirada hacia Lara, se le arrugó la frente por el asombro—. ¿Qué ha ocurrido? ¿Qué te sucede?

Lara sacudió la cabeza, incapaz de expresar la dimensión inalcanzable de lo que había descubierto. Tenía la sensación de tener la garganta llena de arena. Tragó saliva varias veces y trató de empezar a hablar.

—Rachel —logró decir tímidamente—, te traje aquí para cuidarte, pero..., mucho me temo que vas a ser tú quien acabe cuidándome a mí.

Las delicadas cejas de Rachel se alzaron en gesto de interrogación. Habían cambiado los papeles, ahora era la hermana menor quien le brindaba apoyo a la mayor, y Lara había acudido a ella sin vacilar.

Se sentó en el suelo y apoyó la cabeza en el regazo de Rachel.

—Soy una tonta —dijo Lara jadeando. Comenzó a fluir a borbotones un relato con frases inacabadas, muchas incomprensibles, aunque Rachel pareció entender todo. Lara confesó hasta el detalle más humillante y descorazonador, mientras Rachel le acariciaba el cabello con sus finos dedos. Al fin logró llorar, con sollozos tan violentos y desgarrados que le causaron temblores en todo el cuerpo, y su hermana supo mantenerse firme mientras pasaba la tormenta.

—Todo se arreglará —murmuraba Rachel, una y otra vez—. Ya está.

—No —dijo Lara con gran sofoco, ahogándose en su desesperación—. Nada será ya como antes. Creo que estoy esperando un hijo suyo. Un hijo suyo, ¿entiendes?

Los dedos de Rachel temblaron sobre su cabello.

—Mi pobre hermana... —susurró, y después guardó silencio un rato—. Puede que el capitán Tyler se equivoque —señaló a continuación—. ¿Cómo puede alguien saber con certeza que no es lord Hawksworth?

Lara dejó escapar un suspiro estremecedor y negó con la cabeza.

—El verdadero Hunter está muerto —dijo Lara abatida—. No es bueno fingir lo contrario. Este hombre no es mi esposo. Creo que siempre lo he sabido, pero no quería afrontar la evidencia. Dejé que sucediera porque lo deseaba a él. ¿En qué me he convertido, Rachel?

—No tienes la culpa de nada —respondió su hermana con decisión—. Estabas muy sola. Nunca te habías enamorado...

—No tengo excusa. ¡Dios mío, estoy tan avergonzada! En realidad, todavía lo amo. No quiero que se vaya.

—¿Y por qué deberías querer eso?

El osado atrevimiento de la pregunta, proveniente de una mujer de principios como Rachel, la dejó sin aliento. Miró asombrada a su hermana y después respondió temblorosa.

—Por un millar de razones... Pero la más importante es que todo lo que ha dicho y hecho es mentira. No significa nada para él, sólo soy un medio para conseguir el objetivo final.

—Su comportamiento ha sido el de un hombre que te quiere de verdad.

—Sólo porque le convenía. —De pronto, un rubor encarnado se apoderó de su rostro—. Cada vez que pienso lo fácil que le habrá resultado conquistarme... La pobre viuda, hambrienta de amor... —Enterró la cabeza sobre las piernas de Rachel y comenzó a sollozar de nuevo—. Ahora me doy cuenta de lo protegida que he vivido toda mi vida. Ni siquiera la muerte de Hunter me afectó como tenía que haberme afectado. A los dos años de casada, ya era para mí un extraño, tanto como antes de casarnos. Pero este hombre apareció como si saliera de un sueño, y se introdujo en todos los rincones de mi vida... Y yo lo amé. A cada momento. Y cuando se vaya, mi corazón se irá con él. No lograré ser feliz con ningún otro.

Habló y lloró sin interrupción hasta que el agotamiento pudo con ella. Dejó caer la cabeza en el regazo de su hermana, y se quedó dormida por unos minutos. Al despertar, todavía arrodillada en el suelo, la tensión de los músculos del cuello y de la espalda era insoportable. Por un momento pensó que todo había sido una pesadilla, y una súbita esperanza inundó su sobresaltado corazón. Pero con sólo mirar el rostro de Rachel se dio cuenta de que la pesadilla era real.

—¿Qué vas a hacer? —preguntó Rachel con calma.

Lara se frotó los ojos adormilados.

—Voy a llamar a lord y lady Arthur —respondió—. El título les será devuelto. Les corresponde por ley. Les debo toda la ayuda que les pueda brindar. En cuanto a Hunter... —Dejó de hablar, ya que casi no podía pronunciar aquel nombre—. Vuelve de Londres mañana —añadió—. Le aconsejaré que se vaya cuanto antes si no quiere ser acusado. Si no lo hace, sin duda lo colgarán, no sólo por lo que me ha hecho a mí, sino por el fraude cometido en nombre de mi esposo. Contratos, inversiones, créditos... Dios Santo, nada de eso tiene ya valor.

—¿Y tu hijo? —fue la suave pregunta de Rachel.

—No quiero que nadie lo sepa —respondió Lara al instante—. Y mucho menos él. Ya no tiene nada que ver con ese hombre. Es mío, y sólo mío.

—¿Te lo vas a quedar?

—Claro que sí. —Lara se llevó la mano al vientre y reprimió con esfuerzo una nueva riada de lágrimas—. ¿Está mal querer a este hijo, a pesar de todo?

Rachel acarició su despeinada cabellera.

—Claro que no, querida.

Tras una noche de sueño intranquilo, Lara se despertó y afrontó el día con actitud fatigada. Sentía la necesidad de vestirse de luto, como si alguien hubiera fallecido, pero se puso un vestido azul con adornos de seda trenzada en el corpiño y el dobladillo. La casa parecía estar sumida en la tristeza. Sabía que iba a tener que dar alguna explicación a la servidumbre, a los amigos y conocidos de Market Hill... Y a Johnny. ¿Cómo iba a contarle a un niño lo que había pasado, cuando ni ella misma lo comprendía? Sólo de pensar en todo lo que se le venía encima, sentía un cansancio indescriptible.

Cuando todo aquello terminase, se prometió, cuando Hunter desapareciera de su vida y el título nobiliario de Hawksworth fuera devuelto a Arthur y Janet, se iría de allí para siempre. Tal vez podía rehacer su vida en Italia, o en Francia. Y a lo mejor hasta convencía a Rachel para que fuera con ella... Pero la idea de volver a empezar no hacía sino incitarla de nuevo al llanto.

Contó el tiempo transcurrido desde que «Hunter» —no sabía de qué otra forma referirse a él— apareciera. Tres meses. Los más felices de su vida, los que habían permitido que saboreara esa clase de alegría reservada sólo a unos pocos. Había florecido bajo el hechizo de su dulce, apasionada y adorable presencia. Si no fuera porque el dolor era demasiado grande, el precio que ahora pagaba habría valido la pena.

Tratando de encontrar las palabras precisas, Lara ensayaba lo que le iba a decir a Hunter cuando éste regresara de Londres. Algo digno y pausado, sin entrar en reproches ni acusaciones desagradables. Pero lo único que le venía a la mente eran preguntas. Con las emociones como crispadas bajo una capa de hielo, salió al jardín en busca de soledad. Se sentó en un banco, alzó las rodillas, se las rodeó con los brazos y dirigió la mirada hacia una fuente de querubines que soltaban chorros de agua. La leve brisa agitaba ligeramente los cercos, podados con esmero, y las flores de unos grandes maceteros de piedra.

Respiró el olor cálido y dulce de la hierba, y se frotó las sienes, en un intento por aliviar el intenso dolor de cabeza que padecía.

Como si se tratara de una pesadilla real, advirtió dos figuras que se acercaban. Arthur y Janet Crossland. «Qué rápido», pensó con tristeza. Pero era obvio que aprovecharían la menor ocasión para recuperar su título, como auténticos carroñeros sobrevolando la presa recién atrapada. Venían más rubios, más altos y más ufanos que nunca, con idénticas sonrisas en sus semblantes.

Janet habló primero, sin dar oportunidad a Arthur.

—Aunque te ha llevado un tiempo más que suficiente, al fin has entrado en razón —fue su mordaz comentario—. Supongo que, ahora que tu pequeña aventura ha finalizado, podemos ya recuperar lo que nos corresponde por derecho.

—Sí —respondió Lara en tono apagado—. La aventura ha terminado.

Arthur se inclinó para tomarle la mano caída y la presionó en muestra de preocupación.

—Mi querida sobrina. Me doy cuenta de lo que has padecido. Te han engañado, traicionado, humillado...

—Sé perfectamente lo que he padecido —le interrumpió Lara—. No hace falta que me lo recuerde.

Con cierto asombro por la suave reprimenda, Arthur se aclaró la garganta y dijo:

—No estás en tus cabales, Larissa. Pasaré por alto tu falta de cortesía, consciente como soy de tu estado confuso y consternado.

Janet se cruzó de brazos, de aquellos brazos huesudos, y la miró con una fría sonrisa en los labios.

—Su estado no me parece exactamente confuso —señaló—, sino más bien el de una niña caprichosa a quien le han quitado el caramelo.

Arthur se volvió hacia su esposa y masculló algo entre dientes, casi sin aliento. Aunque no se entendió con claridad, sirvió al menos para silenciarla por un rato. Arthur volvió a mirar a Lara con una sonrisa de reptil y dijo:

—Tu sentido de la oportunidad es intachable, querida Larissa. Era justo lo que había que hacer, esperar a que se fuera de aquí y llamarme entonces. Me aseguré de que lo arrestaran en Londres. Aunque hubiese preferido que lo metieran en la cárcel, tuve que aceptar un arresto domiciliario en la casa londinense de los Hawksworth hasta que sea juzgado. Al final, el asunto tendrá que debatirse en la Cámara de los Lores, por supuesto, ya que ha de ser juzgado por sus pares... Y sé que se darán cuenta enseguida de que no es uno de ellos.

Lara intentó imaginarse al hombre que consideraba su esposo bajo custodia, pero no pudo. Sabía que ver limitada su libertad lo volvería loco. Y aún peor era la idea de un juicio ante todos los influyentes lores de Londres... Tuvo que reprimir un grito de angustia. Aquel hombre era demasiado orgulloso. No quería verlo tan humillado.

—¿Es necesario que lo juzguen los lores? —preguntó con timidez.

—Primero prestaremos declaración privada ante el presidente de la Cámara de los Lores. A menos que decida anular el caso, lo cual es más que improbable, habrá juicio en la Cámara de los Lores. —Arthur sonrió con malicia—. Sí, sí, tendremos la ilusión de ver a Hawksworth colgando de la soga en breve. Les pediré que se aseguren de que no se le rompa el cuello, para que se sofoque y su color se vuelva morado mientras la soga le estruja la garganta. Y no me perderé un solo detalle al verlo estrangulado... —Dejó de hablar al ver que Lara hacía un ruido inarticulado, al borde del llanto. De pronto adoptó un aspecto solícito de preocupación—. Mi querida Larissa, será mejor que te dejemos en la intimidad para que sigas reflexionando. Pero trata de animarte, acabarás entendiendo que eso es lo mejor.

Lara se mordió el labio inferior y guardó silencio, a pesar de que un grito de protesta se alzaba en su interior. Seguramente era lo correcto, lo moral... ¿Cómo iba nadie a equivocarse yendo con la verdad en la mano? Pero lo único que la lógica conseguía era empañarlo todo aún más. Apoyaba a los Crossland y su reclamo del título porque era su obligación, y a pesar de ello, hacerlo le provocaba una inmensa tristeza. Estaba segura de que lapidarían toda la fortuna de la familia y serían dúctiles y egoístas, y todo el que habitara en la finca de Hawksworth iba a tener que padecerlos. Y Johnny iba a verse privado del futuro seguro que ella siempre había querido otorgarle. ¿Cómo era posible que eso fuera lo correcto?

Una sola lágrima ardiente le surcó la mejilla, y Janet la miró con una sonrisa malévola.

—Anímate, querida —le dijo con suavidad—. Ya has tenido tu aventura apasionante, ¿no? Y además, tu supuesto esposo era un hombre apuesto. Sin duda sería entretenido en la cama. Aunque sólo sea por eso, deberías sentirte agradecida.

Arthur la agarró del brazo y la apartó con brusquedad. Esta vez Lara oyó las palabras que emitía entre dientes.

—Cállate de una vez, no eres más que una arpía de lengua viperina. Si la sigues provocando, perderemos el título. Necesitamos su testimonio, ¿es que no lo entiendes? —Volvió a mirar a Lara y sonrió para tranquilizarla—. No te preocupes por nada, Larissa. Muy pronto terminará todo esto y volverás a sentirte en paz. Mientras tanto, sólo hay algún que otro obstáculo, y yo voy a ayudarte en todos los pasos.

—Gracias —respondió ella en voz baja.

Él la miró fijamente, preguntándose sin duda si la nota de sarcasmo que había en su respuesta era o no producto de su imaginación.

—Lo que sí espero de tu parte es cortesía, Larissa. Recuerda que somos una familia, y que tenemos un objetivo común. Es más, espero que seas amable con lord Lonsdale cuando llegue esta tarde, a pesar de la discordia que parece haber nacido entre tú y él.

—¡No! —Lara se levantó de un brinco, y su rostro palideció de súbito—. ¡En nombre de Dios! ¿Por qué han invitado a Lonsdale a esta casa?

—Cálmate —dijo Arthur, sin levantar la voz y con la mirada fija—. Lord Lonsdale tiene información muy útil para nosotros, y tengo la intención de compartirla con él. También viene porque quiere recuperar a su esposa, de lo cual no puedo culparlo. Tal y como la sacasteis de su propia casa...

—¡No voy a permitir que lord Lonsdale ponga un pie en esta casa! —exclamó con férrea determinación—. No voy a permitirlo, ¿lo entiende?

—¿Permitir? —preguntó Arthur, sin poder creer lo que estaba oyendo, al tiempo que Janet soltaba una risotada estridente—. Recuerda que ya no eres la dueña de esta casa. No tienes ningún derecho a discutir mis decisiones, y mucho menos a prohibir nada.

—A pesar de todo, lo prohíbo —dijo Lara entrecerrando los ojos—. Y si me contraría en este aspecto, no tendrá mi testimonio contra Hunter. Retiraré mi ayuda y juraré delante de quien sea que ese hombre es, y siempre fue, mi esposo... A menos que me prometa, aquí y ahora, que mantendrá a Lonsdale apartado de mi hermana.

—¿Por cuánto tiempo? —preguntó él, mirándola como si estuviera loca.

—Indefinidamente.

Arthur estalló en una carcajada de incredulidad.

—Mantener a un esposo apartado de su esposa indefinidamente... Me temo que eso es mucho pedir, querida.

—Es un esposo violento y tiránico. Casi mata a Rachel de la última paliza. Si no lo cree, pregúntele al doctor Slade.

—Estoy seguro de que exageras —rebatió Arthur.

—Lonsdale siempre me ha resultado un hombre agradable —señaló Janet—. Además, si es cierto que pegó a Rachel, tal vez fue porque ella se lo merecía.

Lara negó con la cabeza, al tiempo que la miraba fijamente.

—Tener que oír un comentario así de otra mujer... —comenzó a decir, pero su voz se desvaneció al comprender que Janet era demasiado insensible para razonar. Volvió a dirigirse a lord Arthur y dijo—: Su promesa por mi testimonio.

—Me estás pidiendo algo que además de ser inmoral es ilegal —protestó Arthur.

—No creo que eso le preocupe demasiado —respondió Lara con frialdad—. De no ser así, jamás tendrá mi apoyo. Además, espero que mantenga su palabra incluso después del juicio. Sólo me queda la esperanza de que sea lo bastante caballero como para cumplirla.

—No eres más que una testaruda, absurda e insolente... —murmuró Arthur, su rostro enjuto cada vez más encolerizado, pero Janet lo interrumpió con tono sarcástico.

—Recuerda, querido... Necesitamos su testimonio.

Arthur cerró la boca, y los músculos del rostro se le contrajeron al tratar de controlar la ira que sentía.

—De acuerdo —respondió con brusquedad, lanzando a Lara una mirada fulminante—. Disfruta de esta pequeña victoria. Te juro que será la última.

Dio media vuelta y se marchó, airado. Janet salió tras él.

La furia contenida de Lara tardó algún tiempo en desaparecer. Volvió a sentarse, con las rodillas temblando, y enterró el rostro en las manos. Sus ojos derramaban lágrimas que se le escurrían entre los dedos, y dejó escapar un suspiro estremecido.

—Hunter —susurró destrozada—, ¿por qué no has podido ser real?

De ahí en adelante, los acontecimientos se sucedieron con una velocidad asombrosa. A pesar de que Hunter había rechazado cualquier tipo de ayuda legal, el señor Young no hizo caso de sus instrucciones. Llamó al abogado de la familia, el señor Eliot, abogado defensor del Tribunal del Rey, quien a su vez mandó llamar al letrado Serjeant Wilcox.

Lord y lady Arthur, por su parte, contrataron a otro abogado para que se encargara de llevar adelante la acusación, aunque ni él ni Wilcox podían hacer mucho al respecto. El presidente de la Cámara de los Lores había enviado a un par de actuarios a Market Hill para que tomaran declaraciones de todo aquel que pudiera ofrecer testimonio válido. El trabajo se les acumuló durante los dos días que tuvieron que tomar declaración y poner por escrito las opiniones de casi todo el condado. Lara se sentía agradecida, a su pesar, por la forma en que lord Arthur la mantuvo protegida de la avalancha de visitas.

Sin embargo, aceptó la visita del señor Young, el administrador de la finca, a su regreso de Londres. Sabía que había visto a Hunter, y a pesar de la forzada actitud de indiferencia que había adoptado, quiso saber de él.

Young ofrecía un aspecto demacrado debido a la falta

de sueño. Los ojos, encarnados, reflejaban preocupación. Lara lo recibió en la sala familiar y cerró la puerta, conocedora de la costumbre de Janet de espiar las conversaciones ajenas. Allí dispondrían de cierta intimidad.

—¿Cómo está? —preguntó Lara sin preámbulos, al tiempo que tomaba asiento y le invitaba con un gesto a hacer lo propio.

Young se sentó en el borde del sofá, junto a ella. Los codos y las rodillas huesudas destacaban bajo su ropa arrugada.

—Está bien de salud —respondió con gravedad—, pero en cuanto a su estado emocional, no sé qué le puedo decir. Habla muy poco, y no da muestras de enojo ni de temor. En realidad, da la impresión de que todo el proceso le es indiferente.

—¿Necesita algo? —preguntó Lara con un nudo en la garganta. Tenía la necesidad imperiosa de ir a verlo, de ofrecerle apoyo y consuelo.

—Si no le importa, milady, me gustaría llevarle ropa limpia y algunos objetos personales mañana, cuando vuelva a Londres.

Lara asintió.

—Por favor, asegúrese de que tiene todo lo que necesite.

—Lady Hawksworth —dijo Young con timidez , le aseguro que, para empezar, ni el doctor Slade ni yo le habríamos traído a lord Hawksworth si no hubiéramos tenido rotunda certeza de su identidad.

—Todos queríamos creer en él —murmuró Lara—. Él lo sabía y se aprovechó.

—Milady, usted sabe que su opinión me merece el más absoluto respeto... Pero no puedo evitar pensar que está actuando bajo influencia de su tío. Aún puede cambiar de opinión. —El apremio de su tono de voz se hacía más intenso según hablaba—. ¿Tiene conciencia de lo que le ocurrirá a su esposo si no retira los cargos?

Lara esbozó una triste sonrisa y lo miró.

—¿Le envió él para que me dijera esto?

Young negó con la cabeza y respondió.

—Hawksworth se niega a pronunciar una sola palabra en su propia defensa. No va a confirmar ni a negar su identidad, se limitará a decir que la única persona que ha de decidirlo es usted.

—El asunto ha de resolverse con la intervención de todos nosotros, que hemos de hacer todo lo posible por honrar la verdad. Lo único que puedo decir es lo que creo cierto, me gusten o no las consecuencias.

La desilusión del hombre al escuchar aquello se hizo evidente.

—Entiendo, lady Hawksworth. Sin embargo, espero que no se ofenda si el doctor Slade y yo brindamos nuestro apoyo a lord Hawksworth.

—Al contrario —respondió Lara, tratando de que no se le quebrara la voz—. Me alegra saber que lo ayudarán en todo lo que puedan, ya que yo no soy capaz.

—Sí, milady —dijo Young, y le dirigió una triste sonrisa—. Por favor, sepa disculparme, pero tengo que irme. Queda mucho por hacer en lo que se refiere a lord Hawksworth.

Lara se levantó y le tendió la mano.

—Haga todo lo que pueda por él —pidió en tono bajo.

—Por supuesto. —Young frunció el entrecejo con pesar—. Creo que ustedes dos son una pareja muy desventurada. Siempre pensé que tenían todos los motivos para ser felices, pero el destino quiere seguir poniendo obstáculos en su camino. Jamás imaginé que pudiese acabar así.

—Yo tampoco —susurró ella.

—Nunca me he considerado un romántico —añadió con cierta torpeza— pero, milady, espero de todo corazón que usted y él...

—No —le interrumpió con calma, mientras lo acompañaba hacia la puerta—, mejor no espere nada.

Sobre los estantes de la habitación de Johnny podían verse varias filas de muñecos y juguetes, y de las paredes colgaban cuadros de niños jugando al aire libre. Lara había tratado de hacer del cuarto un refugio reconfortante para él, pero ahora parecía dolorosamente escasa la protección que podía brindarle. Acomodó un libro en un estante pintado de azul y volvió a sentarse en el borde de la cama de Johnny. Su pequeño tamaño le resultó casi absurdo, cuando lo vio recostado en las almohadas, con el pelo todavía húmedo tras el baño.

Su reacción tras los acontecimientos de los últimos días había sido casi peor que los lloros que Lara habría imaginado que le producirían. Respondió a la ausencia de Hunter con una seriedad inquebrantable, las sonrisas y la vitalidad infantil se habían extinguido por completo. Lara no había entrado en detalles cuando se lo explicó, porque sabía que podían abrumar a un niño de tan tierna edad. Se limitó a decirle que Hawksworth se había portado mal y que lo habían arrestado, hasta que un juez lo aclarase todo.

—Mamá, ¿lord Hawksworth es malo? —había preguntado Johnny, mirándola fijamente con sus enormes ojos azules.

Lara le acarició el cabello.

—No, querido —murmuró—. No creo que sea malo de verdad. Pero tal vez tengan que castigarlo por haber hecho mal las cosas en el pasado.

—Lord Arthur dice que lo van a colgar, como hicieron con mi papá.

—¿Ah, sí? —había preguntado Lara sin subir el tono, tratando de ocultar un súbito brote de rabia hacia Arthur—. Bueno, nadie sabe con certeza lo que sucederá hasta que veamos al presidente de la Cámara de los Lores.

Johnny se puso entonces de costado, con la cabecita apoyada sobre su pequeña mano.

—Mamá, ¿yo iré a la cárcel algún día?

—Nunca —respondió Lara con firmeza, al tiempo que se agachaba para besar su oscura cabellera—. No dejaré que eso suceda jamás.

—Pero si cuando crezca me convierto en un hombre malo...

—Vas a ser un hombre bueno y honrado —respondió ella observándolo con detenimiento, llena de ternura y de un intenso amor hacia él—. No te preocupes por esas cosas. Vamos a estar siempre juntos, Johnny, y todo va a salir bien.

El chico se acurrucó en la almohada con la expresión aún grave e incierta.

—Quiero que vuelva lord Hawksworth —dijo.

Lara cerró los ojos, reprimiendo la presión de las lágrimas repentinas.

—Sí, ya lo sé —susurró. Dio un entrecortado suspiro y cubrió al niño hasta los hombros con las sábanas.

Lara llegó a Londres la tarde anterior a la cita con el presidente de la Cámara de los Lores. Decidió alojarse en la casa de los Hawksworth, la residencia de Park Place, donde Hunter se encontraba bajo custodia. La casa, de paredes blancas y resplandecientes, tenía en la fachada altas ventanas y un frontón clásico, sostenido por cuatro columnas, cuya sencillez daba muestras de elegancia y buen gusto. La decoración del interior era a base de revestimientos de madera de roble pulida y una gama de colores suaves: beige, gris piedra y un tono oliva intenso que había sido creado exclusivamente para los Hawksworth cincuenta años atrás. Mezclando la proporción exacta de azul prusiano y ocre, el resultado era aquel tono oliva tan particular, que causara sensación en toda Inglaterra en cuanto se dio a conocer, y que aún contaba con gran aprobación.

A Lara le invadió una oleada de temor a medida que se iba acercando a la casa. Temblaba sin poder controlarse ante la idea de pasar la noche bajo el mismo techo que Hunter, aunque fuera en habitaciones separadas. Quería hacerle todas las preguntas que la habían atormentado noche y día. Sin embargo, no estaba segura de poder enfrentarse a él. No iba a lograrlo sin perder la compostura delante de aquel hombre, y no quería experimentar la humillación que eso supondría.

Para su alivio, lord Arthur y lady Janet habían preferido alojarse en su propia casa, más dispuestos a la familiaridad de su estridencia que al ambiente de la mansión de los Hawksworth.

Lara les pidió a los sirvientes que deshicieran su equipaje en su dormitorio habitual, pero el mayordomo le hizo saber que la habitación ya estaba ocupada.

—¿Por quién? —preguntó recelosa.

—Por la condesa viuda, milady.

¡La madre de Hunter! Lara se quedó boquiabierta de asombro, contemplando al mayordomo con la mirada perdida.

—¿Cuándo...? ¿Cómo...? —balbuceó.

—Llegué esta misma tarde. —La voz de la viuda se oyó desde lo alto de las escaleras—. Después de que una de las cartas que enviaste por toda Europa llegara por fin a mis manos, y entonces vine a Londres a toda prisa. Tenía previsto ir a la campiña mañana y solucionar todo este embrollo personalmente. Pero me encontré a mi supuesto hijo encerrado aquí bajo custodia. Como veo, mi llegada no pudo ser más oportuna.

Lara había comenzado a ascender las escaleras mientras su suegra hablaba. Como de costumbre, el aspecto de Sophie, la condesa viuda de Hawksworth, era esbelto y atractivo, con su majestuoso peinado de rizos plateados recogidos en lo alto de la cabeza y su característico collar de perlas, que descendía en cascada por el pecho. Era una mujer inteligente y resuelta que reprimía toda muestra de emoción, incluso en las circunstancias más extremas. No era fácil amarla, pero sí sentir simpatía hacia ella.

—¡Madre! —exclamó Lara, abrazándola de inmediato.

Más que responder a aquella muestra de afecto, Sophie la toleró y le dirigió una sonrisa cariñosa a Lara.

—Bien, Larissa... Por lo que parece hubiese sido mejor que me hubieras acompañado en mis viajes. No te ha ido muy bien, ¿me equivoco?

—No —dijo Lara, devolviéndole una frágil sonrisa, al tiempo que percibía un ligero escozor en los ojos.

—Bueno, bueno —respondió Sophie, con la expresión ya menos tensa—. Veremos lo que tú y yo podemos hacer, y seguro que todo se soluciona. Una botella de vino y una buena charla... Eso es lo que requiere la situación.

Tras unas breves instrucciones a la servidumbre, Sophie la tomó del brazo y entraron a la habitación de color azul lavanda, una sala que ella misma había hecho decorar. Era la única excepción en aquella casa típicamente masculina. La habitación era coqueta y femenina. De tonos malvas y lavanda, y con un cierto énfasis en el color ciruela, en ella había mesitas rematadas en oro, y flores pintadas en los cristales de las ventanas. El perfume de violetas, su preferido desde hacía décadas, se desprendía del cabello y las muñecas de Sophie.

Lara se preguntó en qué habitación estaría encerrado Hunter, qué estaría pensando, y si sabía que ella estaba allí.

—¿Lo ha visto? —le preguntó Lara, nerviosa, a Sophie.

La viuda se tomó su tiempo antes de responder, y se sentó en un mullido sillón de terciopelo.

—Sí, lo he visto. Hemos charlado un rato —contestó Sophie.

—Se parece mucho a Hunter, ¿verdad?

—Claro que se parece. Y lo contrario me sorprendería.

Con expresión perpleja, Lara se sentó en otra silla y clavó la mirada en su suegra.

—No entiendo en absoluto lo que quiere decir.

Sus miradas se encontraron y reinó el silencio durante un rato indefinido. Lara jamás había visto a Sophie tan perturbada.

—Ya entiendo —murmuró al fin la viuda—. No te lo han dicho, ¿no?

—¿Qué es lo que me tienen que decir? —Un sentimiento de frustración se apoderó de Lara—. ¡Dios Santo, estoy harta de todos estos secretos! —exclamó—. Por favor, ¿qué sabe usted del hombre que está encerrado bajo custodia en el piso de abajo?

—Para empezar —respondió la viuda, con tono mordaz—, que él y mi hijo Hunter eran hermanastros.

19

Sin perturbarse ante la mirada atónita de Lara, Sophie aguardó en silencio mientras un sirviente traía una botella de vino tinto y dos copas de cristal con incisiones en forma de diamante talladas en la base. Otro sirviente se encargó de abrir ceremoniosamente la botella. Lara tuvo que morderse el labio para mantener silencio, al tiempo que observaba con creciente ansiedad la parsimonia de los criados.

Lara tomó la copa por la base, de forma que el tallado le hizo marcas rojas en los dedos. Esperó a que los sirvientes salieran antes de comenzar a hablar.

—Por favor, cuéntemelo —pidió, tratando de mantener la calma.

—Mi esposo, Harry, tenía debilidad por las mujeres atractivas —dijo Sophie—. Yo se lo toleraba porque era discreto y porque, al final, siempre volvía conmigo. Ningún hombre es perfecto, Larissa. En todos hay algún defecto o algún mal hábito que hay que tolerar. Yo amaba a Harry a pesar de sus infidelidades, y nunca fueron un gran problema para mí... Hasta que, en una ocasión, la relación terminó en un embarazo no deseado de su amante.

—¿Quién era ella? —preguntó Larissa. Bebió un sorbo de vino, y un sabor agrio le invadió la boca.

—La esposa de un embajador. Casi todos los hombres de Londres la pretendían. Harry debió de considerarla todo un trofeo, no me cabe duda. La aventura duró casi un año. Cuando dio a luz le comunicó a Harry que no pensaba quedarse con el hijo. Quedaba a su entera disposición, para que hiciera con él lo que quisiera.

—¿Pero él lo quería?

—Sí, Harry quería mucho a aquel bebé. Quiso que viviera con nosotros, o al menos que se criara en algún lugar cercano donde poder ir a visitarlo a menudo. Sin embargo, yo no quise ni oír hablar de ello. Como sabes, no fuimos muy afortunados en lo que se refiere a la salud de nuestros hijos. Los tres primeros no sobrevivieron a la infancia. Después vino Hunter, y fue una bendición. Supongo que temía que el interés de Harry por un hijo bastardo pudiera atenuar la devoción por su hijo legítimo. Fui muy protectora de los intereses de Hunter. Por eso insistí en entregárselo a una pareja de misioneros, para que lo llevaran muy lejos de aquí y no lo volviéramos a ver.

—A la India —añadió Lara. Cada palabra de Sophie era para ella una pieza del rompecabezas que se iba colocando en su sitio.

—Sí. Sabíamos que iba a ser sin duda una vida muy dura para un niño, sin medios, ni posición social, ni acceso a su padre. Mi esposo era reticente a deshacerse del bebé, pero yo insistí. —Sophie se arregló las faldas con un esmero excesivo—. Durante treinta años, procuré olvidarme de lo que había hecho, pero siempre estuvo presente en mis pensamientos, todos los días... Como un fantasma, supongo.

Lara dejó la copa de vino a un lado y miró a los ojos de su suegra sin pestañear.

—¿Cómo se llamaba?

Sophie se encogió de hombros y dijo:

—No le permití a mi esposo darle un nombre. No tengo ni idea del nombre que le pusieron sus padres adoptivos.

—¿Sabía vuestro hijo legítimo que tenía un hermano? —preguntó Lara.

—No. Nunca vi razón para decírselo. Jamás quise que el hijo bastardo de Harry interfiriera en nuestras vidas. —Las leves arrugas de las comisuras de sus labios se estiraron para esbozar una sonrisa sardónica—. La ironía que encierra todo este asunto no tiene precio, ¿no es cierto?

Lara no estaba de humor para apreciar ironías y no le devolvió la sonrisa a la viuda. Se sentía víctima de una cadena de acontecimientos que habían comenzado con bastante anterioridad a su propio nacimiento. El hecho de que Harry fuera un mujeriego, el cruel rechazo de la mujer del embajador hacia su propio bebé, el repudio de un hijo bastardo por parte de Sophie, la irresponsabilidad egoísta de Hunter... Y para terminar, el desconocido que había invadido la vida de Lara y la había seducido con sus mentiras.

Lara estaba al margen de todo ello, pero sin embargo era ella quien, en última instancia, iba a ser castigada por culpa de la acción conjunta de todos. Tendría que atenerse toda su vida a las consecuencias... También ella iba a concebir un hijo ilegítimo. Quedarse con él significaba quedar fuera de la sociedad para el resto de su vida. Aunque tuvo la tentación de hablarle de su embarazo a Sophie, guardó silenció movida por un creciente instinto maternal. La única forma de proteger los intereses de su hijo era mantenerlo en secreto.

—¿Qué vamos a hacer ahora? —preguntó en voz baja.

Sophie le lanzó una mirada calculadora y dijo:

—Eso lo has de decidir tú, Larissa.

Lara negó con la cabeza en señal de protesta.

—No estoy en condiciones de pensar con claridad.

—Sugiero que bajes a la habitación de huéspedes, donde está tu amante retenido, y hables directamente con él. Después, imagino que sabrás a qué atenerte.

«Tu amante...» El término no le parecía apropiado. Lo seguía viendo como su esposo, a pesar de que la relación hubiera quedado desenmascarada como la unión ilegítima que en realidad era.

—No estoy segura de poder soportarlo —murmuró Lara.

—Vamos, vamos —la animó Sophie con afecto—. Si yo he podido reunir el coraje para hacerlo después de treinta años, tú sin duda también podrás.

Lara se quitó el atuendo de viaje y se puso un sencillo vestido de muselina estampado con minúsculas flores rosas y hojas de color verde pálido. Se cepilló el cabello y se lo recogió en un moño alto. Se miró en el espejo. Estaba pálida y asustada..., pero no de Hunter, sino de sí misma.

Se enderezó y se dijo que, más allá de lo que pudiera suceder entre ellos, no iba a sucumbir a las lágrimas ni ceder ante la furia. Tenía que mantener la dignidad a toda costa.

Llegó a una puerta flanqueada por dos guardias, y pidió permiso con discreción para visitar al prisionero. Observó con alivio que éstos eran respetuosos y corteses. Uno de ellos le invitó a que los llamara si necesitaba ayuda. Le hervía la sangre de nervios y excitación cuando cruzó la puerta, y sabía que tenía las mejillas coloradas de rubor.

Allí estaba él.

De pie, en medio de aquella habitación sin ventanas, sus cabellos tenían el mismo tono de oro viejo y de castaño que los marcos de los cuadros que colgaban de las paredes. La habitación de huéspedes era pequeña pero lujosa. Las paredes estaban revestidas de damasco dorado y olváceo, y la yesería estaba pintada de un suave tono gris. Unas puertas corredizas de cristal separaban el recibidor del dormitorio. Parecía muy en su lugar, en medio de toda aquella elegancia, un auténtico caballero inglés en todos los aspectos. Era imposible imaginar quién era, o de dónde venía. Se trataba de un auténtico camaleón.

—¿Cómo estás? —preguntó él, clavando la mirada en su rostro.

La pregunta avivó una llamarada de ira. ¿Cómo se atrevía a fingir interés después de lo que le había hecho? Pero una parte de ella no pudo evitar responder. Deseaba ir hacia él y sentir que sus brazos la abrazaban, apoyar la cabeza contra su firme hombro.

—No muy bien —reconoció Lara.

Tanto la naturalidad como la intimidad que había existido entre ellos prevalecía aún. Lara sintió un súbito y vertiginoso placer al estar junto a él y, lo que era peor, aquella sensación de totalidad que jamás había experimentado junto a ninguna otra persona.

—¿Cómo te enteraste? —preguntó él con aspereza.

—Hablé con el capitán Tyler. —Él asintió suavemente con la cabeza, sin dar muestras de sorpresa ni de rabia. Jamás había pensado que lo suyo fuera a durar, se dijo Lara. Siempre supo que la farsa de convertirse en lord Hawksworth sería, como mucho, temporal. ¿Qué sentido tenía, entonces? ¿Por qué arriesgar la vida por unos cuantos meses fingiendo ser lord Hawksworth?—. Por favor —añadió Lara, oyendo su propia voz como si fuera parte de un sueño—, ayúdame a entender por qué me has hecho esto.

Él no respondió de inmediato. La observaba con la concentración de quien está resolviendo un problema matemático. Entonces se alejó un poco de ella, con la expresión endurecida y la mirada perdida.

—Quienes me criaron... —No pudo llamarlos «padres». Eran, en el mejor de los casos, «cuidadores», y además condenadamente negligentes—. Nunca me ocultaron mi verdadero origen. Crecí haciéndome preguntas sobre el padre que no me quiso y el hermanastro que, con toda seguridad, ni sabría de mi existencia. Cuando supe que Hawksworth estaba en la India y que tenía una casa en Calcuta, quise saber más de él. Lo observé a distancia durante un tiempo. Hasta que una tarde me metí en su casa aprovechando su ausencia.

—Y curioseaste sus pertenencias. —Más que una pregunta, lo dicho por Lara era una afirmación.

Ella se sentó en un pequeño sofá de bordes redondeados. De pronto, las piernas parecían no sostenerla.

Él permaneció de pie en el otro extremo de la habitación.

—Sí —respondió.

—Y encontraste la cajita con mi retrato —añadió ella.

—Sí. Y las cartas que le enviaste.

—¿Mis cartas? —Trató de recordar el contenido de aquellas cartas. Eran en su mayor parte descripciones de sus actividades diarias, de la relación con los demás habitantes de la comunidad, y alguna que otra noticia sobre la familia o los amigos. No había palabras de amor ni de nostalgia, ni nada muy personal—. No sé por qué las guardaba. No eran nada especial.

—Eran adorables —dijo él con ternura—. Las encontré en un cajón. Las guardaba junto a sus diarios.

—Hunter nunca escribió diarios —negó ella con frialdad.

—Sí que lo hacía —fue su respuesta pausada—. Por la fecha y la numeración que tenían, supe que en Hawksworth Hall habría más. Los encontré al poco de llegar, y después los destruí en cuanto tuve la información necesaria.

Lara sacudió la cabeza, asombrada por aquellas revelaciones acerca de su esposo.

—¿Qué escribía Hunter en sus diarios? —preguntó.

—Escribía lo que él consideraba secretos importantes, intrigas políticas, escándalos sociales... Tonterías, casi todo.

—¿Escribía sobre mí? —se le antojó saber—. ¿Qué decía... ?

Guardó silencio, al interpretar en el rostro de él que Hunter no la mencionaba en buenos términos.

—Era evidente que el matrimonio no funcionaba.

—Se aburría conmigo —dijo Lara en voz baja.

Al oír el tono derrotado de su voz, la miró con súbita intensidad.

—Hunter deseaba a lady Carlysle. Se casó contigo porque eras lo bastante joven como para darle hijos.

Y había resultado ser estéril, se dijo Lara.

—Pobre Hunter —susurró.

—Pobre canalla estúpido —añadió él—. Era demasiado inepto para apreciar lo que pudo haber tenido. Leí tus cartas y supe al instante qué clase de mujer eras. Entendí a la perfección lo que Hunter estaba tirando por la borda. Había descartado sin ninguna consideración la vida que yo había deseado, la vida que creía merecer. —Entrecerró los ojos—. Le quité la miniatura y me la quedé. Pensaba a cada momento lo que estarías haciendo... Bañándote..., cepillándote el cabello..., visitando a tus amigos del pueblo... O sola, leyendo sentada..., riéndote..., llorando. Te convertiste en una obsesión para mí.

—¿Llegaste a conocer a mi esposo?

Guardó silencio por un tiempo prolongado y contestó:

—No.

—Eso es mentira —dijo ella con calma—. Cuéntame cómo sucedió.

Él la miró fijamente, viéndola hermosa e irreductible, dueña de una fragilidad que había dado paso a una fortaleza severa y delicada que lo desarmaba. Ya no podía ocultarle nada. Era como si el alma se le hubiera abierto, de un tajo, y de dentro saliera hasta el último secreto. No era consciente de estar moviéndose, pero de pronto se encontró en un rincón de la habitación, con la cabeza reclinada contra la fría pared de damasco.

—Fue en el mes de marzo, durante el festival... Holi y Dulheti, lo llaman. El festival del color. Hay hogueras por todas partes y la ciudad enloquece con las celebraciones. Todo el mundo sabía que Hawksworth daba la fiesta más multitudinaria de Calcuta...

Prosiguió con el relato largo rato, como si se hubiera olvidado de la presencia de Lara.

Había deambulado por la calle que había frente al palacio de Hawksworth, entre la muchedumbre desenfrenada, mientras la gente reía y gritaba, y desde los tejados caían polvos de colores y pintura. Las chicas utilizaban cañas de bambú para arrojar agua perfumada o pintura pulverizada a los peatones, y los jovencitos se embadurnaban el rostro con maquillaje, vestían saris atrevidos y bailaban por las calles.

Una constante avalancha de personas entraba y salía de la residencia de Hawksworth, un edificio de gran opulencia y diseño clásico que se erguía imponente frente a la verde ribera del río Hugli. Las paredes estaban revestidas de estuco color marfil, pulido como si fuera mármol brillante, y una fila de esbeltas columnas adornaba la fachada. El semblante de todos los invitados le parecía idéntico en aquel mar de rostros ingleses, todos ellos con manchones de pintura colorida, ojos vidriosos a causa del alcohol y mejillas pringosas tras tanto atiborrarse de frutas glaseadas.

El corazón le latía con fuerza cuando se decidió a entrar en la mansión y mezclarse entre la bulliciosa concurrencia. Llevaba una especie de capa con capucha de algodón, de color rojo oscuro, similar a los exuberantes atuendos de los demás invitados. El lujo de la casa era impresionante: enormes arañas colgando de los techos, cuadros de Tiziano en las paredes y cristal de Venecia por doquier.

A medida que iba de una habitación a otra, las mujeres, en su mayoría ebrias, se le echaban encima, contagiadas por el ambiente orgiástico que allí reinaba. Él las apartaba con desdén. Ni siquiera advertían el rechazo, se reían tontamente y marchaban en busca de otra presa.

Los únicos rostros sobrios se contaban entre los sirvientes hindúes, que trajinaban de aquí para allá con platos de comida y bebidas que desaparecían al instante. Le preguntó a uno de los criados dónde estaba lord Hawksworth, pero el chico se encogió de hombros y por toda respuesta le dirigió una mirada perdida. Continuó su búsqueda con cierta cautela hasta que llegó a lo que parecía ser la biblioteca. Tenía la puerta medio abierta y sólo alcanzó a ver dentro una estantería de caoba de gran altura, sobre la que había una colección de bustos de mármol, y unas escaleras de biblioteca con pasamanos de madera tallada.

Oyó voces apagadas y se acercó al umbral. Suaves risas, jadeos, un grave gemido... El inconfundible sonido de una pareja haciendo el amor. Frunció el ceño y retrocedió hasta confundirse entre las sombras. Al poco tiempo se hizo silencio y una mujer de cabello negro salió de la habitación. Tenía un atractivo aspecto y las mejillas encarnadas, y sonreía mientras se arreglaba las faldas del vestido granate que llevaba y se ajustaba los senos en el corpiño escotado. Satisfecha con su aspecto, salió a toda prisa, sin advertir la figura oculta en el umbrío rincón.

Él entró a continuación en la habitación, sin hacer ruido, y vio a un hombre alto y fuerte que estaba de espaldas, tirando de sus pantalones para abrochárselos. Cuando éste giró la cabeza, se pudo apreciar el característico perfil; nariz larga, mentón definido y frente cubierta por una espesa mata de cabello negro. Era Hawksworth.

Hawksworth se dirigió hacia un escritorio cuya superficie estaba revestida de piel verdosa, y llenó una copa con el contenido de una botella de color ámbar. Fue entonces cuando se percató de la presencia de otro hombre; se dio la vuelta y miró de golpe al intruso.

—¡Maldita sea! —exclamó asombrado—. ¿Quién te crees que eres para espiarme de esta forma? ¡Exijo una explicación!

—Lo siento —respondió él con cierta dificultad en el habla.

Se quitó la capa y permaneció allí de pie, mirando a Hawksworth.

—¡Dios Santo! —murmuró éste. Dejó la copa a un lado y se acercó. Dos pares de oscuros ojos pardos se miraron con mutua fascinación. No eran del todo idénticos... Hawksworth era más moreno y fornido, y tenía ese aspecto elegante y bien cuidado de los pura sangre. Pero si alguien los hubiera visto juntos, habría sabido al instante que estaban emparentados—. ¿Quién demonios eres tú? —preguntó con apremio.

—Tu hermanastro —respondió él con calma, al tiempo que observaba el complejo juego de emociones que se reflejaba en el semblante de Hawksworth.

—Santo Cielo —masculló éste, y acto seguido recuperó su copa y se la bebió de un trago. Tragó a toda velocidad y al acabar tosió. Después observó al desconocido con el rostro encarnado.

—El desliz de mi padre —dijo con brusquedad—. Me habló de ti en una ocasión, aunque no dijo adónde habías ido a parar.

—Me crié con una pareja de misioneros, en Nandagow...

—Me importa un bledo dónde te criaste —interrumpió Hawksworth, ofuscado por la sospecha—, pero me imagino el motivo por el que has venido a verme. Te aseguro que tengo ya demasiados parásitos a mi alrededor. ¿Es dinero lo que quieres?

Se inclinó, rebuscó en el cajón del escritorio y sacó una caja de caudales. Metió la mano en el interior de la caja, que no estaba cerrada, retiró un puñado de monedas y se las arrojó al desconocido.

—Tómalas y sal de aquí. Créeme, eso es todo lo que vas a obtener de mí —dijo Hawksworth.

—No quiero dinero.

Humillado y enfurecido, él permaneció allí clavado, de pie entre las deslumbrantes monedas.

—Entonces, ¿qué quieres? —quiso saber Hawksworth.

No podía responder, no pudo sino permanecer así, como un pobre diablo, mientras que en su interior morían todas las preguntas que tenía en mente sobre su padre y su pasado. Hawksworth debió de leer sus pensamientos.

—¿Qué pensabas que iba a ocurrir al venir aquí? —preguntó con odio penetrante—. ¿Acaso creías que iba a recibir a la oveja perdida que vuelve al redil con los brazos abiertos? No te queremos, ni tampoco te necesitamos. No hay lugar para ti en la familia. Supongo que es necesario que te explique el porqué, después de cómo te sacaron mis padres de Inglaterra. Fuiste un error y, como tal, hubo que deshacerse de ti.

Al oír aquellas burlas, se cuestionó en silencio la injusticia del destino. ¿Por qué aquel animal engreído tenía que haber nacido ya señor de la mansión? Se le había otorgado familia, tierras, título, fortuna, una joven y adorable esposa, y lo valoraba todo tan poco que había abandonado Inglaterra por mera frivolidad. Mientras que él, nacido bastardo, no tenía nada.

Entendía la hostilidad de Hawksworth demasiado bien. Éste había crecido considerándose a sí mismo el único hijo de los Crossland, legítimo o no. La familia no quería saber nada de un vástago bastardo del que sólo podían avergonzarse.

—No he venido a reclamarte nada —murmuró, interrumpiendo la diatriba de Hawksworth—. Lo único que quería era conocerte.

Sus palabras no lograron aplacar a aquel hombre airado.

—Pues ya lo has hecho. Y ahora te aconsejo que abandones mi casa, si no quieres tener problemas.

Salió de la casa de Hawksworth sin tocar una sola moneda del suelo, y con la leve satisfacción de saber que aún poseía la miniatura con el retrato de lady Hawksworth. Iba a quedarse con aquella minúscula parte de la vida de su hermanastro.

—...continué bajo el mando del capitán Tyler, hasta que me enteré del naufragio del barco de Hawksworth —continuó explicándole a Lara en tono apagado—. Él ya no existía, y en aquel momento supe que todo lo que él tenía, todo lo que yo quería, se encontraba aquí, esperándome. Decidí hacer lo que fuera necesario para conseguirte, aunque sólo fuera por un tiempo.

—Y ocupaste su lugar para probarte a ti mismo que eras mejor que él —dijo entonces ella.

—No, yo... —Hizo una pausa para obligarse a ser honesto—. Sólo en parte ése era el motivo, al principio —reconoció—. Pero luego me enamoré de ti... Y enseguida pasaste a ser lo único que me importaba.

—No pensaste nunca en las consecuencias de lo que estabas haciendo —puntualizó Lara, al tiempo que se desataba la ira en su interior—. Has arruinado la posibilidad de que vuelva a confiar en nadie más. Robaste la vida de otro hombre, me heriste de una forma imperdonable y ahora puede que acabes en la horca. ¿Acaso todo esto valía la pena?

Él le dirigió una mirada que le hizo arder el alma, una mirada de ojos brillantes de deseo y fiero amor, y dijo:

—Sí.

—¡Eres un desgraciado y un egoísta! —gritó ella con la boca temblorosa.

—Me hubiera convertido en cualquier persona, habría hecho lo que fuera con tal de tenerte. Hubiera mentido, robado, suplicado, matado por ti. No lamento lo que he hecho estos últimos meses. Mi vida no habría significado nada sin ello.

—¿Y qué es de mi vida? —preguntó ella con ahogo—. ¿Cómo puedes decir que me quieres cuando no has hecho otra cosa que mentirme y aprovecharte de mí, convirtiéndome en la mayor idiota de la faz de la tierra?

—No eres ninguna idiota, Lara. Pero me las ingenié para engañarte y hacerte creer que yo era Hunter. Sabía que te olvidarías de tus dudas si lograba que creyeras en mí... Y eso mismo hiciste.

—Nada de lo nuestro fue real —dijo Lara al tiempo que las lágrimas comenzaban a surcarle las mejillas—. Todo lo que me dijiste, tus besos... Era todo mentira.

—No —rebatió él con brusquedad. Hizo además de acercarse, pero se detuvo al ver que ella retrocedía—. ¿Podía haberte conseguido de otra forma? —preguntó en tono áspero. Era una verdadera tortura verla llorar y no poder consolarla—. Si me hubiera acercado a ti con mi verdadera identidad, ¿me habrías aceptado?

Lara guardó un prolongado silencio.

—No —respondió al fin. Él asintió con la cabeza, ya que la respuesta confirmaba algo que ya sabía—. Pero no puedo mentir para salvarte —se atrevió a añadir tras un momento de silencio—. No podría seguir viviendo si...

—Tranquila —murmuró él—, no espero eso de ti.

Lara sintió que todo su cuerpo se ponía rígido cuando vio que él se acercaba. Avanzaba con cuidado, como sabiendo que un súbito movimiento suyo podría provocar su huida. Cuando estuvo a un brazo de distancia, se detuvo y se puso de cuclillas.

—Jamás me cansaría de mirarte —confesó con voz enronquecida—. De contemplar tus hermosos ojos verdes. La dulzura de tu rostro. —La miró con una necesidad tan desnuda que ella sintió que el fuego de sus ojos la quemaba—. Lara, hay algo que quiero que comprendas. Estos últimos meses contigo..., el tiempo que hemos compartido... Vale la pena morir por ellos. Si el recuerdo de eso es lo único que puedo tener, me basta. Por eso mismo, no importa lo que vayas a decir mañana, o lo que pueda sucederme de aquí en adelante.

Lara no podía hablar. Tenía que salir de allí antes de que las lágrimas se volvieran incontrolables. Sobresaltada aún, agachó la cabeza y se dirigió hacia la puerta. Le pareció oír que él la llamaba, pero no podía detenerse, no podría soportar más su presencia sin derrumbarse.

Sophie la estaba esperando fuera, y su mirada se posó sobre el rostro devastado de Lara cuando ésta salió.

—Estás enamorada de él —le dijo sin preámbulos mientras le pasaba el brazo por los hombros.

Subieron juntas las escaleras.

—Lo siento mucho —susurró Lara tras una risa ahogada y triste—. Supongo que usted me despreciará por sentirme así; yo, que nunca entregué mi amor al hombre que en realidad lo merecía.

Como un filósofo aficionado a reducir cualquier situación a un armazón de hechos desnudos, sin ningún tipo de barniz, Sophie no encontró razón para coincidir con ella y dijo:

—¿Y por qué iba a despreciarte? No sé si mi hijo merecía tu amor. ¿Hizo algún esfuerzo para ganarse tu corazón?

—No, pero... —empezó a responder Lara.

—Claro que no. Hunter estaba demasiado enamorado de esa lady Carlysle, aunque sólo Dios sabe qué veía en una criatura tan masculina. Estaba loco por ella, y con ella es con quien debía haberse casado. Debo confesar, con gran remordimiento, que fui yo quien le aconsejó que te tomara como esposa y que la tuviera a ella como amante. Le dije que bien podría servir a Dios y al diablo. Fue un error por mi parte. Creí que con el tiempo sucumbiría a tus encantos, y que tu influencia sería positiva para él.

—Bueno, pues eso no sucedió. —Aunque su intención no era resultar graciosa, la viuda dejó escapar una risa mordaz.

—Es evidente que no. —Entonces Lara suspiró, y la expresión de su rostro se fue volviendo más seria según se acercaban a la sala.

—Mi pobre hijo... —dijo—. Sé demasiado bien que no fue un buen esposo para ti. Jamás tuvo el menor sentido de la responsabilidad. Tal vez se deba a que fue demasiado mimado, a que todo le resultó muy fácil. Le habría venido bien alguna de las dificultades que moldean el carácter de un hombre. Pero yo no pude evitar adorarlo en exceso; era lo único que tenía. Me temo que alenté su egoísmo.

Aunque Lara sentía el impulso de asentir, guardó silencio. Estaban las dos sentadas, una junto a la otra, y Lara se frotó, cansada, los ojos.

—¿Has decidido qué vas a hacer mañana? —preguntó la viuda de pronto.

—¿Qué alternativa me queda? Mi responsabilidad es decir la verdad.

—Tonterías... —dijo Sophie.

—¿Qué? —exclamó Lara con debilidad.

—Nunca he logrado entender por qué la honestidad ha de ser considerada la virtud más elevada. Hay cosas más importantes que la verdad.

Sorprendida por completo, Lara la miró con los ojos bien abiertos.

—Perdóneme, pero lo que dice me confunde.

—¿Ah, sí? Siempre has sido demasiado convencional, Lara. ¿No has pensado en las personas cuyo destino depende del desenlace de todo esto? Y además, ¿es que acaso no te importa tu propio bienestar?

—Parece que quisiera que este desconocido ocupe el

lugar de su hijo —dijo Lara, sin acabar de dar crédito a lo que acababa de oír.

—Mi hijo ya no está entre nosotros —respondió la viuda—. Lo único que puedo hacer es evaluar la situación tal como es. Todos sabemos que Arthur y su esposa no son capaces de salvaguardar la fortuna de la familia. Harán todo lo posible por deshonrar nuestro apellido. Por otra parte, legítimo o no, este joven es hijo de mi esposo, y parece haber actuado con acierto en el papel de Hawksworth. En mi opinión, tiene tanto derecho al título como Arthur. Eso sin contar con que, además, se ha ganado tu afecto. Me he portado mal con él todos estos años. Fue por mi culpa por lo que tuvo un mal comienzo en la vida, y a pesar de todo se ha convertido en un hombre muy capaz. Por supuesto que no apruebo lo que ha hecho. Pero también podríamos considerar que su forma de actuar no es la de un hombre malvado, sino simplemente desesperado.

—¿Está diciendo que él cuenta con su apoyo? —preguntó Lara como atontada.

—Sólo si tú lo quieres. Porque eres tú, querida, la que va a tener que vivir con la mentira el resto de tu vida... Tú, la que criará a sus hijos y actuará como esposa en todos los aspectos. Si tú deseas tomarlo como esposo, yo estoy dispuesta a tomarlo como hijo. Pero ten en cuenta que si ahora lo aceptamos como si fuera el auténtico Hawksworth, ya no habrá vuelta atrás.

—¿De verdad podría traicionar al verdadero Hunter de esta forma? —susurró Lara—. ¿Sería capaz de aceptar a otro hombre en su lugar?

—Mis sentimientos hacia Hunter no le conciernen a nadie más que a mí —fue su muy digna respuesta—. Lo que ahora nos incumbe es tu deseo, Larissa. ¿Vas a salvar a este hombre, o lo enviarás al infierno? ¿Va a seguir siendo lord Hawksworth, o le devolverás ese título nobiliario a Arthur? Has de decidirlo esta noche.

Lara estaba desconcertada ante el razonamiento de su suegra. Jamás en su vida hubiese imaginado que Sophie adoptara una postura tan descabellada. No le parecía correcto en absoluto. Había esperado que Sophie reaccionara con la lógica indignación de ver que un hombre se hacía pasar por su hijo, sin apoyar la farsa ni sugerir su continuidad, desde luego.

Los pensamientos se le arremolinaban en la mente, y entonces recordó las palabras de Rachel: «Los hechos nunca son absolutos. Se pueden debatir hasta la saciedad». Y para agrandar aún más el caos que nacía en su interior, había que considerar lo siguiente: el hombre del piso de abajo, quienquiera que fuese, le había hecho mucho bien. La había hecho feliz. Había cuidado de Johnny, de Rachel y de todos los de la casa. No importaba lo que hubiese cometido en el pasado, Lara sabía que era un hombre bueno. Y que lo amaba con toda su alma.

—Pero... ¿Cómo puedo amar a un hombre al que en realidad no conozco? —preguntó, más para sí misma que para Sophie—. ¿Y cómo puedo saber que él me ama de verdad? Es un camaleón, como dijo el capitán Tyler. No estoy segura de que sea honesto. Siempre estará alerta, escondiendo sus pensamientos, jamás permitirá que los demás conozcan su verdadera personalidad.

—Es un alma atormentada —afirmó la viuda, sonriendo con una mezcla de ironía, afecto y una pizca de desafío, lo que logró desorientar a Lara—. Bueno, Lara, proteger a almas así es tu fuerte, ¿me equivoco?

20

Sabiendo que el capitán Tyler había sido convocado en Londres para prestar declaración, Lara lo mandó llamar a primera hora de la mañana. Por suerte, se presentó de inmediato en Park Place. Iba de uniforme, con una casaca escarlata y gruesos galones dorados, pantalones de un blanco resplandeciente y botas negras inmaculadas, y llevaba un sombrero con penacho bajo el brazo.

—Lady Hawksworth —saludó con respeto, al tiempo que entraba en la sala y se inclinaba para besarle la mano.

—Gracias por haber venido enseguida —dijo ella.

—Espero poder ayudarla, milady.

—Yo también espero que lo haga —respondió ella con gravedad, mientras tomaba asiento en un mullido sillón de terciopelo y se recostaba contra el respaldo de caoba tallada.

Respondiendo a su invitación, el capitán se sentó en un sillón idéntico que había junto a ella.

—Ha venido a Londres para prestar declaración ante la Cámara de los Lores, según tengo entendido.

—Así es, milady. —El impecable bigote negro le temblaba de inquietud—. Sepa disculparme una vez más por haber silenciado la verdad tanto tiempo, y por la angustia que le causé durante su última visita. Siempre lamentaré mi actitud a ese respecto, y espero que algún día pueda perdonar mi inexplicable silencio...

—No hay nada que lamentar ni que perdonar —aseguró ella con sinceridad—. Comprendo bien su silencio en lo que respecta a lord Hawksworth, y de algún modo se lo agradezco. Es más... —Respiró hondo y lo miró fijamente, antes de proseguir—, la razón por la que le he hecho venir esta mañana es la de expresarle mi deseo de que siga guardando silencio.

No hubo muestras de emoción alguna en el rostro del capitán, salvo un súbito pestañeo de sus ojos oscuros.

—Ya veo —dijo pausadamente. Me está pidiendo que cometa perjurio ante el juez. Que niegue conocer al hombre que está suplantando a lord Hawksworth.

—Eso es —se limitó a decir Lara.

—¿Le puedo preguntar por qué?

—Después de haber reflexionado con detenimiento, he llegado a la conclusión de que beneficiará los intereses de la familia Crossland, incluidos los míos, que ese hombre siga siendo cabeza de familia.

—Milady, tal vez no le describí bien el carácter de esa persona, que...

—Tengo pleno conocimiento de su carácter —interrumpió Lara.

El capitán Tyler suspiró; frotaba el pulgar sobre los gruesos galones dorados de la manga de su casaca, con un movimiento repetitivo.

—Me gustaría responder a su petición, ya que así saldaría de paso una deuda que tengo con él y que siempre he querido corresponder. Sin embargo, permitir que goce de una posición que entraña tanto poder y responsabilidad..., permitir que robe la vida de otro hombre... No me parece lo correcto.

—¿Qué deuda es la que quiere saldar? —preguntó Lara con curiosidad.

Él se lo explicó con cierta tirantez.

—Me salvó la vida. Nosotros, la Corona de Inglaterra, quiero decir, teníamos que expandirnos a lo largo del Ganges y hubo conflicto en el territorio de Cawnpore. Los asaltantes se ocultaban en los márgenes de los caminos y atacaban a los viajeros, y los mataban sin piedad. No respetaban ni a mujeres ni a niños. Cuando comprendieron que no nos íbamos a echar atrás, la agresividad se intensificó. Atraparon y asesinaron a una gran parte de mis hombres, a algunos en sus propias camas. A mí me acorralaron una noche, cuando regresaba de Calcuta. De pronto me vi rodeado por media docena de asaltantes, que mataron a un joven abanderado y a un escolta, y estaban a punto de liquidarme a mí también... —Hizo una pausa y comenzó a sudar al evocar la imagen—. Entonces llegó él. Apareció en la noche, como una sombra. Derribó a dos de ellos con tanta rapidez que los otros huyeron a toda prisa, diciendo a gritos que era el mensajero de algún dios iracundo. Ésa fue la última vez que lo vi, hasta su reencarnación en la figura de lord Hawksworth.

—Esa cicatriz que él tiene en la nuca... —añadió Lara en un arrebato de intuición.

Tyler asintió.

—En la refriega, uno de los asaltantes tomó posesión de mi espada. Su «Hawksworth» tuvo suerte de no ser decapitado. Por fortuna para él, es muy ágil en combate. —Sacó de la casaca un pañuelo y se secó la frente—. No es un hombre común, milady. Si acato su petición, no quiero ser el responsable de desgracias futuras o de la posible infelicidad que pueda causarle.

Lara le dedicó una sólida sonrisa.

—Tengo la certeza de que merece toda mi confianza. Sé que llevará una vida ejemplar si se le da la oportunidad.

El capitán la miró como si fuera una santa, o como si estuviera loca de remate, y dijo:

—Excúseme, pero usted deposita su confianza con demasiada facilidad, lady Hawksworth. Espero con todo mi corazón que ese hombre demuestre su buena naturaleza.

—Lo hará —respondió ella, al tiempo que sintió el impulso de tomarle la mano y presionársela con firmeza—. Sé que lo hará, capitán.

Lara llevaba tan sólo una hora de espera en la antecámara, pero se le había hecho una eternidad. Atenta a cualquier sonido que saliera de las habitaciones y salones que la rodeaban, se sentó en el borde de una rígida silla de madera y trató de adivinar lo que ocurría. Al fin apareció un actuario y la acompañó a la sala que precedía la oficina del presidente de la Cámara de los Lores. Le dio un brinco el corazón al ver salir de la oficina al capitán. Sus miradas se encontraron, la de ella interrogante, la de él tranquilizadora. Entonces, como respuesta a un ruego de Lara no expresado, él asintió con la cabeza. «Todo ha salido bien», parecían decir aquellos ojos, y ella sintió que parte de la tensión acumulada disminuía de golpe.

Recuperó la confianza y acompañó al actuario a la sala del tribunal. Lord Sunbury, el presidente de la Cámara, se incorporó tras un macizo escritorio de caoba y esperó a que Lara se hubiese sentado antes de hacerlo él en su sillón de cuero color pardo. Su figura era imponente, con su brillante toga de color escarlata, y aquel rostro de mandíbulas prominentes enmarcado por una larga peluca gris. Jugueteaba con un globo terráqueo de tamaño de bolsillo que tenía minúsculos mapas pintados; Lara advirtió que su mano derecha soportaba el peso de tres enormes anillos de oro.

Los ojos de Sunbury eran pequeños pero penetrantes, y sobresalían con lucidez en su rostro carnoso. Su innato aspecto distinguido habría sido el mismo de haberse visto despojado de toda la ceremonia y opulencia que conllevaba su cargo. No le hubiese sorprendido encontrárselo el día del Juicio Final, situado a las puertas del cielo y evaluando los méritos de los aspirantes a ángeles.

Lara desvió inmediatamente la mirada hacia Hunter, como si éste fuera un imán. Estaba sentado a un extremo de la mesa alargada, y su cabeza se recortaba contra la trémula luz procedente de la ventana. Parecía de otro mundo, con su adusta belleza, el rostro lejano, el cuerpo compacto enfundado en un chaleco negro y una chaqueta verde oscuro de terciopelo rayado. Él no le devolvió la mirada a Lara, sino que se limitó a observar al juez con los ojos impasibles de una criatura salvaje.

Había otros asistentes en la habitación: un actuario que copiaba las declaraciones prestadas, los letrados Eliot y Wilcox, el fiscal, cuyo nombre Lara no recordaba, Sophie, Arthur y Janet... Y un rostro familiar que Lara no pudo ver sin ponerse tensa y sentir profunda indignación. Era lord Lonsdale, vestido de punta en blanco, con un chaleco de raso con mariposas bordadas, zapatos de hebilla pomposa y un alfiler de diamantes sujetándole la corbata. Éste le sonrió, con los ojos azules brillando de maligna satisfacción. ¿Qué hacía él allí? ¿Qué supuesta información podría aportar para que su presencia fuera requerida ante el juez?

Lara tenía todo tipo de preguntas y protestas en la punta de la lengua, pero logró guardar silencio. Miró a Sophie, que jugueteaba, despreocupada, con un collar de perlas que caía sobre el escote de encajes de su vestido color damasco.

—Ahora viene el momento de la verdad —dijo Arthur en tono triunfal al tiempo que dirigía a Lara una mirada autoritaria. Le habló como si fuera una niña pequeña—. Limítate a contestar las preguntas del juez con toda honestidad, Larissa.

Ofendida por aquel tono prepotente, y haciendo caso omiso de Arthur, concentró la atención en Sunbury.

El juez habló en tono grave.

—Lady Hawksworth, sólo espero que pueda usted arrojar un rayo de luz sobre esta inexplicable situación.

—Lo intentaré —respondió ella con suavidad.

Sunbury posó su voluminosa mano sobre un grueso montón de papeles.

—Han presentado declaración diversas personas que insisten con vehemencia en que este señor es el conde de Hawksworth. La condesa viuda de Hawksworth, ni más ni menos, asegura que, en efecto, se trata de su hijo. —Hizo una pausa y dirigió la mirada a Sophie, quien, a su vez, hizo un breve ademán de impaciencia con la cabeza—. Sin embargo —prosiguió—, hay opiniones contradictorias, la más notable de las cuales es la del hombre en cuestión. Insiste en decir que no es lord Hawksworth, aunque se niega a dar más explicaciones. Dígame, milady, ¿quién es este hombre?

Un silencio sepulcral invadió la sala y Lara se humedeció los labios antes de hablar.

—Es Hunter Cameron Crossland, conde de Hawksworth —respondió con voz firme y clara. La visión del actuario, que tomaba por escrito cada palabra que salía de sus labios, le provocaba un ligero nerviosismo—. Es mi esposo, siempre lo ha sido y espero con toda mi alma que lo siga siendo siempre.

—¿Qué? —exclamó Arthur mientras Janet se incorporaba de un brinco, como una catapulta.

—¡Mentirosa, no eres más que una zorra! —gritó ésta, al tiempo que se dirigía hacia Lara con los dedos transformados en garras. Ella se estremeció ante la reacción. Antes de que la alcanzara, Hunter saltó del asiento y sujetó a Janet por detrás, agarrándole las caderas, y ella empezó a sacudirlas con vehemencia. Reaccionó como un gato encrespado, retorciéndose y dando unos alaridos que alarmaron a todos los presentes excepto a Arthur, que se limitaba a mirarla asqueado.

—¡Fuera! —gritó el juez con el semblante teñido de ira—. ¡Saquen de inmediato a esa fiera de mi sala!

Pero el caos no amainaba con facilidad.

—¡Está mintiendo! —exclamó Arthur—. Larissa, eres una arpía de lengua viperina, irás a los infiernos por esto...

—¡Silencio! —El juez se incorporó. La toga escarlata colgaba, oscilante, sobre su voluminoso cuerpo—. ¡No voy a consentir difamaciones ni violencia en esta sala! ¡Saque a su esposa de aquí, señor! ¡Y si usted tampoco es capaz de controlarse, no vuelva nunca más!

Morado de rabia, Arthur arrancó de las manos de Hunter a su esposa.

Éste se encaminó hacia Lara y la recorrió con la mirada, como asegurándose de que estuviera bien, y después se inclinó hacia ella, apoyando las manos en los brazos del asiento. Sus rostros se acercaron y de pronto la sala dejó de existir, y no había allí nadie más que ellos dos. Los ojos de él echaban chispas de la rabia.

—¿Por qué haces esto? —preguntó con brusquedad—. Diles la verdad, Lara.

Ella alzó la barbilla y sostuvo su mirada con obstinación.

—No voy a dejar que te vayas.

—¡Maldita sea! ¿Es que no te he hecho ya suficiente daño?

—Ni mucho menos —dijo ella con calma.

Lejos de agradarle, sus palabras lo enfurecieron aún más. Soltó la silla y, presa de su frustración, cruzó la sala dando grandes zancadas y mascullando para sí mismo. Reinaba un ambiente de lo más tenso tras la breve discusión.

Arthur volvió a entrar y, tras una consulta apresurada y en voz baja con el fiscal, éste se acercó al juez supremo. Hubo un intercambio de palabras, y Lara vio que la desaprobación se hacía evidente en la boca del fiscal, reducida a una fina y tensa línea. Con cierto descontento, éste regresó a su asiento e hizo gestos a Arthur para que lo imitara.

—Prosigamos —espetó Sunbury con la mirada fija en Lara—. Espero que pueda explicarse con más detenimiento, lady Hawksworth. Usted dice que este hombre es su marido, mas sin embargo él insiste en que no lo es. ¿Quién de ustedes dice la verdad?

Lara le miró con ojos serios.

—Milord, creo que mi esposo se siente indigno de mí debido a una indiscreción cometida en el pasado. Sus famosos devaneos con cierta... —Hizo una pausa, como si le resultara demasiado doloroso mencionar el nombre.

El juez asintió, y los rizos sueltos de su peluca plateada oscilaron sobre sus hombros.

—Lady Carlysle —puntuó—. Le he tomado declaración antes.

—Entonces estará informado de su relación con mi esposo —continuó Lara—, algo que me ha causado no pocos padecimientos. A causa del remordimiento, mi esposo tiene la intención de castigarse de esta forma tan drástica, negando su identidad. Sin embrago, es mi deseo hacerle comprender que lo perdono de todo lo acontecido. —Dirigió la mirada a Hunter, que tenía la cabeza agachada—. De todo lo acontecido —repitió con firmeza—. Deseo volver a empezar, milord.

—Ciertamente —murmuró el juez; examinó el inaccesible semblante de Hunter y luego la expresión resuelta de Lara. Entonces volvió a dirigir la mirada hacia Hunter y dijo—: Si lo que dice lady Hawksworth es cierto, sepa usted que renunciar a su propio nombre es tal vez una exageración. El hombre comete errores de vez en cuando. Son nuestras esposas quienes, haciendo gala de su virtud superior, eligen perdonarnos, o no. —Se rió entre dientes con su propia broma, sin advertir que nadie más compartía su estado de humor.

—¡Tonterías! —exclamó Arthur mirando a Lara—. Milord, esta mujer padece un trastorno mental. No sabe lo que dice. Nuestro astuto impostor la ha convencido de alguna forma para que le brinde su apoyo, ya que ayer, sin ir más lejos, ella misma lo denunció.

—¿Qué tiene que decir a eso, lady Hawksworth? —preguntó Sunbury.

—Fue una terrible equivocación —admitió Lara—. Sólo me resta pedir perdón por los problemas causados. Denuncié a mi esposo en un arrebato de furia por su relación con lady Carlysle, y me dejé llevar por los consejos de mi tío. No suelo ser tan débil... Pero me temo que mi estado no me permite razonar.

—¿Su estado? —repitió Sunbury, al tiempo que todos los presentes, incluyendo Hunter y Sophie, la miraban boquiabiertos.

—Sí... —Lara se ruborizó antes de proseguir. Detestaba haber tenido que recurrir a su embarazo de aquella forma. Pero tenía el firme propósito de utilizar todas las armas que estuvieran a su alcance—. Espero un hijo, milord. Sé que usted se hace cargo del desequilibrio temperamental de una mujer en este estado.

—En efecto —murmuró el juez mientras se acariciaba, pensativo, la barbilla.

El rostro de Hunter empalideció, a pesar del tono dorado de su piel. Al ver cómo la miró, Lara supo que no le creía.

—Ya está bien, Lara —dijo él con brusquedad.

—¡Otra mentira! —gritó Arthur, levantándose al tiempo que se desprendía de la mano de su abogado—. Es más estéril que un desierto. Todo el mundo sabe que es incapaz de fecundar nada. Milord, está fingiendo un embarazo, y sin duda fingirá luego un aborto, en cuanto sea conveniente.

A Lara le empezó a divertir el semblante iracundo de su tío. Con la más leve de las sonrisas, dirigió su atención al juez.

—Estoy dispuesta a presentarme ante el médico que usted crea conveniente, milord, si así lo desea. No tengo nada que temer.

Sunbury la observó con una larga y calculadora mirada, y a pesar de que había cierto tono de gravedad en su rostro, sus ojos reflejaban una respuesta sonriente.

—No será necesario, lady Hawksworth. Parece que es tiempo de felicitaciones.

—Discúlpeme —dijo, desde el fondo, la voz cortante de lord Lonsdale—. Detesto tener que desbaratar el conmovedor relato de lady Hawksworth, ya que yo disfruto de los buenos cuentos como el que más. Sin embargo, puedo probar en menos de un minuto que este hombre es un impostor... Y que nuestra encantadora lady Hawksworth es una mentirosa.

El juez arqueó las espesas cejas grises y preguntó:

—¿Ah, sí? ¿Y puede saberse cómo, lord Lonsdale?

Lonsdale hizo una pausa efectista.

—Tengo una información que va a sorprender a todos ustedes... Información secreta sobre el verdadero lord Hawksworth.

—Conozcámosla, entonces —respondió Sunbury, pasándose el minúsculo globo terráqueo de una mano a otra.

—Muy bien. —Lord Lonsdale se levantó y se tomó su tiempo arreglándose el chaleco de raso—. Al genuino lord Hawksworth y a mí, no sólo nos unía la más estrecha de las amistades, sino que además pertenecíamos los dos a una sociedad exclusiva. Los escorpiones, así nos denominamos. No creo necesario explicar aquí y ahora el propósito de la sociedad, salvo decirles que tenemos ciertos objetivos políticos. Aunque todos y cada uno de nosotros hemos jurado mantener la afiliación en secreto, me veo obligado a revelarla ahora para demostrar que este supuesto lord Hawksworth es un impostor. Justo antes de partir para la India, Hawksworth y todos nosotros nos hicimos una marca en la parte anterior del brazo izquierdo. Una marca permanente, hecha con tinta, bajo la piel. Yo tengo esa marca, al igual que los otros. Y es la que tendría el verdadero conde de Hawksworth.

—Y esa marca, imagino, tiene la forma de un escorpión, ¿me equivoco? —preguntó Sunbury.

—Correcto. —Lonsdale hizo ademán de subirse la manga de su camisa—. Si me permite un par de segundos, milord, se la mostraré aquí mismo...

—No es necesario —dijo el juez en tono cortante—. Sería más indicado que lord Hawksworth nos mostrara su brazo.

Todas las miradas recayeron en Hunter, quien miró al juez con expresión de rebeldía.

—No hay necesidad —murmuró—. Yo no soy Hawksworth.

El juez le devolvió la dura mirada sin pestañear.

—Entonces, demuéstrelo y quítese la camisa, señor.

—No —respondió Hunter entre dientes.

Aquella sencilla y directa negativa hizo que al juez le aflorara el rubor en las mejillas.

—¿Prefiere que ordene que se la quiten? —preguntó con cortesía.

Nerviosa, Lara respiró hondo. No recordaba ninguna marca en el brazo de Hunter. La idea de que una pequeña marca de tinta pudiese aniquilar todas sus esperanzas y sus sueños hizo que se estremeciera. Cerró las manos contra sus faldas y apretó los puños con fuerza.

—¡Le doy mi palabra de que tiene la marca! —gritó.

El juez le dirigió una sonrisa sarcástica.

—Con el debido respeto, lady Hawksworth, llegado a este punto, prefiero pruebas sólidas de su palabra. —Volvió a mirar a Hunter—. La camisa, si hace el favor.

Arthur estalló en carcajadas de júbilo y exclamó:

—¡Ahora sí que te has metido en un lío, maldito charlatán!

El juez le reprendió por aquella difamación, pero desvió enseguida la atención hacia Hunter, al ver que éste se incorporaba. Con el ceño fruncido y la mandíbula tensa, Hunter miraba hacia el suelo mientras se quitaba la chaqueta, tirando de las mangas con fuerza. Una vez despojado de la chaqueta, comenzó a desabrocharse los botones del chaleco negro. En su angustia silenciosa, Lara se mordió el labio, temblando al ver que el rostro distante de Hunter se ensombrecía por momentos. Él colocó el chaleco a un lado y procedió a sacarse la camisa de dentro de los pantalones. Cuando estaba ya medio desabrochada, se detuvo y miró al juez.

—Yo no soy Hawksworth —gruñó—. Escúcheme de una maldita vez...

—Hágale continuar —interrumpió Arthur—. Insisto en que prosiga.

—Podrá hablar, señor —le informó Sunbury—, en cuanto examine su brazo. Ahora, proceda.

Hunter no se movió.

Rojo de ira por la vacilación, Arthur fue hacia él, agarró una parte de la camisa y tiró de ella hasta que todos oyeron el sonido característico del lino al rasgarse. La camisa quedó hecha jirones, que le colgaban de los puños, y entre ellos asomaba un cuerpo terso de músculos bien marcados. Aquella piel tostada tenía cicatrices muy diferentes a las heridas que su esposo había sufrido persiguiendo jabalíes o gamos salvajes. Con el rostro perplejo ante la visión del cuerpo de Hunter y la terrible certidumbre de lo que estaba a punto de suceder, Lara contuvo la respiración.

Arthur llevó a Hunter casi a rastras ante el juez.

—Vamos —dijo con el mayor desprecio—, muéstrale el brazo, que todos vean que no eres más que un bastardo impostor.

Hunter alzó el brazo con el puño apretado.

Desde su lugar, Lara alcanzaba a ver la escena con claridad. Unos centímetros más allá de la mancha oscura que formaba el vello de la axila, vio la pequeña figura de un escorpión dibujado con tinta azul.

Lonsdale, que se había acercado para verlo, se quedó estupefacto y dio un paso atrás ante el asombro.

—¿Cómo es posible? —exclamó, con voz quebrada, y desvió la mirada de la marca del brazo hacia el tenso rostro de Hunter—. ¿Cómo lo sabías?

La misma pregunta ocupaba la mente de Lara. Reflexionó sobre ello sumida en un desconcertante silencio, hasta que se le ocurrió que la única manera de haber podido reproducir aquella figura tuvo que ser copiándola de los diarios de su esposo.

Arthur estaba sumido en una verdadera furia desatada. Farfullando de rabia e indignación, y respirando con dificultad, se encaminó hacia el asiento más cercano y se desplomó en él.

Sophie contempló a Hunter con una extraña mezcla de perplejidad y admiración, al tiempo que dirigía sus palabras hacia el juez.

—Supongo que el caso queda perfectamente cerrado, lord Sunbury.

A Lonsdale se le dibujó una mueca asesina en el rostro.

—No ganarás —le dijo a Hunter entre dientes— ¡Antes te veré muerto!

Salió de la habitación a toda prisa, emitiendo un torrente de juramentos y dio un portazo tan fuerte, que pareció temblar todo el edificio.

El juez suspiró y centró su atención en el globo terráqueo que tenía en las manos. Lo abrió y apareció de golpe un minúsculo mapa de las constelaciones, y recorrió con el dedo una de las filas de estrellas que había allí pintadas.

—Bueno, mi buen amigo —murmuró, mirando de soslayo la huraña expresión de Hunter—. Me inclino a creer a su esposa. De modo que trataba de castigarse por una indiscreción, ¿no es así? Admitamos que hasta el más recto de los hombres ha de luchar a veces contra esa debilidad tan particular. Y en caso de que no sea usted el conde de Hawksworth... No tengo la menor intención de discutir con todos quienes aseguran que sí lo es. Parece razonable cerrar el caso en este mismo momento, arguyendo que lord Hawksworth es... Lord Hawksworth. Cerraré el caso de inmediato. —Miró a Hunter esperanzado y preguntó—: ¿Puedo confiar en que no va a seguir discutiendo, milord? No me agradaría en absoluto llegar tarde al almuerzo.

—¿Dónde está? —preguntó Lara con urgencia, mientras cruzaba apresurada la sala bajo la mirada reprobatoria de Sophie—. No me puedo ir de Londres sin verlo, pero he de volver junto a Rachel y Johnny. ¿Qué se le habrá metido en la cabeza para desaparecer así?

En medio del tumulto que siguió a la decisión del juez, Hunter había desaparecido. Lara no tenía más alternativa que regresar a casa de los Hawksworth y esperarlo allí. Habían transcurrido ya cuatro horas y no se sabía aún sobre su paradero. Anhelaba con toda su alma hablar con él, pero sentía también la necesidad imperiosa de regresar a Lincolnshire. El instinto le decía que debía volver con Rachel cuanto antes. No quería ni imaginarse lo que Lonsdale era capaz de hacer, furioso como estaba... Lara tenía la certeza de que iría a buscar a su esposa sin esperar un minuto más, lo haría a la fuerza, si era preciso.

De pronto tuvo un pensamiento espantoso, y dirigió a Sophie una mirada de terror que fue en aumento.

—No cree que vaya a desaparecer para siempre, ¿no? ¿Y si no vuelve nunca más?

Incómoda, al verse embargada por emociones volátiles, Sophie frunció el ceño con aire recriminatorio y respondió:

—Déjalo ya, Larissa. Te lo prometo, irá a buscarte cuando esté preparado para ello. No va a desparecer, después de la sorprendente noticia que has anunciado en el juicio, hasta que descubra si es cierto o no. Lo que conduce a la pregunta: ¿estás embarazada, o no?

—Con toda seguridad —respondió Lara sin extenderse, demasiado preocupada por Hunter como para compartir la evidente alegría de Sophie ante las buenas nuevas.

La viuda se relajó y se le escapó una sonrisa de asombro.

—Alabado sea Dios. Después de todo, parece que la estirpe de Harry continuará. Una criatura viril, tu errabundo amante. Logró sin dificultad que empieces a fecundar.

—Esposo —corrigió Lara—. Nos referiremos a él como mi esposo, de aquí en adelante.

Sophie sacudió los hombros con toda naturalidad.

—Como prefieras, Larissa. Ahora cálmate. Estás demasiado nerviosa. No puede ser bueno para el bebé.

—Sé que no creyó lo del hijo —murmuró mientras permanecía de pie junto a la ventana y recordaba la expresión atónita de Hunter en la sala del juez—. Seguro que pensó que era otra mentira destinada a salvarlo.

Presionó las palmas de la mano y la frente contra los fríos cristales empañados de la ventana, y sintió un dolor agudo en el pecho ante el temor de que no regresara nunca más.

21

El carruaje de Lara llegó a Hawksworth Hall ya mediada la noche, cuando la mayor parte de los residentes dormían. Agradeció ahorrarse la tarea de explicar lo inexplicable a Johnny, Rachel y los demás aquella misma noche. Estaba cansada de hablar, de viajar y de tratar de no pensar en todo lo que le bullía en la cabeza. A cada vuelta de rueda del carruaje que la alejaba de Londres, la sensación de fracaso y desesperanza iba en aumento. Ahora sólo quería abandonarse al sueño.

—Lady Hawksworth —dijo la señora Gorst en voz baja mientras la recibía en la puerta—, ¿va a regresar lord Arthur a esta casa?

—No —respondió Lara, negando a la vez con la cabeza—. El juez cerró el caso.

—¡Oh! —Una amplia sonrisa invadió el semblante del ama de llaves—. ¡Ésas sí que son buenas noticias! ¿Entonces va a regresar pronto lord Hawksworth?

—No sé —contestó Lara, y el desaliento de su actitud pareció desanimar la buena disposición de la señora Gorst.

El ama de llaves se abstuvo de añadir ningún otro comentario y dio instrucciones a un lacayo para que subiera el baúl de Lara, y a una doncella para que sacara las demás cosas del carruaje.

Mientras los sirvientes se afanaban en sus tareas, Lara subió a toda prisa los dos tramos de escalera hasta la habitación donde Johnny dormía. Entró en el dormitorio sin hacer ruido y colocó una vela en el tocador pintado de azul. Al oír la respiración suave y serena del niño, su corazón se estremeció de súbita alegría. Al menos, podía contar con eso... La confianza y el inocente amor de un niño. Tenía la cabeza acurrucada en la sedosa almohada, y la redondez infantil de su mejilla brillaba a la luz de la vela.

Lara se inclinó para besarlo.

—Ya estoy en casa —le susurró.

Johnny se estiró y pronunció algo ininteligible. Sus cejas negras se arquearon y apenas abrió una rendija de sus ojos azules. Se alegró de verla y esbozó una sonrisa soñolienta antes de volver a dormirse profundamente.

Lara recuperó la vela, salió de puntillas de la habitación y se dirigió a su alcoba. Ésta le pareció muy vacía, pese a la presencia de las doncellas, que ordenaban su equipaje y le extendían las sábanas. Cuando al fin la dejaron sola, se puso el camisón y dejó la ropa amontonada en el suelo. Apagó las lámparas y se metió en la cama boca arriba, con los ojos abiertos en la oscuridad.

Con la mano extendida, palpaba el espacio vacío junto a ella. Se había acostado con dos hombres diferentes en aquella misma cama. Con uno, por deber, con el otro, por pasión.

Lara sabía en el fondo que Hunter no tenía intención de volver, que quería así reparar todo el mal que le había hecho. Había creído sus palabras cuando ella le dijo que no podía pasarse el resto de su vida mintiendo por él. Pensó que sería mejor para ella, que le facilitaría las cosas si desaparecía.

Pero la realidad era que Lara lo amaba demasiado como para dejar que se fuera. Lo quería como esposo y no le importaba lo que el mundo pudiera pensar. El amor hacia él era mucho más intenso que el decoro, el deber, y hasta que el honor.

Cayó en un sueño turbulento, con la mente inundada de imágenes perturbadoras. En sueños, sus seres queridos se apartaban de ella, como si no la vieran ni la oyeran. Ella corría tras aquellas figuras en la penumbra, les suplicaba, tiraba de ellas, pero éstas se mostraban impasibles ante sus lamentos. Comenzaron a desaparecer, uno por uno, hasta que sólo quedó Hunter... Y entonces, también él se disipó.

—No —sollozó mientras lo buscaba, frenéticamente—, noooo...

Un grito desgarrado rompió el silencio de la casa.

Lara se sentó en la cama, con el corazón latiéndole con fuerza. Al principio pensó que el grito había salido de ella, pero escuchó atentamente y lo volvió a oír.

—¡Rachel! —exclamó. Respiró hondo y salió de la cama de un brinco, impulsada por los gritos ahogados de su hermana. Salió corriendo de su alcoba, descalza, pues no se molestó en buscar la bata ni las pantuflas. Al llegar al rellano de las majestuosas escaleras, vio en medio de ellas a un hombre que tiraba de Rachel y la arrastraba hacia abajo. Con una mano la agarraba por la gruesa trenza y con la otra le rodeaba el brazo de tal forma que lo tenía inmovilizado.

—¡No, Terrell, por favor! —gritaba Rachel, forcejeando con él en cada escalón.

Entonces él la empujó y Rachel cayó rodando por los tres o cuatro peldaños que quedaban, hasta desplomarse en el rellano del primer piso.

Aterrorizada, Lara dio un alarido estremecedor. Lonsdale... No creyó que osara presentarse en plena noche y sacara a Rachel de la cama. Estaba enrojecido por el alcohol y por un iracundo sentimiento de superioridad. Alzó la mirada e hizo una mueca despectiva al ver a Lara.

—Me llevo lo que es mío —dijo, arrastrando las palabras—. ¡Ya te enseñaré yo a no contrariarme! No volverás a ver a mi esposa nunca más. Si os encuentro juntas alguna vez, os mato a las dos. —Agarró a Rachel del cabello y la levantó. Daba la impresión de disfrutar de sus alaridos de dolor—. Creías que ibas a poder apartarte de mí —gruñó—. Pero me perteneces, y voy a hacer de ti lo que quiera. No eres más que una perra desleal. Esta noche empieza la primera lección.

Llorando con violencia, Rachel miró a Lara.

—¡No dejes que me lleve, Larissa!

Lara se abalanzó escaleras abajo tras ellos, mientras Lonsdale seguía arrastrando y empujando a su hermana.

—¡No la toques! —gritó al tiempo que sus pies descalzos descendían los peldaños a toda velocidad. Cuando llegó abajo agarró a Lonsdale por el brazo y tiró de él con fuerza—. ¡Suéltala, o te mato!

—¿Pero qué dices? —preguntó con una risotada desagradable, y acto seguido la apartó de un empujón, con una facilidad alarmante. Lara se dio un golpe seco en la parte posterior de la cabeza contra la pared. Por un momento, el mundo dejó de existir y una espesa nube gris le inundó la mente. Parpadeó con fuerza y se llevó las manos a la cabeza, y entonces percibió un zumbido molesto y penetrante que no se extinguía. Por encima de éste, oía aún las súplicas de Rachel, a lo lejos.

Con no poco esfuerzo, logró sentarse y advertir que Lonsdale estaba cruzando el gran salón con Rachel a rastras, que iba tropezando y sollozando junto a él. Pese a su debilidad física, luchaba con coraje, tratando de liberar con toda su fuerza el brazo que tenía capturado. Eno-

366

jado por aquella resistencia, Lonsdale la golpeó en la cabeza con un objeto que llevaba en la mano. Rachel se tambaleó y lo siguió a continuación con más docilidad. Le temblaba todo el cuerpo.

La servidumbre se había despertado con los gritos. Algunos acudieron al vestíbulo y contemplaban el espectáculo sin dar crédito a lo que veían.

—¡Deténganlo! —gritó Lara tras aferrarse a la baranda e incorporarse—. ¡No dejen que se marche!

Pero nadie se movió, y de pronto supo por qué. El objeto que Lonsdale tenía en la mano era una pistola. Y su furia era tal, que no vacilaría en utilizarla.

—¡Abre las puertas! —ordenó con brusquedad, apuntando con el arma a uno de los lacayos— ¡Vamos!

El lacayo se apresuró a obedecer. Se encaminó hacia la entrada, manipuló con torpeza las cerraduras y los picaportes y empujó los portones hacia fuera.

Para sorpresa de todos los presentes, una vocecita aguda resonó por todo el vestíbulo.

—¡Deténgase!

La mirada de Lara se desvió hacia las escaleras. Allí estaba Johnny, con su pequeño camisón blanco y el cabello oscuro despeinado y enmarañado. Tenía una pistola de juguete en la mano, una de aquellas que podía cargarse con un inofensivo cartucho de pólvora.

—¡Voy a dispararte! —gritó el niño, apuntando a Lonsdale con su pistola.

Por instinto, Lonsdale levantó el arma y apuntó a la pequeña figura.

—¡No! —le chilló Lara a Lonsdale—. ¡Es de juguete!

—¡Suelta a la tía Rachel! —exclamó Johnny, y acto seguido disparó.

El juguete emitió un débil estallido que dejó perplejos a todos los presentes.

367

Al darse cuenta de que la minúscula pistola era inofensiva, Lonsdale comenzó a reír sin terminar de creer lo que estaba viendo, aquella pequeña y furiosa criatura que había en las escaleras.

De pronto una figura imprecisa cruzó las puertas abiertas dando un brinco con la agilidad de un animal.

—Hunter... —murmuró Lara, al tiempo que éste se abalanzaba sobre Lonsdale y caían los dos al suelo, sobre el que rodó la pistola.

Rachel salió despedida hacia un costado tras el encontronazo, dio una vuelta, y después otra, hasta que ya no sintió el cuerpo, entumecido de dolor. Cerró los ojos y se desmayó con los brazos extendidos, como una muñeca de trapo sobre el suelo.

Los dos hombres luchaban con ferocidad para apoderarse de la pistola, insultándose y gruñendo mientras se golpeaban. Lara se dio la vuelta y subió las escaleras, tan rápido como le fue posible. En cuestión de segundos, llegó a donde estaba Johnny y lo tiró al suelo, y protegió su pequeño cuerpo con el suyo.

Desconcertado, el niño emitió un grito ahogado. Tenía las mejillas humedecidas por las lágrimas.

—Mamá, ¿qué ocurre? —preguntó con voz lastimera. Ella lo abrazó con fuerza.

Lara entonces se atrevió a mirar hacia la escena de abajo, donde Hunter se retorcía y forcejeaba para tomar la pistola. Ella se mordió el labio, aterrorizada, luchando en su interior por guardar silencio. Los dos hombres estaban enzarzados en una lucha a muerte, y rodaban por el suelo brillante... Y entonces una estruendosa explosión invadió la habitación.

Ambos permanecieron inmóviles.

Lara se aferró a Johnny. Tenía los ojos muy abiertos y no dejaba de mirar los dos cuerpos alargados, y la mancha de sangre roja como el rubí que se iba extendiendo alrededor de ellos. Su garganta emitió un sonido ahogado y tuvo que taparse la boca con la mano para reprimir un grito de angustia.

Hunter se fue moviendo con lentitud, se desenganchó de Lonsdale y presionó con sus manos la herida abierta que había en el estómago de éste. Respirando con dificultad, se dirigió a los sirvientes que había junto a él.

—¡Llamen al doctor Slade! —gritó—. Y que alguien vaya a buscar al alguacil. —Luego le dijo al mayordomo, haciendo un ademán con la cabeza—: Lleva a lady Lonsdale a su habitación antes de que recupere el sentido.

El tono seco de su voz pareció imponer un cierto orden sobre el caos reinante. Todos se apresuraron a obedecer, agradecidos por su autoridad.

Temblando de alivio, Lara tomó a Johnny de la mano y lo alejó de la escena.

—No mires, cariño —murmuró al ver que él trataba de mirar por encima del hombro.

—Ha vuelto —dijo entonces Johnny, apretándole los dedos con fuerza—. Ha vuelto.

Había casi amanecido cuando el alguacil partió tras un largo interrogatorio a los Hawksworth y a la servidumbre. El desarrollo de los acontecimientos no le sorprendía demasiado. Como él mismo se había encargado de señalar en su estilo lacónico, la frecuente ebriedad y violencia de Lonsdale eran ya conocidas. Que alguien le diera su merecido había sido sólo cuestión de tiempo.

Aunque el percance no iba a pasar a mayores, según parecía, Hunter no podía sacárselo de la cabeza con facilidad. Decidió darse un baño para relajarse. Una buena dosis de jabón eliminó hasta el último rastro de suciedad y de sangre de su cuerpo, pero seguía sin sentirse limpio.

A lo largo de toda su vida, había logrado no escuchar la voz de la conciencia. Lo que es más, tenía casi la certeza de que carecía de tal atributo. Pero ahora le perturbaban sobremanera las consecuencias de haber traído a Rachel a Hawksworth Hall. De no haberlo hecho, tal vez lord Lonsdale estaría vivo. Por otra parte, si Hunter hubiese dejado a Rachel a merced de su esposo, tal vez fuera ella quien ahora estuviese muerta. ¿Había sido una buena decisión? ¿Había existido acaso una buena decisión que tomar?

Se vistió y se peinó el cabello mojado, y después pensó en Lara. Todavía no se habían dicho todo. Había cosas dolorosas que él no quería decir y que ella no iba a querer oír. Rezongando, se frotó los ojos irritados con el dorso de la mano. Se planteó entonces que toda aquella historia había comenzado con su incontenible deseo de ser Hunter Cameron Crossland. Lo sorprendente era la naturalidad con la que todo había sucedido. Se había apropiado de aquel nombre, pero ni siquiera a él mismo le resultaba fácil recordar que estaba viviendo una vida robada. Su otra existencia, sombría y gris, se había cerrado por completo, como si fuera un desván polvoriento que no deseaba abrir.

Y Lara había logrado que la farsa continuara. Hunter no acababa de entenderlo; tal vez ella quiso tomarlo como una de sus múltiples obras de caridad y rescatarlo de su realidad.

Embargado por el temor y el deseo, fue a despedirse de ella.

Lara se sentó frente a la chimenea de su alcoba, y se estremeció cuando el calor del carbón se extendió sobre sus pies descalzos. Rachel se había dormido enseguida, sedada por una dosis de láudano que el doctor le había administrado. A Johnny lo habían enviado a su dormitorio, y se quedó tranquilo tras un vaso de leche caliente y un cuento. A pesar de su agotamiento, Lara tomó la decisión de permanecer despierta, por temor a que Hunter pudiese abandonarla de nuevo mientras ella dormía.

Dio un respingo al ver que el picaporte giraba y Hunter entraba en la habitación sin llamar. Se levantó al instante. Tras una breve mirada a aquel rostro distante, se contuvo y rodeó su propio torso con los brazos, abrazándose a sí misma.

—Pensé que ibas a abandonarme tras las declaraciones de Londres —dijo con calma—. No creí que volvieras.

—No iba a hacerlo. Pero pensé que estarías aquí sola, con Rachel, y sabía de lo que Lonsdale era capaz. —Emitió un chasquido de desagrado por sí mismo—. Habría venido antes si no fuera porque apenas podía pensar con claridad.

—Llegaste a tiempo —dijo Lara con la voz quebrada—. Hunter, yo..., abajo... Por un momento pensé que estabas malherido, o muerto...

—No sigas. —Hunter alzó la mano en un gesto de silencio.

Hundida en la desdicha, Lara se mordió la lengua. ¿Cómo podía ser que tan sólo unos días antes la intimidad fuera tan intensa, y que ahora se encontraran el uno frente al otro como dos extraños? Ella lo amaba, cualquiera que fuese su nombre, sin importarle en absoluto la sangre que corriese por sus venas, más allá de lo que él creyera o deseara. Siempre y cuando él también la amase. Sin embargo, al ver sus impenetrables ojos oscuros, pensó que convencerlo era una misión imposible.

—Quédate conmigo —susurró ella, no obstante, y tendió una mano suplicante—. Por favor.

—No me pidas eso, Lara —respondió Hunter. Era como si él se odiara a sí mismo.

—Pero tú me amas. Sé que me amas.

—Eso no cambia las cosas —replicó él con tristeza—. Tú sabes por qué debo irme.

—Tu lugar está aquí, conmigo —insistió—. Para empezar, tienes el deber de cuidar de la criatura que has ayudado a engendrar.

—No existe tal criatura —respondió con rotundidad.

Lara se acercó, buscando reducir la distancia que los separaba. Con cuidado, tomó su voluminosa mano, que le caía rígida a un costado, y la llevó hasta su vientre. Presionó la palma de aquella mano contra su cuerpo, como si pudiera hacerle sentir así la verdad de sus palabras.

—Llevo dentro a tu hijo.

—No —susurró—. No puede ser.

—Yo no te mentiría.

—A mí no —respondió con amargura—, pero sí al resto del mundo. Por mi culpa. —Su otro brazo se deslizó alrededor de ella y la abrazó, como si no pudiera contenerse. Todo su cuerpo se estremeció, entonces, y hundió su rostro en el cabello de Lara. Ella notó que le cambiaba el ritmo de la respiración y se dio cuenta de que la máscara estaba rompiéndose, y que el amor frustrado y la desesperación afloraban a la superficie—. Lara, no sabes lo que soy —susurró.

—Sí lo sé —respondió ella con urgencia, al tiempo que le rodeaba la espalda con sus brazos para abrazarlo con fuerza—. Eres un hombre bueno, aunque tú no lo creas. Y eres mi esposo para todo lo que importa.

Una risa temblorosa estalló en la garganta de Hunter.

—Maldita sea. ¿Es que no comprendes que lo mejor que puedo hacer por ti es salir de tu vida?

Lara dio un paso atrás y le tomó la cabeza, obligándolo a que la mirara. Los oscuros ojos del hombre que tenía ante ella brillaban por la afluencia de lágrimas, y la boca le temblaba por las emociones que hasta aquel momento había reprimido. Ella acarició su hermoso cabello, su amado rostro, como si pudiera sanarlo con el tacto.

—Quédate conmigo —dijo Lara, tratando de sacudir sus anchas espaldas. Pero no había quien moviera su voluminoso cuerpo—. No quiero oír ni una palabra más al respecto. No veo por qué hemos de vivir separados y sufrir, cuando tenemos la posibilidad de estar juntos. Si crees que no me mereces, trata de superarte cada día durante los próximos cincuenta años. —Se aferró a su camisa y se apretó contra él—. Además, no quiero un hombre perfecto a mi lado.

Hunter desvió la mirada, tratando de controlarse y respondió:

—Desde luego, no es mi caso.

Lara le dedicó una sonrisa temblorosa. En la voz de Hunter se percibía algo que le hizo albergar un rayo de esperanza.

—Te ofrezco el tipo de vida que deseas —añadió ella—. Una vida con sentido, con un propósito, y con amor. Tómala. Tómame.

Presionó los labios contra su boca firme, robándole así un beso rápido, y después otra vez, persuadiéndolo y seduciéndolo hasta que él respondió con un gemido y después apretó la boca contra la suya, con un deseo ferviente que le hizo perder de pronto el control. Exploró la boca de ella con la lengua. Un sonido primitivo y viril emergió de su garganta cuando, desesperado, tiró del camisón de Lara hacia arriba con las dos manos.

Lara enroscó la pierna desnuda alrededor de la suya, ofreciéndose con unas ganas que a él lo volvieron loco de deseo. La llevó en brazos hasta la cama, y el cansancio de Lara se esfumó al tiempo que la sangre le corría a toda velocidad por las venas, de tanta excitación.

—Te amo —susurró, acercándolo hacia ella y sintiendo a continuación el estremecimiento con que él respondía; tiró del camisón y la dejó desnuda. Sus labios se posaron en un pezón y lo chuparon con firmeza, mientras extendía los dedos por su vientre y sus caderas.

Lara, gimiendo, lo abarcó con brazos y piernas. La necesidad que tenía de él era más grande de lo que jamás creyó humanamente posible. Él alzó la cabeza y volvió a besar su boca, con besos prolongados e intensos que la dejaron sin aliento. Jadeando, Lara le tiró de la ropa y trató de desabrocharle la camisa.

—No puedo esperar —murmuró él mientras se llevaba las manos a los pantalones y los desabrochaba de un tirón.

—Quiero sentir tu piel —gimoteó ella, luchando todavía con la camisa.

—Después... Dios Santo...

Le separó las piernas y la penetró de un firme empujón. Ella gritó al sentir aquella dulce y pesada presión tan adentro, y su cuerpo se vio invadido por exquisitas sensaciones que le recorrieron todas las terminaciones nerviosas. Se arqueó y tembló de placer mientras él se movía con suavidad en su interior, prolongando aquella intensa sensación. Sus estocadas se hicieron más y más profundas, a un ritmo lúbrico e incitante de impacto y retirada. Le hizo el amor como si se tratara de un festín, con movimientos carnales y calculados. Lara logró introducir la mano por debajo de su camisa y rozó los tersos músculos de su espalda, instándole a que acabara rápido. Él se tomó su tiempo, sin embargo, como si disfrutara de sus roncos gemidos.

—No puedo, estoy demasiado cansada —gimió ella—. Por favor, otra vez no...

—Otra vez —dijo él con voz enronquecida, profundizando de nuevo las estocadas, y ella volvió a estremecerse de placer, que esta vez le resultó casi doloroso de tan intenso. Hunter se adentró del todo en ella y dejó que las contracciones lo llevaran a él a derramar su propia descarga, apretando los dientes mientras la tormenta se desataba en su interior.

Temblando y respirando entrecortadamente, se fueron relajando en medio de una maraña de sábanas. Lara se sumió en un letargo de paz y volvió el rostro hacia Hunter al sentir que él le acariciaba el cabello. La luz del día amenazaba con introducirse en la quietud de la habitación, pero las pesadas cortinas se lo impidieron.

—Aunque hubieras decidido abandonarme —susurró Lara en su letargo—, no habrías resistido mantenerte alejado por mucho tiempo.

Él emitió un sonido compungido.

—Porque te necesito —dijo, y le besó la frente.

—No tanto como yo a ti —respondió ella.

Él sonrió, mientras sus manos le acariciaban todo el cuerpo. Pero cuando volvió a hablar, su tono fue serio.

—¿Qué haremos de ahora en adelante, con todo lo que nos ha sucedido? —preguntó.

—No lo sé —Lara apoyó la cabeza en la parte interior de su hombro—. Empezaremos de nuevo, eso es todo.

—Siempre que me mires —señaló él—, te vas a acordar de que yo ocupé su lugar.

—No —respondió ella, dirigiendo un dedo hacia sus labios y dispuesta a no permitir que ningún fantasma del pasado los hechizara en aquel momento—. Supongo que a veces pensaré en él... Pero en realidad nunca lo llegué a conocer. Él no quería una vida junto a mí, ni yo junto a él.

Él torció la boca en una mueca irónica y murmuró:

—Pues eso es lo único que yo he querido siempre.

Lara llevó la mano hacia su pecho y sintió el latido de su corazón.

—Cuando te miro —dijo—, te veo a ti, sólo a ti. —Se acurrucó más a su lado y añadió, con voz ronca—: Te conozco muy bien.

El comentario le provocó a él una risa involuntaria, y se puso de lado para observarla bien. Estaba claro que quería rebatir la cuestión, pero al mirar su pequeño rostro le cambió la expresión y lo invadió una ternura extraordinaria.

—Tal vez sí —dijo, y la acercó aún más a su cuerpo.

Epílogo

Lara quedó plenamente satisfecha tras visitar el orfanato y comprobar las mejoras que se habían llevado a cabo allí. Ya estaba todo dispuesto para admitir a los niños nuevos, que al final eran sólo diez, en lugar de los doce que esperaban, debido a que dos familias de Market Hill estaban tan contentas con sus huéspedes temporales que decidieron quedárselos. Pero sería fácil ocupar las camas sobrantes del orfanato, pensó Lara. Había un número demasiado elevado de niños que necesitaban de un lugar digno para vivir.

Lara salió del carruaje y entró en Hawksworth Hall con la mente tan llena de planes que casi no advirtió al hombre que la estaba esperando.

—Lady Hawksworth... Discúlpeme, milady... —dijo con torpeza.

Aquella voz refinada de caballero repitió su nombre hasta que Lara se detuvo y se dio la vuelta, sorprendida, con una sonrisa de interrogación.

Era lord Tufton, el tímido y cortés pretendiente que había cortejado a Rachel antes de su matrimonio con Lonsdale. Más intelectual que atlético, la afabilidad y sensatez de sus modales siempre habían contado con el agrado de Lara. Poco tiempo atrás, ella se había enterado de que Tufton había heredado una inesperada fortuna tras la muerte de su tío, lo que sin duda lo colocaba en el centro de mira de numerosas jovencitas ambiciosas.

—¡Lord Tufton! —exclamó entonces Lara, con sincera alegría—. Qué agradable sorpresa.

Intercambiaron amabilidades unos minutos, y luego Tufton hizo un tímido ademán hacia un magnífico centro de rosas colocado encima de la mesa que había junto a la entrada.

—Las he comprado para su familia —comentó.

—¡Qué hermosas son! —dijo Lara con calidez, y reprimió su sonrisa al darse cuenta de que eran en realidad para su hermana. Sin embargo, no habría sido correcto dárselas exclusivamente a Rachel, puesto que aún guardaba luto—. Gracias. A todos nos encantan... En especial a mi hermana. Le gustan mucho las rosas, como usted sabe.

—Sí, yo... —Se aclaró la garganta con nerviosismo y preguntó—: ¿Puedo saber sobre su salud, milady?

—Está bastante bien —aseguró Lara—. Aunque... Algo apocada y abatida, en general.

—Qué otra cosa se podría esperar —señaló él con afecto—, después de la tragedia que ha vivido.

Lara lo observó con una sonrisa pensativa. Rachel no había recibido visitas en los dos meses transcurridos desde la muerte de Lonsdale, pero tenía la impresión de que iba a ver con buenos ojos la aparición de Tufton.

—Lord Tufton, mi hermana suele estar por el jardín a estas horas, dando un largo paseo. Estoy segura de que le agradará hacerlo en compañía.

Él la miró con una mezcla de entusiasmo y vacilación ante la perspectiva.

—No querría de ningún modo molestarla. Si es su deseo estar sola...

—Venga conmigo —dijo Lara, y tiró de él con implacable determinación mientras cruzaban juntos el gran vestíbulo. Lo llevó hasta las puertas vidriera que daban al jardín y alcanzó a ver el sombrero teñido de negro que llevaba Rachel, mientras ésta paseaba entre los setos.

—¡Ahí está! —exclamó triunfante—. Vaya sin pensarlo y únase a ella, lord Tufton.

—Es que no sé si... —murmuró él.

—Mi hermana estará encantada, se lo aseguro. —Lara abrió la puerta y le instó a salir. Después se quedó observando cómo se alejaba por el macizo sembrado de flores.

—¡Mamá!

Al oír la voz de Johnny, Lara se dio la vuelta con una sonrisa. El niño llevaba unos pantalones diminutos de montar y una chaqueta azul, listo para la clase de equitación.

—Cariño, ¿dónde está la niñera? —preguntó ella.

—Está viniendo del aula —respondió Johnny, casi sin aliento—. Pero no corre tan rápido como yo.

Lara le colocó la gorra y preguntó:

—¿Por qué siempre tienes tanta prisa?

—Porque no me quiero perder nada —contestó él.

Riéndose, Lara volvió a mirar por la ventana y vislumbró a lord Tufton y a Rachel. Ella iba de su brazo mientras paseaban. Bajo el ala de su negro sombrero de luto, apareció la primera sonrisa genuina que Lara había visto en el semblante de su hermana desde hacía ya demasiado tiempo.

—¿Quién es ese señor que está con la tía Rachel? —quiso saber Johnny.

—Creo que va a ser su nuevo esposo —dijo Lara pensativa, y a continuación miró al niño con una sonrisa de complicidad y añadió—: Pero, por ahora, es un secreto que tenemos entre tú y yo.

Aquello le hizo pensar a Johnny en otro secreto que también compartían, y tiró de los faldones de Lara.

—¿Cuándo podremos decir a todo el mundo que vas a tener un hijo, mamá?

—Cuando se empiece a notar —respondió Lara. Ante la mirada desconcertada de Johnny, se lo explicó con un ligero sonrojo—. Cuando me crezca la panza.

—¿Te va a crecer tanto como la de sir Ralph? —quiso saber él, refiriéndose a un robusto caballero que conocían.

Lara no pudo reprimir una carcajada antes de decir:

—Cielo Santo, espero que no.

El semblante de Johnny se tornó serio.

—¿Me seguirás queriendo cuando tengas al niño, mamá? —preguntó.

Sonriendo, sintiendo una felicidad radiante, Lara se arrodilló y rodeó con sus brazos aquel cuerpo delgado y pequeño.

—Claro que sí —murmuró, abrazándolo con firmeza—. Eso siempre, Johnny.

Aquella misma tarde, aún temprano, Hunter volvió de hacer un encargo en Market Hill y se encontró con Lara, que se acababa de cambiar para la cena. Fue hacia ella y le dio un beso rápido y firme en los labios.

—Ya los tengo —afirmó en respuesta a la mirada interrogante de Lara.

Ella sonrió, al tiempo que le alisaba las solapas de la chaqueta con las puntas de los dedos.

—Pensé que a lo mejor te olvidabas de nuestros planes para esta noche.

Hunter negó con la cabeza y dijo:

—Llevo todo el día pensando en ello.

—¿Cenamos primero? —preguntó ella en voz baja.

—Yo no tengo hambre. ¿Y tú?

—Yo tampoco.

Él la tomó de la mano y la condujo hacia la puerta.

—Entonces, vamos.

La llevó a las afueras de Market Hill en un pequeño carruaje tirado por dos zainos. Llegaron a una pequeña iglesia de piedra que había en un bosquecillo cercano a la rectoría. La modesta y pintoresca edificación tenía el tejado de paja y una torre redonda de estilo sajón que terminaba en un campanario. Era como de cuento de hadas.

Lara sonrió de emoción mientras Hunter la ayudaba a descender del vehículo. Alumbrándose con una linterna del carruaje, llevó a Lara del brazo y la guió a través del sendero de piedras desiguales.

Entraron en la silenciosa iglesia, y Lara contempló el interior cuando Hunter encendió dos velas que había junto al altar. Una sencilla cruz de madera y un vitral redondo eran los únicos ornamentos que destacaban en la estancia, además del tallado de madera que había tras los cuatro bancos.

—Es perfecta—dijo Lara.

Hunter le lanzó una mirada escéptica y murmuró:

—Lara, yo hubiera preferido...

—Es más que suficiente —lo interrumpió. La luz de la vela le iluminaba el semblante—. Para celebrar una auténtica ceremonia, no necesitamos una iglesia sofisticada, ni feligreses, ni un párroco.

—Pero tú te mereces mucho más —gruñó él.

—Ven aquí —pidió ella. Permaneció de pie junto al altar y aguardó con una sonrisa en los labios.

Hunter se acercó, metió la mano en el bolsillo y sacó una bolsita de terciopelo. Agitó su contenido suavemente en la mano. Lara quedó casi sin aliento al contemplar la pieza de joyería, dos aros de oro enlazados en uno.

—Es muy hermoso —comentó mientras él desenlazaba los dos anillos con habilidad y los colocaba en el altar. Conmovida por la dulce serenidad que los rodeaba, Lara inclinó la cabeza y rezó en silencio, con el corazón rebosante de júbilo y esperanza. Alzó la mirada y se encontró con los ojos brillantes y oscuros de Hunter.

—Sea cuanto sea el tiempo que me queda junto a ti —murmuró él con la voz enronquecida—, nunca será suficiente. —Sin mediar palabra, ella extendió su mano y él la tomó con firmeza. La sostuvo un instante, después alcanzó un aro de oro y lo deslizó en su dedo—. Prometo —dijo con lentitud, la mirada fija en los ojos de ella— entregarme por completo, en cuerpo y alma..., cuidarte, respetarte y honrarte... Y, sobre todo, amarte hasta el día de mi muerte. E incluso después. —Hizo una pausa y añadió, con un destello de burla cariñosa en la mirada—: Y prometo no quejarme de todos tus proyectos benéficos, siempre que no te olvides de reservar algún tiempo para mí.

La mano de Lara acusó un ligero temblor al deslizar el otro anillo en el dedo de Hunter.

—Prometo ser tu abnegada esposa, amiga y amante —dijo ella con calma—. Prometo depositar en ti toda mi confianza, construir una vida contigo... Y ayudarte a olvidar el pasado y honrar todos los días que pasemos juntos.

—Y me darás hijos —añadió él, posando la mano con delicadeza en su vientre.

—Diez —respondió con tono ambicioso, lo que hizo que él riese.

—Ah, ya veo tus planes. Me vas a tener recluido en la cama todo el tiempo, trabajando para crearlos.

—¿Es una queja? —preguntó Lara.

Él sonrió y la atrajo hacia sí, en un ardiente abrazo.

—No, claro que no. Lo que creo es que... —Tomó su boca y comenzó a darle una serie de besos apasionados—, será mejor que..., empecemos a practicar.

Ella deslizó las manos por detrás de su cabeza y se besaron largo rato, hasta quedar casi sin aliento.

—Dime cómo te llamas —susurró Lara—. Tu verdadero nombre.

Se lo había preguntado ya muchas veces, pero él se negó, como siempre.

—No, mi gatita curiosa —dijo con ternura, acariciándole el pelo—. Ese hombre ya no existe.

—Dímelo —exigió ella, tirándole del abrigo.

Él logró soltarse haciéndole cosquillas, y Lara se desplomó de risa contra su pecho.

—Eso jamás —respondió él.

Lara le rodeó el cuello con los brazos.

—Sabes que algún día te lo voy a sacar —le informó, al tiempo que posaba los labios en su cuello, lo que hizo que él se estremeciera de súbito—. No sueñes ni por un segundo que vas a poder resistirte.

—Ni por un segundo —respondió con voz ronca, al tiempo que se inclinaba de nuevo hacia su boca.